LABYRINTHES

Wilkie Collins (1824-1889) est l'auteur de plus de trente romans, d'une cinquantaine de nouvelles et d'autant d'essais et de pièces de théâtres. Il est reconnu aujourd'hui comme étant l'un des pères fondateurs du roman policier anglais. Ses œuvres sont aussi de remarquables témoignages des mœurs de l'époque victorienne.

Du même auteur
aux éditions du Masque

Le secret

La femme rêvée

Le journal d'Anne Rodway
et autres nouvelles

La robe noire

La pierre de lune

Mari et femme

Iolani

www.lemasque.com

Wilkie Collins

LA DAME EN BLANC

Traduit de l'anglais par L. Lenoir

ÉDITIONS DU MASQUE
17, rue Jacob 75006 Paris

Titre original

The Woman in White

ISBN : 978-2-7024-3501-4

PREMIÈRE PARTIE

RÉCIT DE WALTER HARTRIGHT,
DE CLEMENTS' INN,
PROFESSEUR DE DESSIN

1

Cette histoire montre avec quel courage une femme peut supporter les épreuves de la vie et ce dont un homme est capable pour arriver à ses fins.

Évoqués devant un tribunal, les faits dont nous allons faire le récit auraient dû l'être en cour d'assises.

Puisque aussi bien la loi dépend encore souvent de la puissance de l'argent, nous allons présenter au lecteur la suite des événements telle que nous l'eussions exposée au tribunal.

Aucun fait important, du début à la fin de cette révélation, ne sera relaté par simple ouï-dire. Quand l'auteur de cette introduction, Walter Hartright, sera intimement mêlé aux incidents, il les décrira lui-même ; mais lorsqu'il ne s'agira plus de sa propre expérience, il passera la plume à d'autres qui raconteront à leur tour ce qu'ils savent, clairement et objectivement eux aussi.

Cette histoire sera donc écrite par des personnes différentes, comme l'exposé d'une offense contre la loi est présenté au tribunal par plusieurs témoins dans un seul et même but : montrer clairement et sans détour où est la vérité ; chaque expérience personnelle, relatée ainsi successivement, et fidèlement, permet aux juges de relier un fait à un autre fait et d'arriver enfin à établir toute l'affaire telle qu'elle s'est réellement passée.

Mais entendez donc Walter Hartright, professeur de dessin âgé de vingt-huit ans.

2

Les derniers jours de juillet s'effeuillaient. L'été touchait à sa fin. Pèlerins fatigués du pavé de Londres, nous commencions à rêver avec envie aux nuages jetant de larges ombres sur les champs de blé et aux brises d'automne rafraîchissant les rivages.

Pour ma part, l'été mourant me laissait sans souffle, sans énergie, et, s'il me faut tout dire, sans argent. Durant l'année écoulée, je n'avais pas géré mes revenus avec autant de soin que d'habitude, et, à cause de ces imprudences assez folles, il ne me restait qu'une seule perspective à envisager : passer tout simplement l'automne en partie chez ma mère, dans sa petite maison de Hampstead, en partie chez moi, dans mon appartement en ville.

La soirée, je m'en souviens, était calme, le ciel nuageux, l'air de Londres suffocant. Lointains, les bruits de la ville s'atténuaient peu à peu ; l'infime pulsation de vie en moi et l'immense cœur de la cité tout autour semblaient s'éteindre à mesure que le soleil déclinait. Je quittai mon appartement pour aller respirer un peu l'air frais des faubourgs. C'était l'une des deux soirées par semaine que je passais d'habitude avec ma mère et ma sœur ; je me dirigeai donc vers Hampstead.

Les événements que je vais conter m'obligent à noter que mon père était mort depuis quelques années déjà, et que ma sœur Sarah et moi-même étions les seuls survivants d'une famille de cinq enfants. Mon père, qui avait été, lui aussi, professeur de dessin, avait un très grand talent. Son désir incessant de pourvoir à l'avenir de ceux qui dépendaient de lui l'avait poussé à économiser, sa vie durant, une grande partie de ses revenus, chose assez rare, convenez-en. Grâce à cette admirable prévoyance, ma mère et ma sœur, après sa mort, purent rester aussi indépendantes qu'elles l'avaient été de son vivant. Pour moi, je choisis la profession qu'il avait choisie, et j'avais toutes les raisons du monde d'éprouver une véritable gratitude envers la vie qui s'ouvrait à moi.

Doucement, le crépuscule enveloppait la lande. La vue de Londres, à mes pieds, se noyait dans la pénombre de la nuit nuageuse lorsque j'atteignis le cottage de ma mère. J'avais à peine touché la sonnette que la porte s'ouvrit violemment ; au lieu de la servante, ce fut mon excellent ami italien, le professeur Pesca, qui m'accueillit joyeusement, dans un anglais coloré d'un accent étranger tout à fait charmant.

Le professeur mérite, tant pour lui que pour moi-même, l'honneur que je le présente ici.

C'est un accident banal qui le place à l'origine de l'étrange histoire de famille que l'on va lire.

J'avais fait sa connaissance dans certain milieu élégant où il enseignait sa langue maternelle, tandis que j'y enseignais le dessin. Tout ce que je savais de lui, c'est que, après avoir occupé une brillante situation à l'université de Padoue, il avait dû quitter l'Italie pour des raisons politiques dont il ne parlait jamais à personne, et que, depuis de nombreuses années, il était connu à Londres comme un respectable professeur de langues.

Sans être un nain, car il était parfaitement proportionné, Pesca était, je pense, le plus petit être humain que j'aie jamais rencontré. Étrange par son apparence, il l'était encore plus par l'excentricité inoffensive de son caractère. L'idée maîtresse de sa vie, semblait-il, était de faire l'impossible pour devenir un véritable Anglais, afin de prouver sa gratitude au pays qui lui avait procuré un asile et des moyens de subsistance. Non content d'avoir toujours un parapluie à la main et de porter des guêtres et un chapeau blanc, le professeur aspirait à devenir un parfait Anglais dans ses manières comme dans ses distractions. Trouvant que nous formions une nation remarquable par notre amour des exercices athlétiques, ce petit homme, dans l'innocence de son cœur, se lança tête baissée dans la pratique de tous les sports, fermement persuadé qu'il pourrait s'y adapter par sa seule volonté, comme il s'était adapté à la guêtre et au chapeau blanc national. Je l'ai vu risquer de se casser le cou à une chasse au renard et sur un terrain de cricket, comme je l'ai vu, bientôt après, risquer sa vie à Brighton.

Nous nous y étions rencontrés par hasard, et nous nous baignions ensemble. S'il se fût agi d'un genre d'exercice particulier à mon pays, j'aurais évidemment surveillé Pesca avec soin, mais comme les étrangers sont en général aussi bons nageurs que nous, l'idée ne me vint pas un instant que la natation se trouvait sur la liste des sports que le professeur croyait devoir apprendre sans tarder. Peu après que nous eûmes quitté le rivage, je me retournai, étonné de ne pas voir mon ami à mes côtés. À ma grande horreur, je ne vis que deux petits bras blancs se débattant à la surface de l'eau, puis disparaître aussitôt. Lorsque je plongeai à sa recherche, le pauvre petit bonhomme se trouvait au fond, dans un creux, parmi les galets, et il paraissait plus petit que jamais. Pendant que je le ramenais à la surface, puis jusqu'à sa cabine de bain, il reprit peu à peu ses sens et m'expliqua tant bien que mal sa désillusion au sujet de la natation. Lorsqu'il eut enfin cessé de claquer des dents, il sourit d'un air absent et déclara qu'il avait sans doute eu une crampe.

Tout à fait remis, il me rejoignit sur la plage ; son sang méridional reprit ses droits au mépris de toute la retenue anglaise. Il me témoigna l'affection la plus débordante, protestant avec passion, que désormais sa vie était à ma disposition, et qu'il serait heureux le jour où il m'aurait prouvé sa reconnaissance en me rendant un service dont à mon tour je me souviendrais jusqu'à ma mort.

J'essayai d'arrêter ce torrent de pleurs et de protestations d'amitié en faisant mille plaisanteries au sujet de cette aventure ; j'imaginai y avoir réussi enfin, car je croyais avoir convaincu Pesca qu'il exagérait beaucoup le rôle que je venais de jouer. Je me doutais bien peu alors que l'occasion tant désirée par mon ami allait se présenter bientôt et changer le cours de mon existence – au point que je ne devais pour ainsi dire plus me reconnaître.

Si je n'avais pas plongé pour repêcher le professeur Pesca, je n'aurais sans doute jamais été mêlé à l'histoire qui va suivre, et je n'aurais peut-être jamais entendu le nom de la femme qui occupa toutes mes pensées, mobilisa tout mon courage et toutes mes forces, et qui influença mon existence tout entière.

3

Ce soir, la façon d'être de Pesca, et son visage illuminé, suffirent à me faire comprendre, dès que je me trouvai devant lui, qu'une chose extraordinaire était arrivée. Il était tout à fait inutile, cependant, d'attendre qu'il s'expliquât au moment même. Il m'emmena en me tirant par les deux mains, nous entrâmes en trombe dans le salon où ma mère, assise près de la fenêtre, riait en s'éventant. Pesca était un de ses favoris, et ses pires excentricités trouvaient grâce à ses yeux. Pauvre chère maman ! Dès qu'elle eut découvert que le petit professeur était profondément attaché à son fils, elle lui ouvrit son cœur sans réserve et prit au sérieux toutes ses bizarreries sans même essayer de les comprendre.

Ma sœur Sarah, malgré sa jeunesse, était moins indulgente. Tout en rendant justice aux grandes qualités de Pesca, elle ne pouvait l'approuver implicitement. Son idée des convenances se scandalisait continuellement de la désinvolture du petit Italien et elle s'étonnait toujours plus ou moins ouvertement de la familiarité de notre mère avec l'excentrique étranger. J'ai observé, non seulement chez ma sœur mais aussi chez d'autres jeunes gens, que notre génération est beaucoup moins expansive que celle de nos parents. Je vois continuellement des personnes âgées, joyeuses et agitées devant la perspective de quelque plaisir qui ne trouble même pas la tranquillité de leurs petits-enfants. Les garçons et les filles, de nos jours, seraient-ils moins sincères que leurs aînés ? Est-ce là un progrès trop rapide de l'éducation ? Et sommes-nous, nous, ceux de la jeune génération, un tant soit peu trop bien élevés ?

Sans essayer de répondre à cette question, je puis en tout cas assurer que je n'ai jamais vu ma mère et ma sœur en compagnie de Pesca sans trouver que ma mère était de beaucoup la plus jeune des deux.

En cette occasion, par exemple, tandis que la vieille dame riait de bon cœur de la façon de collégien avec laquelle nous étions entrés dans le salon, Sarah, d'un air réservé, ramassait les débris d'une soucoupe que le professeur avait heurtée en passant.

— Je ne sais ce qui serait arrivé, Walter, si vous aviez encore tardé à rentrer, dit ma mère. Pesca n'était plus à tenir et j'étais moi-même à demi folle de curiosité. Le professeur apporte une nouvelle extraordinaire qui vous concerne et a cruellement refusé de nous en donner la moindre idée avant que son ami Walter ne fût là.

— C'est agaçant ! murmura Sarah, et cela dépareille le beau service !

Pendant ce temps, Pesca, inconscient de sa maladresse, traînait à l'autre bout du salon un grand fauteuil à haut dossier. Tourné vers nous, à genoux sur le siège, il commença un discours emphatique, comme un orateur s'adressant à un vaste auditoire.

— Maintenant, mes chers amis, fit-il, écoutez-moi ! Le moment est venu de vous annoncer enfin ma grande nouvelle.

— On vous écoute, on vous écoute ! s'exclama ma mère avec impatience.

— La prochaine chose qu'il cassera, marmotta Sarah, sera le dossier du meilleur fauteuil !

— Je fais un pas en arrière dans le passé et je

m'adresse à l'être le plus noble qui existe, continua Pesca s'adressant à moi par-dessus son rempart, à celui qui, me trouvant mort au fond de la mer, me ramena à la surface. Et que lui ai-je dit lorsque je me retrouvai en possession de la vie et de mes vêtements ?

— Beaucoup plus qu'il n'en fallait ! répondis-je afin d'empêcher l'émotion qui allait immanquablement provoquer un flot de larmes chez le professeur.

— J'ai dit, répéta Pesca, que ma vie lui appartenait, et que je ne pourrais être heureux que le jour où j'aurais l'occasion de lui prouver ma gratitude. Aujourd'hui, la joie éclate dans mon cœur et sort par tous les pores de ma peau, car ce jour est enfin arrivé !

» Parmi les élégantes demeures de Londres où j'enseigne ma langue maternelle, poursuivit le professeur sans s'arrêter, il en existe une merveilleuse qui est située à Portland. Vous savez tous où cela se trouve naturellement ? Oui, évidemment ! cette superbe habitation abrite une superbe famille : une jolie maman, trois belles jeunes filles, deux garçons beaux et potelés, et un père, financier important, autrefois bel homme, qu'un crâne chauve et un double menton ont un peu abîmé. Mais rendez-vous compte ! J'étais en train d'enseigner le sublime Dante (non sans peine d'ailleurs) aux trois jeunes filles et nous étions précisément tous les quatre en Enfer, moi m'efforçant, avec un enthousiasme bien inutile, de leur faire comprendre la grandeur du sujet, lorsqu'un bruit de bottes se fit entendre. Le père apparut bientôt sur le seuil de la porte. Ah ! mes chers bons amis ! Soyez patients, j'approche de la grande nouvelle... Il tenait une lettre à la main et, après s'être excusé de nous avoir tirés de nos Régions Infernales pour nous ramener à des affaires terrestres, il s'adressa à ses filles et commença, comme vous autres Anglais commencez toutes vos phrases, par un “Oh !”. “Oh ! mes chères filles, j’ai ici une lettre d’un ami, me demandant de lui indiquer un maître de dessin qui pourrait aller chez lui à la campagne”... Que Dieu me bénisse ! à ces paroles, je l’aurais serré sur mon cœur ! Mais je me bornai à sauter de mon siège tant j’avais l’impression d’être assis sur des épines, et je brûlais de parler. Je n’en fis rien pourtant ; j’attendis qu’il eût terminé.

» – Peut-être, mes chéries, connaissez-vous un bon professeur de dessin que je pourrais lui recommander ? continua l’excellent homme en agitant la lettre dans ses mains couvertes de bagues étincelantes.

» Les jeunes filles se regardèrent et répondirent ensemble.

» – Oh ! Mon Dieu ! Non, papa ! mais peut-être Mr Pesca...

» À ces mots, mon sang ne fit qu’un tour et je m’écriai avec feu :

» – Cher monsieur ! J’ai votre homme ! Le premier et le meilleur professeur de dessin du monde ! Recommandez-le par le courrier de ce soir et envoyez-le avec armes et bagages par le premier train du matin !

» – Arrêtez ! Arrêtez ! s’écria le père. Est-ce un étranger ou un Anglais ?

» – Anglais jusqu’à la moelle ! répondis-je.

» – Respectable ?

» – Monsieur ! m’écriai-je à cette question qui m’offensait personnellement, avant de poursuivre dignement : La flamme immortelle du génie brûle dans le cœur de cet homme et son père l’avait déjà avant lui !

» – Peu importe son génie, déclara-t-il d’un ton rude. Dans notre pays, nous ne voulons pas d’un génie sans respectabilité, mais si les deux se trouvent réunis, tant mieux ! Votre ami peut-il fournir des certificats ou des références ?

» – Des lettres de références ! m'écriai-je en agitant la main, mais des douzaines si vous le désirez !

» – Une ou deux suffiront, répondit cet homme de sang-froid et d'argent. Qu'il me les fasse parvenir avec son nom et son adresse et... attendez ! Attendez, Mr Pesca, avant de courir chez votre ami, il vaudrait mieux que je vous remette un billet pour lui.

» – Un billet de banque ! m'écriai-je indigné, s'il vous plaît, monsieur, pas avant que mon estimé ami ne l'ait gagné...

» – Billet de banque ? reprit le père, qui vous parle de billet de banque ? Je veux dire un mot expliquant ce qu'on attend de lui. Continuez votre leçon, Mr Pesca, je vous remettrai cette note dans un instant.

» Cela dit, il alla s'installer à une table de travail, prit une plume et du papier tandis que je redescendais dans l'Enfer de Dante avec mes trois jeunes filles.

» Dix minutes après, la note était rédigée et les bottes du père s'éloignaient dans le corridor.

» L'idée que j'avais enfin la merveilleuse occasion de prouver ma gratitude à mon très cher ami Walter me rendait ivre de bonheur.

» Comment je sortis avec mes trois jeunes filles des Régions Infernales, comment je terminai mes cours, comment mon dîner passa dans mon gosier, je ne pourrais vous le dire ! Le principal est que j'ai ce message et que je me sens plus heureux qu'un roi !

Ici, le professeur termina son discours en brandissant la lettre au-dessus de sa tête et en exécutant une parodie italienne du vivat anglais.

Ma mère se leva, les joues en feu, les yeux brillants, saisit chaleureusement les mains du petit homme.

— Mon cher Pesca, s'écria-t-elle, je n'ai jamais

douté de votre affection pour Walter, mais maintenant, j'en ai la certitude.

— Nous sommes vraiment très obligées de ce que le professeur Pesca fait pour Walter, ajouta Sarah, se levant à demi du siège qu'elle occupait, comme si elle avait l'intention de s'approcher, elle aussi, du fauteuil.

Mais lorsqu'elle vit Pesca couvrir de baisers les mains de sa mère, elle se rembrunit et se rassit. Elle s'était certainement demandé, si le singulier petit homme traitait sa mère de cette façon, comment il la traiterait, elle. Très reconnaissant à mon ami de sa bonté, je n'étais pourtant pas enthousiasmé de cette offre.

Lorsque le professeur eut enfin abandonné les mains de ma mère, je le remerciai chaleureusement de son intervention et le priai de me passer la note, afin d'apprendre ce qu'on attendait de moi.

Pesca me tendit le papier d'un air triomphant.

La note était claire, précise et complète. Elle m'informait de ce que :

Premièrement. Frederick Fairlie Esq. de Limmeridge House, en Cumberland, désirait engager un maître de dessin très compétent pour une période certaine de quatre mois.

Deuxièmement. La tâche que le maître aurait à remplir serait double : parfaire, dans l'art de l'aquarelle, l'instruction de deux jeunes filles et consacrer ses loisirs à la restauration d'une collection d'estampes de valeur négligée jusqu'alors.

Troisièmement. Les conditions pour ce travail étaient de quatre guinées par semaine, que la personne devrait vivre à Limmeridge House et serait traitée comme un gentleman.

Quatrièmement. Il était inutile de se présenter sans références, celles-ci devant être envoyées à l'ami de

Mr Fairlie chargé de conclure l'engagement. Suivait l'adresse à Portland.

La perspective était tentante, la situation facile et agréable ; elle m'était proposée à l'entrée de l'automne, morte saison pour moi ; les conditions étaient extraordinairement avantageuses. J'aurais dû me considérer comme très heureux d'une telle aubaine, cependant j'hésitais. Une inexplicable réticence m'envahissait.

— Oh ! Walter, votre père n'a jamais eu une telle chance ! s'exclama ma mère, après avoir lu, à son tour, les conditions que l'on me proposait.

— Connaître des personnes si distinguées et dans de telles conditions ! remarqua Sarah en se redressant.

— Oui, les conditions sont certes très tentantes, répondis-je avec impatience, mais avant d'accepter, il faut que j'examine...

— Examiner ! s'écria ma mère. Mais, Walter, que se passe-t-il ?

— Examiner ! reprit Sarah, quel drôle de mot dans une telle circonstance !

— Examiner ! répéta le professeur comme un écho. Qu'y a-t-il à examiner, mon Dieu ? Ne vous êtes-vous pas plaint de votre santé, ces derniers temps, et n'avez-vous pas dit que vous aspiriez à un peu d'air frais ? Eh bien ! vous tenez en main le papier qui vous offre ce que vous appelez « un coup de fouet » et l'air frais de la campagne à volonté pendant quatre mois, n'est-il pas vrai ? Vous avez besoin d'argent, et quatre guinées par semaine ne sont pas à dédaigner, je crois ! Quatre guinées par semaine, deux jeunes filles, un gîte, une nourriture soignée et abondante ! Vraiment, Walter, mon cher et bon ami, pour la première fois de ma vie, je ne vous comprends pas !

Ni l'étonnement de ma mère ni la fiévreuse énumération des avantages qui m'étaient offerts n'arrivaient à dissiper l'aversion que j'éprouvais à aller à Limmeridge House. Après avoir épuisé toutes les objections possibles, et après avoir entendu ce que tous trois avaient à me répondre pour me prouver combien j'avais tort, je trouvai une nouvelle et dernière raison qui s'opposait à mon départ : que deviendraient donc mes élèves de Londres pendant que j'enseignerais aux jeunes filles de Mr Fairlie l'art de dessiner et de peindre d'après nature ? La réponse, une nouvelle fois, m'apparut clairement. La plupart de mes élèves voyageaient pendant ces mois d'automne ; ceux qui restaient à Londres, je n'avais qu'à les confier à l'un de mes collègues dont j'avais déjà pris les élèves en charge en de semblables circonstances. Ma sœur ne manqua d'ailleurs pas de me rappeler que ce confrère s'était spontanément offert à me remplacer, cet été ou cet automne, au cas où je désirerais partir pendant quelque temps, ma mère me fit sérieusement entendre qu'il ne fallait pas laisser un caprice nuire à mes intérêts et à ma santé ; et Pesca me supplia, de la façon la plus attendrissante, de ne pas le blesser jusqu'au cœur en repoussant le premier service qu'il pouvait enfin rendre à l'ami qui lui avait sauvé la vie.

L'affection sincère qui dictait chacune de ces remontrances eût touché tout homme quelque peu sensible. Encore qu'il me fût impossible de faire taire mon inexplicable obstination, j'étais moi-même assez sincère pour en ressentir de la honte ; aussi mis-je fin à la discussion en donnant raison à mes adversaires et en promettant de faire tout ce que l'on attendait de moi.

Le reste de la soirée se passa en conjectures plaisantes sur ma future existence en compagnie des deux jeunes filles du Cumberland. Pesca, inspiré par notre grog national, auquel il faisait grand honneur, affirma une fois encore ses droits à être considéré comme un Anglais accompli en nous faisant des discours volubiles et sans fin, en buvant à la santé de ma mère, de ma sœur et à la mienne, sans oublier les habitants de Limmeridge House et, enfin, se félicitant lui-même d'avoir rendu à tout le monde un inestimable service.

— Entre nous, Walter, me dit-il tandis que nous retournions ensemble vers la ville, je suis émerveillé de mon éloquence ! Mon âme éclate de fierté. Un de ces jours, j'entrerai au Parlement, votre grand Parlement ! Être l'Honorable Pesca, M.P. [1], voilà le rêve de ma vie !

Le matin suivant, j'envoyai mes certificats et références au patron de Pesca à Portland.

Trois jours s'étant écoulés sans réponse, je commençais à espérer que mes papiers n'aient pas donné satisfaction, mais le quatrième jour, je reçus une lettre m'informant que Mr Fairlie acceptait mes services et me priait de me mettre en route. Toutes les instructions quant à mon voyage étaient clairement données en post-scriptum.

Je pris, bien à contrecœur, mes dispositions pour quitter Londres le lendemain matin à l'aube.

Pesca, devant se rendre à un dîner, vint me faire ses adieux.

— La merveilleuse pensée que c'est moi qui ai donné le premier élan à votre essor m'aidera à sécher mes larmes en votre absence, me dit-il. Allez, mon ami, et, puisque la chance vous sourit, profitez-en. Épousez l'une des deux jeunes filles et devenez l'Hon. Hartright M.P. Puis, quand vous serez au sommet de

---

1. Membre du Parlement.

l'échelle, souvenez-vous que c'est grâce au tout petit Pesca.

J'essayai de rire, mais le cœur me manquait et une angoisse affreuse m'oppressait.

Il ne me restait plus qu'à aller faire mes adieux à Hampstead.

4

La chaleur avait été suffocante tout le jour et la nuit s'annonçait étouffante. Ma mère et ma sœur m'avaient tant de fois prié de rester encore cinq minutes auprès d'elles et avaient eu tant de derniers petits mots à me dire qu'il était près de minuit quand je sortis de chez elles. Après avoir fait quelques pas en direction de Londres, je m'arrêtai, hésitant. La lune était pleine et claire dans un ciel sans étoiles, et le sol couvert de bruyère prenait, sous cette mystérieuse lumière, un aspect sauvage, comme si des centaines de lieues le séparaient de la grande ville qui gisait à ses pieds. La pensée de retourner dans l'atmosphère oppressante de Londres, la perspective d'aller dormir dans un appartement surchauffé ne me tentaient guère. Je décidai de rentrer par le chemin le plus long en faisant un détour par les faubourgs aérés de Finchley Road et par le côté ouest de Regent's Park.

Tout en me frayant lentement un chemin à travers la bruyère, je jouissais du calme divin du paysage, admirant les jeux de lumière et d'ombre autour de moi.

Pendant cette première partie – la plus jolie – de ma promenade, mon esprit paresseux ne s'ouvrait qu'aux impressions qu'il recevait du paysage, et mes pensées s'attardaient peu sur quelque sujet que ce fût. De fait, je ne pensais à rien du tout.

Après avoir quitté la bruyère, sur la route, beaucoup moins pittoresque, mes pensées revinrent naturellement au changement d'existence que j'allais connaître et aux personnes avec lesquelles j'allais vivre à Limmeridge House.

Je fus bientôt à l'endroit où les quatre grand-routes se croisent – celle de Hampstead, par laquelle j'étais revenu, celle de Finchley, celle qui conduisait au quartier du West Land, et celle qui me ramènerait à Londres.

Je venais, tout machinalement, de prendre cette dernière, et je me plaisais à imaginer à quoi ressembleraient mes deux nouvelles élèves quand, soudain, mon sang se glaça dans mes veines : une main s'appuyait légèrement sur mon épaule.

Je me retournai vivement, les doigts crispés sur le pommeau de ma canne.

Là, derrière moi, au milieu de la route déserte qui se détachait plus claire dans la nuit, se tenait une femme, sortie de terre comme par miracle ou bien tombée du ciel. Elle était tout de blanc vêtue et, le visage tendu vers moi d'un air interrogateur et anxieux, elle me montrait de la main la direction de Londres. J'étais bien trop surpris de cette soudaine et étrange apparition pour songer à lui demander ce qu'elle désirait. Ce fut elle qui parla la première.

— Est-ce le chemin de Londres ?

Je la regardai avec attention, étonné de sa singulière question. Il était alors près d'une heure. Je distinguai au clair de lune un visage jeune, pâle, maigre, fatigué, de grands yeux au regard grave, des lèvres frémissantes et des cheveux d'un brun doré. Il n'y avait rien de vulgaire ni de grossier dans ses manières, un je-ne-sais-quoi en elle paraissait même mélancolique et craintif. Pas tout à fait les façons de faire d'une grande dame, et pourtant rien d'une femme de basse condition. La voix, pour le peu de paroles que j'avais entendues, avait quelque chose de mécanique et de calme également, bien que l'élocution fût rapide. Mon interlocutrice tenait en main un petit sac, et ses vêtements, d'après ce que je pus en juger, n'étaient pas luxueux. Elle était mince, et plus grande que la moyenne. Sa démarche et ses gestes tout à fait normaux. Ce fut tout ce dont je pus me rendre compte dans la demi-obscurité et dans l'étonnement où me plongeait presque jusqu'à l'étourdissement cette rencontre inattendue, bizarre. Quelle sorte de femme était-ce ? Et comment se trouvait-elle seule, sur la grand-route, en pleine nuit ? Je n'essayai pas de le savoir. J'étais certain d'une chose : l'homme le moins perspicace ne se serait pas trompé sur le sens de ses paroles, même à cette heure suspecte et en ce lieu désert.

— M'avez-vous entendue ? répéta-t-elle, aussi tranquillement et aussi vite, puis, sans attendre ma réponse, elle ajouta : je vous ai demandé si c'était bien le chemin de Londres.

— Oui, répondis-je, c'est le chemin qui conduit à St John's Wood et Regent's Park. Excusez-moi de ne pas vous avoir répondu tout de suite, mais votre apparition sur la route m'a quelque peu surpris et je ne me l'explique pas encore.

— Vous ne me soupçonnez pas d'avoir fait quelque chose de mal, au moins ? Je n'ai rien fait de mal, j'ai eu un accident et suis très malheureuse de me trouver seule ici à cette heure de la nuit. Pourquoi croyez-vous que j'aie fait quelque chose de mal ?

Elle parlait maintenant avec gravité et agitation en

s'éloignant de moi. Je fis de mon mieux pour la rassurer.

— Je vous en prie, ne croyez pas que je songe à vous soupçonner, repris-je. Je n'ai d'autre désir que de vous aider, si je le puis. Je m'étonnais seulement de vous avoir vue apparaître sur la route, alors que celle-ci m'avait semblé déserte l'instant d'avant.

Elle se retourna et, me montrant une brèche dans la haie près du croisement des routes, elle reprit :

— Je vous avais entendu venir et m'étais cachée, afin de voir quel genre d'homme vous étiez avant de me risquer à vous parler. J'hésitais à le faire... J'avais peur... Vous étiez déjà passé quand enfin je me suis décidée... Alors, j'ai dû courir pour vous rattraper...

Courir pour me rattraper ? Pourquoi ne pas m'appeler, tout simplement ? Cela était assez étrange, assurément.

— Puis-je avoir confiance en vous ? Vous ne me jugez pas mal parce que j'ai eu un accident ? demanda-t-elle, confuse, en soupirant tristement.

La solitude et l'abandon de la jeune femme me touchèrent.

— Vous pouvez avoir confiance en moi, répondis-je doucement, et si cela vous trouble de m'expliquer votre étrange situation, n'en parlez plus. Je ne vous demande aucune explication. Dites-moi seulement comment je puis vous aider et je le ferai, si je le puis.

— Vous êtes bon et je suis très heureuse de vous avoir rencontré.

Pour la première fois, une expression d'émotion féminine perçait dans sa voix, mais aucune larme ne brillait dans ses grands yeux pensifs fixés sur moi.

— Je ne suis allée à Londres qu'une fois dans ma vie, continua-t-elle de plus en plus vite, et je ne connais rien de ce côté-ci. Pourrais-je trouver encore une voiture ou bien est-il trop tard ?... Je ne sais... Si vous vouliez me montrer où je pourrais en trouver et si vous vouliez seulement me promettre de ne pas me contrarier et de me laisser vous quitter quand je le voudrai !... J'ai une amie à Londres qui sera heureuse de me recevoir... Je ne désire rien d'autre... Voulez-vous me le promettre ?

Avec anxiété, elle regardait des deux côtés de la grand-route, en faisant glisser son petit sac d'une main dans l'autre et en répétant : « Voulez-vous me le promettre ? » Elle levait sur moi des yeux tellement suppliants et affolés que je cédai enfin.

Qu'aurais-je pu faire d'autre, d'ailleurs ? Une femme inconnue se confiait totalement à moi, s'en remettait à moi, une femme qui paraissait terriblement malheureuse. Aucune maison dans les environs, personne sur la route à qui demander conseil... Et je n'avais pas le droit d'user d'autorité sur cette femme, si même je l'avais voulu. J'écris ces lignes, tandis que le souvenir des événements qui se sont passés depuis assombrissent jusqu'aux feuilles sur lesquelles je me penche. Et aujourd'hui encore, je me pose la même question : qu'aurais-je pu faire d'autre ?

Je tâchai cependant de gagner encore un peu de temps en la questionnant.

— Êtes-vous sûre que votre amie de Londres vous recevra à une heure aussi avancée de la nuit ? demandai-je.

— Certaine. Promettez-moi seulement que vous me laisserez partir quand je le désirerai et que vous ne me contrarierez pas ?

En répétant ces paroles pour la troisième fois, elle se rapprocha de moi et posa sa petite main sur mon cœur. Quand j'enlevai cette main, je m'aperçus qu'elle était glacée malgré la chaleur étouffante de la nuit.

Souvenez-vous que j'étais jeune et que la main que je touchais était une main de femme !

— Voulez-vous me le promettre ?

— Oui.

Un seul mot ! Un petit mot si familier que nos lèvres répètent cent fois par jour, et cependant j'en frémis encore aujourd'hui rien que de l'écrire. Nous nous dirigeâmes vers Londres, moi et cette femme dont le nom, le rang social, l'histoire, les aspirations, et jusqu'à la présence, en ce moment, à mes côtés, étaient pour moi autant de mystères. C'était comme un rêve. Étais-je bien Walter Hartright ? Étions-nous sur cette route si fréquentée, agréable aux promeneurs du dimanche ? Avais-je réellement quitté, il n'y avait guère plus d'une heure, l'atmosphère paisible, l'atmosphère familiale et conventionnelle de notre maison de Hampstead ? Trop étourdi, j'éprouvai comme un remords de poursuivre cette conversation. Ce fut à nouveau la voix de la jeune femme qui rompit le silence.

— Je voudrais vous demander quelque chose, dit-elle soudainement. Connaissez-vous beaucoup de monde à Londres ?

— Oui, beaucoup.

— Beaucoup de personnes occupant une situation élevée ou possédant un titre ? ajouta-t-elle d'un ton soupçonneux.

J'hésitai.

— Oui, quelques-unes, répondis-je enfin.

— Beaucoup d'hommes... portant le titre de baronnet ? questionna-t-elle avec anxiété.

Trop étonné pour répondre, je lui dis :

— Pourquoi me demandez-vous cela ?

— Parce que j'espère, pour mon salut, qu'il existe un baronnet que vous ne connaissiez pas !

— Voulez-vous me dire son nom ?

— Je ne puis... je n'ose pas... je me suis oubliée en disant cela...

Elle parlait d'une voix forte et presque fâchée en agitant violemment une main dans l'air, puis, reprenant son contrôle, elle ajouta dans un murmure :

— Dites-moi les noms de ceux que vous connaissez.

Je pouvais difficilement lui refuser ce plaisir futile et je nommai trois noms, ceux des pères de deux de mes élèves, le troisième étant celui d'un célibataire qui m'avait emmené faire une croisière sur son yacht, dans le but de prendre des esquisses pour lui.

— Ah ! Vous ne le connaissez pas ! s'écria-t-elle avec un soupir de soulagement. Êtes-vous vous-même un homme qui occupez une haute situation ? Ou êtes-vous titré ?

— Loin de là ! Je ne suis qu'un simple professeur de dessin.

Tandis que cette réponse passait mes lèvres, avec quelque amertume peut-être, elle saisit violemment mon bras.

— Un homme qui n'occupe aucune situation élevée et qui ne possède pas de titre, répéta-t-elle. Dieu soit loué ! Alors je puis avoir confiance en lui !

J'avais décidé de dominer ma curiosité, par considération pour ma compagne, mais je ne pus y résister cette fois.

— Je crains que vous n'ayez eu de sérieuses raisons de vous plaindre des hommes titrés ou haut placés ? J'ai bien peur que le baronnet, dont vous me cachez le nom, ne vous ait causé un grave dommage ? Est-ce à cause de lui que vous vous trouvez dehors à pareille heure ?

— Ne me questionnez pas, ne me faites pas parler de cela, supplia-t-elle, je ne suis pas en état de le faire pour le moment. J'ai été cruellement traitée et l'on m'a fait un tort injuste... mais... Vous seriez si bon de marcher un peu plus vite et de ne plus me parler. Je désire tellement marcher en silence et si possible reprendre mon calme !

Nous avançâmes d'un pas rapide, et, durant au moins une demi-heure, pas un mot ne fut échangé entre nous. N'ayant pas la permission de l'interroger, je me risquais de temps à autre à examiner son visage. Il était impassible, les lèvres serrées, les sourcils froncés, les yeux fixés devant elle, parfois attentifs et parfois absents. Nous avions atteint les premières maisons près du nouveau Wesleyan College, lorsqu'elle recommença à parler.

— Habitez-vous Londres ? me demanda-t-elle.

— Oui.

Tout en répondant, je songeai qu'elle comptait peut-être sur moi pour l'aider ou pour la conseiller et, afin de lui épargner toute déception, j'ajoutai :

— Mais je quitte Londres demain pour quelque temps. Je vais à la campagne.

— Où allez-vous ? Dans le nord ou dans le sud ?

— Dans le nord, dans le Cumberland.

— Dans le Cumberland ? s'exclama-t-elle avec émotion. Ah ! comme j'aimerais y retourner, moi aussi. J'ai été si heureuse dans le Cumberland !

J'essayai de nouveau de soulever le voile mystérieux qui l'enveloppait.

— Peut-être est-ce dans cette merveilleuse région des lacs que vous êtes née ?

— Non, répondit-elle, je suis née dans le Hampshire, mais j'ai été quelque temps en classe dans le Cumberland. Des lacs ? Je ne me souviens d'aucun lac. C'est le village de Limmeridge et Limmeridge House que je voudrais revoir !

Ce fut à mon tour cette fois de m'arrêter brusquement. Dans l'état de curiosité où je me trouvais à ce moment, le nom de l'habitation de Mr Fairlie venant sur les lèvres de mon étrange compagne m'étonna au plus haut point.

— Avez-vous entendu quelqu'un appeler ? demanda-t-elle en regardant la route avec effroi.

— Non ! non ! j'ai été simplement frappé par le nom de Limmeridge House, dont j'ai entendu précisément parler ces jours derniers par des personnes habitant le Cumberland.

— Oh ! ce ne sont pas « mes personnes » ! Mrs Fairlie est morte et son mari aussi, et leur petite fille doit être mariée et partie au loin depuis longtemps. Je ne sais qui habite à Limmeridge House actuellement, mais s'il existe encore quelqu'un de la famille, je l'aime en souvenir de Mrs Fairlie.

Elle semblait vouloir en dire davantage, mais nous arrivions en vue de la barrière du péage au-dessus de l'avenue Road. Sa main s'agrippa à mon bras et elle regarda la grille avec inquiétude.

— L'homme de la barrière nous regarde-t-il ? demanda-t-elle.

Personne ne s'occupa de nous tandis que nous passions la barrière. La vue des réverbères et des maisons parut la rendre nerveuse.

— C'est Londres, n'est-ce pas ? Ne voyez-vous aucune voiture ? Je suis fatiguée et j'ai peur. Je voudrais m'enfermer dans une voiture qui m'emmènerait au loin...

Je lui expliquai que le stationnement de fiacres se trouvait à quelque distance et qu'il fallait encore marcher un peu, à moins qu'une voiture inoccupée n'arrivât à notre rencontre.

J'essayai alors de reprendre la conversation sur le

Cumberland, mais elle était hantée par l'obsession de trouver une voiture et ne m'écoutait plus.

Au tiers de l'avenue, j'aperçus un fiacre s'arrêtant devant une maison et vis un homme en descendre et payer le cocher. Je le hélai aussitôt et me dirigeai vers lui. Comme nous traversions la route, ma compagne devint impatiente au point qu'elle m'obligea presque à courir.

— Il est si tard, disait-elle... Si je suis pressée, c'est parce qu'il est si tard !

— Je ne puis vous prendre, monsieur, si vous n'allez pas du côté de Tottenham Court, déclara le cocher poliment, tandis que j'ouvrais la portière. Mon cheval est fourbu, il n'est plus capable de dépasser son écurie.

— Oui, oui, cela ira pour moi. Je vais de ce côté... Je vais de ce côté...

Elle parlait avec agitation en entrant précipitamment dans le fiacre. Je m'assurai que le brave homme était sobre et convenable puis, lorsqu'elle fut assise à l'intérieur, la priai de me permettre de l'accompagner à bon port.

— Non, non, non ! s'écria-t-elle vivement. Je suis tout à fait en sécurité maintenant et parfaitement heureuse. Si vous êtes un gentleman, souvenez-vous de votre promesse. Dites-lui de rouler jusqu'à ce que je l'arrête. Merci ! oh ! merci ! merci !

Elle saisit ma main qui tenait la portière et l'embrassa plusieurs fois, puis la repoussa brusquement.

La voiture se mit en marche, et je restai au milieu de la route avec une vague envie de l'arrêter aussitôt – pourquoi ? je n'aurais pas su le dire moi-même –, mais la pensée que j'aurais pu effrayer la jeune femme ou lui déplaire me retint. Le bruit des roues s'éloigna, et la voiture se perdit dans la nuit. La dame en blanc avait disparu !

Pendant plus de dix bonnes minutes je restai au même endroit, me demandant si cette aventure était bien réelle. L'instant d'après, je ne savais plus si j'avais bien ou mal agi, mais qu'aurait-il fallu faire ? C'est à peine si je savais encore vers où je me dirigeais. Je n'avais conscience de rien, sinon de la confusion de mes pensées, lorsque, tout à coup, je fus rappelé à la réalité – je fus éveillé, pourrais-je dire – par un bruit de roues qui s'approchaient rapidement derrière moi. Je me trouvais sur le côté sombre de la route, ombragé par les arbres touffus d'un jardin, je me retournai. De l'autre côté de l'avenue – celui éclairé par la lune, un policeman marchait dans la direction de Regent's Park.

Un cabriolet occupé par deux hommes me dépassa. Soudain, j'entendis une voix crier :

— Arrêtez, voici un agent de police, questionnons-le.

Le cheval se cabra et s'arrêta à quelques mètres de moi.

— Policeman ! cria la même voix. N'avez-vous pas vu une femme ?

— Quelle sorte de femme ?

— Une femme vêtue d'une robe couleur lavande.

— Mais non, interrompit l'autre homme, les vêtements que nous lui avions donnés se trouvaient sur son lit, elle a dû remettre ceux qu'elle portait en arrivant chez nous, des vêtements blancs. Une femme tout en blanc, policeman ?

— Je ne l'ai pas vue, monsieur.

— Si vous ou l'un de vos hommes la rencontrez, arrêtez-la et ramenez-la avec ménagement à cette adresse. Je rembourserai les frais et donnerai une bonne récompense.

Le policeman regarda la carte qu'on lui tendait.

— Pourquoi devons-nous l'arrêter ? Qu'a-t-elle fait ?

— Fait ! Mon Dieu ! elle s'est enfuie de notre asile. Souvenez-vous... une femme tout en blanc... Au revoir !

5

« Elle s'est enfuie de notre asile ! »

J'avoue que la signification terrible de ces mots ne m'étonnait qu'à demi. Les questions et les réponses bizarres que m'avait faites cette femme après que je lui eus promis assez inconsidérément de la laisser libre d'agir à sa guise m'avaient déjà donné à penser ou bien qu'elle était d'un naturel capricieux, instable, ou bien qu'à la suite d'une très forte émotion elle souffrait d'un déséquilibre mental. Mais la pensée qu'elle pouvait être réellement folle ne m'était jamais venue à l'esprit.

Qu'avais-je fait ? Aidé à fuir la victime d'un horrible emprisonnement injustifié, ou abandonné aux hasards de la grande ville une pauvre créature incapable de se diriger ? Je n'osais y penser.

Rentré chez moi à Clement's Inn, dans l'état d'esprit où je me trouvais, il était inutile de songer à me mettre au lit. Dans quelques heures d'ailleurs, je devais partir pour le Cumberland. J'essayai de dessiner, puis de lire, mais en vain. Qu'était devenue la pauvre femme que j'avais abandonnée à son sort ?

Ce fut un réel soulagement pour moi de voir arriver l'heure de dire adieu à Londres et de m'en aller vers une nouvelle vie. Le tintamarre assourdissant de la gare me fit presque du bien. D'après les instructions, je devais changer de train à Carlisle afin de bifurquer vers la côte. La malchance fit que notre locomotive tomba en panne entre Lancaster et Carlisle, ce qui me fit manquer la correspondance. Je dus attendre plusieurs heures le train suivant, qui me déposa à la station la plus proche de Limmeridge House aux environs de 10 heures du soir. La nuit était si dense que je distinguai à peine le cabriolet que Mr Fairlie avait envoyé à mon intention.

Le cocher, déconcerté par mon arrivée tardive, avait cet air respectueusement maussade particulier aux domestiques anglais. En silence, la voiture se mit en marche avec prudence à travers la nuit sombre. Le mauvais état des routes et l'obscurité opaque rendaient le chemin difficile, aussi y avait-il plus d'une heure que nous roulions lorsque j'entendis au loin le murmure de la mer et le crissement du gravier sous les roues. Nous avions franchi une grille avant de nous engager dans l'allée et nous en passâmes encore une seconde avant d'arriver à la maison. Accueilli par un domestique solennel sans livrée, je fus informé que la famille s'était retirée pour la nuit et conduit dans une pièce spacieuse où mon souper m'attendait à l'extrémité d'une grande table en acajou.

J'étais trop fatigué et trop préoccupé pour boire ou manger beaucoup, surtout avec la présence, derrière moi, du domestique prévenant tous mes gestes, comme si plusieurs invités étaient à table, au lieu d'un homme solitaire. En un quart d'heure, j'eus terminé. Le domestique, toujours aussi rigide, me conduisit dans une chambre joliment meublée et me dit : « Déjeuner à 9 heures, monsieur. » Il jeta un coup d'œil autour de lui pour voir s'il ne manquait rien et disparut sans bruit.

Qui allais-je voir dans mes rêves ? me demandai-je

en éteignant la bougie. La Dame en blanc ? Ou les habitants inconnus de cette maison ? C'était une sensation étrange d'y dormir comme un ami de la famille et de n'y connaître personne !

6

Lorsque je m'éveillai le matin et ouvris mes volets, la mer m'apparut dans toute sa splendeur sous le soleil éclatant du mois d'août. La côte d'Écosse bordait de bleu l'horizon lointain.

Ce spectacle était une telle surprise pour moi, un tel changement après le paysage monotone des briques et du mortier de Londres que j'eus l'impression de commencer une nouvelle vie. Il me donna la troublante sensation d'avoir soudain rompu avec le passé, sans avoir acquis cependant aucune certitude quant au présent ou à l'avenir.

Tout ce qui s'était passé les derniers jours s'effaçait dans mon souvenir comme si, au contraire, des mois et des mois s'étaient écoulés depuis lors. L'étrange nouvelle de Pesca, m'annonçant qu'il avait trouvé pour moi une situation ; la soirée d'adieu chez ma mère et ma sœur ; et même mon aventure si mystérieuse sur la route de Hampstead alors que je revenais en ville, tout cela vraiment m'apparaissait comme autant d'événements appartenant à une époque déjà lointaine de mon existence. Si je pensais toujours à la Dame en blanc, son image pourtant devenait indistincte, floue.

Un peu avant 9 heures, je descendis au rez-de-chaussée. Le domestique de la nuit dernière, me trouvant déambulant dans les couloirs, me montra charitablement le chemin de la salle à manger.

Tandis qu'il ouvrait la porte, un premier coup d'œil me fit apercevoir au milieu de la pièce éclairée par de nombreuses fenêtres une longue table abondamment garnie.

Près d'une des fenêtres se tenait debout une jeune femme qui me tournait le dos. Mes yeux se fixèrent un moment sur elle, et je fus frappé de la rare perfection de son corps et par la grâce naturelle de son maintien. Grande, mais non trop, bien faite et épanouie, elle charmait vraiment les yeux d'un homme. Elle ne m'avait pas entendu entrer ; je pris la liberté de l'admirer tout à mon aise pendant quelques instants avant de remuer une chaise afin d'attirer son attention. Elle se retourna aussitôt. L'aisance de tous ses mouvements tandis que, du fond de la pièce, elle s'avançait vers moi, me rendait impatient de voir clairement son visage. Elle avait de beaux cheveux noirs, elle était jeune ! Elle s'approcha encore de quelques pas, et je vis qu'elle était laide !

Jamais le vieil adage selon lequel la nature ne se trompe en aucun cas ne s'était révélé plus faux – jamais la promesse de beauté que donne une silhouette charmante n'avait été plus cruellement démentie qu'ici par le visage. Le teint était mat, une moustache teintait d'une ombre foncée la lèvre supérieure. La bouche était grande et masculine, les yeux bruns, proéminents, perçants, résolus. La chevelure épaisse, d'un noir de jais, prenait naissance extraordinairement bas sur le front. Tandis que la jeune femme restait silencieuse, son expression, quoique franche, ouverte et intelligente, semblait manquer des attraits féminins de douceur et de tendresse sans lesquels la beauté de la plus jolie femme est incomplète. Voir ce visage sur des épaules si admirables qu'un sculpteur eût sans doute désiré les avoir pour modèle ; avoir été séduit par les gestes discrets et gracieux que laissait deviner la perfection des bras et des jambes, et sentir une véritable répulsion devant l'air et les traits masculins du visage, cela vous donnait une sensation ressemblant étrangement à celle, extrêmement désagréable, que nous connaissons tous, lorsque, pendant notre sommeil, nous ne parvenons pas à nous expliquer les étranges contradictions d'un rêve.

— Mr Hartright, je suppose, demanda-t-elle, tandis que son visage s'adoucissait en s'éclairant d'un sourire. Nous désespérions de vous voir arriver hier soir et sommes allés nous coucher comme d'habitude. Acceptez mes excuses pour notre manque d'attention et permettez-moi de me présenter comme l'une de vos futures élèves. Serrons-nous la main, voulez-vous ? Nous devrons quand même y arriver tôt ou tard, alors autant tout de suite, n'est-ce pas ?

Ces étranges paroles de bienvenue étaient prononcées d'une voix claire, sonore et agréable. La main offerte était plutôt grande mais admirablement faite et tendue vers moi avec l'aisance d'une femme du monde.

Nous nous mîmes à table comme si nous nous connaissions depuis toujours et nous retrouvions à Limmeridge House pour y échanger de vieux souvenirs.

— J'espère que vous êtes venu ici bien déterminé à tirer le meilleur parti possible de votre situation, continua-t-elle. Vous devrez commencer par vous contenter de ma présence, ce matin. Ma sœur est dans sa chambre ; elle a un peu de migraine, et son ancienne gouvernante, Mrs Vesey, la soigne avec amour. Mon oncle, Mr Fairlie, ne nous rejoint jamais pour le repas : étant infirme, il se cantonne en célibataire dans ses appartements. Il n'y a personne d'autre que moi dans la maison. Deux jeunes filles ont passé dernièrement quelque temps ici, mais sont parties hier, désespérées, ce qui n'est pas étonnant. Durant tout leur séjour et à cause de l'état de santé de Mr Fairlie, nous ne leur avons pas présenté un seul être masculin avec qui elles eussent pu causer, danser ou flirter. Aussi nous sommes-nous disputées sans arrêt, surtout pendant les repas. Songez donc ! Quatre femmes en tête à tête continuel ! Vous voyez que je n'entretiens pas de grandes illusions sur mon propre sexe, Mr Hartright ; aucune femme n'en a d'ailleurs, mais bien peu l'avouent ! Prenez-vous du thé ou du café ? Mon Dieu, comme vous avez l'air embarrassé ! Êtes-vous en train de vous demander ce que vous allez prendre pour déjeuner ou bien est-ce ma façon désinvolte de parler qui vous surprend ? Dans le premier cas, je vous conseille en amie de ne pas toucher à ce jambon, et d'attendre plutôt l'omelette. Dans le second cas, je vais vous verser un peu de thé pour vous aider à vous remettre et tâcher de tenir ma langue quelques instants.

Elle me tendit une tasse de thé en riant. Son bavardage piquant et familier vis-à-vis d'un étranger s'accompagnait d'une telle aisance et d'une telle assurance que celles-ci pouvaient garantir à elles seules le respect du plus audacieux des hommes. S'il était presque impossible de demeurer formaliste en sa compagnie, il était tout aussi impossible de manquer de tenue envers elle, n'eût-ce été qu'en pensée.

— Oui, oui, continua-t-elle lorsque j'eus expliqué tant bien que mal mon air ahuri. Je comprends ! Étant complètement étranger ici, vous êtes intrigué par les habitants de cette maison. C'est naturel. J'aurais dû songer déjà à vous en parler. Je commence par moi, si vous le permettez, afin d'en avoir plus vite fini. Mon nom est Marian Halcombe et je suis aussi imprécise que toutes les femmes en appelant Mr Fairlie mon oncle et miss Fairlie ma sœur. Ma mère s'est mariée deux fois ; la première fois avec Mr Halcombe, mon père, la seconde fois avec Mr Fairlie, le père de miss Fairlie, qui est donc ma demi-sœur. Excepté le fait que nous sommes toutes deux orphelines, nous sommes aussi différentes l'une de l'autre que possible. Mon père était pauvre et le sien riche. Je n'ai rien et elle possède une grande fortune. Je suis brune et laide, et elle est blonde et jolie. Tout le monde me trouve revêche et bizarre (avec raison d'ailleurs !) et tout le monde la trouve douce et charmante (avec encore plus de raisons !). En résumé, c'est un ange et je suis... Essayez un peu de cette marmelade, Mr Hartright, et achevez vous-même ma phrase. Que vous dirais-je de Mr Fairlie ? Ma parole, je ne sais plus ! Il vous enverra certainement chercher après le déjeuner et vous en jugerez vous-même. Ce que je puis vous dire, c'est qu'il est le plus jeune frère de feu Mr Fairlie, qu'il est célibataire et qu'il est le tuteur de miss Fairlie. Je ne voudrais pas vivre sans elle, et elle ne peut vivre sans moi, c'est pourquoi je suis à Limmeridge House. Ma sœur et moi, nous nous adorons, ce qui est inexplicable, vu les circonstances. Vous devez, vous, plaire à toutes les deux, Mr Hartright, ou ne plaire à aucune ; ce qui est pire, c'est que vous allez être tout le temps en notre compagnie. Mrs Vesey est une excellente personne ayant toutes les vertus cardinales et ne comptant pour rien. Quant à Mr Fairlie, il est trop infirme pour être un compagnon pour qui que ce soit. Nous attribuons tous son infirmité aux nerfs et, au fond, aucun de nous ne sait pourquoi. Je vous conseille toutefois de flatter ses petites manies quand vous le verrez. Admirez sa collection de pièces de monnaie et de gravures et vous gagnerez son cœur. Si vous pouvez vous contenter d'une existence calme, à la campagne, je ne vois pas pourquoi vous ne vous plairiez pas ici. Du déjeuner au lunch, les estampes de Mr Fairlie vous absorberont. Après le lunch, miss Fairlie et moi prendrons nos cahiers de croquis et irons, sous votre direction, étudier les beautés de la nature, et les déformer en ayant l'illusion de les représenter. Le dessin est son caprice favori, pas le mien. Les femmes ne savent pas dessiner ! Leur imagination est trop féconde et leurs yeux trop inattentifs. N'importe ! ma sœur l'aime, aussi, je gaspille couleurs et papier pour lui faire plaisir. Quant aux soirées, je crois que nous pourrons vous les rendre agréables. Miss Fairlie joue délicieusement du piano. Pour ma part, je ne distingue pas une note d'une autre, mais je puis vous battre aux échecs, au trictrac, à l'écarté et, par une anomalie toute féminine, même au billard.

» Que pensez-vous du programme ? Croyez-vous que vous pourrez vous adapter à notre vie tranquille et régulière ? Ou bien aurez-vous soif de changement et d'aventures ?

Elle avait débité tout cela d'un seul trait et d'un air quelque peu railleur. Mais, malgré le ton léger avec lequel elle l'avait prononcé, le mot « aventures » me donna l'impérieux désir de savoir quel avait été le lien de parenté, si toutefois elles avaient été parentes, entre Mrs Fairlie, ancienne maîtresse de Limmeridge House, et la fugitive sans nom de l'asile.

— Même si j'étais le plus changeant des hommes, répondis-je, il n'y aurait aucun danger que j'aie soif d'aventures pendant quelque temps, car la nuit qui précéda mon arrivée ici, j'en ai vécu une dont l'étrangeté et le mystère me poursuivront durant tout mon séjour à Limmeridge House, je vous le certifie, miss Halcombe.

— Vraiment ? Puis-je la connaître ?

— Vous y avez un certain droit. L'héroïne principale de cette aventure vous est sans doute aussi étrangère qu'à moi, miss Halcombe, mais elle a mentionné le nom de la dernière Mrs Fairlie en termes empreints de la plus sincère gratitude et du plus profond respect.

— Le nom de ma mère ! Vous m'intéressez au-delà de toute expression. Je vous en prie, continuez.

Je racontai les circonstances de ma rencontre avec la Dame en blanc et répétai mot par mot ce que celle-ci m'avait dit au sujet de Mrs Fairlie.

Les grands yeux honnêtes de miss Halcombe me fixaient avec ardeur tandis que je parlais. Son visage exprimait de l'intérêt et de l'étonnement, mais rien de plus. Il était évident qu'elle ne connaissait pas la femme dont je parlais.

— Êtes-vous tout à fait certain des paroles qu'elle a prononcées au sujet de ma mère ? demanda-t-elle.

— Absolument. Qui qu'elle puisse être, cette femme fut un jour élève à l'école du village de Limmeridge et y fut traitée avec une bonté spéciale par Mrs Fairlie. En souvenir de cette bonté, elle garde de l'affection pour tous les survivants de la famille. Elle savait que Mrs Fairlie et son mari étaient morts et parlait de miss Fairlie comme si elle l'eût bien connue étant enfant.

— Vous avez dit, je pense, qu'elle niait avoir habité cette contrée ?

— En effet ; elle m'a dit qu'elle était originaire du Hampshire.

— Et vous n'êtes pas parvenu à connaître son nom ?

— Non.

— Étrange ! Je trouve que vous avez eu parfaitement raison de donner la liberté à cette pauvre créature, Mr Hartright, car elle ne semble pas avoir fait, en votre présence, quelque chose qui prouvât qu'elle ne fût pas capable d'en jouir. J'aurais cependant voulu que vous fussiez plus résolu, pour découvrir son nom. De toute façon, nous devons éclaircir ce mystère, mais vous feriez mieux de n'en parler ni à Mr Fairlie ni à ma sœur. Tous deux, j'en suis persuadée, ignorent tout de cette femme. Ils sont, chacun dans leur genre, nerveux et impressionnables, et vous ne pourriez qu'agiter l'un et alarmer l'autre, sans résultat. Quant à moi, je suis folle de curiosité et, à partir de cet instant, je vais consacrer toute mon énergie à éclaircir ce mystère. Lorsque ma mère vint ici après son second mariage, c'est elle qui créa l'école du village telle qu'elle existe encore aujourd'hui, mais tous les vieux professeurs sont morts ou partis, il n'y a plus aucune lumière à espérer de ce côté. La seule possibilité à laquelle je songe est...

À ce moment, nous fûmes interrompus par l'entrée d'un domestique porteur d'un message de Mr Fairlie, m'informant qu'il serait heureux de me voir, aussitôt que j'aurais terminé mon déjeuner.

— Attendez dans le hall, dit miss Halcombe, répondant à ma place, de son ton sec habituel, Mr Hartright va arriver tout de suite... J'allais vous dire, continua-t-elle en se tournant de nouveau vers moi, que ma sœur et moi possédons de nombreuses lettres de ma mère adressées à mon père et au sien. En l'absence d'autres moyens d'information, je vais passer toute la matinée à examiner cette correspondance avec Mr Fairlie. Celui-ci adorait Londres et était constamment absent de sa maison de campagne. Ma mère avait l'habitude de lui écrire tout ce qui se passait à Limmeridge. Ses lettres sont pleines de renseignements sur l'école qui l'intéressait tant et je pense qu'il y a beaucoup de chances pour que j'aie découvert quelque chose d'intéressant quand nous nous reverrons. Le lunch est à

2 heures, monsieur, et j'aurai le plaisir de vous présenter à ma sœur. Nous emploierons l'après-midi à vous montrer le voisinage et tous les jolis points de vue des environs. À 2 heures. Au revoir !

Elle me salua avec toute la grâce et l'aisance qui la caractérisaient et disparut.

Je sortis aussitôt dans le hall et suivis le domestique vers les appartements de Mr Fairlie.

7

Mon guide me conduisit, au premier étage, dans le corridor menant à la chambre que j'avais occupée la nuit dernière et, ouvrant une porte contiguë à celle-ci, me pria d'entrer.

— Mon maître m'a donné l'ordre de vous montrer votre petit salon particulier, monsieur, déclara-t-il, et de m'informer si vous appréciez la lumière et l'orientation.

J'aurais été bien difficile à contenter si je n'avais pas approuvé la pièce et sa disposition. La fenêtre donnait sur la même vue merveilleuse que celle que j'avais admirée, le matin, dans ma chambre. Les meubles étaient du plus grand confort et d'un goût parfait. Une table était couverte de livres joliment reliés, d'une écritoire élégante et d'un vase contenant de superbes fleurs. Sur l'autre table, devant la fenêtre, s'étalait tout un nécessaire de peinture. Les murs étaient tendus de toile de Perse et le plancher recouvert d'une natte de Chine de deux teintes : ocre et rouge. C'était le plus joli studio que j'aie jamais vu et je l'admirai avec enthousiasme.

Le domestique était trop bien stylé pour trahir la moindre satisfaction. Il s'inclina avec déférence lorsque j'eus épuisé mes termes élogieux et m'ouvrit silencieusement la porte. Nous contournâmes un coin, nous nous engageâmes dans un long corridor, montâmes quelques marches, traversâmes un petit hall circulaire et nous nous arrêtâmes enfin devant une porte recouverte d'une tenture vert sombre. Le domestique l'ouvrit, puis il fit de même avec une seconde porte à peu près identique, et sans bruit écarta une tenture de voile vert pâle en articulant d'une voix douce : « Mr Hartright », puis il me quitta.

Je me trouvai dans une chambre haute et spacieuse, au plafond merveilleusement sculpté et au plancher recouvert d'un épais tapis, doux et moelleux. D'un côté, il y avait une longue bibliothèque d'un bois rare incrusté que je ne connaissais pas, sur laquelle étaient rangées des statuettes de marbre. De l'autre côté, se trouvaient deux armoires anciennes entre lesquelles était pendue au mur une reproduction de la *Vierge à l'Enfant* de Raphaël. À droite et à gauche de la porte, enfin, une chiffonnière et un socle en marqueterie, supportant des porcelaines de Dresde, des ivoires, des curiosités incrustées d'or et de pierreries.

À l'autre extrémité de la chambre, en face de moi, les fenêtres étaient condamnées et l'ardeur du soleil était tempérée par de grandes tentures du même ton que la portière. La lumière ainsi obtenue était extrêmement douce, mystérieuse ; elle éclairait uniformément tous les objets et rendait plus sensible encore le silence profond qui régnait dans la pièce, et plus sensible aussi son atmosphère de retraite ; elle entourait à souhait d'un halo paisible la silhouette solitaire du maître de la maison, assis nonchalamment dans un grand fauteuil aux bras duquel étaient fixés d'un côté un petit chevalet de lecture et, de l'autre, une petite table.

Si l'apparence permet de deviner l'âge d'un homme qui sort de son cabinet de toilette, j'aurais donné à celui-ci de 50 à 60 ans. Son visage rasé de frais était mince, fatigué et d'une pâleur transparente, mais sans ride. Son nez était grand et crochu, ses yeux étaient d'un gris-bleu indéfinissable et proéminents, et les paupières bordées de rouge. Ses cheveux étaient rares, fins – des cheveux de ce blond clair qui ne laisse apparaître qu'assez tard le grisonnement.

Il était vêtu d'un veston foncé coupé dans un tissu très léger, d'un gilet et d'un pantalon d'un blanc neigeux. Les pieds, aussi petits que des pieds de femme, étaient chaussés de bas de soie de couleur chamois et de délicates pantoufles de cuir brun. Deux bagues de prix ornaient ses mains, qu'il avait fines et blanches.

Son regard avait quelque chose de singulier et de déplaisant chez un homme, il était languissant et incertain.

Ma conversation du matin avec miss Halcombe m'avait disposé à trouver tout le monde charmant à Limmeridge House, mais la vue de Mr Fairlie suscita en moi une antipathie profonde.

En me rapprochant de lui, je m'aperçus qu'il n'était pas aussi inactif que je l'avais cru tout d'abord. Au milieu des objets rares, qui couvraient une grande table ronde placée non loin de lui, se trouvait une petite armoire d'ébène et d'argent, contenant des pièces de monnaie de toutes les formes et de toutes les grandeurs, rangées soigneusement dans de petits tiroirs drapés de velours rouge sombre. L'un d'eux était posé sur la tablette fixée au bras du fauteuil ainsi que quelques brosses minuscules de bijoutier, une peau et une petite bouteille. Lorsque je m'avançai pour saluer

Mr Fairlie, ses maigres doigts blancs manipulaient tendrement quelque chose qui, à mes yeux inexpérimentés, ressemblait à une médaille sale aux coins usés.

— Si heureux de vous avoir à Limmeridge House, Mr Hartright, dit-il d'une voix dolente et éraillée. Asseyez-vous, je vous prie, sans reculer la chaise, s'il vous plaît, car dans le triste état où se trouvent mes nerfs, le moindre bruit m'est pénible. Avez-vous vu votre studio ? Vous plaît-il ?

— Je viens justement de le voir, Mr Fairlie, et je vous assure...

Il m'arrêta d'un geste implorant, en fermant les yeux.

— Je vous prie de m'excuser, mais ne pourriez-vous pas essayer de parler sur un ton moins élevé ? Dans le triste état de mes nerfs, les sons criards me torturent. Vous pardonnez à un infirme, n'est-ce pas ? Je ne fais que vous dire ce que mon lamentable état de santé m'oblige à dire à tout le monde. Oui... alors, vous aimez votre studio ?

— Je ne pourrais souhaiter rien de plus joli et de plus confortable, répondis-je, abaissant la voix et me disant à part moi que l'égoïsme de Mr Fairlie et ses nerfs ne constituaient qu'une seule et même chose.

— Si heureux !... Vous serez traité dignement dans cette maison, Mr Hartright, et vous n'y trouverez pas ces horribles sentiments de barbarie anglaise vis-à-vis du rang social d'un artiste. J'ai passé une si grande partie de ma jeunesse à l'étranger que je me suis complètement dépouillé de ces préjugés nationaux. Je voudrais pouvoir en dire autant de la gentry du voisinage, mais ce sont de vrais sauvages quant à l'art, Mr Hartright. Cela vous dérangerait-il beaucoup de remettre ce tiroir dans la petite armoire et de me donner le suivant ? Dans le triste état de mes nerfs, tout mouvement est pour moi un supplice. Oui... merci.

Je remis le tiroir en place et lui en passai un autre avec politesse. Il recommença immédiatement son nettoyage, tout en continuant à me parler.

— Mille mercis et mille excuses. Aimez-vous les pièces de monnaie anciennes ? Oui ?... si heureux ! Voilà un autre goût que nous avons en commun, en plus de l'art. Maintenant, au sujet des arrangements pécuniaires, dites-moi, sont-ils satisfaisants ?

— Des plus satisfaisants, Mr Fairlie.

— Si heureux !... Et... ensuite ? Ah ! je me souviens, oui... en considération de l'amabilité avec laquelle vous voulez bien mettre votre talent à mon service, mon valet de chambre se mettra entièrement à votre disposition dès la fin de la première semaine de votre séjour. Et... après ? C'est curieux, n'est-ce pas ? Je sais que j'ai encore beaucoup de choses à vous dire et j'ai tout oublié. Cela ne vous dérangerait-il pas de sonner dans ce coin ? Oui... merci.

Je sonnai, et sans bruit un autre domestique apparut, un étranger sans nul doute, au sourire étudié, aux cheveux bien brossés, le vrai valet de chambre, quoi !

— Louis, dit Mr Fairlie, époussetant rêveusement le bout de ses doigts à l'aide d'une des petites brosses, j'ai fait des annotations sur mes tablettes ce matin. Allez me les chercher... Mille pardons, Mr Hartright, je crains de vous importuner.

Comme il fermait les yeux d'un air las et comme, en effet, il m'importunait au-delà de toute expression, je me dispensai de répondre et attendis en examinant la *Vierge à l'Enfant*.

Le valet revint bientôt portant un petit livre à couverture d'ivoire. Après avoir poussé un soupir,

Mr Fairlie l'ouvrit d'une main tandis que, de l'autre, il faisait signe au domestique d'attendre.

— Oui, c'est cela. Louis, prenez ce carton, dit-il en désignant une étagère en acajou près de la fenêtre. Non ! pas celui qui a le dos vert, il contient mes estampes de Rembrandt. Mr Hartright, aimez-vous les eaux-fortes ? Oui ?... Si heureux ! Encore un goût en commun. Le carton au dos rouge, Louis. Ne le laissez pas tomber surtout !... Vous n'avez pas idée de la torture que j'endurerais, Mr Hartright, si Louis laissait tomber ce carton. Dites, est-il en sécurité sur cette chaise ? Oui ?... Si heureux ! Voudriez-vous avoir maintenant l'obligeance d'examiner ces gravures, si toutefois vous êtes certain qu'elles sont en sécurité là. Louis, allez-vous-en ! Quel âne vous êtes ! Ne voyez-vous pas que j'ai toujours les tablettes en mains ? Croyez-vous par hasard que je désire les garder ? Alors pourquoi ne m'en débarrassez-vous pas sans que je vous le dise ? Mille excuses, Mr Hartright, les domestiques sont de tels ânes, n'est-ce pas ?... Dites-moi, que pensez-vous de ces gravures ? Elles sont arrivées d'une vente, dans un état honteux, et je trouvais qu'elles sentaient encore les doigts de brocanteurs la dernière fois que je les ai examinées.

Pour moi, si ni mon odorat ni mes nerfs n'étaient assez sensibles pour que l'odeur des doigts plébéiens les irrite, j'avais le goût assez sûr pour apprécier la valeur réelle des aquarelles. Car c'étaient, en réalité, de beaux spécimens de l'aquarelle anglaise et ils auraient mérité un meilleur traitement que celui qu'on leur avait fait subir.

— Ces aquarelles ont besoin d'être sérieusement retouchées et restaurées, répondis-je ; mais, assurément, à mon avis, elles valent...

— Excusez-moi, interrompit Mr Fairlie. Cela vous

dérangerait-il si je fermais les yeux pendant que vous parlez ? Même cette lumière tamisée est trop forte pour moi...

— Je disais que les aquarelles valaient la peine d'y consacrer du temps et des efforts...

Mr Fairlie rouvrit brusquement les yeux et les roula avec un air désespéré dans la direction de la fenêtre.

— Je vous en supplie, Mr Hartright, pardonnez-moi, mais je suis sûr d'avoir entendu crier quelque horrible enfant dans mon jardin privé, juste en dessous de la fenêtre.

— Je ne sais pas, Mr Fairlie, je n'ai rien entendu.

— Soyez obligeant, je vous prie. Vous avez déjà été si bon en ménageant mes pauvres nerfs ! Ayez l'amabilité de regarder par la fenêtre, mais surtout ne laissez pas pénétrer le soleil en soulevant le rideau. Oui... est-ce fait ? N'y a-t-il personne ?

J'accédai à son désir. Le jardin était entouré de hauts murs, et aucun être vivant ne s'y trouvait. J'en fis part à Mr Fairlie.

— Mille mercis ! Ce n'est qu'une idée, je suppose... Il n'y a, grâce à Dieu, pas d'enfants dans la maison, mais les domestiques, qui sont nés sans nerfs, sont capables d'en ramener du village. Quels affreux marmots ! Mon Dieu, Mr Hartright, dois-je vous l'avouer, je désire fortement une réforme dans la constitution des enfants. La seule pensée de la nature semble avoir été d'en faire des machines à produire du bruit. La conception de notre délicieux Raphaël est autrement préférable.

Ce disant, il me montrait les chérubins de l'école italienne, la tête appuyée sur les nuages.

— Une famille modèle ! continua-t-il, des visages délicieusement potelés, entourés de jolies ailes et rien d'autre. Pas de sales petites jambes qui courent et pas de poumons qui crient. Quelle constitution supérieure à celle d'aujourd'hui ! Je vais de nouveau fermer les yeux, si vous le permettez. Alors, vous pourriez restaurer ces aquarelles ? Si heureux !... Y a-t-il autre chose à arranger ? S'il y en a, je l'ai oublié, il serait peut-être préférable de sonner Louis.

Comme j'étais aussi désireux que Mr Fairlie de clôturer l'entretien, je suggérai le dernier point à discuter.

— La seule chose qui reste à établir, Mr Fairlie, est l'enseignement du dessin que j'aurai à donner aux deux jeunes filles.

— Ah ! oui, exactement ! J'aurais souhaité me sentir plus fort pour m'occuper de cet arrangement moi-même, mais je ne puis. Les jeunes filles n'ont qu'à organiser cela elles-mêmes. Ma nièce adore votre art et s'y connaît assez pour se rendre compte de ses propres lacunes. Occupez-vous spécialement d'elle, je vous prie. N'y a-t-il pas encore autre chose ? Non ! Je vois que nous nous comprenons fort bien. Je ne veux pas vous retenir plus longtemps ! Si heureux d'avoir tout arrangé, c'est un tel soulagement ! Cela ne vous dérange-t-il pas de sonner Louis afin qu'il transporte le carton dans votre chambre ?

— Je le transporterai moi-même, si vous le permettez ?

— Vraiment ? Êtes-vous assez fort ? Quelle chance d'être si vigoureux ! Êtes-vous sûr de ne pas le laisser tomber ? Si heureux de vous avoir à Limmeridge House, Mr Hartright ! Je suis tellement souffrant que je n'ose espérer jouir souvent de votre compagnie. Voulez-vous avoir l'obligeance de ne pas faire claquer la porte en sortant et de ne pas laisser tomber le carton surtout ? Merci ! Doucement avec les tentures, je vous prie, le moindre bruit me pénètre dans la chair comme un couteau. Oui... Bonjour !

Lorsque les rideaux vert d'eau furent retombés et que les deux portes feutrées furent refermées derrière moi, je m'arrêtai un moment et poussai un profond soupir de soulagement. C'était comme si je revenais à la surface de l'eau après un long plongeon.

Installé confortablement dans mon joli studio, la première résolution que je pris fut de ne plus mettre les pieds chez le maître de la maison avant qu'il ne me le demandât spécialement, chose fort improbable.

Ayant pris cette décision, je retrouvai mon humeur sereine, et ma matinée s'écoula agréablement à examiner les aquarelles et à les classer. Je fis tous mes préparatifs pour le travail que je comptais entreprendre et attendis avec impatience l'heure du lunch.

À 2 heures, je descendis à la salle à manger, non sans une certaine inquiétude. J'allais être présenté à miss Fairlie et, d'autre part, les recherches que miss Halcombe avait faites parmi les lettres de sa mère avaient peut-être donné un résultat qui allait me révéler le mystère de la Dame en blanc !

8

Je trouvai miss Halcombe assise à table en compagnie d'une dame âgée.

Lorsque je fus présenté à cette dernière, qui n'était autre que la gouvernante de miss Fairlie, je me souvins en souriant du portrait qu'en avait fait miss Halcombe : « Possédant toutes les vertus cardinales, mais ne comptant pour rien ! » Mrs Vesey personnifiait bien la quiétude et l'amabilité. Un sourire serein éclairait éternellement son visage placide. Dans la vie, certains courent, d'autres flânent. Mrs Vesey, elle, s'asseyait. Elle s'asseyait dans la maison, le matin et le soir, elle s'asseyait dans le jardin, elle s'asseyait aux fenêtres dans les corridors, elle s'asseyait sur un pliant quand on l'obligeait à aller se promener. Elle s'asseyait avant de parler, avant de répondre ne fût-ce que « oui » ou « non », avant de regarder quelque chose, avec toujours le même sourire, la même inclination de tête paisible, la même confortable position des mains et des bras.

Une vieille dame douce, extraordinairement tranquille et bien agréable ! Devant elle, on oubliait même qu'elle existait... La nature a tant à faire, et il y a tant de variétés parmi les êtres et les choses qu'elle produit que, de temps à autre, certainement, elle ne doit plus distinguer très clairement entre les différentes espèces au développement desquelles elle doit veiller. Aussi ai-je toujours eu la conviction intime que la nature s'occupait à faire pousser des choux au moment de la naissance de Mrs Vesey et que la bonne dame se ressentait de ce qu'avait été à cette heure-là la préoccupation de notre mère à tous.

— Dites, Mrs Vesey, interrogea miss Halcombe de son petit air moqueur, qu'allez-vous prendre ? Une côtelette ?

Mrs Vesey joignit les mains sur le bord de la table, sourit candidement et répondit :

— Oui, chère...

— Qu'y a-t-il en face de Mr Hartright ? Ah ! Je vois du poulet. Je croyais que vous le préfériez aux côtelettes, Mrs Vesey ?

Celle-ci enleva les mains de la table, les joignit sur ses genoux, regarda le poulet d'un air pensif, et répondit :

— Oui, chère...

— Eh bien, que désirez-vous, aujourd'hui ?

Mr Hartright doit-il vous donner du poulet, ou dois-je vous donner une côtelette ?

Mrs Vesey appuya une seule main sur la table, hésita, puis répondit :

— Comme vous voulez, chère...

— Mais pour l'amour du Ciel ! c'est selon votre goût et non selon le mien, chère madame ! Supposons que vous preniez un peu des deux et que vous commenciez par ce poulet que Mr Hartright meurt d'envie de vous servir ?

Remettant la seconde main sur la table, Mrs Vesey, en s'inclinant vers moi, me dit radieuse :

— S'il vous plaît, monsieur.

Une vieille dame douce, extraordinairement tranquille et bien agréable, certes !

Pendant tout ce temps, toujours pas de miss Fairlie. Miss Halcombe, à qui rien n'échappait, remarquant les regards que je jetais vers la porte, me rassura.

— Je vous comprends, Mr Hartright ; vous vous demandez ce qu'est devenue votre seconde élève. Soyez tranquille, elle est descendue et n'a plus de migraine mais, ne se sentant pas en appétit, elle a préféré ne pas nous rejoindre à table. Fiez-vous à moi, je la trouverai sans doute au jardin.

Prenant un parasol, elle se dirigea vers la porte-fenêtre donnant sur la pelouse, et nous abandonnâmes Mrs Vesey toujours à table dans la même position et paraissant vouloir y demeurer tout l'après-midi.

Tandis que nous traversions la pelouse, miss Halcombe me regarda d'un air entendu :

— Votre mystérieuse aventure garde toute son obscurité, me dit-elle. J'ai passé toute la matinée à compulser la correspondance de ma mère et n'ai rien découvert. Mais ne désespérez pas, Mr Hartright, vous avez une femme comme alliée, et la curiosité de notre sexe est légendaire. D'ailleurs, il reste encore trois paquets de lettres que je n'ai pas examinés et je vais y passer toute la soirée.

Un de mes espoirs étant déjà déçu, je me demandais si la présentation de miss Fairlie ne m'apporterait pas une seconde désillusion.

— Comment s'est passée votre entrevue avec Mr Fairlie ? demanda ma compagne, tandis que nous entrions dans un bosquet touffu. S'est-il montré très nerveux ce matin ? Oh ! pas besoin de me répondre ! Le seul fait que vous l'ayez constaté me suffit et je vois à votre visage qu'il a dû être spécialement agité aujourd'hui. Mais, comme je ne désire pas du tout vous voir dans le même état, je n'insiste pas.

Nous prîmes un sentier sinueux qui conduisait à une jolie maisonnette en bois, pareille à un chalet suisse. La seule pièce de ce pavillon d'été était déjà occupée par une jeune fille, debout près d'une table rustique qui, tout en feuilletant distraitement les pages d'un cahier de croquis, regardait en rêvant la lande et la montagne qui se dessinaient entre les arbres. C'était miss Fairlie. Comment pourrais-je la décrire ? Comment pourrais-je la détacher de mes impressions personnelles et de tout ce qui m'est arrivé ces derniers temps ? Comment pourrais-je la revoir comme je la vis pour la première fois, comme je voudrais la faire apparaître aux yeux du lecteur aujourd'hui ?

L'aquarelle que je fis d'elle par la suite se trouve sur mon bureau tandis que j'écris. Je la regarde, et je vois, se découpant sur le fond du pavillon, une silhouette claire, vêtue d'une simple robe de mousseline blanche, rehaussée de lacets bleus et blancs. Une écharpe de même tissu ondule gracieusement sur ses épaules et un petit chapeau en paille naturelle, garni de rubans assortis à sa robe, ombre le dessus de son visage.

Les cheveux sont d'un blond doré et vaporeux et se confondent avec la paille de son chapeau. Ses sourcils sont plus foncés que ses cheveux et ses yeux sont d'un bleu turquoise, doux et limpide, si souvent chanté par les poètes et si rarement rencontré dans la vie. Des yeux d'une merveilleuse couleur, exquis de forme, grands, tendres et doucement pensifs, mais beaux surtout par leur limpidité. Le charme qu'ils répandent sur tout le visage est si doux qu'il est assez difficile de se rendre compte des légers défauts de certains traits. On devine à peine que le menton est un peu trop fin pour s'harmoniser parfaitement avec le haut du visage ; que le nez, loin d'être aquilin (forme toujours dure, même si elle est admirable, irréprochable, chez une femme), est au contraire un peu relevé et manque ainsi de cette perfection à laquelle nous rêvons ; ou que les lèvres doucement sensuelles ont tendance à s'élever d'un côté quand la jeune fille sourit. On remarquerait peut-être ces défauts dans un autre visage féminin, mais ici cela est quasi impossible, vraiment, tant ils se confondent avec cette expression si rare, si personnelle et parce que rayonne, précisément, sur tous les traits, la vivacité lumineuse des yeux.

Mon aquarelle, ce portrait que j'ai fait d'elle avec patience, avec amour en des jours heureux, me montre-t-il bien tout cela ? Ah ! que le portrait est pauvre en comparaison des souvenirs qui renaissent en moi ! Une jeune fille svelte et ravissante, habillée d'une robe légère, feuilletant un cahier de croquis tandis que son regard confiant se perd au-devant d'elle – voilà tout ce que le portrait peut représenter, et tout ce que représenterait, peut-être, une page mûrement réfléchie et soigneusement écrite. La femme qui la première donne vie, clarté et forme à la très vague conception que nous avons de la beauté comble en nous un vide dont jusque-là nous n'avions pas conscience. Des sympathies trop profondes pour que les mots les expliquent, trop profondes même pour que la pensée les saisisse, sont alors réveillées par des charmes mystérieux qui existent aussi bien dans notre âme que dans l'âme de la femme aimée. Alors, et alors seulement, le mystère lui-même s'éclaire, le crayon ou la plume peut l'exprimer.

Vous qui me lisez, pensez à elle comme vous songeriez à la première femme qui fit battre votre cœur, demeuré jusque-là insensible ; laissez ses yeux bleus, candides et bons, vous regarder avec cette expression unique qu'on ne peut oublier ; écoutez sa voix résonner à votre oreille comme celle de la femme que vous avez aimée autrefois ; et laissez ses pas errer dans cette histoire comme chacun des pas qui vous étreignait le cœur en ce temps-là. Regardez-la comme la maîtresse de votre propre imagination : et elle vivra pour vous comme elle vit encore pour moi.

À l'impression profonde que produisit son charme, se mêlait la sensation étrange qu'il y manquait quelque chose, je ne savais quoi. Tantôt, c'était en elle, me semblait-il, que je ne trouvais pas tout ce que j'aurais voulu trouver ; tantôt, c'était en moi-même, et cela m'empêchait de la comprendre tout à fait. Si bizarre que cela paraisse, j'éprouvais surtout cette sensation lorsqu'elle me regardait ; ou, en d'autres mots, lorsque, parfaitement conscient de la beauté de son visage, j'étais troublé par ce je-ne-sais-quoi qui lui manquait et que je ne parvenais pas à définir. Cette curieuse pensée ne facilita guère ma première rencontre avec Laura Fairlie ; je n'étais pas encore maître de moi, lorsqu'elle prononça quelques mots de bienvenue.

Observant mon trouble, qu'elle attribuait à une timidité momentanée, miss Halcombe sauva la situation avec son élégance habituelle.

— Eh bien ! Mr Hartright, vous reconnaîtrez que j'ai vite découvert la retraite de votre élève modèle. Voyez ! dès qu'elle a appris votre présence dans la maison, elle a empoigné son cahier de croquis et, contemplant l'immense nature devant elle, elle est prête à commencer la leçon !

Miss Fairlie éclata d'un rire joyeux, qui illumina son visage charmant comme un rayon de soleil de ce bel après-midi.

— Je ne dois pas prendre pour moi un mérite qui ne m'est pas dû, déclara-t-elle, tandis que son regard limpide se portait de miss Halcombe à moi. Adorant le dessin comme je l'adore, je suis si consciente de mon ignorance que je suis plus effrayée que désireuse de commencer. Maintenant que je vous sais là, Mr Hartright, je revois mes croquis comme je revoyais mes leçons lorsque j'étais petite fille et que j'étais affolée à l'idée de ne pas les savoir.

Elle fit cette confession simplement, avec un sérieux enfantin, en refermant le cahier de croquis, puis elle se tut. Miss Halcombe interrompit aussitôt le silence qui devenait embarrassant.

— Bons, mauvais ou médiocres, dit-elle, les croquis des élèves devront passer au crible du jugement du maître. Je propose de les emporter avec nous en voiture, Laura, afin que Mr Hartright les regarde pour la première fois au milieu des soubresauts et des interruptions forcées. Car, si nous pouvions, tout en nous promenant, arriver à lui faire confondre la nature telle que nous allons la lui montrer et la nature telle que nous l'avons représentée dans ce cahier de croquis, il se verrait obligé de nous faire des compliments et notre vanité serait sauvegardée.

— J'espère bien que Mr Hartright ne me fera jamais de compliments, répondit miss Fairlie tandis que nous quittions le pavillon.

— Puis-je me permettre de vous demander pourquoi ? demandai-je.

— Parce que je vous croirais, répondit-elle simplement.

Par ces quelques mots, elle me faisait connaître, sans s'en rendre compte, la nature de son caractère tout entier : sa confiance profonde dans les autres, qui venait de sa grande loyauté personnelle. Je le sentis alors par intuition... j'en ai maintenant la certitude par expérience.

Avant de monter en voiture, nous allâmes chercher Mrs Vesey dans la salle à manger, où elle occupait toujours la même place devant la table desservie.

La vieille dame et miss Halcombe s'installèrent sur le siège du fond, tandis que je prenais place à côté de miss Fairlie sur le siège avant, le cahier de croquis grand ouvert entre nous deux. Toute critique sérieuse m'eût été rendue impossible par le parti pris de miss Halcombe de ne voir que le côté ridicule du dessin, lorsqu'il était pratiqué par une femme. Aussi, je me souviens aujourd'hui beaucoup mieux de la conversation que nous eûmes durant cette promenade, surtout quand miss Fairlie y prenait part, que des croquis que je regardai à peine.

Oui, j'avoue que, dès le premier jour, je me leurrai sur moi-même et sur la situation que j'occupais à Limmeridge House. Les questions les plus insignifiantes que me faisait miss Fairlie sur la façon de dessiner et de mélanger les couleurs, le plus léger changement qui se produisait dans l'expression de ses beaux yeux avides d'apprendre, m'intéressaient bien plus que les merveilleux paysages que nous traversions et que les jeux de lumière sur la lande et sur le rivage.

Il est curieux de constater combien les beautés de la nature nous impressionnent peu, quand nous avons d'autres préoccupations en tête. C'est seulement dans les romans que nous recherchons auprès de la nature un réconfort dans nos peines, une sympathie dans nos joies. L'admiration pour ces splendeurs inanimées que la poésie moderne décrit avec tant d'éloquence n'existe pas à l'état latent dans notre être intime. Aucun de nous ne la possède étant enfant et aucune personne n'en est imprégnée en naissant. Ceux dont la vie s'écoule au milieu des merveilles toujours changeantes de la terre et de la mer sont précisément ceux qui s'y intéressent le moins, à moins que ces changements continuels ne soient étroitement liés à leur profession. C'est tout un art de savoir apprécier les merveilles de l'univers sensible, et c'est ce que la civilisation nous enseigne chaque jour. Mais cet art, le pratiquons-nous hors des moments où nous sommes inoccupés et enclins à la paresse ? Nous sommes-nous jamais sentis attirés par la nature lorsque nous éprouvons de la joie ou de la tristesse ? Quelle place occupe-t-elle dans l'expérience de chacun de nous ? Il doit certes y avoir une raison profonde à ce manque d'union entre la créature et la création : cette raison se trouve peut-être dans la différence qui existe entre les destinées de l'homme et de la sphère sur laquelle il vit. Les plus hautes montagnes que l'œil puisse voir sont vouées à l'anéantissement ; le moindre intérêt qui puisse faire battre un cœur pur devient immortel.

Il y avait près de trois heures que nous nous promenions lorsque la voiture franchit à nouveau les grilles de Limmeridge House.

Sur le chemin du retour, j'avais laissé aux jeunes filles le soin de choisir elles-mêmes les paysages qu'elles dessineraient sous mes instructions, le lendemain après-midi. Lorsqu'elles furent montées chez elles s'habiller pour le dîner, et que je me retrouvai seul dans mon petit studio, je me sentis soudain découragé. J'étais mécontent de moi-même, sans savoir pourquoi. Peut-être m'apercevais-je seulement alors que j'avais joui de notre promenade en invité, et non en professeur de dessin ? Peut-être étais-je toujours hanté par ce quelque chose qui me manquait ou manquait à miss Fairlie ? En tout cas, j'éprouvai un réel soulagement lorsque la cloche du dîner m'arracha à ma solitude.

En entrant dans la salle à manger, je fus frappé du contraste des robes. Tandis que Mrs Vesey et miss Halcombe étaient vêtues avec recherche, selon leur âge, l'une en gris argent et l'autre en un jaune primevère s'harmonisant parfaitement avec son teint mat et ses cheveux noirs, miss Fairlie portait une robe de mousseline blanche très simple. Cette toilette immaculée lui seyait à ravir, mais c'était une robe que la fille d'un homme pauvre aurait pu porter ; elle paraissait même moins luxueuse que celle de sa gouvernante.

Plus tard, lorsque je connus mieux le caractère de miss Fairlie, je découvris que ce contraste était voulu, qu'il provenait de sa délicatesse naturelle jointe à l'aversion profonde qu'elle ressentait à faire étalage de sa fortune.

Après le dîner, nous retournâmes ensemble au salon. Quoique Mr Fairlie eût donné à son domestique l'ordre de consulter mes goûts quant aux liqueurs que je préférais après le dîner, j'étais décidé à résister à la tentation de rester en solitaire parmi les bouteilles de mon choix et j'avais demandé aux dames l'autorisation, pendant toute la durée de mon séjour à Limmeridge House, de quitter la table en même temps qu'elles, à la façon des étrangers.

Le salon se trouvait à l'entresol et avait les mêmes dimensions que la salle à manger. Deux grandes portes-fenêtres donnaient sur une terrasse admirablement garnie de fleurs.

Tandis que nous pénétrions dans le salon, le crépuscule fondait harmonieusement dans la même ombre les feuilles et les fleurs dont le parfum enivrant parvenait jusqu'à nous. La bonne Mrs Vesey, toujours la première à s'asseoir, s'installa confortablement dans un fauteuil avec l'intention visible de dormir. À ma demande, miss Fairlie se mit au piano et tandis que j'approchais un siège pour l'écouter, je vis miss Halcombe se retirer dans l'embrasure d'une fenêtre et mettre à profit les dernières lueurs du jour pour achever l'examen de la correspondance de sa mère.

Ce tableau de famille est encore vivant à mes yeux, tandis que j'écris ! De l'endroit où j'étais assis, je pouvais admirer la gracieuse silhouette de miss Halcombe, à demi dans l'ombre, à demi éclairée par la douce lumière, parcourant une à une les lettres posées sur ses genoux ; plus près de moi, le beau profil de miss Fairlie se détachait délicatement sur l'arrière-plan de plus en plus sombre que formait le mur du fond de la pièce. Dehors, sur la terrasse, les fleurs en bouquets et les plantes grimpantes frémissaient à peine dans la légère brise du soir. Le ciel était sans nuage et la mystérieuse clarté de la lune commençait à irradier le firmament. Un calme profond enveloppait toute chose tandis que s'égrenait doucement au piano la musique de Mozart. C'est inoubliable !

Nous restâmes à nos places sans bouger, jusqu'à ce que la lumière nous manquât tout à fait. La lune maintenant éclairait la terrasse et ses rayons d'argent nous atteignaient. Cette pénombre était si belle que d'un commun accord nous décidâmes de ne pas allumer les lampes que le domestique venait d'apporter. Seules les deux bougies du piano brûlaient.

Pendant une demi-heure encore, la musique nous enchanta, puis la beauté du clair de lune tenta miss Fairlie. Elle se dirigea vers la terrasse où je la suivis. Absorbée dans sa lecture à la lumière des bougies, miss Halcombe ne parut pas s'apercevoir de notre sortie.

Miss Fairlie, sur mon conseil, venait de se couvrir d'un foulard blanc pour se protéger de la fraîcheur du soir, quand la voix de sa sœur se fit entendre, plus grave que d'ordinaire.

— Mr Hartright, appelait-elle, voulez-vous venir ici un moment, je vous prie ? J'ai à vous parler.

Je rentrai avec précipitation et la trouvai les genoux encombrés de papiers, tandis qu'elle approchait une lettre de la bougie. Je plaçai un siège à ses côtés, ce qui me permettait, tout en l'écoutant, d'observer la terrasse où miss Fairlie se promenait sous les rayons de lune.

— Je désire vous lire tout de suite les derniers passages de cette lettre, me dit miss Halcombe, et que vous me disiez s'ils projettent quelque lumière sur votre aventure nocturne. Cette lettre est adressée par ma mère à son second mari, Mr Fairlie ; elle date d'il y a environ douze ans. À cette époque, Mr et Mrs Fairlie ainsi que ma demi-sœur Laura habitaient cette maison depuis quelques années, et je poursuivais mon éducation dans un couvent à Paris. Voici ce qu'elle dit :

« Vous devez être fatigué, mon cher Philip, de m'entendre toujours parler de mes écoles et de mes élèves.

Jetez votre blâme sur la monotonie de l'existence à Limmeridge et non sur moi, d'autant plus que, cette fois, j'ai quelque chose de vraiment intéressant à vous raconter au sujet d'une élève.

» Vous connaissez, à la boutique du village, la vieille Mrs Kempe, n'est-ce pas ? Eh bien ! après des années de souffrances, le médecin a enfin renoncé à la sauver et elle s'éteint doucement. Sa seule parente était une sœur qui est arrivée la semaine dernière. Celle-ci vient du Hampshire et se nomme Mrs Catherick. Il y a quatre jours, elle est venue me voir, accompagnée de son enfant, une adorable petite fille, n'ayant qu'un an de plus que notre Laura chérie... »

Comme miss Halcombe lisait cette dernière phrase, miss Fairlie passa devant la porte, chantonnant doucement une des mélodies qu'elle avait jouées dans la soirée ; miss Halcombe attendit un moment, puis elle continua :

« Mrs Catherick est une femme d'un certain âge, convenable, bien élevée, respectable et paraissant avoir été presque jolie. Dans sa façon de faire, il y a cependant quelque chose qui m'intrigue, car le silence qu'elle s'obstine à garder sur elle-même me fait croire qu'il existe un mystère dans sa vie. Le but de son séjour à Limmeridge est cependant tout à fait normal ; n'ayant personne qui pût s'occuper de sa petite fille dans le Hampshire en son absence, elle l'a emmenée avec elle pour venir soigner sa sœur. Mrs Kempe pouvant mourir d'un jour à l'autre ou traîner encore des mois, le but de la visite de Mrs Catherick était de me demander d'accepter sa petite fille Anne à l'école, pendant ce temps. Je consentis tout de suite et lorsque je sortis avec Laura ce jour-là pour notre promenade quotidienne, nous allâmes chercher l'enfant pour la conduire en classe. »

Dans un rayon de lune, la silhouette blanche de miss Fairlie passa de nouveau devant la porte, le visage joliment encadré du foulard blanc qu'elle avait noué sous son menton pour se préserver de l'humidité de la nuit. Cette fois encore, miss Halcombe attendit qu'elle fût passée pour continuer.

« J'ai un grand faible, Philip, pour ma nouvelle élève et je vous en dirai la raison plus loin, pour vous en faire la surprise. La mère m'ayant aussi peu parlé de sa fille que d'elle-même, je dus constater par moi-même que l'intelligence de la pauvre enfant n'était guère développée pour son âge. Le lendemain, je trouvai un prétexte pour la faire venir à la maison et demandai au médecin de la famille de passer par ici, comme par hasard, et de l'interroger afin de me donner son impression sur elle.

» Son opinion est qu'avec de la patience et de la ténacité on aura raison de cette lenteur d'esprit. Mais il faut, dit-il, que l'on veille sérieusement dès maintenant à son éducation, car son peu d'aptitude à comprendre risquerait de la faire s'attacher dangereusement à quelques idées très simples une fois qu'elle les aurait saisies. Ne croyez surtout pas, mon amour, que je me suis attachée à cette idiote ! Cette pauvre petite Anne Catherick est une adorable créature, affectueuse et reconnaissante. Elle dit les choses les plus exquises d'une façon spontanée, quoique un peu craintive. Elle est toujours vêtue très proprement mais sans goût, aussi me suis-je décidée à faire arranger à sa taille quelques anciennes robes blanches de notre Laura chérie et à lui donner aussi certaines de ses coiffures blanches en la persuadant que le blanc lui allait à ravir.

» Après un moment d'hésitation, elle a saisi ma main et l'a couverte de baisers en s'écriant d'un air très sérieux : “Toute ma vie, je porterai désormais du blanc. Cela m'aidera à me souvenir de vous, madame, et je serai heureuse de penser qu'ainsi je vous plais, même quand je serai loin de vous !” Pauvre petite créature ! Je lui ferai apprêter tout un lot de robes blanches, afin qu'elle en ait pour des années. »

Miss Halcombe, s'arrêtant brusquement, me demanda :

— La femme abandonnée que vous avez rencontrée paraissait-elle avoir plus de 22 ou 23 ans ?

— Non, miss Halcombe, elle paraissait cet âge.

— Était-elle étrangement vêtue de blanc ?

— Oui, tout de blanc !

Tandis que la réponse sortait de mes lèvres, miss Fairlie s'arrêta devant la porte-fenêtre en nous tournant le dos et s'appuya contre la balustrade donnant sur le jardin. Mes yeux se fixèrent sur la robe de mousseline blanche éclairée par la lune, et une sensation très pénible, mais qu'il me serait impossible d'expliquer, me parcourut.

— Tout en blanc ? reprit miss Halcombe. Les phrases les plus importantes se trouvent à la fin de la lettre, mais je ne puis m'empêcher de m'arrêter déjà à cette coïncidence. Le médecin peut s'être trompé en diagnostiquant que la lenteur d'esprit de l'enfant se corrigerait, et la fantaisie reconnaissante de la petite fille vis-à-vis de ma mère peut être devenue un sentiment tenace chez la jeune femme.

Je regardais la robe vaporeuse de miss Fairlie, sans répondre.

— Écoutez les dernières phrases, reprit ma compagne, je pense qu'elles vous surprendront.

Comme elle disait ces mots, miss Fairlie quitta la balustrade et nous regarda.

Miss Halcombe termina rapidement sa lecture :

« Et maintenant, mon chéri, voyant que je suis au bout de ma feuille de papier, je veux vous dire la surprenante raison de mon attachement à Anne Catherick. Quoiqu'elle ne soit pas de moitié aussi jolie que notre fille, par un caprice étrange de la nature, elle en est le portrait vivant comme cheveux, comme traits, comme couleur des yeux et comme silhouette. »

Je me levai brusquement de mon siège, le même frisson que celui qui m'avait parcouru dans la solitude de la nuit, lorsqu'une main s'était posée sur mon épaule, venait de me secouer tout entier. Devant moi se tenait miss Fairlie, éclairée par les rayons de la lune, vivante image de la Dame en blanc !

Ce quelque chose que je ne trouvais pas à définir en elle et qui me torturait depuis le début, c'était donc cela ! Je ne m'étais pas encore rendu compte de la sinistre ressemblance entre la fugitive de l'asile et mon élève de Limmeridge House !

— Vous la voyez maintenant, s'exclama miss Halcombe, comme ma mère la vit il y a onze ans !

— Oui, je la vois, hélas ! plus à contrecœur que je ne puis vous le dire. Unir en pensée, même un instant, par le fait d'une ressemblance accidentelle, la pauvre femme abandonnée à miss Fairlie semble jeter une ombre sur l'avenir de la ravissante créature qui nous regarde. Laissez-moi me remettre de cette affreuse sensation. Je vous en prie, rappelez miss Fairlie, qu'elle sorte de ce lugubre rayon de lune au plus vite !

— Vous me surprenez, Mr Hartright, je croyais les hommes du XIXe siècle à l'abri des superstitions !

— Miss Halcombe, je vous en supplie, rappelez-la !

— Chut ! chut ! elle arrive. Ne dites rien en sa présence. Que cette ressemblance reste notre secret !... Rentrez, chère Laura, et éveillez Mrs Vesey par un air de piano. Mr Hartright réclame de la musique, et, cette fois, de la musique gaie !

9

Ainsi se termina ma première journée, qui avait été plutôt mouvementée, à Limmeridge House.

Miss Halcombe et moi gardâmes notre secret, mais, après cette découverte, aucune nouvelle lumière ne vint éclairer le mystère de la Dame en blanc. Dès que l'occasion s'en présenta, miss Halcombe essaya avec prudence de parler à sa sœur de leur mère, des temps passés et d'Anne Catherick, mais elle n'avait qu'un souvenir très vague de la petite écolière de Limmeridge. Elle rappela la ressemblance qui existait entre elles comme une chose bien connue autrefois et qui lui semblait toute naturelle, mais elle ne fit aucune allusion au don des robes blanches ni à la gratitude candide et exagérée de l'enfant. Elle se souvenait qu'Anne Catherick avait habité Limmeridge durant quelques mois, puis qu'elle était retournée dans le Hampshire, mais ignorait ce qu'elle et sa mère étaient devenues depuis lors.

Nous avions fait un grand pas en avant en identifiant la Dame en blanc comme étant Anne Catherick, mais toutes nos découvertes se bornaient à cela. Les jours, les mois passèrent. L'automne traçait des sillons d'or sur son passage et ma vie s'écoulait comme dans un rêve. De tous les trésors dont le Ciel m'avait gratifié, quel souvenir puis-je rapporter ici, sinon celui de la confession la plus navrante qu'un homme puisse faire de son impardonnable folie ?

Le secret de cette confession sera facile à dévoiler, car mes paroles m'ont déjà trahi. Je l'aimais !

Ah ! comme je me rends compte aujourd'hui de toute la tristesse, de toute la raillerie que ces trois mots peuvent contenir ! Près d'une femme au cœur tendre qui me comprendrait, je pourrais pleurer sur eux, mais je pourrais aussi bien rire, et peut-être avec amertume, dans la compagnie d'un homme au cœur sec qui se moquerait de moi !

Je l'aimais !

N'avais-je pas quelque excuse dans les conditions où je vivais à Limmeridge House ? Mes matinées se passaient dans le calme de mon studio où, tandis que mes mains retouchaient les gravures de Mr Fairlie, mes pensées pouvaient vagabonder à l'aise. Solitude dangereuse et énervante, parce que, suivie d'après-midi et de soirées passées, jour après jour, semaine après semaine, en compagnie de deux femmes, dont l'une personnifiait la grâce, l'élégance, l'intelligence et l'éducation et dont l'autre possédait tous les charmes de la beauté, de la douceur et de la loyauté. Pas un jour ne s'écoulait, dans cette dangereuse intimité de maître à élève, sans que ma main ne frôlât la main de miss Fairlie, sans que ma joue touchât presque la sienne, tandis que nous nous penchions tous deux sur le cahier de croquis. Plus elle suivait avec attention les mouvements de mon pinceau, plus je respirais le parfum de ses cheveux et la douceur de son souffle.

Vivre dans le rayonnement de son regard, m'incliner

vers elle pour lui enseigner le dessin, sentir les rubans de son corsage me balayer le visage dans le vent ou entendre sa voix chanter à mon oreille, tout cela faisait partie de mon service. Les soirées de musique, qui suivaient nos promenades de l'après-midi, ne faisaient qu'augmenter encore cette intimité. Le goût réel que j'éprouvais pour le piano, dont elle jouait avec sentiment, et la joie qu'elle montrait de me rendre par son talent le même plaisir que je lui donnais en enseignant le dessin, tissaient lentement entre nous des liens chaque jour plus étroits qui devaient nous conduire insensiblement vers une situation sans issue. Mille autres détails encore, au cours de ces journées où nous vivions l'un près de l'autre, conspiraient à nous leurrer.

J'aurais dû me souvenir de la position que j'occupais là-bas et me tenir sur mes gardes, mais je ne le fis que trop tard. La profession que j'exerçais depuis des années m'avait cependant mis à plusieurs reprises en contact avec des jeunes femmes de divers âges et de beautés diverses. Je m'étais entraîné à laisser mon cœur à la porte d'entrée, comme on dépose son parapluie au vestiaire. J'avais appris depuis longtemps que je n'étais admis dans la société de jeunes et jolies jeunes filles que parce que j'étais considéré comme un animal domestique inoffensif. Cette expérience m'avait toujours guidé, dans des chemins parfois difficiles. Et maintenant, je m'égarais ; j'en étais arrivé à perdre tout contrôle de moi-même, comme cela arrive souvent aux hommes, il est vrai, quand une femme entre dans leur existence et s'empare de toutes leurs pensées. Je le sais, à présent, j'aurais dû, dès alors, me demander pourquoi n'importe quelle pièce de la maison, quand elle y entrait, me paraissait plus douce que mon propre foyer et plus triste qu'un désert quand elle en sortait ; pourquoi je remarquais toujours et retenais parfaitement chaque nouveau détail de sa toilette, alors que rien de semblable ne m'avait jamais frappé chez les autres femmes ; pourquoi à la voir, à l'entendre parler, à lui serrer la main matin et soir, j'éprouvais des sentiments qu'aucune femme n'avait jamais éveillés en moi ? J'aurais dû lire en mon propre cœur, y voir ces sentiments qui s'y formaient peu à peu et leur imposer silence tant qu'il en était temps encore. Pourquoi n'eus-je point ce courage ? L'explication tient en trois mots, trois mots qui en disent assez – cet aveu que j'ai déjà fait : je l'aimais !

Les jours passaient, les semaines s'écoulaient et le troisième mois de mon séjour dans le Cumberland touchait à sa fin.

La délicieuse monotonie de notre vie solitaire m'entraînait comme un bateau glissant sur un courant paisible. Le souvenir du passé, la pensée de l'avenir étaient ensevelis dans ce cadre trompeur, bercé par le chant de sirène que mon cœur se fredonnait à lui-même, les yeux clos devant le danger, les oreilles fermées aux avertissements de la prudence, j'approchais d'heure en heure du rocher fatal !

Ce fut elle qui, dans sa loyauté naturelle, m'avertit silencieusement de ma faiblesse.

Nous nous étions quittés un soir, comme d'habitude. Aucune parole d'aveu n'était tombée de mes lèvres et cependant, lorsque nous nous revîmes le lendemain matin, l'attitude de miss Fairlie vis-à-vis de moi avait changé. Je ne veux pas violer le secret de son cœur et le dévoiler à d'autres comme j'ai dévoilé le mien. Qu'il me suffise de dire que je suis convaincu qu'elle s'était rendu compte de ses sentiments au moment même où elle avait surpris les miens.

Sa nature, trop loyale pour décevoir les autres, était trop noble pour se tromper elle-même.

Je ne compris que trop pourquoi elle évitait de se trouver seule avec moi et pourquoi elle était devenue tout à coup triste et réservée. Ses tendres lèvres sensuelles ne souriaient plus que rarement et les beaux yeux limpides me regardaient parfois, avec la pitié d'un ange ou l'innocente perplexité d'un enfant. La main qu'elle me tendait était froide et son visage était empreint d'une immobilité inhabituelle, où se mêlaient la crainte et le remords.

Dans ce changement si brusque, certaines choses nous rapprochaient et d'autres nous séparaient !

Ne sachant trop que penser, j'examinai les façons d'être de miss Halcombe, afin d'être moi-même mieux éclairé, car dans l'intimité où nous vivions tous les trois, aucune altération ne pouvait se produire chez l'un sans affecter les autres. Le changement qui s'était produit chez miss Fairlie se reflétait fidèlement chez sa demi-sœur. Quoique aucun mot ne lui eût échappé, dénotant que ses sentiments à mon égard avaient changé, son regard pénétrant ne cessait de me surveiller. Il exprimait parfois une colère contenue et parfois une crainte réprimée, souvent un sentiment que je traduisais mal. Une semaine s'écoula de la sorte. Ma situation, aggravée par le sentiment de ma faiblesse, devenait intolérable. Je sentais que c'était à moi de rompre cette contrainte, mais je ne savais comment m'y prendre.

Miss Halcombe m'y aida. Ses lèvres prononcèrent la vérité amère, nécessaire et imprévue. Puis, sa bonté m'aida à en supporter le choc en me faisant entrevoir la menace qui pesait sur Limmeridge House, sur moi et sur les autres.

10

C'était un jeudi. Lorsque je descendis pour le petit déjeuner, miss Halcombe, pour la première fois depuis mon arrivée à Limmeridge House, n'occupait pas sa place accoutumée. Miss Fairlie se trouvait sur la pelouse et me salua de loin, sans venir me rejoindre. Aucun mot n'avait été prononcé par elle ou par moi qui eût pu prêter à équivoque, et cependant nous étions aussi embarrassés l'un que l'autre de nous rencontrer seul à seule. Nous attendîmes chacun de notre côté que Mrs Vesey ou miss Halcombe arrivât. Avec quel empressement je l'aurais rejointe, avec quelle ardeur je lui aurais serré la main, avec quelle joie nous aurions repris nos interminables causeries, seulement quinze jours auparavant !

Miss Halcombe arriva enfin, d'un air préoccupé, en s'excusant de son retard.

— J'ai été retenue par Mr Fairlie, dit-elle, pour des questions domestiques qu'il fallait mettre tout de suite au point.

Miss Fairlie rentra du jardin, nous échangeâmes le bonjour habituel, mais sa main se fit plus froide que jamais dans la mienne. Elle ne me regarda pas, mais son visage me parut plus pâle que d'ordinaire. Mrs Vesey elle-même s'en aperçut en entrant.

— Je suppose que c'est le changement de vent, dit la vieille dame. L'hiver approche, ma petite, l'hiver approche !

Hélas ! dans notre cœur à tous deux, l'hiver était déjà là !

Le repas, autrefois égayé par la discussion animée du programme de la journée, fut morne et court. Miss Fairlie semblait en souffrir et regardait sa sœur de temps à autre, avec l'espoir qu'elle romprait cet oppressant silence. Après quelques instants d'hésitation et d'un air troublé qui lui était peu habituel, miss Halcombe parla enfin :

— J'ai vu votre oncle, ce matin, Laura. Il trouve que c'est la chambre pourpre qui doit être mise en ordre et m'a confirmé ce que je vous avais dit : c'est lundi et non mardi qu'il arrive.

Miss Fairlie tenait les yeux fixés sur la table en écoutant ces paroles, tandis que ses doigts ramassaient nerveusement les miettes éparpillées sur la nappe. Son visage était devenu livide et ses lèvres tremblaient. Comme moi, miss Halcombe s'en aperçut et se leva brusquement de table, pour nous en donner l'exemple.

Mrs Vesey sortit de la pièce avec miss Fairlie, dont les tristes yeux bleus se posèrent sur moi un moment, avec la prescience d'un long adieu prochain. Lorsque la porte se fut refermée sur elle, le cœur meurtri, je me dirigeai vers la porte-fenêtre où miss Halcombe m'attendait, le chapeau à la main, en me fixant avec attention.

— Pouvez-vous me consacrer un moment, avant de commencer votre travail ? me demanda-t-elle.

— Certainement, mademoiselle, j'ai toujours le temps pour vous servir.

— Je désire vous dire un mot en privé, Mr Hartright. Prenez votre chapeau et venez au jardin, nous ne serons pas dérangés à cette heure.

Lorsque nous atteignîmes le bout de la pelouse, un jeune jardinier nous croisa, porteur d'une lettre. Miss Halcombe l'arrêta.

— Non, mademoiselle, on m'a dit que c'était pour miss Fairlie, répondit le jeune garçon en tendant la missive à miss Halcombe qui l'examina.

— Étrange écriture ! murmura-t-elle. Qui peut bien

écrire à Laura ? (Puis, s'adressant au messager, elle ajouta :) Qui vous l'a remise ?

— Eh bien, mademoiselle, répondit ce dernier, je l'ai reçue d'une femme.

— Quelle femme ?

— Une femme déjà âgée.

— Ah ! une femme que vous connaissez ?

— C'est une étrangère pour moi.

— De quel côté est-elle repartie ?

— Vers cette grille, répondit le garçon, en désignant le côté sud, d'un geste large.

— Bizarre ! dit miss Halcombe. Je suppose que c'est un appel au secours. Voilà ! ajouta-t-elle en rendant le pli au jardinier. Allez la remettre à la maison...

» Et maintenant, Mr Hartright, si vous n'y voyez pas d'inconvénient, marchons de ce côté, voulez-vous ?

Elle me conduisit par le même chemin que le lendemain de mon arrivée, vers le pavillon d'été où j'avais rencontré Laura Fairlie pour la première fois, et, y entrant, elle reprit, après un long silence :

— Ce que j'ai à vous dire, je puis vous le dire ici.

Prenant une chaise, elle m'en désigna une autre.

— Mr Hartright, je vais commencer par vous faire un aveu sans phrase et sans compliment, car je les méprise. Durant votre séjour ici, je me suis prise pour vous d'un sentiment de profonde amitié. La façon dont vous aviez agi vis-à-vis de cette malheureuse, rencontrée la nuit précédant votre arrivée ici, m'avait bien disposée en votre faveur. Si votre conduite n'a pas été prudente, elle a démontré du moins la maîtrise, la délicatesse et la générosité d'un homme qui a agi en gentleman. Vous ne m'avez pas déçue depuis lors.

Elle s'arrêta, tout en me faisant signe de ne pas l'interrompre.

En entrant dans le pavillon, je ne songeais guère à la Dame en blanc, mais les paroles de miss Halcombe me rendirent présente à la mémoire mon étrange aventure.

— Puisque je suis votre amie, reprit-elle, je vais vous dire directement, dans mon langage brutal et franc, que j'ai deviné votre secret. Je crains, Mr Hartright, que vous n'ayez laissé votre cœur concevoir un attachement sérieux et dévoué pour ma sœur Laura. Je ne veux pas vous obliger à l'avouer et je vous sais trop honnête pour le nier. Je ne vous blâme même pas... Je vous plains tout simplement d'avoir donné votre amour sans espoir. Je sais que vous n'avez jamais essayé de tirer avantage de votre situation, ni n'avez jamais parlé à ma sœur en secret. Mais vous êtes coupable de faiblesse et d'un manque d'attention pour vos propres intérêts, rien d'autre ! Si vous aviez agi avec moins de délicatesse et d'humilité, je vous aurais prié de quitter la maison sans explication. Mais je ne puis blâmer que la malchance de votre âge et de votre position, non vous-même. Serrons-nous la main... Je vous ai fait mal, je vais vous faire plus de peine encore, mais il le faut. Allons ! serrez d'abord la main de votre amie, Marian Halcombe.

La bonté spontanée, la chaude sympathie de cette jeune femme, unies à une générosité aussi rude que délicate, me bouleversèrent profondément. J'essayai de regarder ma compagne en lui tendant la main, mais mes yeux étaient humides. Je tentai de la remercier, mais la voix me manqua.

— Écoutez-moi, ajouta-t-elle, ne semblant pas s'apercevoir de mon émotion, et finissons-en rapidement. C'est un réel soulagement pour moi de ne pas devoir mettre en question l'inégalité du rang social, grâce aux circonstances, qui m'épargnent d'offenser un homme qui a vécu dans une amicale intimité sous le même toit que moi. Mais, Mr Hartright, vous devez quitter Limmeridge House avant que le mal ne soit plus grave. Il est de mon devoir de vous le dire, comme je vous le dirais si vous apparteniez à l'une des plus grandes familles d'Angleterre. Vous devez nous quitter, Mr Hartright, non parce que vous êtes maître de dessin...

Elle hésita un moment, puis, me regardant droit dans les yeux, elle répéta en posant la main sur mon bras :

— Non parce que vous êtes maître de dessin, mais parce que Laura est fiancée.

Ces derniers mots me percèrent le cœur comme un glaive ; mon bras ne sentait plus la main qui le serrait ; je restais immobile et muet. Les feuilles mortes, que le vent d'automne faisait tournoyer à mes pieds, étaient semblables à mes pauvres espoirs envolés. Espoirs ! Fiancée ou non, Laura Fairlie n'était pas moins désormais loin de moi !

Le premier choc passé, il ne me restait qu'une sourde peine. Je sentis à nouveau la main de miss Halcombe sur mon bras ; je relevai la tête et regardai la jeune fille. Ses grands yeux noirs étaient rivés aux miens, observant la pâleur de mon visage, cependant que de cette pâleur, moi-même, j'avais pleinement conscience.

— Arrachez cet amour de votre cœur, s'écria-t-elle. Ici même, où vous la vîtes pour la première fois ! Ne faiblissez pas comme une femme, arrachez-le et piétinez-le comme sait le faire un homme !

La chaleur de ses paroles, la force de sa volonté concentrée dans le regard qu'elle fixait sur moi, me réconfortèrent. Nous restâmes silencieux tous les deux pendant quelques instants qui me permirent de me reprendre.

— Êtes-vous redevenu vous-même ?

— Suffisamment pour demander votre pardon et le sien. Suffisamment pour suivre votre conseil et pour vous prouver ma gratitude de cette façon, si je ne puis le faire autrement.

— Vous l'avez déjà prouvée par ces paroles, Mr Hartright, répondit-elle. Nous n'avons plus de secrets l'un pour l'autre, je ne veux pas essayer de vous cacher les sentiments que ma sœur m'a inconsciemment révélés. Vous devez nous quitter, pour son bien et pour le vôtre. Votre présence ici, notre intimité forcée, et Dieu sait combien irréprochable à tant d'égards, l'ont troublée et rendue malheureuse. Moi qui l'aime plus que moi-même, moi qui crois en sa loyauté comme je crois en ma religion, je ne comprends que trop combien elle a pu souffrir en secret, depuis que l'ombre d'un sentiment déloyal a envahi son cœur. Je ne dis pas, surtout après ce qui vient de se passer, que ses fiançailles lui tiennent au cœur. Mais c'est un engagement d'honneur, non d'amour, que son père a ratifié sur son lit de mort, il y a deux ans. Elle-même ne l'a ni recherché, ni lui. Jusqu'à votre arrivée, elle était comme des milliers de jeunes filles qui épousent un homme dont elles ne sont pas amoureuses et qui apprennent à l'aimer, sinon à le haïr, après le mariage.

» J'espère sincèrement, et vous devez avoir le même courageux désir, que les sentiments qui ont troublé sa tranquillité passée n'ont pas pris racine trop profondément dans son cœur. Votre absence aidera mes efforts, et le temps nous aidera tous les trois. Je suis heureuse de voir que ma confiance en vous a été bien placée et de savoir que vous serez aussi gentleman vis-à-vis de l'élève envers laquelle vous avez oublié un moment votre situation, que vis-à-vis de l'étrangère abandonnée qui n'a pas fait appel à vous en vain.

Encore une allusion à la Dame en blanc ! N'était-il donc pas possible de parler de miss Fairlie et de moi sans évoquer le souvenir d'Anne Catherick, comme si c'eût été là une fatalité inévitable ?

— Dites-moi quelle excuse je dois donner à Mr Fairlie pour ma rupture d'engagement, demandai-je, et quand je devrai partir. Je promets d'obéir aveuglément à vos désirs.

— Chaque heure a de l'importance, répondit-elle. Vous m'avez entendue parler ce matin de la nécessité qu'il y avait de préparer la chambre pourpre pour lundi. Le visiteur attendu est...

Je n'eus pas le courage d'attendre la fin. En me souvenant de l'attitude de miss Fairlie au déjeuner, je devinai que le visiteur attendu à Limmeridge House était son futur mari. J'interrompis miss Halcombe :

— Laissez-moi partir aujourd'hui ! m'écriai-je avec amertume. Au plus vite, au mieux !

— Non, pas aujourd'hui, répondit-elle calmement. La seule raison que vous puissiez invoquer vis-à-vis de Mr Fairlie est qu'une affaire urgente vous rappelle à Londres. Pour cela, vous devez attendre que la poste de demain vous apporte une lettre. Ainsi, votre décision sera plausible. Je sais qu'il est pénible de devoir user d'un stratagème, même aussi inoffensif, mais si Mr Fairlie soupçonnait que vous vous êtes joué de lui, il refuserait de vous laisser partir. Parlez-lui vendredi matin et, d'ici là, tâchez, dans votre intérêt, de laisser le moins de désordre possible dans votre travail inachevé. Quittez-nous samedi, ce sera bien suffisant, Mr Hartright, pour vous et pour nous tous.

Avant que je n'aie eu le temps de lui dire que je ferais ce qu'elle me demandait, nous entendîmes des pas dans le bosquet. Quelqu'un venait de la maison, sans doute pour nous chercher. Mon sang ne fit qu'un tour. Était-ce miss Fairlie ? Ce fut presque un soulagement pour moi de voir que la personne qui s'avançait n'était que sa femme de chambre !

— Puis-je vous parler un instant, mademoiselle ? demanda-t-elle, l'air inquiet.

Miss Halcombe descendit les escaliers du pavillon et fit quelques pas avec la servante.

Resté seul, mes pensées revinrent avec désespoir à mon prochain départ et à l'horrible solitude qui m'attendait dans mon appartement de Londres. Je songeai aux espérances, aux vœux de ma mère et de ma sœur avant mon départ, et j'avoue à mon indicible honte que c'était la première fois depuis de très longues semaines que le souvenir de ces deux êtres si chers faisait battre mon cœur. Qu'allaient-elles dire, ma mère et ma sœur, lorsque je leur raconterais que j'avais dû quitter Limmeridge House à cause de ma folie ? Je pensai à ma rencontre avec Anne Catherick, la nuit qui précéda mon arrivée ici. Même les adieux faits à ma mère étaient associés pour moi à l'apparition de cette femme. Étais-je donc destiné à la revoir ? Pourquoi pas, puisqu'elle savait que j'habitais Londres ? Oui, je le lui avais dit, un peu avant ou un peu après sa singulière question : est-ce que je connaissais beaucoup d'hommes portant le titre de baronnet ? Un peu avant, ou un peu après... mon trouble était tel, cette nuit-là, qu'il m'était bien difficile, au bout de trois mois, de préciser davantage.

Quelques minutes s'écoulèrent avant que miss Halcombe me rejoignît. À son tour, elle paraissait inquiète.

— Nous avons tout mis au point, Mr Hartright, et nous nous sommes compris comme de vrais amis. Je voudrais rentrer au plus vite maintenant, car je vous avoue que je suis inquiète au sujet de Laura. Elle a envoyé la servante me dire qu'elle désirait me parler tout de suite, et celle-ci m'a rapporté que sa maîtresse semblait très agitée par une lettre reçue ce matin, cette lettre sans doute que j'ai fait remettre à la maison tout à l'heure.

Nous retournâmes en hâte, mais si miss Halcombe avait dit tout ce qu'elle avait à me dire, de mon côté, j'avais conçu l'amère curiosité de connaître son nom. Une autre occasion ne se présenterait peut-être plus, aussi demandai-je avec embarras :

— Puisque vous avez été assez bonne pour me dire que nous nous étions compris, miss Halcombe, maintenant que vous êtes sûre de ma gratitude pour votre indulgence à mon égard et de mon obéissance quant à vos désirs, puis-je me permettre de vous demander qui est le fiancé de miss Fairlie ?

L'esprit préoccupé par le message qu'elle venait de recevoir, elle me répondit d'un air satisfait :

— Un jeune homme qui possède une grande propriété dans le Hampshire.

Le Hampshire ! Le comté natal d'Anne Catherick ! Encore et toujours la Dame en blanc ! Quelle hantise !

— Et son nom ? demandai-je d'une voix que je tâchai de rendre aussi indifférente que possible.

— Sir Percival Glyde.

— Sir ! Sir Percival ?

Je m'arrêtai brusquement et regardai miss Halcombe qui, croyant que je n'avais pas compris, répéta :

— Sir Percival Glyde.

— Chevalier ou baronnet ? demandai-je avec une agitation que je ne parvenais plus à dissimuler.

Elle attendit un moment puis répondit avec froideur :

— Baronnet, évidemment !

11

Plus aucune parole ne fut échangée entre nous sur le chemin du retour.

Miss Halcombe se précipita aussitôt vers la chambre de sa sœur et je montai dans mon studio, afin de mettre de l'ordre dans les gravures de Mr Fairlie avant de les confier à d'autres mains. Maintenant que j'étais seul, toutes les paroles de miss Halcombe me revenaient à l'esprit.

Elle était fiancée et son futur mari était sir Percival Glyde, un homme portant le titre de baronnet, propriétaire dans le Hampshire ! Il existait des centaines de baronnets en Angleterre et des douzaines de propriétaires dans le Hampshire ! Je n'avais donc aucune raison de voir, dans les questions pleines de méfiance que m'avait posées la Dame en blanc, une allusion à sir Percival Glyde. Et cependant, je ne pus pas m'en empêcher. Était-ce parce que son nom était maintenant uni dans mon esprit à celui de miss Fairlie, et que celle-ci me faisait penser à Anne Catherick depuis le fameux soir où j'avais découvert entre elles une ressemblance fatale ? Les événements du matin m'avaient-ils à ce point énervé que je me trouvais à la merci de mon imagination ? Je ne sais, mais je sentais que la conversation que j'avais eue avec miss Halcombe en revenant du pavillon m'avait profondément bouleversé. J'avais la sensation d'un danger inconnu et l'impression que mon départ du Cumberland ne m'empêcherait pas d'être mêlé aux événements futurs, l'impression aussi qu'aucun de nous n'entrevoyait l'issue de tout cela telle qu'elle serait réellement. Quoique je souffrisse intensément de la fin misérable de mon amour présomptueux, mon angoisse quant au malheur que je sentais planer sur nos têtes me bouleversait encore davantage.

J'avais travaillé une demi-heure à peine lorsqu'on frappa à ma porte. Miss Halcombe entra d'un air agité et mécontent. Saisissant une chaise avant que je n'eusse le temps de la lui offrir, elle s'assit près de moi.

— Mr Hartright, me dit-elle, j'avais espéré que tous les sujets de conversation pénibles entre nous avaient été épuisés ce matin. Je m'étais trompée. Une main cachée et vile tâche d'effrayer ma sœur au sujet de son mariage. Vous vous rappelez la lettre que le jardinier apportait ce matin pour miss Fairlie ?

— Certainement.

— C'était une lettre anonyme... une misérable tentative dans le but d'amoindrir l'estime que ma sœur porte à sir Percival Glyde. Cette lettre l'a mise dans un tel état d'anxiété que j'ai eu toutes les peines du monde à la calmer avant de venir jusqu'ici. Je sais que c'est une affaire de famille dont je ne devrais pas vous parler et qui, pour vous, n'offre aucun intérêt, mais...

— Excusez-moi, miss Halcombe, de vous interrompre, mais tout ce qui touche au bonheur de miss Fairlie ou au vôtre m'intéresse au plus haut point.

— Je suis heureuse de vous l'entendre dire, car vous êtes la seule personne dans la maison qui puisse me conseiller. Dans son état de santé et avec son horreur des difficultés, Mr Fairlie ne peut m'être d'aucun secours. Le pasteur est un homme bon et faible qui ne connaît rien en dehors de la routine de ses devoirs, et nos voisines sont de ces relations anodines sur lesquelles on ne peut compter ni dans les ennuis ni dans les dangers. Ce que je veux savoir, c'est si je dois tâcher immédiatement de découvrir l'auteur de cette lettre, ou si je dois attendre demain pour demander l'avis du conseiller privé de Mr Fairlie. C'est une question peut-être très importante de perdre ou de gagner un jour. Dites-moi ce que *vous* en pensez, Mr Hartright ? Si je n'avais pas été déjà obligée de faire de vous mon confident dans des circonstances très délicates, je n'aurais pas d'excuse pour vous parler ainsi, mais, après tout ce que je vous ai déjà dit, il m'est permis, je crois, d'oublier que vous n'êtes notre ami que depuis trois mois.

Elle me tendit la lettre qui commençait sans en-tête, et je lus :

« Croyez-vous aux songes ? Je l'espère pour votre salut. Regardez ce que dit l'écriture à ce sujet (Genèse XL, 8, XLI, 25, Daniel IV, 18, 25) et écoutez mon avertissement avant qu'il ne soit trop tard. La nuit dernière, j'ai rêvé de vous, miss Fairlie. J'ai rêvé que j'étais dans le chœur de l'église d'un côté de l'autel et que le pasteur se trouvait de l'autre.

» Après quelques instants, venant d'une aile de l'église, s'avancèrent vers nous une femme et un homme, afin qu'on les marie. La femme ; c'était vous, miss Fairlie, si jolie, si innocente dans votre ravissante robe de soie blanche et sous votre voile de dentelle fine, que mon cœur se serra et que les larmes me montèrent aux yeux. C'étaient des larmes de pitié, bénies par le Ciel, qui, au lieu de tomber de mes yeux comme les pleurs que nous versons chaque jour, devinrent deux rayons lumineux qui se dirigèrent vers l'homme debout devant l'autel, près de vous. Les rayons allèrent droit à son cœur, que je pus voir jusque dans ses coins les plus secrets.

» L'apparence extérieure de l'homme que vous alliez épouser était avenante. Il n'était ni trop grand ni trop petit, paraissait avoir 45 ans et possédait un esprit brillant et aimable. Son visage était pâle, le devant de sa tête était dégarni, mais les cheveux qui lui restaient étaient d'un noir de jais. Il ne portait pas de barbe, mais des favoris et une moustache. Ses yeux bruns étaient intelligents et son nez droit et fin ressemblait à celui d'une femme. Ses mains étaient efféminées et délicates. De temps à autre, il était secoué par une toux sèche et, lorsqu'il portait la main droite à sa bouche, on voyait au dos de celle-ci la cicatrice d'une ancienne blessure.

» Mon rêve est-il exact, miss Fairlie ? Vous le savez mieux que personne. Lisez maintenant ce que je vis au fond du cœur de cet homme et faites-en votre profit.

» L'intérieur de son cœur était noir comme la nuit et, en lettres de feu, j'y vis écrits ces mots : “Sans pitié et sans remords. Il a semé le malheur dans la vie des autres et il vivra pour semer la souffrance dans celui de sa compagne.”

» Voilà ce que je lus. Les rayons de lumière montèrent ensuite jusqu'au-dessous de son épaule et, derrière lui, je vis un démon qui riait. Les rayons se déplacèrent encore et touchèrent votre épaule et, derrière vous, je vis un ange qui pleurait.

» Pour la troisième fois alors, les rayons changèrent de place et se mirent entre vous et cet homme. Puis, doucement, ils s'élargirent de plus en plus, vous séparant l'un et l'autre. Le pasteur chercha en vain l'office de mariage dans son gros livre, il ne le trouva pas et... désespéré, le ferma.

» Je m'éveillai alors, les yeux remplis de larmes et le cœur battant, car je crois aux songes. Croyez-y aussi, miss Fairlie, je vous en supplie. Joseph, Daniel et d'autres encore dans l'Écriture, avaient foi dans les rêves.

» Avant de dire les mots qui feront de vous sa malheureuse femme, renseignez-vous sur le passé de cet homme qui porte une cicatrice à la main. Je ne vous donne pas ce conseil dans mon intérêt, mais dans le vôtre. Tant que je vivrai, je veillerai sur vous, car vous occupez une tendre place dans mon cœur, en souvenir de votre mère qui fut ma première, ma meilleure et mon unique amie. »

Cette lettre étrange se terminait sans signature. L'écriture, tracée sur un papier ligné, en caractères conventionnels et serrés, ne pouvait donner aucune indication. Elle était d'ailleurs défigurée par les taches.

— Cette lettre ne vient pas d'une personne illettrée, déclara miss Halcombe, et cependant elle n'a pas été écrite par quelqu'un d'instruit et de distingué. L'allusion à la robe de mariée et au voile, ainsi que d'autres petits détails semblent indiquer qu'elle a été rédigée par une femme. Qu'en pensez-vous, Mr Hartright ?

— Je le crois aussi. Il me semble que cette missive vient non seulement d'une femme, mais d'une femme dont le cerveau doit être un peu...

— Dérangé ? suggéra miss Halcombe. J'y pensais.

Je ne répondis pas, les yeux fixés sur la dernière phrase de la lettre : « Tant que je vivrai, je veillerai sur vous, car vous occupez une tendre place dans mon cœur, en souvenir de votre mère qui fut ma première, ma meilleure et mon unique amie. » Ces paroles, comme le doute qui m'était venu quant à l'équilibre mental de l'auteur de la lettre, me suggéraient une pensée que j'avais peur de formuler tout haut. Je commençais à me demander si mes facultés n'étaient pas aussi un peu atteintes. Il semblait que c'était une manie de ma part de rapporter toutes les choses étranges qui arrivaient à la même source cachée, à la même sinistre influence. Je pris la ferme résolution, cette fois, de ne plus tirer de conclusions avant d'avoir des preuves.

— Si nous avons une chance de retrouver cette personne, dis-je en rendant la lettre, il me semble que c'est en saisissant cette occasion qui se présente. Je pense que nous devrions questionner le jardinier au sujet de cette vieille femme, puis continuer nos recherches dans le village. Mais d'abord, permettez-moi une question. Vous m'avez parlé de consulter demain le conseiller légal de Mr Fairlie. N'y aurait-il pas moyen de l'atteindre plus tôt ? Pourquoi pas aujourd'hui, par exemple ?

— Je ne puis vous l'expliquer qu'en entrant dans quelques détails au sujet du mariage de ma sœur, détails dont je n'avais pas jugé nécessaire, ce matin, de vous mettre au courant. Un des principaux objectifs de sir Percival en venant ici lundi est de fixer la date de son mariage, restée imprécise jusqu'à présent. Il désire vivement que l'événement ait lieu avant la fin de l'année.

— Miss Fairlie est-elle au courant ?

— Elle ne le soupçonne même pas et, après ce qui vient de se passer, je ne voudrais pas prendre la responsabilité de l'éclairer. Sir Percival n'a fait part de ses intentions qu'à Mr Fairlie, qui m'a assurée lui-même que, en tant que tuteur de Laura, il était tout à fait d'accord. Il a écrit, à Londres, à notre avocat de famille, Mr Gilmore. Mais celui-ci, étant en tournée d'affaires à Glasgow, a répondu qu'il passerait par Limmeridge House à son retour. Il arrivera demain et restera avec nous plusieurs jours, afin de donner à sir Percival le temps de plaider sa propre cause. Si celui-ci réussit, Mr Gilmore retournera à Londres, nanti des instructions relatives au contrat de mariage de Laura. Voilà pourquoi je proposais d'attendre demain, afin d'avoir l'avis d'un avocat. Mr Gilmore est le vieil ami des Fairlie depuis deux générations, et nous pouvons avoir pleine confiance en lui.

Le contrat de mariage ! Le seul fait d'entendre ces paroles me plongea dans une jalousie qui allait empoisonner le meilleur de moi-même. Oserais-je l'avouer ? Je souhaitais, avec un vif sentiment de haine, que les accusations de la lettre anonyme contre sir Percival soient fondées. Qu'arriverait-il si la vérité pouvait être prouvée avant le mariage ? J'ai essayé de me leurrer sur la nature de mes sentiments et de me persuader que mon profond amour pour miss Fairlie était seul à me guider, mais je dois confesser aujourd'hui que l'aversion féroce que j'avais conçue pour l'homme qui allait l'épouser était plus forte encore.

— Si nous voulons découvrir quelque chose, repris-je, nous ne devons pas perdre une minute. Je ne puis que suggérer une seconde fois de questionner le jardinier, puis de nous diriger vers le village.

— Je pense pouvoir vous aider dans les deux cas, répondit miss Halcombe en se levant. Allons, Mr Hartright, et agissons pour le mieux.

Au moment de lui ouvrir la porte, je m'arrêtai soudain :

— L'un des paragraphes de la lettre anonyme contient une description assez précise du futur mari, mais le nom de sir Percival n'est pas mentionné. Cette description est-elle exacte ?

— Absolument, même en lui donnant 45 ans.

Quarante-cinq ans ! Et elle en avait 21 à peine ! Je sais que des mariages de ce genre se font souvent et l'expérience a prouvé qu'ils étaient parfaitement heureux... et... cependant... la pensée que cet homme pût devenir le mari de Laura Fairlie augmenta encore ma haine et ma méfiance envers lui.

— Absolument exacte, reprit miss Halcombe, jusqu'à

la cicatrice sur la main droite, suite d'une blessure reçue au cours d'un voyage en Italie, il y a plusieurs années. Il n'existe aucun doute que l'auteur de la lettre ne connaisse intimement sir Percival.

— Même cette toux sèche, qui le gêne souvent ?

— Oui ! C'est encore juste. Ses amis s'inquiètent de l'entendre tousser ainsi, mais lui-même prend cela à la légère.

— Je suppose que vous n'avez jamais entendu dire quelque chose de mal contre lui ?

— Mr Hartright !... J'espère que vous ne vous laissez pas influencer par cette lettre infâme.

Le sang me monta au visage, car je savais avoir été impressionné malgré moi.

— Je souhaite que non ! répondis-je avec embarras, mais peut-être n'ai-je pas le droit de poser toutes ces questions.

— Je ne suis pas fâchée, au contraire, que vous le fassiez, car cela me fournit l'occasion de rendre justice à la réputation de sir Percival. Ni ma famille ni moi-même n'avons jamais entendu formuler l'ombre d'un blâme contre lui. Il est sorti avec succès de deux élections assez mouvementées et, en Angleterre, un homme qui obtient cela a une personnalité établie !

J'ouvris la porte en silence et la suivis, mais je n'étais pas convaincu. L'ange de la Justice en personne serait-il apparu à ce moment-là, pour prouver la véracité de ces paroles, que je ne l'aurais pas cru.

Nous trouvâmes le jardinier à sa besogne habituelle. Aucune de nos nombreuses questions ne parvint à le faire sortir de sa stupidité. La femme qui lui avait remis la lettre était vieille, elle ne lui avait pas dit un mot et elle était repartie vivement du côté du sud. C'est tout ce que nous en tirâmes. Nous prîmes le chemin du village, qui se trouvait au sud de la propriété.

12

Malgré toutes nos recherches à Limmeridge, nous ne découvrîmes absolument rien. Trois villageois certifièrent avoir vu la femme. Comme aucun n'était capable de nous la décrire et que chacun indiquait une direction différente comme étant celle qu'elle avait prise, nous renonçâmes à les questionner davantage. En marchant, nous étions arrivés au bout du village, à l'endroit où se dresse l'école fondée par Mrs Fairlie. Je suggérai à miss Halcombe de faire une dernière investigation chez le maître d'école, que, vu sa profession, nous pouvions supposer être l'homme le plus intelligent de la région.

— Je crains fort qu'il ait été occupé avec ses élèves au moment où la femme a dû traverser le village, répondit-elle, mais nous pouvons essayer quand même.

Nous entrâmes dans le préau et nous dirigeâmes vers la classe des garçons, au fond du bâtiment. En passant devant la fenêtre, je jetai un coup d'œil à l'intérieur et vis le professeur, juché à son haut pupitre, haranguant ses élèves massés autour de lui, à l'exception d'un seul qui se tenait en pénitence dans un coin.

La porte était entrouverte et nous entendions distinctement la voix du maître.

— Écoutez bien ce que je vous dis, mes enfants. Si j'entends encore un seul mot de ces histoires de revenant, gare à vous ! Les revenants n'existent pas ! Un garçon qui croit aux fantômes croit à l'impossible, et celui qui croit à l'impossible se révolte contre la raison et la discipline. Il doit être puni. Vous voyez tous Jacob Postlethwaite, en punition dans ce coin. Il n'a pas été puni parce qu'il a dit avoir vu un fantôme, la nuit dernière, mais parce qu'il persiste à affirmer qu'il a vu un revenant, alors que je lui dis que c'est impossible. S'il s'obstine encore, je le bâtonnerai pour forcer le fantôme à sortir de sa tête et, si vous le croyez aussi, je bâtonnerai toute la classe.

— Il semble que nous ayons mal choisi notre moment, murmura miss Halcombe à mi-voix, ouvrant la porte et entrant dans la classe.

Notre apparition produisit une grande impression parmi les garçonnets qui semblaient croire que nous arrivions pour assister à la bastonnade de Jacob.

— Retournez tous dîner, dit le maître d'école, à l'exception de Jacob, qui doit rester ici. Le revenant peut lui apporter son dîner, si bon lui semble.

Le courage du petit garçon l'abandonna tout d'un coup devant la disparition de ses compagnons et la perspective de devoir se passer de dîner. Il enleva les mains de ses poches, les regarda un moment fixement, puis se frotta les yeux en sanglotant bruyamment.

— Nous sommes venus ici vous poser quelques questions, Mr Dempster, commença miss Halcombe, s'adressant au maître d'école, et nous ne nous attendions guère à vous voir occupé à chasser un revenant. Que veut dire tout cela, qu'est-il arrivé au juste ?

— Ce petit misérable a effrayé toute la classe, miss Halcombe, répondit le professeur, en prétendant avoir vu un fantôme hier soir, et il s'obstine à le soutenir malgré mes remontrances.

— C'est très étrange, dit miss Halcombe. Je n'aurais pas cru qu'un de vos élèves fût capable d'autant d'imagination. C'est pour vous un surcroît de labeur dans la formation des jeunes cerveaux de Limmeridge, Mr Dempster, et je vous souhaite bonne chance. Mais laissez-moi vous expliquer le but de notre visite.

Miss Halcombe répéta alors au maître d'école les questions que nous avions posées au village, sans plus de succès. Mr Dempster n'avait pas vu l'étrangère que nous cherchions.

— Nous ferions mieux de retourner à la maison, Mr Hartright, me dit-elle alors d'un air déçu, nous ne trouverons rien ici.

Ce disant, elle salua Mr Dempster et se dirigeait vers la porte lorsque son attention fut attirée par le jeune Jacob en pénitence dans son coin. Voulant donner un peu d'encouragement au petit entêté, elle lui dit doucement :

— Espèce de petit sot ! Pourquoi ne demandez-vous pas pardon à Mr Dempster ? Pourquoi ne lui promettez-vous pas de ne plus jamais parler du fantôme ?

— Mais j'ai vu le fantôme ! insista Jacob d'un air terrifié.

— Balivernes et sottises ! Vous n'avez rien vu du tout. Un revenant, vraiment ! Un fantôme !...

— Je m'excuse, miss Halcombe, interrompit le professeur avec embarras, mais je pense que vous feriez mieux de ne pas questionner l'enfant. La folie de son histoire est au-delà de toute imagination et il pourrait offenser inconsciemment...

— Offenser quoi ? demanda sèchement miss Halcombe.

— Offenser vos sentiments, répondit Mr Dempster, bouleversé.

— Ma parole, Mr Dempster, vous me faites beaucoup d'honneur en me croyant assez influençable pour me laisser offenser par un tel moutard !

Elle se tourna ensuite d'un air sarcastique vers le petit Jacob :

— Allons ! venez ici. Je désire tout savoir espèce de petit drôle ! Quand avez-vous vu un fantôme ?

— Hier, à la tombée de la nuit, répondit le gosse.

— Ah ! vous l'avez vu hier soir, au crépuscule ? Et comment était-il ?

— Tout blanc, comme un vrai fantôme doit être.

— Et où était-il ?

— Dans le cimetière naturellement, comme tous les revenants.

— Comme tous les revenants, comme un vrai fantôme ! Vous parlez comme si les habitudes et les coutumes des revenants vous étaient familières depuis votre prime enfance ! En tout cas, vous connaissez votre histoire sur le bout des doigts, mon petit ami. Je suppose que vous allez me dire également qui était ce fantôme ?

— Eh bien, oui, je puis vous le dire ! répondit Jacob d'un air triomphant.

Mr Dempster avait déjà tâché, mais en vain, d'interrompre son élève. Cette fois cependant, il s'interposa résolument :

— Excusez-moi, miss Halcombe, si je me permets de vous dire qu'en questionnant cet enfant vous l'encouragez.

— Je n'ai plus qu'une question à lui poser et je serai satisfaite, Mr Dempster. Eh bien ! continua-t-elle en s'adressant à nouveau au garçonnet, ce fantôme, qui était-ce ?

— De Mrs Fairlie, murmura Jacob dans un souffle.

L'effet que cette réponse produisit sur miss Halcombe justifiait pleinement les efforts qu'avait faits le maître d'école pour l'éviter. Son visage devint cramoisi d'indignation et elle se retourna vers le petit Jacob avec tant de colère que celui-ci éclata en sanglots. Mais, au lieu de parler à l'enfant, elle s'adressa au maître d'école :

— Il est inutile de rendre cet enfant responsable de ses paroles, déclara-t-elle. J'ai l'impression qu'elles lui ont été dictées par d'autres. S'il existe dans ce village des personnes qui ont oublié le respect et la gratitude qu'elles doivent à la mémoire de ma mère, Mr Dempster, je les découvrirai bien et si j'ai quelque influence sur Mr Fairlie, elles s'en repentiront, je vous le jure.

— J'espère vraiment... je suis même certain, mademoiselle, que vous vous méprenez, dit le maître d'école. Toute cette historie est née de l'imagination insensée de ce garçon. Tandis qu'il traversait le cimetière hier soir, il a vu ou il a cru voir une dame en blanc, debout près de la tombe de Mrs Fairlie. Ces circonstances seules ont suggéré à l'enfant la réponse qui vous a si naturellement offensée.

Quoique miss Halcombe ne parût pas convaincue, elle sentit que le maître d'école avait peut-être raison et, le remerciant de son explication, elle lui promit de le tenir au courant. Puis, saluant, elle sortit.

Pendant cette scène, j'étais resté à l'écart, écoutant attentivement et tirant mes propres conclusions. Dès que nous fûmes à nouveau seuls, miss Halcombe me demanda si j'avais une opinion.

— Une opinion très solide, répondis-je. Je pense que l'histoire racontée par ce garçonnet est fondée et j'avoue être pressé de voir par moi-même la tombe de Mrs Fairlie et d'examiner la terre aux alentours.

— Je vais vous la montrer, me répondit ma compagne puis, s'arrêtant, elle ajouta d'un air distrait : Ce qui s'est passé dans la classe m'a complètement fait oublier le but de notre visite. Croyez-vous que nous devions abandonner les recherches et remettre la chose, demain, entre les mains de Mr Gilmore ?

— Certainement non ! miss Halcombe. Ce qui s'est

passé dans cette classe m'encourage au contraire à persévérer dans nos investigations.

— Pourquoi ?

— Parce que cela renforce un soupçon que j'ai eu en lisant la lettre anonyme.

— Je suppose que vous avez vos raisons pour me cacher ce soupçon, Mr Hartright ?

— J'avais peur d'y croire moi-même. Je croyais que c'était absurde et craignais qu'il ne fût l'effet de mon imagination. Maintenant je vois que je n'avais pas tort. Non seulement les réponses de l'enfant à vos questions, mais même certaines paroles du maître d'école, m'ont donné la même impression. Les événements peuvent me décevoir, miss Halcombe, mais en ce moment, j'ai la conviction que le fantôme du cimetière et l'auteur de la lettre anonyme ne sont qu'une seule et même personne.

Elle s'arrêta en pâlissant et me regarda avec anxiété.

— Quelle personne ?

— Le maître d'école vous l'a dit inconsciemment en parlant du personnage que le garçonnet avait vu dans le cimetière, il l'appela : « Une dame en blanc ».

— Ce n'est pas Anne Catherick ?

— Oui, Anne Catherick !

Passant la main sous mon bras, elle s'y appuya fortement.

— Je ne sais pourquoi, dit-elle, mais dans vos soupçons il existe quelque chose qui m'épouvante et m'énerve. Je sens... (Elle essaya de sourire, puis ajouta :) Mr Hartright, je vais vous montrer la tombe de ma mère, puis je rentrerai immédiatement. Il vaut mieux que je ne laisse pas Laura seule trop longtemps... Il vaut mieux que je reste près d'elle...

Nous approchions du cimetière. L'église, sombre

bâtisse en pierre grise, se trouvait enfouie dans une petite vallée, où elle était fort bien préservée de la bise qui soufflait. Le champ des morts s'avançait jusqu'au versant de la colline et était entouré d'un petit mur de pierre. Quelques arbustes nains y poussaient sur une herbe maigre, traversée par un petit ruisseau qui descendait de la montagne. Juste au-delà de ce ruisseau, s'élevait la croix de marbre blanc qui distinguait la tombe de Mrs Fairlie des pauvres tombes voisines.

— Il est inutile que je vous accompagne jusque-là, déclara miss Halcombe en me désignant le monument. Vous me direz tout à l'heure si vous avez découvert quelque chose confirmant vos soupçons. Nous nous retrouverons à la maison.

Tandis qu'elle me quittait, je me dirigeai rapidement vers le cimetière et franchis la marche qui me conduisait directement sur la tombe de Mrs Fairlie.

L'herbe qui l'environnait était trop courte et la terre trop dure pour me permettre de déceler aucune trace de pas. Désappointé, j'examinai avec attention la croix et le bloc de marbre qui portait l'épitaphe. La blancheur de la croix était souillée çà et là par la pluie, et la stèle l'était aussi, sur le côté où était gravée l'épitaphe. L'autre partie de la stèle, cependant, attira aussitôt mon attention : elle était parfaitement nette, avait repris son éclat premier. Je l'examinai mieux, et je vis que le marbre, à cet endroit, avait été récemment nettoyé – de haut en bas. Qui donc avait entrepris cette tâche sans la terminer ?

Je regardai autour de moi, me demandant si je n'allais pas rencontrer quelqu'un qui pourrait répondre à ma question. Aucune habitation ne se voyait de l'endroit où je me trouvais ; le cimetière n'appartenait qu'aux morts.

Je retournai vers l'église, la contournai et me trouvai au bout d'un sentier conduisant à une carrière de pierres abandonnée. Adossé à la carrière, un petit cottage était construit ; devant la porte, une vieille femme lessivait.

Je me dirigeai vers elle et entamai une conversation sur l'église et le cimetière. Elle ne demandait qu'à bavarder et, dès les premiers mots, je sus que son mari remplissait les fonctions de sacristain et de fossoyeur. J'admirai le monument de Mrs Fairlie, mais la vieille femme hocha la tête en me disant que je ne l'avais pas vu en bon état. C'était le travail de son mari de l'entretenir, mais le pauvre homme s'était senti si faible et si souffrant depuis quelques mois qu'il était à peine arrivé à remplir ses fonctions à l'église, le dimanche. Il allait un peu mieux actuellement et d'ici une semaine ou deux, espérait pouvoir se remettre à nettoyer la tombe.

Cette information, extraite d'une longue réponse embrouillée en dialecte du pays, me renseignait largement. Je donnai quelques sous à la pauvre vieille et retournai à Limmeridge House.

Le nettoyage partiel du monument avait donc été accompli par une main étrangère. Rapprochant cette découverte des soupçons qui m'étaient venus en entendant l'histoire du fantôme aperçu au crépuscule, je n'eus plus désormais qu'un désir : revenir en secret à la tombée de la nuit, afin de surveiller la tombe de Mrs Fairlie. La personne qui avait commencé à nettoyer la stèle de marbre allait sans nul doute venir achever son travail.

J'informai miss Halcombe de mes intentions. Elle parut surprise et assez inquiète, mais n'y fit aucune objection. Elle me dit seulement :

— J'espère que tout cela finira bien !

Comme elle me quittait pour rejoindre miss Fairlie, je lui demandai, en m'efforçant de garder mon calme, des nouvelles de sa sœur. Cette dernière se sentait mieux et miss Halcombe espérait lui faire prendre un peu l'air avant le coucher du soleil.

Je retournai dans mon studio, afin de continuer à mettre de l'ordre dans les gravures de Mr Fairlie. Cette occupation me fut salutaire pour m'empêcher de songer à l'avenir. De temps à autre, je jetais un coup d'œil vers la fenêtre pour examiner l'horizon où le soleil déclinait peu à peu. À un moment donné, j'aperçus miss Fairlie se promenant lentement sous ma fenêtre.

Je ne l'avais plus vue depuis le petit déjeuner et lui avais à peine adressé la parole. Il ne me restait plus qu'un jour à passer à Limmeridge House, puis je ne la verrais plus ! Cette pensée me retint quelque temps à la fenêtre où, par considération pour elle, je me dissimulai derrière le rideau, et mes yeux la suivirent aussi longtemps qu'ils le purent dans sa promenade. Elle portait un manteau brun qui recouvrait une robe de soie noire et, sur la tête, le simple chapeau de paille qu'elle portait le premier jour. À ses côtés trottinait un petit lévrier italien, compagnon favori de ses flâneries, élégamment vêtu d'un manteau de drap écarlate destiné à protéger sa peau délicate des morsures de l'air trop vif. Miss Fairlie ne semblait pas s'apercevoir de la présence du chien ; elle marchait droit devant elle, la tête un peu penchée en avant et les bras repliés sous son manteau. Les feuilles mortes qui avaient tourbillonné à mes pieds ce matin dans le pavillon d'été, lorsque j'avais appris son mariage, tourbillonnaient maintenant autour d'elle et venaient mourir sous ses pas, tandis qu'au loin le soleil se couchait. Le chien frissonnait en se frottant contre sa robe avec l'espoir que sa maîtresse s'en occuperait, mais elle ne le regardait même pas.

Elle s'en allait de plus en plus loin de moi, entourée de feuilles jaunies, et je la suivis du regard jusqu'à ce que mes yeux me fissent mal. Je restai seul à nouveau, le cœur bien lourd. Au bout d'une heure, ayant terminé mon travail et le soleil ayant disparu, je me glissai dans le hall où je pris mon chapeau et mon manteau et sortis de la maison sans rencontrer personne.

Les nuages étaient sombres et, de la mer, un vent glacé soufflait. Quoique la plage fût assez éloignée, le bruit des vagues balayant le rivage résonnait dans mes oreilles, tandis que j'entrais dans le cimetière. Aucun être vivant n'était en vue, l'endroit paraissait plus lugubre que jamais. Les yeux fixés sur la croix blanche de la tombe de Mrs Fairlie, j'attendis.

13

L'emplacement du cimetière m'avait obligé à choisir avec prudence l'endroit où j'allais me cacher.

L'entrée principale de l'église donnait sur le cimetière, et la porte se trouvait au fond du porche. Après quelque hésitation, je m'étais décidé à m'y dissimuler, chaque côté du porche étant percé d'une meurtrière. Par l'une d'elles, je pouvais surveiller la tombe, tandis que par l'autre j'avais vue sur le petit cottage de la carrière. Devant la porte se trouvait un entrelacement dénudé, terminé par un mur bas. Derrière ce mur on apercevait un morceau de colline sur laquelle de gros nuages avançaient, poussés par le vent. On n'apercevait nulle part âme qui vive, pas un seul oiseau ne passait, pas un seul chien n'aboyait. On n'entendait que les frissons des arbres nains balayant les tombes ainsi que le gémissement du ruisseau coulant sur son lit de pierres. Lugubre tableau dans une heure sinistre ! Mon cœur battait bien fort tandis que je comptais les minutes.

Ce n'était pas encore tout à fait le crépuscule ; les dernières lueurs du soleil couchant traînaient encore dans le ciel, lorsque j'entendis des pas et une voix qui se rapprochaient de l'autre côté de l'église.

— Ne vous agitez pas au sujet de la lettre, disait la voix – une voix de femme. Je l'ai mise en sécurité entre les mains du jardinier qui me l'a prise sans une parole. Il est ensuite parti de son côté et je suis partie du mien. Personne ne m'a suivie, je vous le garantis, ma petite.

Ces paroles redoublèrent mon attention, mais ma curiosité se mêlait d'une terrible angoisse.

Il y eut un silence, mais j'entendais toujours les pas qui s'avançaient, puis je vis deux femmes apparaître devant la meurtrière. Elles se dirigèrent directement vers la tombe en me tournant le dos.

L'une d'elles portait un bonnet et un châle. L'autre était vêtue d'un ample manteau bleu foncé dont le capuchon était rabattu. Quelques centimètres de sa robe dépassaient et mon cœur battit à se rompre lorsque je vis qu'elle était blanche !

Au bout d'un moment, elles s'arrêtèrent et la femme au manteau tourna la tête vers sa compagne, mais, à cause du capuchon, je ne distinguai même pas son profil, qu'un simple chapeau m'eût laissé voir.

— Il vaut mieux que vous gardiez ce manteau, disait la femme au châle, celle dont j'avais déjà entendu la voix. Mrs Todd a raison quand elle dit que vous paraissiez un peu étrange hier soir, tout en blanc.

Je vais me promener pendant que vous restez ici, car je n'ai pas comme vous un grand attrait pour les cimetières. Finissez ce que vous avez à faire afin que nous puissions rentrer avant la nuit.

Ce disant, la femme au châle se retourna et je découvris son visage. C'était celui d'une personne d'un certain âge, rugueux et hâlé, sans rien de méchant ni de rusé. Près de l'église, elle s'arrêta pour serrer plus fort sur sa poitrine le châle de laine qu'elle portait.

— Étrange, l'entendis-je murmurer à elle-même, toujours étrange dans ses caprices et dans ses façons de faire depuis que je la connais, mais inoffensive, pauvre âme, comme un petit enfant !

En soupirant, elle regarda autour d'elle, puis, hochant la tête comme si les intentions de l'autre ne lui plaisaient que mollement, elle disparut derrière l'église.

J'hésitai un moment à la suivre et à lui adresser la parole, mais le désir que j'éprouvais de me trouver face à face avec sa compagne m'arrêta. Il était fort probable d'ailleurs qu'elle eût été incapable de me donner les renseignements que je cherchais. Ce n'était pas la porteuse de la lettre qui m'intéressait, mais son auteur, et cette personne se trouvait à présent dans le cimetière, je n'en doutais plus.

Tandis que toutes ces pensées me venaient presque ensemble à l'esprit, la dame au manteau bleu foncé s'était approchée de la tombe et la contemplait. Puis, après avoir jeté un regard autour d'elle, elle sortit un linge blanc de sous son manteau et se dirigea vers le ruisseau qui traversait le cimetière. Après y avoir trempé le linge, elle revint vers la tombe qu'elle embrassa avec effusion avant de se mettre à genoux pour la nettoyer.

Ne sachant comment je pourrais lui parler sans l'effrayer, je décidai finalement d'enjamber le petit mur qui se trouvait devant moi, puis, l'ayant longé par l'extérieur, de rentrer dans le cimetière par la petite marche de pierre à proximité de la tombe, pour lui permettre de me voir arriver de loin. Elle était tellement absorbée par son travail qu'elle ne s'aperçut de ma présence qu'au moment où je franchissais la grille. Elle se releva alors brusquement en poussant un cri de terreur et me regarda sans dire mot.

— Ne craignez rien, lui dis-je doucement, vous devez certainement me reconnaître.

Je m'avançai vers elle à pas lents en souriant et en continuant à lui parler.

S'il me restait encore l'ombre d'un doute, il s'évanouit à l'instant. Devant moi, près de la tombe de Mrs Fairlie, se dressait la même image que celle qui m'était apparue au clair de lune sur la grand-route.

— Vous souvenez-vous de moi ? demandai-je. Nous nous sommes rencontrés très tard, une nuit, et je vous ai aidée à trouver le chemin de Londres. Vous ne pouvez pas l'avoir oublié ?

Son visage se détendit et elle poussa un profond soupir de soulagement, tandis qu'elle semblait me reconnaître.

— N'essayez pas de parler maintenant, repris-je. Prenez le temps de vous remettre et de vous souvenir que je suis pour vous un ami.

— Vous êtes très bon pour moi, murmura-t-elle, aussi bon aujourd'hui que vous le fûtes alors.

Elle s'arrêta, et je gardai le silence, non seulement par égard pour elle, mais pour avoir moi-même le temps de me faire à cette nouvelle rencontre.

Sous la lumière blafarde du crépuscule, dans cet

endroit lugubre entouré de morts, cette femme et moi nous rencontrions pour la seconde fois.

Le moment, le lieu, les circonstances qui nous mettaient face à face dans cette sinistre vallée, le destin qui dépendait peut-être des paroles que j'allais entendre, la pensée que l'avenir de Laura Fairlie allait peut-être se décider en bien ou en mal par le seul fait que je saurais gagner ou perdre la confiance de cette pauvre créature tremblante qui se tenait devant moi, tout cela ébranlait un peu le sang-froid dont j'avais tant besoin.

— Vous sentez-vous plus calme maintenant ? lui demandai-je enfin, et pouvez-vous causer avec moi sans la moindre crainte, comme avec un ami ?

— Comment êtes-vous arrivé ici ? demanda-t-elle sans répondre à ma question.

— Ne vous souvenez-vous pas que je vous ai dit, lors de notre dernière rencontre, que je partais pour le Cumberland le lendemain ? Depuis lors, j'habite Limmeridge House.

— Limmeridge House ! répéta-t-elle tandis que son pâle visage s'illuminait et que ses yeux se fixaient sur moi avec un intérêt subit. Ah ! comme vous devez y être heureux !

Je profitai de cette confiance qu'elle me témoignait pour l'examiner avec attention et curiosité. Je la regardais, le cœur rempli de la pensée de cet autre adorable visage, qui, par un clair de lune, m'avait fait songer à elle avec effroi, sur la terrasse de Limmeridge House. J'avais vu alors la ressemblance d'Anne Catherick avec miss Fairlie, je voyais aujourd'hui la ressemblance de miss Fairlie avec Anne Catherick. Je la voyais d'autant mieux que les dissemblances à présent me frappaient. Dans la façon de se tenir et dans la proportion des traits, dans la teinte des cheveux et dans le frémissement de la lèvre, ainsi que dans le port de la tête, la ressemblance me paraissait plus évidente que jamais. Mais là cessait toute similitude entre elles. La beauté délicate du teint de miss Fairlie, la limpidité de ses yeux, la chaude coloration de ses lèvres contrastaient étrangement avec le pauvre visage fatigué que je voyais devant moi.

Quoique je me reprochasse d'avoir de telles pensées, je me disais avec terreur qu'un changement funeste dans l'avenir était la seule chose qui pût rendre la ressemblance complète. Si le chagrin et la souffrance marquaient un jour le ferme et beau visage de miss Fairlie, alors, et alors seulement Anne Catherick et elle seraient comme des sœurs jumelles.

Je frissonnai à cette vision horrible.

Ce fut un réel soulagement pour moi de sentir la main d'Anne Catherick se poser sur mon épaule comme la première fois. Alors que la première fois, au contraire, j'avais eu l'impression d'en être glacé de la tête aux pieds.

— Vous me regardez avec attention et vous pensez à quelque chose, dit-elle de sa voix saccadée et rapide. Qu'y a-t-il ?

— Rien d'extraordinaire, répondis-je, je me demandais seulement comment vous étiez venue ici.

— Je suis venue avec une amie qui est très bonne pour moi. Je ne suis là que depuis deux jours.

— Et vous êtes déjà venue dans ce cimetière, hier ?

— Comment le savez-vous ?

— Je le devine.

Elle se détourna de moi et s'agenouilla de nouveau sur la tombe.

— Où irais-je, sinon ici ? dit-elle. L'amie qui fut plus qu'une mère pour moi est la seule personne à laquelle je dois rendre visite à Limmeridge. Oh ! mon cœur saigne de voir comme sa tombe est souillée ! Elle aurait dû être gardée blanche comme de la neige, par amour pour elle ! J'ai commencé à la nettoyer hier et je suis revenue aujourd'hui. Y a-t-il quelque chose de mal dans ce que j'ai fait ? J'espère que non... Je suis sûre que rien de ce que je fais pour Mrs Fairlie ne peut être mal.

Sa gratitude était certes une idée fixe dans ce pauvre cerveau qui ne se souvenait que des jours heureux de son enfance !

Je me rendis compte que, pour gagner son entière confiance, il fallait que je l'encourage à continuer le travail qu'elle avait entrepris. Sur mon conseil, elle reprit donc sa tâche pieuse. Elle caressait tendrement le marbre comme un être vivant, en répétant les mots de l'épitaphe comme si les jours de sa jeunesse étaient soudain revenus et qu'elle apprît patiemment sa leçon assise auprès de Mrs Fairlie.

— Cela vous surprendrait-il, demandai-je pour préparer avec prudence les questions que je voulais lui poser, si je vous disais que c'est un vrai plaisir pour moi de vous revoir ici ? J'étais très inquiet, l'autre soir, après votre départ précipité en voiture.

Elle me regarda d'un air soupçonneux.

— Inquiet ? répéta-t-elle. Pourquoi ?

— Lorsque le fiacre qui vous emmenait se fut éloigné, une chose étrange se passa. Deux hommes en cabriolet s'arrêtèrent sur la route, non loin de moi, et s'adressèrent au policeman qui se trouvait de l'autre côté du chemin.

Elle s'arrêta brusquement et laissa tomber le linge qu'elle tenait à la main, tandis que son autre main se crispait sur la croix de marbre blanc. Tournant vers moi un visage livide, elle me regarda avec des yeux terrifiés. Il était trop tard pour reculer, aussi continuai-je à tout hasard.

— Les deux hommes demandèrent au policeman s'il n'avait pas vu une femme qui s'était échappée de leur asile.

Elle bondit sur ses pieds, affolée.

— Mais attendez la fin, pour l'amour du Ciel ! lui criai-je, et vous verrez que je vous ai protégée jusqu'au bout. Un seul mot de ma part aurait mis ces hommes à votre poursuite, mais je veillais sur vous et ne l'ai pas dit. Réfléchissez, je vous en prie, essayez de comprendre ce que je vous dis.

Mes façons de faire semblèrent la calmer plus que mes paroles. Elle fit un effort évident pour comprendre ce que je disais, faisant passer d'une main à l'autre le petit chiffon qu'elle avait ramassé de la même manière hésitante qu'elle jouait avec son petit sac, la première fois que je l'avais rencontrée. Peu à peu, elle parut saisir le sens de mes paroles et son visage se détendit à nouveau tandis qu'elle posait sur moi un regard où la curiosité remplaçait l'effroi.

— Vous ne trouvez pas que je devrais retourner à l'asile, n'est-ce pas ? me demanda-t-elle.

— Certainement non ! Je suis content au contraire que vous vous soyez enfuie et heureux d'avoir pu vous y aider.

— Oui, oui, c'est vrai ! Vous m'avez aidée dans la partie la plus difficile de ma fuite, continua-t-elle d'un air absent. C'était facile de partir, car ils ne me surveillaient pas comme les autres. J'étais calme, obéissante et vite effrayée. Mais atteindre Londres était l'entreprise la plus malaisée, et là vous m'avez aidée. Vous ai-je assez remercié à ce moment-là ? Merci encore, merci du fond du cœur, merci !

— L'asile était-il loin de l'endroit où vous m'avez rencontré ? Allons ! montrez-moi que vous me considérez comme un véritable ami et dites-moi où il se trouve.

Elle me nomma l'endroit. C'était un asile privé, situé non loin de là où je la vis. Puis, avec anxiété, elle me demanda de nouveau :

— Vous ne trouvez pas que je devrais retourner à l'asile, n'est-ce pas ?

— Je vous répète que je suis content que vous vous soyez enfuie et heureux de voir que tout s'est bien passé après que vous m'avez quitté. Mais vous disiez avoir une amie, à Londres. L'avez-vous trouvée cette nuit-là ?

— Oui, il était très tard, mais une jeune fille cousait encore dans la maison et elle m'aida à réveiller Mrs Clements. C'est ainsi que se nomme mon amie, une très bonne amie, une très bonne créature, mais pas comme Mrs Fairlie cependant. Oh ! personne n'est comme Mrs Fairlie !

— Mrs Clements est une ancienne amie ?

— Oui, nous étions voisins dans le Hampshire, elle m'aimait bien et s'occupait de moi quand j'étais petite fille. Il y a des années, lorsqu'elle nous quitta, elle écrivit quelques mots dans mon livre de prières : « Si vous avez un jour des ennuis, Anne, venez près de moi. Je n'ai plus de mari et je n'ai pas d'enfant, je prendrai soin de vous. » Paroles délicieuses, n'est-ce pas ? Je suppose que je m'en souviens parce qu'elles sont pleines de bonté, car je me rappelle si peu de chose !

— N'aviez-vous ni père ni mère pour s'occuper de vous ?

— Père ? Je ne l'ai jamais vu et je n'ai jamais entendu ma mère en parler. Je suppose qu'il est mort.

— Et votre mère ?

— Je ne m'entendais pas avec elle. Nous étions une crainte et un ennui l'une pour l'autre.

Une crainte et un ennui ! À ces mots, je soupçonnai pour la première fois sa mère de l'avoir fait enfermer.

— Ne me parlez pas de ma mère, continua-t-elle. Je préfère parler de Mrs Clements ; elle, au moins, est comme vous, elle ne trouve pas que je devrais retourner à l'asile et elle est aussi contente que vous que je me sois enfuie. Elle a pleuré sur mon malheur, en me disant que je devais le garder secret.

Son malheur ! Dans quel sens employait-elle ce mot ? Dans un sens pouvant expliquer le motif qui lui fit écrire la lettre anonyme. Dans un sens pouvant excuser chez une femme un sentiment de vengeance contre l'homme qui l'a perdue ? Je devais éclaircir avant tout ce mystère.

— De quel malheur parlez-vous ? demandai-je.

— Du malheur d'être enfermée, répondit-elle, étonnée de ma question. Quel autre malheur pourrait-il m'arriver ?

J'insistai avec autant de délicatesse et de ménagement que possible.

— Il existe un autre malheur, repris-je, qui peut frapper une femme et la faire souffrir toute sa vie dans le déshonneur et la réprobation.

— Qu'est-ce ? demanda-t-elle vivement.

— Le malheur d'avoir cru avec trop de candeur dans sa propre vertu et dans la loyauté et l'honneur de l'homme qu'elle aime ! répondis-je.

Elle me regarda avec l'étonnement d'une enfant et son visage, qui ne cachait jamais aucune émotion, ne trahit aucun trouble.

Je compris que mes soupçons, quant aux motifs qui

lui avaient dicté la lettre, étaient absolument faux. Mais la suppression de ce doute en faisait naître un autre.

Quoiqu'il n'y fût pas nommé, sa lettre visait sir Percival Glyde. Elle devait donc avoir un motif bien grave pour le dénoncer à miss Fairlie en termes aussi violents ! De quelle nature pouvait être l'offense qu'elle avait subie de lui ?

— Je ne vous comprends pas, reprit-elle après avoir réfléchi à mes paroles.

— Peu importe ! répondis-je. Continuons à parler de ce qui nous intéresse. Racontez-moi combien de temps a duré votre séjour chez Mrs Clements et comment vous êtes venue ici.

— Combien de temps ? répéta-t-elle. Mais jusqu'à ce que je vienne ici avec elle, il y a deux jours.

— Vous habitez le village, alors ? C'est curieux que je ne vous aie pas encore rencontrée...

— Non ! non ! pas dans le village. À trois lieues d'ici, dans une ferme. Ne connaissez-vous pas Todd's Corner ? (Je me souvenais parfaitement de l'endroit pour y être souvent passé lors de nos randonnées. C'était l'une des plus vieilles fermes du voisinage, située dans un coin isolé, entre deux collines.) Ce sont des parents de Mrs Clements, continua-t-elle, et ils lui avaient souvent demandé de venir les voir. Elle m'a prise avec elle, afin que je respire un peu d'air frais dans le calme. C'est bien de sa part, n'est-ce pas ? J'en avais besoin et j'aurais été n'importe où pour me sentir en sécurité. Mais, lorsque j'ai appris que Todd's Corner se trouvait à proximité de Limmeridge House, je fus si heureuse que j'aurais fait le chemin pieds nus pour revoir l'école et le village et Limmeridge House. Ce sont de braves gens, les habitants de cette ferme, et je souhaite y rester longtemps. Il n'y a qu'une chose que je n'aime pas en eux ni en Mrs Clements...

— Quoi ?

— C'est qu'ils me taquinent toujours parce que je m'habille en blanc. Ils disent que ça fait original. Qu'en savent-ils, eux ? Mrs Fairlie s'y connaissait mieux qu'eux et elle ne m'aurait jamais fait porter cet horrible manteau bleu, elle ! Ah ! comme elle aimait le blanc ! Et... voilà une croix en marbre blanc sur sa tombe et je la rends bien blanche... par amour pour elle ! Elle portait souvent du blanc elle-même, et elle habillait toujours sa petite fille en blanc. Miss Fairlie est-elle en bonne santé, et est-elle heureuse ? Porte-t-elle encore du blanc comme lorsqu'elle était enfant ?

Sa voix tremblait en parlant de miss Fairlie, et elle se détourna de moi. J'attribuai son trouble au souvenir du risque qu'elle avait couru en envoyant la lettre anonyme et je décidai de l'obliger à avouer.

— Miss Fairlie n'est pas très heureuse ni bien portante ce matin, dis-je.

Elle murmura quelques paroles inintelligibles.

— M'avez-vous demandé pourquoi miss Fairlie ne se sentait pas très bien ce matin ? demandai-je.

— Non, non, répondit-elle vivement. Oh ! non, je n'ai jamais demandé cela.

— Je vais quand même vous le dire. Miss Fairlie a reçu votre lettre !

Depuis quelques instants, elle s'était remise à genoux et enlevait avec soin la souillure sur l'épitaphe. À mes paroles, elle s'arrêta net et resta comme pétrifiée en me regardant. Son visage pâlit encore, ses lèvres s'ouvrirent et elle laissa une fois de plus tomber le chiffon blanc qu'elle tenait à la main.

— Comment le savez-vous ? demanda-t-elle dans un souffle. Qui vous l'a montrée ? (Puis, se rendant compte qu'elle s'était trahie, le sang lui remonta au visage et, se tordant les mains d'un air désespéré, elle balbutia :) Je n'ai jamais écrit cette lettre ! J'ignore ce que vous voulez dire !

— Oui, dis-je avec calme, vous l'avez écrite et vous savez très bien ce que je veux dire. C'est mal d'avoir écrit une telle lettre, c'est mal d'avoir effrayé miss Fairlie ! Si vous aviez quelque chose à lui dire de vrai et d'honnête, vous auriez dû aller lui en parler.

Elle s'affaissa sur la pierre en se cachant le visage et ne répondit pas.

— Miss Fairlie sera aussi douce et bonne pour vous que l'était sa mère, si votre intention est loyale, continuai-je. Miss Fairlie gardera votre secret et vous protégera. Voulez-vous qu'elle vienne vous voir demain à la ferme ? Ou préférez-vous la rencontrer dans le jardin de Limmeridge House ?

— Oh ! si je pouvais mourir ! Disparaître et reposer avec vous ! murmura-t-elle avec passion, les lèvres collées contre la pierre tombale. Vous seule savez comme j'aime votre enfant par amour pour vous. Oh ! Mrs Fairlie ! Mrs Fairlie ! Dites-moi comment je pourrais la sauver. Soyez ma mère et mon amie une fois de plus et dites-moi ce que je dois faire !

J'entendis ses lèvres embrasser la pierre, je vis ses mains se crisper violemment. Touché plus que je ne saurais le dire, je me penchai vers elle, prenant affectueusement dans les miennes ses mains désemparées, espérant ainsi la calmer à nouveau. En vain ! D'un mouvement brusque, elle retira ses mains, et ne releva ni même ne tourna le visage.

Comprenant qu'il fallait l'apaiser de toute urgence et par n'importe quel moyen, j'employai celui que je croyais le plus efficace et lui dis doucement :

— Allons ! allons ! Essayez de vous dominer ou

vous allez me faire croire que la personne qui vous a placée dans cet asile avait de bonnes raisons de le faire...

La fin de ma phrase mourut sur mes lèvres, car elle s'était levée subitement, et un changement frappant s'était opéré en elle. Son visage si touchant à regarder dans sa sensibilité enfantine était devenu sombre et empreint d'une expression de folie haineuse. Ses yeux étaient dilatés comme ceux d'un animal sauvage. Elle ramassa le chiffon qui se trouvait à ses pieds et, comme s'il se fût agi d'un être vivant qu'elle s'apprêtait à étrangler, elle le tordit convulsivement avec une telle force que les quelques gouttes d'humidité qui y restaient tombèrent sur la pierre.

— Parlez d'autre chose, murmura-t-elle entre ses dents. Si vous me parlez de cela, je suis perdue !

Toute douceur avait maintenant disparu en elle. Il était évident que la bonté de Mrs Fairlie n'était pas la seule chose qui avait marqué sa mémoire. Au reconnaissant souvenir de ses jours d'école à Limmeridge se joignait le souvenir du mal qui lui avait été fait par son internement à l'asile. Qui en était l'auteur ? Était-il possible que ce fût sa mère ? C'était dommage de ne pas poursuivre mes investigations sur ce dernier point, mais je me forçai à y renoncer pour l'instant. Dans l'état où elle se trouvait, il eût été cruel de songer à autre chose qu'à l'aider à se remettre.

— Je ne parlerai plus de choses qui vous chagrinent, repris-je.

— Vous désirez encore quelque chose, reprit-elle vivement d'un ton soupçonneux. Ne me regardez pas comme cela ! Parlez ! Dites ce que vous voulez !

— Je désire seulement que vous vous calmiez... et après, que vous réfléchissiez à ce que je vous ai dit.

— Dit ? interrogea-t-elle en tordant à nouveau son chiffon et en se parlant à elle-même : Que disait-il ? (Puis se tournant brusquement vers moi et secouant la tête avec impatience, elle ajouta :) Pourquoi ne m'aidez-vous pas ?

— Oui, oui, répondis-je doucement, je vais vous aider, et vous allez tout de suite vous souvenir. Je vous demandais si vous vouliez voir miss Fairlie demain, pour lui dire toute la vérité au sujet de la lettre ?

— Ah ! Miss Fairlie... Fairlie... Fairlie...

Rien que de répéter ce nom adoré et familier à son oreille, elle parut se calmer et son visage se détendit un peu.

— Vous ne devez pas avoir peur de miss Fairlie, continuai-je, ni craindre d'avoir des ennuis au sujet de la lettre. Elle en sait déjà si long qu'il ne vous sera pas difficile de lui dire tout. Vous ne citez pas de nom dans votre lettre, mais miss Fairlie sait que vous parlez de sir Percival Glyde.

J'eus à peine prononcé ce nom que l'expression de haine et de terreur reparut sur son visage et qu'elle poussa un cri horrifié qui résonna dans tout le cimetière et qui me fit tressaillir moi-même d'effroi. Je n'avais plus de doute. Sa mère était innocente et l'homme qui l'avait fait interner était sir Percival.

Son cri avait atteint d'autres oreilles que les miennes. J'entendis la porte du cottage s'ouvrir brusquement et de l'autre côté, derrière le bouquet d'arbres, la voix de sa compagne, la femme au châle, s'écrier :

— J'arrive ! J'arrive !

Quelques instants après, Mrs Clements apparut.

— Qui êtes-vous ? me lança-t-elle, le pied déjà posé sur la marche de pierre. Comment osez-vous effrayer une pauvre femme sans défense ?

Avant que j'aie eu le temps de répondre, elle avait passé son bras autour de la taille de la jeune fille et lui demandait avec anxiété :

— Qu'est-il arrivé, ma petite ? Que vous a-t-il fait ?

— Rien... rien, répondit la pauvre créature en tremblant. Rien... J'ai seulement eu très peur.

Mrs Clements se retourna vers moi et me regarda d'un air de colère indignée, ce qui m'inspira aussitôt du respect pour elle.

— Je serais vraiment honteux si je méritais un tel regard, dis-je enfin, mais je ne le mérite pas, car si je l'ai effrayée, c'est malgré moi, je vous assure. Ce n'est pas la première fois qu'elle me voit. Demandez-lui si je suis capable de vouloir du mal à une femme.

Je parlais distinctement pour qu'Anne Catherick m'entende et me comprenne et je vis que j'avais réussi.

— Oui, oui, il a été bon pour moi, il m'a aidée à...

Elle chuchota le reste de la phrase dans l'oreille de son amie.

— Curieux, en vérité ! s'exclama Mrs Clements avec un regard perplexe. C'est tout différent alors. Je regrette d'avoir été impolie vis-à-vis de vous, monsieur, mais vous admettrez que les apparences étaient étranges. C'est davantage de ma faute que de la vôtre d'ailleurs. J'ai eu tort de céder à tous ses caprices et de la laisser seule en un tel endroit. Allons, chère petite, rentrons vite maintenant.

J'eus l'impression que l'obscurité effrayait un peu la brave femme, et je lui offris de les accompagner.

Mrs Clements me remercia poliment mais refusa, me déclarant qu'elles rencontreraient sans nul doute des ouvriers de la ferme en chemin.

— Tâchez de me pardonner, dis-je à Anne Catherick, tandis qu'elle prenait le bras de son amie pour partir.

— Je tâcherai, répondit-elle, mais vous en savez trop et je crains d'avoir toujours peur désormais de vous rencontrer.

Mrs Clements me regarda en secouant tristement la tête :

— Bonne nuit, monsieur. Vous ne pouviez pas l'éviter, je sais, mais j'aurais souhaité que ce fût moi que vous eussiez effrayée et non elle.

Elles firent quelques pas et je crus qu'elles partaient, mais tout à coup Anne Catherick s'arrêta et, quittant le bras de sa compagne, lui cria en retournant sur ses pas :

— Attendez un instant, je dois lui dire au revoir !

S'élançant vers la tombe, elle entoura la croix de marbre de ses deux bras et l'embrassa avec effusion.

— Je me sens mieux maintenant, soupira-t-elle, et, me regardant avec calme, elle ajouta : Je vous pardonne !

Elle rejoignit son amie et, ensemble, elles quittèrent le champ des morts. Je les vis s'arrêter un moment près de l'église et parler à la femme du sacristain venue à leur rencontre, puis elles prirent le sentier qui conduit à la lande. Longtemps, je regardai s'éloigner Anne Catherick et, lorsque le crépuscule la déroba à mon regard, j'eus une sensation d'angoisse et de peine, comme si c'était la dernière fois que je voyais la Dame en blanc.

14

Une demi-heure après, je me trouvais de retour à la maison. J'informai miss Halcombe de ce qui s'était passé. Elle m'écouta avec attention.

— Je suis remplie de crainte pour l'avenir, dit-elle simplement lorsque j'eus terminé.

— L'avenir dépend souvent de notre façon d'agir dans le présent, répondis-je. Il est probable qu'Anne Catherick serait plus confiante en présence d'une femme, et si miss Fairlie...

— Il ne faut pas y songer un instant ! interrompit miss Halcombe d'un ton décidé.

— Permettez-moi alors de vous suggérer d'aller trouver vous-même Anne Catherick. Pour ma part, je redoute effrayer à nouveau cette pauvre femme. Verriez-vous une objection à m'accompagner demain à la ferme ?

— Pas la moindre. J'irais n'importe où et je ferais n'importe quoi pour Laura. Comment appelez-vous cet endroit ?

— Todd's Corner, vous devez le connaître !

— Évidemment, c'est l'une des fermes de Mr Fairlie, et notre fille de laiterie est la seconde fille du fermier. Elle va constamment chez son père et il se pourrait qu'elle ait appris là-bas quelque chose d'intéressant. Je vais m'en assurer tout de suite.

Miss Halcombe tira la sonnette et envoya le domestique quérir la servante, mais il revint bientôt, déclarant que cette dernière se trouvait à la ferme, pour y passer la soirée.

— Je lui parlerai demain, dit miss Halcombe lorsque le domestique se fut éloigné. Expliquez-moi bien ce que vous espérez de mon entrevue avec Anne Catherick. Êtes-vous certain que c'est sir Percival qui l'a fait interner dans un asile ?

— Je n'en ai plus l'ombre d'un doute. Le seul mystère qui reste à éclaircir est le motif qui l'a poussé à agir de la sorte. Vu la différence de rang social, toute idée de parenté doit être écartée. Il est donc de la plus grande importance de savoir pourquoi – en supposant même que la jeune fille ait dû réellement être placée sous surveillance – il a pris une telle responsabilité.

— C'est un asile privé, n'est-ce pas ?

— Oui, un asile privé dont la pension, trop onéreuse pour de pauvres gens, était donc payée par lui.

— Je comprends, Mr Hartright, et je vous promets que ce point sera éclairci, qu'Anne Catherick nous y aide ou non. Sir Percival ne demeurera pas longtemps dans cette maison si Mr Gilmore et moi n'obtenons pleine satisfaction. L'avenir de ma sœur est mon plus grand souci dans la vie, et j'ai assez d'influence sur elle pour la faire renoncer à ce mariage, si c'était nécessaire.

Sur ces mots, nous nous séparâmes pour la nuit.

Le lendemain matin, un obstacle, auquel je n'avais pas songé la veille, nous empêcha de mettre notre projet à exécution aussitôt après le petit déjeuner. C'était le dernier jour que je passais à Limmeridge House, et je devais attendre le courrier pour faire part à Mr Fairlie de la rupture de mon engagement. La poste, fort heureusement, m'apporta deux lettres d'amis de Londres. Cela sauvait les apparences. J'envoyai immédiatement un domestique chez Mr Fairlie, le priant de me recevoir pour une affaire urgente.

J'attendis le retour du domestique sans la moindre anxiété au sujet de la réponse que me donnerait son maître. Que Mr Fairlie approuvât ou non cette décision, je devais partir. Et le sentiment d'avoir déjà fait le premier pas sur le triste chemin qui m'éloignerait définitivement de miss Fairlie semblait avoir émoussé ma sensibilité pour toute autre chose. C'en était fait de ma susceptibilité d'homme et de ma vanité d'artiste. Je n'en étais plus à redouter la colère et les insolences de Mr Fairlie.

Ce dernier me fit répondre qu'il regrettait que son état de santé ne lui permît pas de me recevoir et, avec mille excuses, il me priait de lui écrire ce que j'avais à lui dire. C'était sa façon habituelle de procéder, et je ne m'en étonnai guère. Durant tout mon séjour chez lui, il m'avait fait savoir à plusieurs reprises qu'il se réjouissait de « m'avoir » à Limmeridge House, mais il n'avait jamais été assez bien pour me recevoir une seconde fois. Toutes nos relations s'étaient bornées à ceci ; le domestique portait, avec mes « respects », les aquarelles à son maître au fur et à mesure que je les restaurais, puis il revenait me trouver les mains vides, chargé de me transmettre les « compliments » de Mr Fairlie, ses « remerciements » et ses « regrets sincères » d'être obligé de rester seul et enfermé dans sa chambre à cause de sa mauvaise santé. On eût difficilement imaginé arrangement plus agréable, et pour lui et pour moi ! Et il est difficile de dire qui de nous profitait le plus de la fragilité de Mr Fairlie !

Je me mis en devoir de lui écrire, en m'exprimant avec autant de politesse, de clarté et de brièveté que possible. Une heure s'écoula avant que ne m'arrivât la réponse. Elle était écrite en caractères réguliers et nets, à l'encre violette sur une feuille de bloc, aussi lisse que de l'ivoire et aussi épaisse que du carton, et disait :

« Mr Fairlie adresse ses compliments à Mr Hartright. Il est à la fois surpris et déçu, plus qu'il n'est capable de le dire, surtout dans son état, par la demande de Mr Hartright. N'étant pas homme d'affaires, Mr Fairlie a consulté son régisseur, et celui-ci a confirmé l'opinion de Mr Fairlie, à savoir que la requête faite par

Mr Hartright, de pouvoir rompre son engagement, ne pouvait être acceptée que dans un cas de vie ou de mort. Si les sentiments de haute estime que Mr Fairlie a toujours nourris pour l'art et pour ceux qui le cultivent pouvaient être facilement ébranlés, la façon d'agir de Mr Hartright les aurait fortement secoués. Mais il n'en est point ainsi, excepté à l'égard de Mr Hartright lui-même.

» Ayant établi la situation aussi clairement que son état de santé précaire le lui permet, Mr Fairlie n'a plus rien à ajouter, sinon à faire part de la décision qu'il a cru devoir prendre au sujet de la requête irrégulière qui lui a été adressée. Le complet repos de corps et d'esprit ayant une importance capitale dans son état, Mr Fairlie n'admettrait pas que Mr Hartright le troublât en restant dans la maison dans de telles conditions. De ce fait, Mr Fairlie renonce à ses droits d'opposition, uniquement pour sauvegarder sa propre tranquillité... et informe Mr Hartright qu'il peut partir. »

Pliant la lettre, je la glissai dans ma poche. Autrefois, je l'aurais considérée comme une insulte, aujourd'hui je l'acceptais comme une délivrance. N'y pensant plus, je descendis prévenir miss Halcombe que j'étais prêt à l'accompagner à la ferme.

— Mr Fairlie vous a-t-il donné une réponse satisfaisante ? me demanda-t-elle, comme nous quittions la maison.

— Il m'a permis de partir, mademoiselle.

Elle me regarda, puis, d'un geste spontané, prit mon bras, sans que je le lui eusse offert. Aucun mot ne pouvait exprimer avec plus de délicatesse qu'elle me donnait sa sympathie, non en tant que supérieure, mais en tant qu'amie. Je n'avais guère ressenti l'arrogance de Mr Fairlie, mais cette preuve d'amitié de la part de miss Halcombe réussit à me toucher profondément. Sur le chemin de la ferme, nous décidâmes qu'elle entrerait seule et que, restant au-dehors, j'attendrais qu'elle m'appelât. Car nous craignions que ma présence, après ce qui s'était passé dans le cimetière la veille au soir, ne renouvelât l'effroi d'Anne Catherick et ne la rendît que plus méfiante encore devant les questions que lui poserait, même avec toute la délicatesse possible, une personne qu'elle ne connaissait pas. Miss Halcombe me quitta donc dans l'intention de parler d'abord à la fermière, dont elle savait le dévouement. Je m'attendais à devoir rester seul un bon moment, mais cinq minutes à peine s'étaient écoulées que je la vis reparaître.

— Anne Catherick a refusé de vous voir ? demandai-je aussitôt avec étonnement.

— Anne Catherick est partie !

— Partie ?

— Oui ! Partie avec Mrs Clements, ce matin à 8 heures.

Je ne répondis pas, mais j'eus la sensation que notre dernière chance de découvrir quelque chose venait de s'évanouir.

— Mrs Todd m'a raconté tout ce qu'elle savait de ses invitées, et cela ne nous éclaire pas davantage, reprit miss Halcombe. Hier soir, après vous avoir quitté, elles sont rentrées à la ferme et ont passé la soirée avec toute la famille comme à l'ordinaire. Juste avant le dîner, Anne Catherick s'est subitement évanouie. Elle avait éprouvé le même malaise, mais toutefois moins alarmant, le jour de son arrivée. Mrs Todd l'avait attribué à quelque nouvelle lue dans le journal qui traînait sur la table.

— Mrs Todd sait-elle quel est le passage du journal qui l'impressionna à ce point ?

— Non, elle m'a dit l'avoir relu et n'y avoir rien trouvé d'anormal. Je demandai à l'examiner à mon tour et vis l'annonce du mariage de Laura. Cela expliquait son agitation et la lettre anonyme du lendemain.

— Sans nul doute !... Mais pourquoi ce second évanouissement ?

— Je l'ignore. Il n'y avait pas d'étranger dans la maison et la seule visiteuse était notre fille de ferme. La conversation roulait sur les potins du village, lorsqu'elle a poussé un cri strident en s'effondrant. Longtemps après qu'on l'eut transportée sur son lit, on l'entendit bavarder avec son amie, Mrs Clements, et de bonne heure ce matin, celle-ci vint prévenir Mrs Todd de leur départ. Elle expliqua qu'une raison sérieuse obligeait Anne Catherick à quitter Limmeridge au plus tôt. C'est en vain que Mrs Todd questionna Mrs Clements ; celle-ci se borna à secouer la tête en disant que pour le bien d'Anne elle demandait que personne ne cherchât à en savoir plus long. Elle paraissait très agitée elle-même en répétant qu'Anne et elle devaient partir, et que personne non plus ne devait savoir où elles allaient. Mrs Todd fut donc bien obligée de les accompagner à la gare, mais elle était tellement offensée de ce départ discourtois et précipité qu'elle les quitta sans presque leur dire adieu. Ne vous souvenez-vous pas, Mr Hartright, d'un incident qui se serait passé dans le cimetière et qui pourrait expliquer cette fuite ?

— À mon avis, mademoiselle, il serait plus important d'expliquer d'abord l'évanouissement d'Anne Catherick survenant bien longtemps après son retour du cimetière ; elle avait certainement eu le temps de se remettre alors de toute émotion violente que j'aurais pu malheureusement et bien involontairement lui avoir causé ! Vous êtes-vous informée de ce dont on parlait au moment où elle s'est évanouie ?

— Oui. Mais Mrs Todd était si occupée par ses travaux de ménage qu'elle ne prenait point part, ou alors bien distraitement, à la conversation. Tout ce qu'elle a pu me dire, c'est que l'on parlait « des nouvelles ». Des nouvelles des uns et des autres, je suppose.

— La mémoire de la fille sera peut-être meilleure que celle de la mère. Si vous vouliez bien lui parler ?

Dès notre retour à Limmeridge House, nous nous dirigeâmes vers l'office. Nous trouvâmes la servante dans la laiterie, les manches retroussées, chantant à tue-tête en nettoyant une cruche à lait.

— J'ai amené ce monsieur pour admirer votre laiterie modèle, Hannah, dit miss Halcombe, elle vous fait honneur.

La jeune fille salua en rougissant et expliqua sur un ton timide qu'elle faisait toujours de son mieux pour que tout fût propre et en ordre.

— Nous revenons justement de chez vous, continua ma compagne. J'ai appris que vous y aviez passé la soirée. Il y avait des invitées chez vous ?

— Oui, mademoiselle.

— Il paraît que l'une d'elles s'est sentie mal tout à coup. Je suppose que vous ne racontiez rien de terrible, qui eût pu l'effrayer ?

— Oh non ! mademoiselle, répondit la fille en riant, on se racontait les nouvelles.

— Vous racontiez celles de Limmeridge House et vos sœurs vous disaient celles de Todd's Corner, je suppose ?...

— Oui, mademoiselle, et je suis sûre qu'on ne disait rien qui eût pu effrayer cette pauvre créature, car c'est moi qui parlais lorsqu'elle s'est évanouie. Moi-même je ne me suis jamais sentie mal, et je n'avais jamais encore assisté à un évanouissement et ça m'a fait un drôle d'effet, je vous assure !

Comme on l'appelait à l'extérieur pour lui remettre des œufs, je murmurai à l'oreille de miss Halcombe :

— Demandez-lui si elle a dit que sir Percival était attendu lundi.

Miss Halcombe lui posa la question.

— Oh ! oui, mademoiselle, j'ai raconté cela et aussi l'accident qui est arrivé à la vache tachetée. C'étaient les deux grandes nouvelles. J'espère que je n'ai pas mal fait, mademoiselle ?

— Non ! non !... Venez, Mr Hartright, sinon Hannah va dire que nous l'empêchons de travailler.

Une fois seuls, je regardai miss Halcombe.

— Avez-vous encore l'ombre d'un doute ? demandai-je.

— Sir Percival devra éclaircir lui-même ce point, Mr Hartright... ou Laura Fairlie ne sera jamais sa femme !

15

Alors que nous atteignions la maison, un fiacre, arrivant de la gare par la grande allée, nous rejoignit. Miss Halcombe attendit sur les marches du perron qu'il s'arrêtât, puis s'élança à la rencontre d'un vieux monsieur qui mettait pied à terre. Mr Gilmore était arrivé.

Après les présentations d'usage, j'examinai le nouveau venu avec une curiosité et un intérêt mal dissimulés. Devant moi se trouvait donc l'homme qui resterait à Limmeridge House après mon départ, celui qui écouterait les explications de sir Percival et donnerait son avis à miss Halcombe, celui qui resterait jusqu'à ce que la date du mariage fût fixée. C'était sa main qui ferait le contrat, liant miss Fairlie pour la vie, si ce mariage se décidait.

Oui, dès ce moment-là, alors que je ne savais absolument rien en comparaison de ce que je sais aujourd'hui, je me sentais pour le vieux confident de cette famille une sympathie comme ne m'en avait jamais encore inspirée un étranger.

L'aspect de Mr Gilmore était exactement à l'opposé de l'idée qu'on pouvait se faire d'un vieil avocat.

Son teint était rose et frais, ses cheveux d'un blanc neigeux étaient brossés avec soin et ses vêtements noirs lui allaient parfaitement. Sa cravate blanche était bien nouée et ses gants de peau couleur lavande auraient aussi bien pu convenir aux mains d'un respectable clergyman. Ses façons étaient empreintes de la politesse et de la grâce particulières à la vieille école et animées d'une énergie digne d'un homme d'affaires.

L'impression générale que j'eus de ma première rencontre avec Mr Gilmore fut à vrai dire excellente, et il me faut ajouter que, au fur et à mesure que je le connus mieux, cette impression se confirma de jour en jour.

Je laissai miss Halcombe entrer dans la maison avec le vieux gentleman et descendis vers le jardin. Mes heures à Limmeridge House étaient comptées ; mon départ le lendemain matin était irrévocable et mon rôle achevé dans les recherches à propos de la lettre anonyme. Je ne pouvais donc ne faire de mal qu'à moi-même si, une fois encore, je laissais parler mes sentiments, si je les libérais de la contrainte cruelle que j'avais dû leur imposer, en faisant tendrement mes adieux aux lieux qui avaient vu naître un bonheur aussitôt anéanti.

Instinctivement, je pris le chemin que miss Fairlie avait la veille encore parcouru avec son petit lévrier, et je me dirigeai vers la roseraie. Sans pitié, le vent glacé d'automne était passé par là ! Les fleurs qu'elle m'avait appris à nommer, les fleurs que je lui avais enseigné à peindre, toutes avaient disparu !... J'entrai dans l'avenue bordée d'arbres où, par les soirs d'été, nous avions admiré ensemble les jeux d'ombres et de lumières dansant sur le sol. Les feuilles mortes tombaient lentement des arbres ; j'étais glacé jusqu'aux os.

Puis je gagnai les collines où tant de fois nous nous étions promenés, elle et moi, et je montai jusqu'au sommet. Le vieux tronc d'arbre, couché au bord du chemin sur lequel nous avions pris l'habitude de nous asseoir, était tout imprégné de pluie et les fougères que j'avais amassées pour elle au pied du mur de pierre, en face de notre banc, formaient à présent les îlots d'une petite mare. Je contemplai le paysage que nous avions admiré tous deux en ces moments de bonheur. Mais étranger au paysage de mon souvenir : il était froid et nu. La présence aimée ne rayonnait plus autour de moi ; la voix charmante ne chantait plus à mon oreille. Ici, elle m'avait parlé de son père qu'elle avait perdu récemment, m'avait dit combien ils s'aimaient l'un l'autre, combien il lui manquait encore, surtout quand elle entrait dans certaine chambre de la maison, et aussi quand elle se livrait à des occupations ou prenait des distractions qui étaient chères à Mr Fairlie. Non, ce n'était plus le paysage qui s'était alors offert à mes yeux. Ma solitude me pesait de plus en plus. À travers la bruyère, je descendis vers le rivage écumant de vagues. Je cherchai en vain la place où, un jour, sur le sable, du bout de son ombrelle, elle avait tracé des arabesques, la place où longuement nous étions restés assis en parlant de nous-mêmes.

Elle aimait me poser des questions sans fin sur ma maison, ma mère et ma sœur, me demandait innocemment si je n'avais pas l'intention de quitter mon appartement de célibataire pour me marier et m'établir chez moi... Le vent et la marée avaient depuis longtemps balayé le rivage en effaçant toutes ces traces, et la mer, à mes yeux, n'avait plus de couleur.

Je retournai vers la maison, où je savais que, là au moins, tout me parlerait d'elle et où j'avais l'espoir de la revoir encore.

Sur la terrasse, je rencontrai Mr Gilmore qui me cherchait. J'avais l'esprit peu disposé pourtant à parler mais, ne pouvant l'éviter, je m'y résignai avec philosophie.

— Vous êtes justement la personne que je désirais voir, me dit le vieux gentleman. J'ai deux mots à vous dire, cher monsieur. Miss Halcombe m'a mis au courant de tout ce qui s'est passé avant mon arrivée et m'a dit le rôle important que vous aviez joué dans cette affaire de la lettre anonyme. Ce rôle, je le comprends, fait que vous vous intéressez à l'issue des futures investigations. Je voulais simplement vous assurer, cher monsieur, que vous pouviez partir tranquille, car l'affaire est à présent entre mes mains.

— De toute façon, Mr Gilmore, vous êtes mieux placé que moi pour conseiller et pour agir dans un tel cas. Serait-il indiscret de vous demander si vous avez déjà décidé comment vous allez procéder ?

— Oui, autant que cela m'est possible. J'ai l'intention d'envoyer une copie de la lettre anonyme à l'avocat-conseil de sir Percival à Londres. La lettre elle-même, je la garderai ici pour la lui montrer dès son arrivée. J'ai fait suivre les deux femmes, en envoyant à la gare un domestique de confiance de Mr Fairlie, muni d'argent et de directives précises. C'est tout ce que je puis faire pour le moment. Je ne doute pas que les explications qu'on peut attendre d'un gentleman et d'un homme d'honneur, sir Percival nous les donnera volontiers dès son arrivée. Il occupe une situation très élevée et possède une réputation au-dessus de tout soupçon. Des choses de ce genre se présentent souvent dans mon métier : lettres anonymes, femmes délaissées, mauvaises fréquentations. Je ne nie pas que le cas actuel offre quelque complication, mais en lui-même, il n'est, hélas ! que trop courant !

— Je crains de n'être pas tout à fait de votre avis, Mr Gilmore.

— Évidemment ! Je suis un vieillard et vois avant tout le côté pratique ; vous êtes un jeune homme et regardez le côté romanesque. Ne nous disputons pas, voulez-vous ? Je vis, de par ma profession, dans une atmosphère de querelles continuelles, Mr Hartright, et je suis trop heureux quand j'ai l'occasion d'y échapper un peu. Nous attendrons les événements, oui, oui, nous attendrons les événements. Ravissant endroit que celui-ci, n'est-ce pas ? Y a-t-il de bonnes chasses ? Je suppose que non, car aucune des propriétés de Mr Fairlie n'est clôturée. Charmant endroit et gens délicieux ! J'ai appris que vous dessiniez et que vous peigniez, Mr Hartright. Quel talent ! Quel est votre genre ?

Nous continuâmes la conversation sur des sujets généraux, ou plutôt c'est Mr Gilmore qui parla. Mon esprit était absent, car ma promenade solitaire m'avait à ce point impressionné que je n'avais plus qu'une pensée : quitter Limmeridge le plus rapidement possible.

Pourquoi prolonger ces pénibles adieux ? Je ne pouvais plus rendre aucun service. Mr Fairlie me laissait libre de partir à n'importe quel moment. Alors ?

Après m'être excusé auprès de Mr Gilmore, je me dirigeai vers la maison. En montant à ma chambre, je rencontrai miss Halcombe qui me dit que je paraissais agité et m'en demanda la raison. Je la lui expliquai.

— Non ! Non ! s'écria-t-elle vivement. Quittez-nous comme un véritable ami, Mr Hartright, après avoir une fois encore partagé notre repas. Aidez-nous à rendre cette dernière soirée aussi heureuse que la première si possible. C'est mon désir, celui de Mrs Vesey et... celui de Laura également.

Je promis de demeurer, car je n'aurais pas voulu laisser de moi une impression fâcheuse. Lorsque la cloche du dîner sonna, je descendis. Je n'avais pas vu miss Fairlie de la journée et notre rencontre fut à nouveau une épreuve pour tous les deux. Elle aussi avait voulu rendre notre dernière soirée aussi douce que les précédentes, celles du temps heureux qui ne reviendrait jamais. Elle avait revêtu la toilette qu'elle savait que je préférais, une robe de soie bleu foncé, ornée de vieilles dentelles. Elle m'accueillit avec sa loyauté et sa gentillesse d'autrefois. La main froide qui tremblait dans la mienne, les taches rouges au milieu de ses joues pâles, le sourire forcé qui luttait sur ses lèvres et mourait tandis que je la regardais, tout cela me disait assez la souffrance qu'elle endurait en secret.

Je crois que je ne l'ai jamais autant aimée qu'en ce moment-là.

La présence de Mr Gilmore nous fut d'un grand secours. Étant d'excellente humeur, il fit tous les frais de la conversation. Miss Halcombe l'assista avec énergie et j'essayai de suivre son exemple. Les limpides yeux bleus, dont j'avais pris l'habitude d'interpréter chaque expression, me lancèrent un regard suppliant dès que nous nous mîmes à table. « Aidez ma sœur, semblaient-ils dire, aidez ma sœur, et vous m'aiderez ! »

Le dîner se termina enfin et je restai dans la salle à manger avec Mr Gilmore. La chance fit que je pus demeurer silencieux quelques instants, car, le domestique envoyé pour filer Anne Catherick étant revenu, Mr Gilmore demanda qu'on l'introduisît tout de suite.

— Eh bien, demanda ce dernier, qu'avez-vous découvert ?

— J'ai découvert que les deux dames avaient pris un ticket pour Carlisle, monsieur, répondit l'homme.

— Je suppose que vous êtes parti immédiatement vers Carlisle ?

— Oui, monsieur, mais j'ai le regret de devoir dire que je n'ai pu retrouver leur trace.

— Vous vous êtes informé à la gare ?

— Oui, monsieur.

— Et aux auberges voisines ?

— Oui, monsieur.

— Et vous avez laissé au bureau de police le signalement que je vous avais remis ?

— Oui, monsieur.

— Eh bien ! alors, mon ami, vous avez fait votre devoir, quant à moi, j'ai fait tout ce que je pouvais. Il ne nous reste qu'à attendre d'autres indications. Ces femmes ont réussi à nous faire perdre leur piste, Mr Hartright, continua Mr Gilmore lorsque le domestique eut disparu. Nous devons attendre l'arrivée de sir Percival. Vous ne remplissez plus votre verre ? Excellent porto. Mais j'en ai du meilleur encore dans ma cave.

Nous retournâmes au salon, ce salon où s'étaient passées les plus belles soirées de ma vie. Ce salon que désormais je ne reverrais plus. Son aspect avait un peu changé depuis que les jours étaient plus courts et qu'il faisait plus froid. La porte-fenêtre donnant sur la terrasse était fermée et cachée par d'épaisses draperies. Au lieu de la semi-obscurité du crépuscule à laquelle nous étions habitués, maintenant la brillante lumière de la lampe éblouissait les yeux. Tout était changé, assurément. Dans la maison comme au-dehors !

Miss Halcombe entama une partie de cartes avec Mr Gilmore, Mrs Vesey s'installa dans son fauteuil habituel. Ils jouissaient sans réserve de leur soirée, et, à les observer, je ressentais d'autant plus la tristesse de mes dernières heures avec eux. Je vis miss Fairlie se diriger vers le piano. Quelque temps auparavant, je l'aurais suivie. Mais j'hésitai, ne sachant que faire. Elle me lança un coup d'œil rapide, prit une partition et vint vers moi.

— Si je jouais quelques-unes de ces mélodies de Mozart que vous aimez tant ? me demanda-t-elle en ouvrant la partition, les yeux baissés.

Avant que j'aie eu le temps de la remercier, elle retournait vers le piano. La chaise où je m'asseyais toujours était inoccupée. La jeune fille plaqua quelques accords, tourna la tête pour me regarder à nouveau :

— Ne prenez-vous pas votre place ? me demanda-t-elle en parlant très vite et très bas.

— Oui, pour le dernier soir, répondis-je.

Elle ne dit plus un mot. Elle tenait les yeux fixés sur la partition, ce morceau qu'elle connaissait de mémoire, qu'elle avait joué combien de fois sans cahier devant elle ? Si je me rendis compte qu'elle m'avait entendu, qu'elle savait que j'étais à côté d'elle, c'est que je la vis pâlir de plus en plus.

— Je suis désolée que vous partiez, murmura-t-elle en fixant toujours le cahier, tandis que ses doigts volaient sur le clavier avec une excitation fiévreuse que je n'avais jamais encore remarquée chez elle.

— Je me souviendrai de ces paroles, mademoiselle, longtemps, bien longtemps après la journée de demain.

— Ne parlez pas de demain, fit-elle en détournant le visage afin sans doute que je n'y lise pas l'émotion qu'elle parvenait mal à dissimuler. Laissons plutôt la musique nous parler de ce soir. Elle peut encore nous donner, peut-être, quelques instants de bonheur.

Ses lèvres tremblaient, un faible soupir s'en échappa qu'elle essaya en vain de réprimer. Puis ses doigts s'embrouillèrent, elle fit une fausse note, se troubla en voulant la reprendre et, irritée contre elle-même, laissa tomber ses mains sur ses genoux. Miss Halcombe et Mr Gilmore levèrent la tête, étonnés, et même Mrs Vesey, qui somnolait dans son fauteuil, sursauta à cette interruption soudaine de la musique et demanda ce qui se passait.

— Jouez-vous au whist, Mr Hartright ? fit miss Halcombe pour sauver la situation.

Je compris pourquoi elle me demandait cela, je compris qu'elle avait raison, et je me levai immédiatement pour aller vers la table de jeu. Miss Fairlie tourna une page de la partition et se remit à jouer d'une main plus sûre, presque avec passion.

— Je la jouerai, murmura-t-elle, je la jouerai pour le dernier soir !

— Allons, Mrs Vesey, dit miss Halcombe, Mr Gilmore et moi sommes fatigués de l'écarté. Venez faire une partie de whist avec Mr Hartright.

Le vieil homme de loi eut un sourire moqueur ; ayant gagné, il attribuait évidemment la soudaine décision de sa jeune amie au fait que les dames ne supportent pas de perdre quand elles jouent aux cartes.

Pendant la fin de la soirée, miss Fairlie ne m'adressa

plus un mot ni un regard. Elle demeura assise au piano, et moi à la table de jeu. Elle ne cessa pas un moment de jouer, comme si en jouant elle se fuyait elle-même. Elle ne se leva enfin que lorsque, tous, nous nous apprêtions à nous dire bonsoir.

Mrs Vesey se tenait près de la porte, et ce fut elle la première qui me serra la main.

— Je ne vous reverrai plus, Mr Hartright, dit-elle. Je suis réellement peinée que vous nous quittiez. Vous avez été très bon et plein d'attentions pour une vieille dame comme moi, et je l'apprécie. Je vous souhaite d'être heureux, monsieur ; et je vous souhaite le bonsoir.

Mr Gilmore suivit.

— J'espère que nous aurons encore l'occasion de nous rencontrer, Mr Hartright. Partez en paix, monsieur, cette affaire est en de bonnes mains ! Dieu, qu'il fait froid ! Je ne vous retiens pas plus longtemps sur le pas de la porte. *Bon voyage*, cher monsieur, *bon voyage !* comme disent les Français.

Puis, ce fut miss Halcombe :

— À 7 h 30, demain matin, me dit-elle.

Puis elle ajouta, plus bas :

— J'en sais plus que vous ne pensez. Votre conduite de ce soir a fait de vous mon ami pour la vie.

Enfin, en prenant la main que miss Fairlie me tendait, il me fut impossible de regarder la jeune fille en face, car je songeais au lendemain matin.

— Je dois partir de bonne heure, fis-je, la voix étranglée. Je serai parti, mademoiselle, avant que...

— Non, non ! Pas avant que je ne sois descendue, Mr Hartright. Je déjeunerai avec Marian et vous. Je ne suis pas assez ingrate pour oublier les trois mois écoulés...

La voix lui manqua, sa main serra la mienne, et elle s'enfuit.

Le dernier matin de mon séjour à Limmeridge House se leva.

Il était à peine 7 h 30 lorsque je descendis dans la salle à manger où je trouvai déjà à table mes deux anciennes élèves.

L'air était très frais, la lumière blafarde, et dans la maison silencieuse, tous trois nous essayions de manger, nous essayions de parler. Mais il était vain de vouloir sauver les apparences, et je me levai le premier pour mettre fin à ce moment affreux.

Comme je tendais la main à miss Halcombe, miss Fairlie se détourna et sortit brusquement.

— Cela vaut mieux, dit miss Halcombe une fois la porte refermée, cela vaut mieux et pour vous et pour elle.

J'attendis un moment avant de pouvoir parler, car l'émotion m'étranglait encore. Je m'efforçai de trouver des mots d'adieu qui fussent convenables, mais je ne pus que dire simplement :

— Ai-je mérité que vous m'écriviez parfois, mademoiselle ?

— Vous l'avez noblement mérité, et je vous tiendrai au courant de tout.

— Si je puis encore vous être utile un jour, n'importe quand, pour n'importe quoi... lorsque vous aurez oublié ma folle présomption...

Il me fut impossible de poursuivre. Ma voix tremblait, mes yeux s'embuèrent. Elle me prit les deux mains, et, les serrant avec effusion, elle me dit :

— Je n'oublierai jamais que vous êtes mon ami... presque mon frère... et le sien !

Et, s'approchant de moi, elle m'embrassa sur le front et, pour la première fois, m'appela par mon prénom :

— Dieu vous bénisse, Walter ! Restez encore quelques minutes ici pour vous remettre. Il vaut mieux que je vous laisse seul. Je monte à mon balcon d'où je vous regarderai partir.

Elle sortit. J'allai à la fenêtre contempler le triste paysage d'automne, et je m'efforçai de me dominer avant de quitter à mon tour la salle à manger – de la quitter pour toujours.

Une minute à peine s'était écoulée lorsque j'entendis derrière moi la porte s'ouvrir doucement, puis le frôlement d'une robe de soie sur le tapis. Mon cœur battit très fort, et je me retournai. Miss Fairlie s'avançait vers moi.

Lorsqu'elle s'aperçut que nous étions seuls, elle hésita, puis, avec ce courage que les femmes perdent rarement dans les grandes circonstances et si souvent dans les petites, elle s'approcha, étrangement calme et pâle. Je vis qu'elle tenait quelque chose en main que cachaient les plis de sa robe.

— Je suis allée chercher ceci, dit-elle en me tendant un croquis du pavillon d'été où nous nous étions rencontrés pour la première fois et dessiné de sa main. Cela vous rappellera votre séjour ici et les amis que vous y avez laissés. Le jour où je l'ai dessiné, vous m'avez dit que j'avais fait des progrès. Alors, j'ai pensé que peut-être vous aimeriez...

Je pris le papier qui tremblait dans sa main – et qui trembla dans la mienne.

N'osant m'exprimer comme je l'aurais voulu, je répondis simplement :

— Il ne me quittera jamais... Je le garderai toujours précieusement. Je vous en remercie, et aussi de ne pas m'avoir laissé partir sans vous dire adieu !

— Oh ! Comment aurais-je pu faire cela, après les jours heureux que nous avons passés ensemble !

— Ces jours ne reviendront sans doute jamais, mademoiselle, car nos chemins vont se séparer. Mais s'il arrive que mon dévouement puisse vous procurer un instant de bonheur ou vous épargner un moment de peine, je vous prie, souvenez-vous de votre professeur de dessin !

Des larmes brillèrent dans ses beaux yeux bleus.

— Je vous le promets, articula-t-elle d'une voix brisée. Je vous le promets de tout mon cœur ! Mais par pitié, ne me regardez pas ainsi !

Je m'approchai d'elle, la main tendue.

— Vous avez beaucoup d'amis, mademoiselle, et votre bonheur est le souhait de tous. Puis-je vous dire, avant de partir, que c'est aussi le mien ?

Les pleurs ruisselaient sur ses joues tandis qu'à son tour elle me tendait la main. Je la pris dans la mienne et la pressai contre mes lèvres, sentant le désespoir m'envahir.

— Pour l'amour du Ciel, laissez-moi ! suppliait-elle tout bas.

C'était enfin l'aveu – l'aveu que je n'avais pas le droit d'entendre et auquel je n'avais pas le droit de répondre. Ces paroles m'obligeaient irrévocablement, par respect pour sa faiblesse, à quitter la pièce. Tout était fini. Je lâchai sa main sans rien dire. Tout se brouillait devant moi, car mes yeux aussi se remplissaient de larmes ; je les essuyai vivement afin de regarder une dernière fois ma chère Laura Fairlie, au moment où elle se laissait tomber sur une chaise et cachait son beau visage entre ses bras reposant sur la table. La porte se refermait déjà entre elle et moi – notre séparation était chose accomplie, et son image, un souvenir du passé.

LE RÉCIT SE POURSUIT, REPRIS PAR VINCENT GILMORE, DE CHANCERY LANE, AVOCAT-CONSEIL

1

J'écris ces lignes à la requête de mon ami Walter Hartright. Elles relatent les événements qui suivirent son départ.

Que j'approuve ou non la divulgation de l'étrange histoire de cette famille, Mr Hartright, avec raison, en a pris la responsabilité. Il voulut que chaque témoin prît la plume à son tour.

J'arrivai à Limmeridge House le vendredi 2 novembre, pour y rencontrer sir Percival Glyde, attendu quelques jours plus tard. Si, au cours de notre entrevue, la date du mariage de sir Percival et de miss Fairlie était arrêtée, je devais retourner à Londres muni des instructions nécessaires pour établir le contrat.

Le vendredi, je n'eus pas le plaisir d'être reçu par Mr Fairlie. Depuis des années, il était, ou s'imaginait, malade, et ce jour-là, il ne se sentait pas assez bien pour tenir une conversation. Je vis d'abord miss Halcombe.

Yeux noirs et cheveux foncés, elle me rappelle sa mère, Mrs Fairlie. Elle vint à ma rencontre comme je descendais de voiture, et me présenta Mr Hartright qui terminait son séjour à Limmeridge House.

Miss Fairlie ne parut qu'à l'heure du dîner. Je fus navré de sa mine. C'est une adorable jeune fille, attentive et prévenante comme sa mère, quoiqu'elle ressemble davantage à son père, physiquement.

Au cours de la soirée, miss Fairlie se mit au piano. Tout en l'écoutant, nous fîmes une ou deux parties de cartes. Je fus agréablement impressionné par Mr Hartright ; certes il lui manque trois choses essentielles : apprécier le bon vin, connaître le whist, et l'art de tourner un compliment à une dame. À part cela, dès cette première rencontre, je le trouvai très gentleman.

Le lecteur connaît la lettre anonyme qu'avait reçue miss Fairlie. J'étais convaincu était que sir Percival nous donnerait toutes les explications souhaitables dès son arrivée.

Le samedi, lorsque je descendis pour le petit déjeuner, Mr Hartright était parti. Miss Fairlie garda la chambre toute la journée et miss Halcombe me sembla moins bien disposée que d'ordinaire. La maison n'était plus ce qu'elle était du temps de Mr et Mrs Philip Fairlie ! L'après-midi, je me promenai seul aux alentours de la propriété, et je revis certains endroits que je connaissais depuis plus de trente ans. Eux aussi avaient changé !

À 2 heures, Mr Fairlie me fit dire qu'il pouvait me recevoir. Lui seul était resté tel que je l'avais toujours connu. Sa conversation roula sur les mêmes éternels sujets : sa santé, ses merveilleuses pièces de monnaie et ses extraordinaires eaux-fortes de Rembrandt. Dès que j'essayai de lui parler du but de ma visite, il ferma les yeux, déclarant que ce sujet l'éreintait. Je revins à la charge à plusieurs reprises, mais tout ce que je pus en tirer, c'est qu'il considérait le mariage de sa nièce comme une chose faite ; le père de Laura avait approuvé cette union, lui-même s'en réjouissait. Quant aux clauses du contrat de mariage, il me demandait de consulter sa nièce, d'arranger minutieusement les affaires de la famille afin de limiter son rôle de tuteur à dire « Oui » au moment voulu. Aurait-il pu agir autrement, lui qui était toujours souffrant et devait rester enfermé dans sa chambre ? Alors, pourquoi venait-on l'importuner ?

Son indifférence ne m'étonna guère, car je savais qu'il n'avait qu'un intérêt viager sur la propriété de Limmeridge House.

Le dimanche fut morne. Je reçus une lettre de l'avocat de sir Percival m'accusant réception de la copie de la lettre anonyme.

Lorsque miss Fairlie nous rejoignit dans l'après-midi, je la trouvai pâle et déprimée. Je risquai une légère allusion à l'arrivée prochaine de sir Percival, mais elle me regarda d'un air si mélancolique, sans répondre, que je me demandai si elle ne se repentait pas de ses fiançailles.

Le lundi, sir Percival arriva.

C'était un homme charmant, paraissant plus que son âge, car il était en partie chauve et son visage comme buriné par le temps ; mais son allure était celle d'un jeune homme. Sa rencontre avec miss Halcombe fut cordiale et sans affectation ; ma présence lui parut si naturelle que nous devînmes rapidement bons amis. Miss Fairlie arriva quelques instants plus tard. Sir Percival l'accueillit avec élégance et galanterie. Le changement qu'il observa en elle suscita chez lui un regain de tendresse et de respect qu'il s'empressa de lui témoigner. Miss Fairlie parut fort réservée et mal à l'aise en sa présence, et quitta la pièce à la première occasion. Sir Percival feignit de ne pas s'en apercevoir et ne fit aucune remarque à ce propos ; son tact, d'ailleurs, ne fut jamais pris en défaut durant les quelques jours que je vécus en sa compagnie à Limmeridge House.

Dès que miss Fairlie nous eut quittés, il nous épargna tout embarras au sujet de la lettre anonyme en nous en parlant le premier. Étant passé par Londres en venant du Hampshire, il avait vu son avocat qui l'avait mis au courant de l'affaire, et il avait hâte de nous rassurer.

Je lui tendis la lettre originale, mais d'un air digne il refusa de la prendre.

Ses explications furent aussi satisfaisantes que je l'avais prévu. Il avait des obligations envers Mrs Catherick, celle-ci ayant rendu autrefois des services à sa famille et à lui-même. Elle avait été doublement malheureuse en épousant un homme qui l'avait abandonnée avec une petite fille dont les facultés mentales s'étaient révélées anormales dès l'enfance. Quoique son mariage l'eût éloignée de la propriété de sir Percival, celui-ci s'était fait un devoir de ne pas la perdre de vue. Les symptômes de folie augmentant chez sa fille et Mrs Catherick répugnant à mettre celle-ci dans un asile public, sir Percival l'avait placée dans un asile privé et il avait pris les frais à sa charge. Malheureusement, la pauvre créature, ayant appris la part qu'il avait prise dans son internement, lui avait voué une haine féroce, qui s'était manifestée une fois de plus dans cette lettre anonyme. Si miss Halcombe ou Mr Gilmore désiraient de plus amples renseignements, ils pouvaient s'adresser aux médecins de l'asile et, s'ils avaient d'autres questions à lui poser, il était prêt à y répondre aussi clairement que possible, afin de dissiper toute équivoque. Il avait fait une fois de plus son devoir envers cette jeune femme en ordonnant à son avocat de ne rien épargner pour la retrouver et pour la remettre entre les mains des médecins. Il espérait que miss Fairlie et sa famille seraient satisfaites de ces explications.

Je fus le premier à répondre.

La force de la loi peut être accommodée comme on le désire ; appelé pour établir une opposition, j'aurais pu le faire aisément. Mais ici je devais seulement peser les explications données, me souvenir de la haute considération dont jouissait ce gentleman, et décider honnêtement si les probabilités étaient pour ou contre lui. J'avais la conviction personnelle qu'elles étaient pour lui ; en conséquence, je me déclarai satisfait.

Après m'avoir regardé gravement, avec attention, miss Halcombe hésita avant de se ranger à mon avis.

Sir Percival remarqua-t-il cette hésitation ? Sans doute, car il poursuivit :

— Puisque mes affirmations satisfont pleinement Mr Gilmore et comme il croit en ma parole, je pourrais considérer l'incident clos, mais ma situation vis-à-vis d'une dame est toute différente. À elle je dois, ce que je n'accorderais à aucun homme, une preuve de la véracité de mes affirmations. Comme vous pouvez difficilement me la demander, miss Halcombe, il est de mon devoir de vous la donner et, surtout, de la donner à miss Fairlie. Puis-je vous prier d'écrire à Mrs Catherick, la mère de cette infortunée, afin de lui demander son témoignage ?

Miss Halcombe changea de couleur et se troubla, car la proposition de sir Percival semblait une réponse directe à son hésitation.

— J'espère, sir Percival, que vous ne me faites pas l'injure de penser que je ne vous crois pas ?

— Certainement pas, miss Halcombe. Si je vous propose cela, c'est par égard pour vous... Pour que vous soyez tranquillisée. Excusez-moi si j'insiste.

Ce disant, il se dirigea vers la table où se trouvait l'écritoire et l'ouvrit :

— Je vous demande d'écrire ce mot également pour me faire plaisir. Cela ne vous prendra que quelques minutes. Vous n'avez que deux questions à poser à Mrs Catherick. Demandez-lui si sa fille a été placée dans un asile avec son assentiment, puis si mon intervention mérite sa gratitude ou non. Mon esprit sera mieux en repos après cela.

— Vous m'obligez à accepter votre requête, sir Percival, alors que j'aurais préféré la refuser, répondit miss Halcombe en se dirigeant vers la table.

Sir Percival la remercia en lui tendant la plume et s'approcha de l'âtre. Le petit lévrier de miss Fairlie dormait paisiblement devant le foyer, mais lorsque sir Percival tendit la main pour le caresser, il alla se blottir craintivement sous un canapé. Je ne crois pas que ce soit un homme à se laisser impressionner par l'accueil que lui font les bêtes ; cependant, son front s'obscurcit et il alla vers la fenêtre d'un air maussade. Serait-il irritable ? Si oui, il a toute ma sympathie, car je le suis également.

Miss Halcombe eut bientôt terminé la lettre qu'elle tendit à sir Percival. Il la prit en s'inclinant et la ferma sans la lire. Il écrivit ensuite l'adresse et la lui rendit.

Je n'ai jamais vu de manières plus élégantes.

— Vous insistez pour que je mette moi-même ce pli à la poste, sir Percival ? demandait-elle.

— Je vous en prie. Et maintenant qu'il est fermé, permettez-moi de vous poser quelques questions. Mon avocat m'a expliqué comment l'auteur de la lettre anonyme a été identifié. Mais il y a certains détails que j'ignore encore. Par exemple, Anne Catherick a-t-elle rencontré miss Fairlie ?

— Certainement non !

— Vous a-t-elle vue ?

— Pas davantage.

— Elle n'a donc rencontré personne de la maison, sinon un certain Mr Hartright, qui l'a vue par hasard dans le cimetière ?

— Personne d'autre.

— Ce Mr Hartright était engagé comme professeur de dessin à Limmeridge House, je crois ? Fait-il partie d'une société d'aquarellistes ?

— Je suppose.

Après un silence, sir Percival ajouta :

— Avez-vous découvert où logeait Anne Catherick, durant son séjour aux environs ?

— Oui, dans une ferme de Mr Fairlie, appelée Todd's Corner.

— Nous devons tout faire pour la retrouver, déclara-t-il. J'irai aux renseignements. Puis-je compter sur vous, miss Halcombe, pour rendre compte de notre conversation à miss Fairlie, lorsque la réponse de Mrs Catherick vous sera parvenue ?

Miss Halcombe acquiesça. Lorsque sir Percival se leva pour nous quitter et monter dans sa chambre, le lévrier italien sortit de sa cachette et gronda en aboyant derrière lui.

— Voilà une bonne chose de faite, miss Halcombe, dis-je quand nous fûmes seuls. Voilà une grosse inquiétude apaisée, n'est-ce pas ?

— Oui, répondit-elle, sans doute ! Je suis très contente que vous soyez entièrement convaincu de sa sincérité, Mr Gilmore.

— Moi ? Mais certainement ! Et je suppose qu'avec la lettre que vous tenez en main, vous avez également tous vos apaisements ?

— Oh oui ! Comment pourrait-il en être autrement ? J'aurais cependant souhaité que Walter Hartright soit resté ici pour assister à cette explication !

Je me sentis surpris et vexé.

— Je sais que Mr Hartright fut intimement mêlé à l'histoire de cette lettre, répondis-je, mais je ne vois pas ce que sa présence aurait pu changer à votre opinion ou à la mienne, au sujet des explications données par sir Percival.

— C'est peut-être un caprice de ma part. Votre expérience est sans nul doute un meilleur guide.

J'avoue que je n'aimais pas beaucoup cette façon de me faire endosser toute la responsabilité. De la part de Mr Fairlie, c'eût été compréhensible, mais jamais je ne me serais attendu à pareille faiblesse de la part de miss Halcombe.

— Si vous avez encore quelque crainte, repris-je, pourquoi ne pas me le dire tout de suite ? Avez-vous une raison sérieuse de vous défier de sir Percival ?

— Aucune.

— Voyez-vous quelque chose d'improbable ou de contradictoire dans ses explications ?

— Puis-je avoir un meilleur témoignage en sa faveur que celui de cette femme ?

— Je ne crois vraiment pas !...

— Alors je vais mettre cette lettre à la poste et nous attendrons la réponse de Mrs Catherick. N'attachez aucune importance à mes hésitations, Mr Gilmore. J'ai été très inquiète pour Laura ces derniers temps, et l'anxiété ébranle les plus forts.

Sa voix naturellement si ferme tremblait un peu lorsqu'elle quitta la pièce. Moi qui la connaissais depuis son enfance, je la savais peu impressionnable, aussi son attitude me laissait-elle mal à l'aise, malgré tout. Plus jeune, j'aurais été irrité de me laisser à ce point influencer. Mais à mon âge, on prend les choses autrement : je sortis faire un tour de jardin pour me changer les idées.

2

Nous nous retrouvâmes tous à l'heure du dîner. Sir Percival se montra tellement bruyant et animé que j'eus de la peine à reconnaître l'homme distingué, raffiné et délicat qui m'avait si fortement impressionné le matin. Ce dernier ne réapparaissait que lorsqu'il s'adressait à miss Fairlie qui, d'un seul mot, d'un seul regard, arrêtait toute cette exubérance. Et je fus assez surpris de voir que, cette fois, la jeune fille paraissait être fort sensible aux attentions qu'il lui témoignait, sans pourtant en être émue. Elle se troublait peut-être de temps à autre lorsqu'il la regardait ou lui adressait la parole, mais jamais elle ne se tournait vers lui avec intérêt. Situation sociale, fortune, éducation, bonnes manières, le respect d'un gentleman et la dévotion d'un cœur aimant, tout cela lui était humblement offert mais, en apparence du moins, offert en vain.

Le lendemain, mardi, sir Percival se rendit à Todd's Corner, mais sans succès. Il eut ensuite une entrevue avec Mr Fairlie. Puis, l'après-midi, il monta à cheval avec miss Halcombe. Rien d'autre n'arriva que je doive mentionner ici. La soirée se passa paisiblement. Sir Percival et miss Fairlie semblaient l'un et l'autre très calmes.

Le courrier du mercredi apporta la réponse de Mrs Catherick, dont voici la copie exacte :

« Madame,

» J'ai bien reçu votre lettre me demandant si ma fille Anne avait été placée sous surveillance médicale avec mon assentiment et si le rôle joué par sir Percival Glyde mérite ma gratitude. Sachez que ma réponse aux deux questions est affirmative, et croyez que je reste votre servante.

» Jane Anne Catherick. »

Succincte, concise et courte, cette lettre était une lettre d'homme d'affaires plutôt qu'une lettre de femme, mais elle donnait le témoignage que nous désirions. C'est ce que je déclarai et, à peu de chose près, miss Halcombe fut de mon avis. Quand on lui montra la lettre, sir Percival ne parut pas frappé de sa brièveté. Il nous dit que Mrs Catherick était une femme intelligente, honnête, franche, mais qui parlait peu et qui écrivait comme elle parlait.

Il restait maintenant à informer miss Fairlie de l'explication de sir Percival. Miss Halcombe se disposait à aller rejoindre sa sœur, lorsqu'elle s'arrêta. Nous étions seuls au salon ; sir Percival venait de sortir pour aller aux écuries.

— Je suppose que nous avons réellement fait tout ce qui était en notre pouvoir, Mr Gilmore ? me demanda-t-elle avec anxiété.

— En tant qu'amis de sir Percival, ayant pleine confiance en lui, nous avons fait plus qu'il ne fallait, répondis-je, ennuyé de voir réapparaître chez elle le même doute. Mais si nous sommes des ennemis qui le soupçonnons...

— Il n'est pas question de cela ! coupa-t-elle. Nous sommes les amis de sir Percival et devons croire en lui. Vous savez que, hier, il a vu Mr Fairlie et s'est ensuite promené avec moi ?

— Oui, je vous ai vus partir.

— Nous avons parlé d'Anne Catherick et de la façon singulière dont Mr Hartright a fait sa connaissance. Mais sir Percival laissa tomber rapidement ce sujet et parla de ses fiançailles avec Laura. Il me dit avoir remarqué un changement dans son attitude envers lui et être disposé à l'attribuer à son état de santé. Toutefois, s'il existait une autre raison, il me supplierait qu'aucune contrainte ne soit exercée sur les sentiments de ma sœur par Mr Fairlie ou par moi. Il ne demande qu'une chose, c'est que Laura se souvienne des circonstances dans lesquelles leurs fiançailles ont eu lieu et de la conduite qu'il a toujours eue envers elle. Si, après mûre réflexion, elle désire réellement qu'il renonce à l'honneur de devenir son mari, il se sacrifiera et lui rendra sa parole.

— Aucun homme ne peut être plus correct, mademoiselle ! m'écriai-je, et peu d'hommes en feraient autant.

Elle me regarda avec perplexité.

— Je n'accuse personne et je ne soupçonne rien ! déclara-t-elle brusquement. Mais je ne puis et ne veux accepter la responsabilité de convaincre Laura.

— Mais c'est précisément ce que sir Percival vous a demandé, répondis-je étonné. Il vous a priée de ne pas forcer ses sentiments.

— Et il m'oblige indirectement à le faire, si je répète son message !

— Comment cela ?

— Vous connaissez Laura, Mr Gilmore. Si je fais allusion aux circonstances dans lesquelles ses fiançailles ont été nouées, je fais appel aux deux sentiments dominants de sa nature : l'amour pour son père et sa loyauté à elle ! Vous savez comme moi que jamais elle n'a manqué à la parole donnée ; et vous savez qu'elle s'est fiancée au moment où son père commençait à souffrir de la maladie qui devait l'emporter. Et n'oubliez surtout pas que Mr Fairlie, sur son lit de mort, a encore dit tout l'espoir qu'il plaçait dans ce mariage.

— J'avoue n'avoir pas songé à cela ! Voulez-vous dire qu'en vous parlant de la sorte, sir Percival avait l'intention de spéculer sur ce résultat ?

— Croyez-vous que je supporterais une heure de plus la compagnie d'un homme que je soupçonnerais d'une telle bassesse ? demanda-t-elle avec colère.

Pour moi qui, dans mon métier, vois tant de duplicité et de ruse, sa franche indignation m'était un réel soulagement.

— Dans ce cas, repris-je avec calme, permettez-moi de vous dire que sir Percival a le droit de demander que votre sœur examine sérieusement son engagement sous tous les angles, avant d'en demander la rupture. Si cette lettre anonyme lui a fait du tort dans l'estime de Laura, allez tout de suite lui expliquer comment il s'est blanchi à vos yeux et aux miens. Que peut-elle encore trouver contre lui après cela ? Quelle excuse peut-elle invoquer pour changer de sentiment envers un homme qu'elle a librement accepté, il y a deux ans ?

— Aux yeux de la loi et de la raison, aucune excuse, Mr Gilmore, je l'admets. Si elle hésite et moi aussi, vous devez attribuer notre étrange conduite à un caprice !

Après avoir dit ces mots, elle se leva et sortit. Lorsqu'une femme raisonnable évite une question directe par une réponse évasive, c'est le signe certain qu'elle a quelque chose à cacher.

Mes soupçons se confirmèrent d'ailleurs lorsqu'elle put me raconter le résultat de son entrevue avec sa sœur, car elle le fit d'une façon étrangement brève et réservée. Laura avait écouté avec calme l'histoire de la lettre, mais lorsque miss Halcombe lui avait dit que le but réel de la visite de sir Percival était de fixer la date du mariage, elle s'était agitée et avait demandé qu'on lui laissât encore un peu de temps, promettant de donner une réponse définitive avant la fin de l'année.

Cet arrangement convenait peut-être aux jeunes filles, mais il ne m'arrangeait guère. Le courrier du matin m'avait apporté une lettre de Londres m'obligeant à rentrer le lendemain et il était peu probable que je puisse trouver l'occasion de revenir à Limmeridge avant l'année prochaine.

Dans ce cas, et en supposant que miss Fairlie, finalement, ne rompe pas ses fiançailles, l'entretien que je devais avoir avec elle afin de rédiger le contrat de mariage ne pourrait pas avoir lieu. Je ne parlai pas de cette difficulté nouvelle avant que l'on n'eût consulté sir Percival au sujet du délai que demandait la jeune fille.

Mais lorsque miss Halcombe vint m'informer que sir Percival était trop galant homme pour refuser la requête de miss Fairlie, je la priai aussitôt de me ménager, avec sa sœur, une courte entrevue avant mon départ.

Miss Fairlie ne descendit pas pour le dîner et nous ne la vîmes pas de toute la soirée. Elle ne se sentait pas très bien, nous fit-on savoir, et j'eus l'impression que sir Percival, pour autant qu'il laissât paraître ses sentiments, était assez contrarié de cette nouvelle.

Le lendemain, après le petit déjeuner, je montai chez ma jeune amie. Je la trouvai si pâle et si déprimée que je ne pus me résoudre à la blâmer de son indécision. Je m'assis en face d'elle et, désignant sur la table un album de croquis qu'elle feuilletait au moment où j'étais entré, je lui demandai si la petite aquarelle qu'elle avait sous les yeux était son œuvre.

— Non, ce n'est pas mon œuvre, répondit-elle en détournant la tête.

Depuis qu'elle était enfant, elle avait l'habitude, quand on lui parlait, de jouer nerveusement avec tout ce qui se trouvait à sa portée. Ce jour-là, c'était la petite aquarelle qui attirait ses doigts, de façon irrésistible. De plus en plus triste, elle promenait ses regards tout autour d'elle dans la chambre sans poser les yeux sur moi, et je compris qu'elle se doutait du but de ma visite. Je lui parlai sans plus tarder :

— L'une des raisons qui m'amènent près de vous est de vous dire adieu. Je dois retourner aujourd'hui à

Londres, et avant de partir, je voulais vous dire un mot au sujet de vos affaires.

— Je suis désolée que vous partiez, Mr Gilmore. Cela me rappelle le bon vieux temps, quand vous êtes là !

— J'espère bien pouvoir revenir et vous rendre encore de ces bons souvenirs, mais, comme je n'en suis pas certain, je dois prendre mes précautions. Je suis votre conseiller et votre ami et, à ce titre, je puis, sans vous froisser, vous parler de votre mariage avec sir Percival, n'est-ce pas ?

Elle enleva brusquement la main qui touchait l'album, comme si celui-ci était devenu brûlant tout à coup, et elle joignit les deux mains sur ses genoux en baissant les yeux.

— Est-il absolument nécessaire d'en parler, me demanda-t-elle avec un air douloureux.

— Il vaut mieux, mon enfant ! Car, dans le cas où vous vous marieriez, il faut que je prépare votre contrat, et je ne puis le faire sans vous consulter.

Je lui dis à quoi s'élèverait exactement sa fortune, d'abord à sa majorité, ensuite à la mort de son oncle. Elle m'écouta avec attention, le visage toujours défait et les mains toujours jointes sur les genoux.

— Maintenant, ajoutai-je, lorsque j'eus terminé mes explications, dites-moi s'il existe une clause que vous aimeriez y ajouter, avec l'approbation de votre tuteur bien entendu, en attendant votre majorité.

Elle me regarda avec agitation et s'écria :

— Si cela arrive, si je dois me marier ! Oh ! Mr Gilmore, empêchez-le de me séparer de Marian. Faites que, légalement, elle habite avec moi !

Ces quelques mots, et le ton qu'elle avait eu pour les prononcer, trahissaient chez cette enfant un attachement au passé qui me faisait tout craindre pour l'avenir.

— C'est une chose qui peut être établie facilement par un arrangement privé, répondis-je, mais vous avez mal compris ma question. Je parlais de votre propriété et de votre fortune. Si, une fois majeure, vous deviez faire un testament, à qui désireriez-vous qu'elles aillent ?

— Marian a été pour moi une mère et une sœur, puis-je les lui léguer, Mr Gilmore ?

— Certainement, ma chérie, mais souvenez-vous que cela fait une très grosse somme. Aimeriez-vous la lui laisser tout entière ?

Elle hésita, sa main se tendit à nouveau vers le petit album, qu'elle caressa tendrement.

— Non, pas tout entière. Il y a quelqu'un d'autre...

Elle s'arrêta, les joues en feu. Je voulus l'aider.

— Vous voulez dire quelqu'un d'autre de la famille ?

— Il y a encore quelqu'un qui pourrait avoir besoin d'un petit souvenir, si je puis le lui laisser. Cela ne fera de mal à personne, si je meurs la première.

S'arrêtant à nouveau, elle pâlit brusquement et éclata en sanglots, en se cachant le visage de ses mains.

Moi, qui l'avais connue enfant rieuse et insouciante, j'étais chaviré jusqu'au fond de l'âme. Je la consolai de mon mieux en essuyant ses larmes, comme lorsqu'elle était petite fille. Elle me sourit à travers ses pleurs.

— Je suis navrée de m'être laissée aller ! Je n'ai pas été bien portante ces derniers temps, j'ai été faible et nerveuse, et j'ai souvent pleuré sans raison ; il faut m'excuser. Je me sens mieux maintenant ; je puis répondre à vos questions avec calme.

— Non ! non ! ma petite, considérons le sujet comme réglé pour l'instant. Vous m'en avez dit assez pour que je soigne au mieux vos intérêts. Nous examinerons les détails un autre jour. Laissons là les affaires et parlons maintenant d'autre chose.

Après dix minutes de bavardage sur divers sujets, je la vis reprendre ses couleurs. Je me levai alors pour prendre congé.

— Revenez bientôt, Mr Gilmore ! supplia-t-elle. Si vous voulez bien revenir, je saurai me montrer plus digne des bons sentiments que vous avez pour moi.

Encore le retour au passé, car je représentais pour elle un aspect du passé, comme miss Halcombe en représentait un autre. J'étais de plus en plus navré de voir qu'au printemps de sa vie elle regardait en arrière, exactement comme je le faisais au déclin de la mienne !

— Si je reviens, j'espère vous trouver en meilleure santé et plus heureuse ! Dieu vous bénisse, mon enfant !

Se jetant à mon cou, elle m'embrassa avec tendresse. Même les hommes de loi ont un cœur, et le mien me faisait un peu mal lorsque je sortis de la chambre.

Notre entretien avait duré une demi-heure à peine, elle ne m'avait pas le moins du monde expliqué ce qui, de toute évidence, la décourageait et l'attristait à la pensée de son mariage, et pourtant elle avait réussi à me faire entrer dans ses vues. J'étais monté chez elle persuadé que sir Percival avait de justes raisons de se plaindre de l'attitude qu'elle prenait envers lui. En redescendant, j'espérais secrètement que tout cela finirait par une rupture. À mon âge et vu mon expérience, j'aurais peut-être dû être plus stable dans mes sentiments. J'étais sans excuses.

Mon départ approchait. Je fis savoir à Mr Fairlie que j'étais prêt à aller lui faire mes adieux s'il le désirait, mais qu'il devrait m'excuser, car j'étais excessivement pressé. Il m'envoya ce message, écrit au crayon sur un bout de papier :

« Amitiés et meilleurs vœux, Mr Gilmore ! Toute hâte m'est pénible à un point que je ne saurais dire. Soignez-vous bien. Au revoir ! »

Avant de quitter la maison, je vis miss Halcombe seule un moment.

— Avez-vous pu parler à Laura ? demanda-t-elle.

— Oui, mais elle est très faible et nerveuse. Je suis heureux que vous soyez là pour veiller sur elle !

Les yeux de miss Halcombe me scrutèrent profondément.

— Vous avez changé d'opinion, n'est-ce pas ?

— Tenez-moi au courant de tout, dis-je sans répondre à sa question. Je ne ferai rien sans avoir reçu de vos nouvelles.

— Je voudrais que tout cela finisse bientôt, Mr Gilmore, et vous aussi, n'est-ce pas ?

Et elle sortit.

Avec politesse, sir Percival m'accompagna jusqu'à la voiture.

— Si vous êtes un jour dans mes parages, n'oubliez pas que je serais ravi de faire avec vous plus ample connaissance, Mr Gilmore. Les vrais amis de cette famille seront toujours les bienvenus chez moi.

Quel homme charmant, irrésistible, courtois ! Un vrai gentleman ! Je sentis que je ferais n'importe quoi pour sir Percival Glyde, excepté le contrat de mariage de sa femme !

3

Rentré depuis une semaine à Londres, je reçus une lettre de miss Halcombe m'annonçant que sir Percival Glyde avait été définitivement accepté et que, selon ses désirs, le mariage aurait lieu fin décembre. L'anniversaire de miss Fairlie n'étant qu'en mars, elle deviendrait donc « lady Glyde » trois mois avant ses 21 ans.

Malgré moi, j'en fus surpris et navré à la fois. Le désappointement que me causait la brièveté de cette lettre s'ajoutant encore à mon étonnement, je restai bouleversé toute la journée.

Miss Halcombe ajoutait que sir Percival avait quitté le Cumberland pour retourner chez lui, dans le Hampshire, et que, Laura ayant grand besoin d'un changement d'air et de distractions, elle l'emmenait chez des amis, dans le Yorkshire. La lettre se terminait là, sans expliquer ce qui avait amené miss Fairlie à accepter si soudainement sir Percival Glyde. Le lecteur lira le témoignage de miss Halcombe à ce sujet.

Pour moi, il me reste à donner certains détails au sujet du contrat de mariage.

Le grand-père, en mourant, avait laissé trois fils : Philip, Frederick et Arthur. Philip, l'aîné, hérita de la propriété, mais étant mort sans laisser de fils, celle-ci revint de droit à son frère Frederick, célibataire. L'autre frère mourut après, laissant une fille, Laura Fairlie, et un fils qui se noya à 18 ans. Laura devenait de ce fait héritière présomptive. À la mort de Frederick, elle hériterait s'il ne laissait pas d'héritier mâle.

Si Laura Fairlie mourait vieille fille ou sans enfant, la propriété reviendrait de droit à Magdalen, fille d'Arthur, mais si elle se mariait avec le contrat que je comptais établir pour elle, le revenu de la propriété (3 000 livres par an) serait pour elle.

Si elle mourait avant son mari, celui-ci jouirait de ce revenu sa vie durant, et si elle avait un fils, celui-ci serait l'héritier. Au cas où il n'y aurait pas d'enfant, Laura disposerait à son gré du capital. À cette fin, je lui réservais le droit de faire un testament en faveur de miss Halcombe, sa demi-sœur, ou d'autres parents et amis. Mais si elle avait des enfants, les intérêts de ceux-ci, naturellement, passaient les premiers. Tous ceux qui liront cette clause la trouveront, je pense, équitable.

En outre, il y avait l'héritage personnel de son père, en possession duquel miss Fairlie entrerait à sa majorité. Elle jouissait enfin d'une rente viagère de 10 000 livres, rente qui devait revenir après sa mort à sa tante Eleanor, la sœur unique de son père. Pourquoi la tante n'aurait-elle ce legs que si sa nièce mourait avant elle ?

Mr Philip Fairlie et sa sœur Eleanor étaient restés en excellents termes jusqu'au mariage de la jeune fille. Mais lorsque, ayant déjà atteint un certain âge, elle avait épousé un Italien – un comte italien – du nom de Fosco, Mr Fairlie avait à tel point désapprouvé cette alliance qu'il n'avait jamais plus voulu voir sa sœur ni entendre parler d'elle, et avait même rayé son nom de son testament. Les autres membres de la famille l'avaient jugé trop dur. Le comte Fosco, quoique peu fortuné, n'était pas un aventurier. Il jouissait d'un revenu personnel suffisant, occupait une place enviable dans la société et vivait en Angleterre depuis de nombreuses années. Tout cela, pourtant, ne satisfaisait pas Mr Fairlie. Celui-ci voyait la plupart des choses en Anglais « vieille manière », et il détestait un étranger seulement et simplement parce que c'était un étranger. Il consentit, des années plus tard, cédant au désir de miss Fairlie, à remettre sa sœur dans son testament, mais en stipulant que le revenu des 10 000 livres reviendrait à Laura Fairlie sa vie durant, et le capital, si sa tante mourait avant elle, à sa cousine Magdalen. Bien entendu, si l'on considérait les âges respectifs de l'une et de l'autre, il y avait peu de chances, dans l'ordre naturel des choses, que Mrs Fosco se vît un jour en possession des 10 000 livres, aussi se vengea-t-elle injustement de son frère en refusant toujours de rencontrer sa nièce et de croire que c'était grâce à elle que son propre nom figurait sur le testament de Mr Fairlie.

Toutes affaires cessantes, j'avais donc envoyé le projet à l'avocat-conseil de sir Percival, moins de huit jours après avoir reçu la lettre de miss Halcombe. Le document m'était retourné immédiatement par mon confrère. En ce qui concernait la première partie de l'héritage, on ne rencontrait aucune opposition de la part de l'avocat de sir Percival ; miss Fairlie devait jouir du revenu de tous ses biens, et le capital, à sa mort, irait à sa tante ou à sa cousine. Ses objections, pour la plupart, étaient sans grande importance, jusqu'à ce qu'il en vînt à une clause bien précise du contrat ; il l'avait marquée d'un double trait rouge et avait écrit dans la marge cette brève observation :

« Inadmissible. Le capital doit revenir à sir Percival s'il survit à lady Glyde, à l'exclusion de tout autre héritier. »

Ce qui revenait à dire que pas un sou de l'héritage de lady Glyde n'irait à miss Halcombe ou à quelqu'un d'autre, que la somme totale devait glisser dans la poche de son mari, si elle ne laissait pas d'enfant.

Ma réponse fut aussi sèche et brève que possible.

« Je maintiens la clause. Vôtre sincèrement. »

Ne recevant plus de nouvelles, je me décidai à écrire à Mr Fairlie, tuteur de miss Fairlie, et à lui expliquer la situation. J'ajoutai qu'après information je pouvais certifier que sir Percival était criblé de dettes et que ses revenus étaient insignifiants, vu la situation élevée qu'il occupait : ce qui expliquait l'opposition que je rencontrais.

La réponse de Mr Fairlie m'arriva par retour du courrier. Elle était vague et d'une légèreté inconcevable.

« Le cher Gilmore voudrait-il être assez obligeant pour ne pas ennuyer son ami avec des bagatelles comme une éventualité éloignée ? Est-il probable qu'une jeune femme de 21 ans meure avant son mari qui en a 45 ? Et, de plus, meure sans enfant ? D'autre part, est-il possible de sous-estimer à ce point la valeur de la paix et de la tranquillité dans un monde déjà si triste ? Si ces deux bénédictions peuvent être acquises en échange d'une babiole comme l'espoir lointain de posséder un jour 20 000 livres, n'est-ce pas une affaire régulière ? Alors, pourquoi s'y opposer ? »

Je rejetai la lettre avec dégoût. À ce moment, on frappa à la porte et Mr Merriman, avocat de sir Percival, fut introduit. Il existe dans le monde une variété infinie de praticiens, mais je pense que ceux avec lesquels il est le plus difficile de traiter sont ceux qui, sous des dehors joviaux, vous trompent délibérément. Mr Merriman était de cette catégorie.

— Et comment va ce bon Mr Gilmore ? commença-t-il, tout réjoui de sa propre amabilité. Je suis heureux de vous voir en aussi bonne santé, monsieur. Passant devant votre porte, je me suis décidé à venir vous voir, supposant que vous auriez des nouvelles pour moi. Si nous essayions d'arranger de vive voix notre petite affaire ? Votre client vous a-t-il écrit ?

— Oui, et le vôtre ?

— Mon cher monsieur, je le souhaiterais de tout cœur, mais il est entêté ou plutôt résolu. « Merriman, m'a-t-il dit, je vous laisse le soin d'arranger tous les détails au mieux de mes intérêts. Ne m'en parlez plus avant que l'affaire ne soit terminée ! » Je vous assure que je suis un homme sensible, Mr Gilmore, et si cela ne dépendait que de moi, je ne vous aurais jamais envoyé la réponse que je vous ai écrite. Mais, puisque sir Percival compte sur moi, c'est mon devoir d'agir ainsi. J'ai les mains liées, mon cher, absolument liées !

— Alors, vous maintenez votre point de vue au sujet de cette clause ?

— Oui, le diable l'emporte ! Mais je n'ai pas le choix !

S'approchant de l'âtre, il ajouta en se frottant les mains :

— Et que dit-on de votre côté ?

J'étais confus de le lui avouer et tâchai de gagner du temps en proposant une transaction.

— 20 000 livres, c'est une grosse somme à abandonner, dis-je.

— C'est vrai ! Absolument vrai ! dit Merriman.

— Une transaction sauvegardant les intérêts des deux parties effrayerait moins mon client, peut-être. Allons, Merriman, dites-moi jusqu'à combien vous réduiriez vos prétentions ?

— Jusqu'à 19 999 livres 19 shillings et 11 pence ! Ha ! Ha ! C'est une bonne petite plaisanterie, n'est-ce pas ?

— Petite, en effet ; elle ne vaut que le quart de penny pour lequel elle fut faite ! répondis-je avec mépris.

Mais Mr Merriman était enchanté et riait à gorge déployée. Ne me sentant pas d'aussi bonne humeur, je clôturai l'entretien.

— Nous sommes aujourd'hui vendredi. Eh bien !

donnez-nous jusqu'à mardi prochain pour vous envoyer une réponse définitive.

— Naturellement, reprit le gros homme. Plus longtemps même, si vous le désirez, mon cher monsieur.

Et prenant son chapeau, il ajouta :

— Au fait, vos clients du Cumberland n'ont-ils plus eu de nouvelles de la femme qui écrivit cette lettre anonyme ?

— Aucune. Avez-vous retrouvé sa trace ?

— Pas encore, mais nous ne désespérons pas. Sir Percival soupçonne quelqu'un de la cacher et nous surveillons cette personne de près.

— Vous faites allusion à la vieille femme qui l'accompagnait ?

— Oh ! pas du tout ! Nous n'avons pas encore mis la main sur cette vieille femme. Il s'agit d'un homme, et nous le tenons à l'œil, ici, à Londres. Nous le soupçonnons même de n'avoir pas été étranger à sa fuite de l'asile. Sir Percival voulait l'interroger dès maintenant, mais je l'en ai dissuadé car cela n'aurait fait que l'alarmer. « Surveillons-le, et attendons », ai-je dit. Nous verrons ensuite. Une femme dangereuse est en liberté, Mr Gilmore, personne ne sait ce qu'elle peut faire à présent. Je vous souhaite le bonjour, monsieur. J'attends le plaisir d'avoir de vos nouvelles, mardi prochain.

Il sourit très courtoisement et sortit.

J'avoue avoir été plutôt distrait pendant les derniers instants de l'entretien. J'étais si préoccupé au sujet du contrat de mariage que je ne pouvais penser à autre chose, et dès que je fus seul, je réfléchis à ce qu'il fallait faire.

En d'autres cas, j'aurais renoncé à la lutte. Mais il s'agissait de miss Fairlie pour qui j'avais une profonde affection. Son père me l'avait pour ainsi dire confiée, et j'étais décidé à ne reculer devant rien pour sauvegarder ses intérêts. Écrire une seconde fois à son tuteur, il ne fallait pas y songer : c'eût été lui donner une seconde occasion de me répondre à côté de la question. Je devais le voir et lui parler personnellement. J'avais peu de chances, certes, de le persuader de la meilleure voie à suivre, mais après avoir tenté d'y réussir, j'aurais la conscience tranquille, j'aurais fait tout ce qu'il m'était possible de faire en faveur de la fille unique de mon meilleur ami.

Le lendemain étant un samedi, je pris un aller et retour pour Limmeridge. Le temps était splendide : vent d'ouest et soleil éclatant. Comme je souffrais à nouveau, depuis quelques jours, d'un violent mal de tête – dont mon médecin, depuis plus de deux ans, m'avait si souvent dit de prendre garde –, je profitai de l'occasion pour faire un peu de marche. J'allai prendre le train au terminus, à Euston Square. Soudain, je vis un monsieur s'avancer vers moi, s'apprêtant à m'adresser la parole. C'était Mr Walter Hartright.

S'il ne m'avait pas salué le premier, je ne l'aurais certainement pas reconnu, tant il avait changé. Son visage était extrêmement pâle, son expression hagarde, et ses mouvements dénotaient une nervosité maladive. Ses habits, d'une parfaite élégance lors de notre première rencontre à Limmeridge House, étaient maintenant à ce point négligés que j'eusse rougi de voir un de mes clercs en porter de semblables.

— Y a-t-il longtemps que vous êtes revenu du Cumberland ? me demanda-t-il. Dans sa dernière lettre, miss Halcombe me dit que les explications de sir Percival ont été jugées satisfaisantes. Savez-vous si le mariage aura lieu bientôt, Mr Gilmore ?

Il parlait tellement vite que j'avais de la peine à le suivre. Quoiqu'il ait eu une intimité passagère avec les habitants de Limmeridge House, je ne voyais pas de quel droit il me posait ces questions, aussi résolus-je de couper court à la conversation.

— L'avenir vous le dira, Mr Hartright, répondis-je, et les journaux vous l'apprendront ! Mais vous paraissez moins bien portant qu'à notre dernière rencontre.

Il baissa les yeux l'espace d'une seconde, ses lèvres eurent une légère contraction, et je me reprochai aussitôt de lui avoir répondu de cette façon.

— Rien ne me donne le droit de vous demander la date de son mariage, Mr Gilmore, fit-il amèrement, comme s'il avait lu ma pensée. Vous avez raison, je l'apprendrai comme les autres par les journaux... En effet, je n'ai pas été bien portant ces derniers temps ; j'ai besoin de changer d'air et je pars pour l'étranger. Miss Halcombe a bien voulu m'aider de ses bonnes recommandations. C'est évidemment loin d'ici, mais peu m'importent la distance, le pays et le temps que je resterai là-bas.

Tout en parlant, il regardait d'un côté et de l'autre la foule des inconnus qui passaient près de nous, comme s'il pensait que quelqu'un, peut-être, nous surveillait.

— Je vous souhaite bon voyage, dis-je, et j'ajoutai, afin de ne pas trop le tenir dans l'ignorance de ce qui se passait chez les Fairlie : Quant à moi, je pars pour Limmeridge, où j'ai rendez-vous avec Mr Fairlie. Les jeunes filles sont en ce moment chez des amis, dans le Yorkshire.

Ses yeux brillèrent, allait-il me répondre ? Non. Ses traits se contractèrent encore. Il me prit la main, la serra avec force, et il disparut dans la foule sans avoir prononcé un mot de plus. Je le connaissais à peine et pourtant, tandis que je le suivais des yeux, j'éprouvais une sorte de regret. Je connais assez les jeunes hommes pour voir à certains signes extérieurs s'ils s'égarent, et je suis navré de devoir dire qu'en me dirigeant vers la gare, je songeais avec appréhension à l'avenir de Mr Hartright.

4

J'arrivai à Limmeridge pour le dîner. La maison était déserte et d'un calme oppressant. J'avais cru que Mrs Vesey me tiendrait compagnie en l'absence des deux jeunes filles, mais ayant pris froid, elle gardait la chambre. À mon arrivée, l'agitation s'empara des domestiques. Mr Fairlie, à qui j'avais demandé une entrevue, me fit répondre que ma venue subite lui avait donné des palpitations et qu'il me recevrait le lendemain.

Le vent souffla avec rage toute la nuit, et l'on entendait d'inquiétants craquements un peu partout dans la maison : je dormis aussi mal que possible. À 10 heures du matin, je fus introduit chez Mr Fairlie, que je trouvai comme d'habitude entouré de gravures et de pièces de monnaie qu'il examinait à l'aide d'une loupe.

— Ce très cher ami ! dit-il nonchalamment à mon entrée. Comment allez-vous ? Comme c'est gentil de venir me voir dans ma solitude ! Cher Gilmore, va !

— Je suis venu vous entretenir d'une question très importante, relative aux intérêts de votre nièce et de votre famille, Mr Fairlie, et je vous serais très reconnaissant de m'écouter avec attention.

— Ne faites pas tant de bruit ! s'écria-t-il en fermant les yeux. Ne me fatiguez pas, je vous en prie ! Je ne suis pas assez fort !

J'étais déterminé cependant à continuer, malgré ses lamentations.

— Je dois vous prier de considérer à nouveau votre lettre et de ne pas me forcer à abandonner les droits de votre nièce. Laissez-moi vous expliquer encore la situation, pour la dernière fois.

Mr Fairlie soupira désespérément :

— Vous n'avez pas de cœur, Mr Gilmore ! Mais continuez !

Tandis que je développais avec soin mon sujet, il garda les yeux fermés et la tête renversée en arrière. Lorsque j'eus terminé, il les rouvrit et respira des sels.

— Brave Gilmore ! Comme c'est beau ce que vous faites et comme vous me réconciliez avec l'humanité !

— Donnez une réponse précise à une question précise, Mr Fairlie. Je vous répète que sir Percival n'a aucun droit à obtenir plus que le revenu de la fortune de sa femme, et qu'elle doit retourner à la famille si celle-ci meurt sans enfant. Si vous restez ferme, sir Percival devra céder, sinon il risque d'être accusé de n'épouser miss Fairlie que pour sa fortune.

— Cher Gilmore ! Comme vous détestez le rang et la société, n'est-ce pas ? Comme vous haïssez sir Percival parce qu'il est baronnet ! Quel radical vous êtes, Gilmore ! Quel radical !

Radical ! Moi qui, toute ma vie, avais défendu les principes conservateurs, c'en était trop ! Mon sang ne fit qu'un tour, et je me levai, indigné.

— Pour l'amour du Ciel ! Ne faites pas trembler toute la chambre, cria Mr Fairlie. Je n'ai pas voulu vous offenser, très estimé Gilmore. Mes idées sont aussi libérales que les vôtres. Oui, nous faisons une paire de vrais radicaux. Ne vous fâchez pas, je vous prie, je n'ai pas assez de forces pour me disputer avec vous. Changeons de sujet, voulez-vous, et admirez ces merveilleuses eaux-fortes, n'est-ce pas, mon bon Gilmore ?

Tandis qu'il marmonnait de la sorte, je reprenais mon sang-froid et, méprisant ses impertinences, je poursuivis :

— Vous vous trompez absolument en pensant que je parle avec parti pris contre sir Percival, mais le principe que je maintiens est juste. Si vous demandiez l'avis de n'importe quel avocat du voisinage, il vous dirait en tant qu'étranger ce que je vous ai dit en tant qu'ami. Il vous dirait que c'est contraire à toutes les règles d'abandonner toute la fortune d'une femme dans les mains de l'homme qu'elle va épouser et refuserait au point de vue légal de donner au mari un avantage de 20 000 livres conditionné par la mort de sa femme !

— Vraiment, Gilmore ? Mais s'il osait me dire la moitié d'une chose aussi horrible, je vous assure que je le ferais mettre immédiatement à la porte par Louis.

— Vous n'arriverez pas à me décontenancer, Mr Fairlie... Par amitié pour Laura et par respect pour la mémoire de son père... Non, vous n'y arriverez pas. Mais avant que je quitte cette chambre, vous prendrez sur vous seul la responsabilité d'un contrat aussi scandaleux !

— Je vous en prie, Mr Gilmore ! Je vous en prie. Songez donc combien votre temps est précieux, ne le gaspillez pas. Quant à moi, je n'ai pas assez de forces pour discuter avec vous ! Vous désirez me tracasser, vous tracasser vous-même, tracasser Glyde et tracasser Laura, et tout cela au nom de la dernière chose qui semble devoir jamais arriver ! Non ! cher ami, au nom de la tranquillité et de la paix, définitivement, non !

— Alors, si je vous comprends bien, vous vous en tenez à la décision contenue dans votre lettre ?

— Oui, s'il vous plaît. Je suis si heureux que nous nous soyons enfin compris ! Asseyez-vous encore un peu, je vous en prie.

Je me dirigeai vers la porte sans répondre. Avant de sortir, je me retournai encore :

— Quoi qu'il arrive, monsieur, souvenez-vous que je vous ai prévenu !

— Louis, dit Mr Fairlie au valet de chambre qui entrait, reconduisez Mr Gilmore et veillez à ce qu'on lui serve un bon lunch.

J'étais trop écœuré pour ajouter un mot ; je le quittai. À 2 heures de l'après-midi, je pris le train pour

Londres. Le mardi suivant, j'envoyai le contrat remanié qui déshéritait pratiquement les seules personnes à qui miss Fairlie voulait laisser sa fortune. Si je ne l'avais pas fait, un autre avocat l'aurait fait à ma place.

Le rôle que j'ai joué dans cette histoire est maintenant terminé. Je passe la plume à quelqu'un d'autre en concluant tristement, pour ma part, que jamais ma fille, si j'en avais eu une, n'aurait eu un contrat de mariage comme celui que je fus obligé d'établir pour Laura Fairlie.

EXTRAITS DU JOURNAL DE MARIAN HALCOMBE

1

Limmeridge House, 8 novembre 1849.

Mr Gilmore nous a quittés ce matin. Son entrevue avec Laura l'a certes étonné et peiné, plus qu'il ne veut l'avouer. Je crains qu'il n'ait deviné la cause réelle de l'état de dépression de Laura et celle de mon anxiété. Cette crainte fut telle qu'après le départ de notre vieil ami, au lieu de monter à cheval avec sir Percival, j'allai immédiatement chez Laura.

Je ne me doutais guère moi-même de la profondeur du malheureux attachement qui a germé dans son cœur. J'aurais dû me rendre compte que la délicatesse, la patience et le sens de l'honneur qui m'avaient fait admirer et estimer le pauvre Hartright étaient précisément les qualités qui devaient conquérir la nature généreuse et sensible de ma sœur. J'ai cru un instant, jusqu'à ce qu'elle m'eût parlé franchement, que le temps et les gâteries effaceraient ce sentiment de son cœur, mais maintenant je crains fort qu'il ne meure qu'avec elle.

L'erreur de jugement que j'ai commise dans ce cas me rend moins sûre de moi en toutes choses.

Je doute de la sincérité de sir Percival, même devant les preuves les meilleures qu'il puisse donner ; j'hésite à dire une chose ou l'autre à Laura : ce matin encore, la main prête à ouvrir la porte de sa chambre, je me demandais si j'allais enfin la questionner.

Je la trouvai marchant de long en large. Tout en elle donnait des signes de grande impatience.

Avant que je n'ouvre les lèvres, elle se précipita vers moi.

— Je désirais tant vous voir, Marian ! s'écria-t-elle. Venez vous asseoir à côté de moi. Je ne puis plus supporter tout cela, il faut en finir.

Son visage était en feu et elle parlait d'une voix extraordinairement décidée cependant que ses mains caressaient tendrement le fatal petit album de croquis.

Je le lui enlevai doucement et le plaçai hors de sa vue.

— Dites-moi calmement ce que vous voulez faire, ma chérie, lui dis-je. Mr Gilmore vous a-t-il parlé ?

— Pas de cela, dit-elle en secouant la tête. Il a été très bon pour moi, Marian, et je suis honteuse d'avouer que j'ai pleuré devant lui. Il était bouleversé ! Mais je suis si malheureuse : je n'ai pas su me maîtriser ! Oui, pour notre salut à tous, je dois avoir le courage d'en finir !...

— Le courage de reprendre votre liberté, Laura ?

Mettant ses bras autour de mon cou, elle laissa tomber la tête sur mon épaule et son regard se posa longuement sur le portrait de son père.

— Je ne pourrai jamais reprendre ma parole, Marian !... Quelle que soit l'issue, elle sera malheureuse pour moi. Tout ce que je puis faire, c'est de ne pas rendre ce malheur pire en y ajoutant la honte d'avoir rompu mes engagements et oublié les paroles de mon père mourant.

— Que comptez-vous faire alors ?

— Dire à sir Percival toute la vérité, afin qu'il me délivre, s'il le désire, mais non parce que je le lui aurais demandé.

— Qu'entendez-vous par toute la vérité, chérie ? Il suffira de dire – sir Percival me l'a affirmé lui-même – que vos fiançailles vont à l'encontre de vos désirs.

— Comment pourrais-je dire une chose pareille,

alors qu'elles furent consacrées par mon père avec mon assentiment ? J'aurais tenu ma promesse... – non avec joie peut-être... mais enfin je l'aurais tenue... – si un autre sentiment n'avait grandi dans mon cœur, Marian !

— Laura ! m'écriai-je vivement, vous n'allez pas vous abaisser à lui faire un tel aveu, n'est-ce pas ?

— Je m'abaisserais encore bien plus, si j'acquérais ma liberté au prix d'une dissimulation.

— Mais il n'a aucun droit de savoir cela !

— Erreur, Marian, erreur ! Je n'ai le droit de tromper personne et surtout pas l'homme qui doit être mon mari ! Vous m'aimez tellement, ma chérie, que vous voudriez que je fasse des choses que vous n'admettriez pas vous-même !

Pour la première fois, les rôles étaient renversés, elle était résolue et j'étais hésitante, je ne savais que lui conseiller.

J'examinai ce jeune visage pâle, calme et résigné, et je vis dans ce regard une telle pureté que les objections moururent sur mes lèvres. Je ne pus que hocher la tête.

— Ne soyez pas fâchée contre moi, Marian chérie, supplia-t-elle, se trompant sur le sens de mon silence.

Je la serrai tendrement contre moi, craignant d'éclater en sanglots si je prononçais seulement un mot.

— Il y a des jours et des jours que je pense à cela... et je suis certaine de mon courage parce que ma conscience me donne raison. Je lui parlerai demain... en votre présence. Mais n'ayez pas peur, Marian, je ne dirai rien qui puisse vous faire honte... Et mon cœur sera si soulagé ! Lorsqu'il m'aura entendue, il décidera...

Au dîner, Laura sembla plus naturelle que d'habitude avec sir Percival. Dans la soirée, elle se mit au piano et joua un nouveau morceau, car jamais, depuis le départ d'Hartright, elle n'avait repris la partition de Mozart.

Elle l'avait même fait disparaître du casier à musique, afin que personne ne lui demande de jouer ces mélodies.

Jusqu'au moment de nous retirer, je me demandai si oui ou non elle avait encore l'intention d'avoir ce grave entretien avec sir Percival, mais, en lui souhaitant une bonne nuit, elle l'informa de son désir de lui parler le lendemain matin. Il changea de couleur à ces mots ; sa main tremblait lorsqu'il me dit bonsoir.

Tandis que j'allais embrasser Laura dans sa chambre, comme d'ordinaire, je vis un coin de l'album de croquis dépasser de son oreiller, comme ses jouets préférés quand elle était enfant. Je le lui désignai en secouant tristement la tête.

— Laissez-le-moi encore cette nuit, supplia-t-elle, demain sera sans doute cruel pour moi... et je devrai lui dire adieu pour toujours !

9 novembre.

La lettre de Hartright, que m'apporta le courrier du matin, fut loin de me remonter le moral. Je lui avais écrit les explications données par sir Percival au sujet de la lettre d'Anne Catherick, il me répondait d'une façon brève et amère et disait qu'il n'avait pas le droit d'émettre un avis sur la façon d'agir de ceux qui lui étaient supérieurs. Mais le plus triste venait ensuite. En vain, il avait essayé de reprendre ses occupations d'autrefois, elles lui paraissaient plus pénibles de jour en jour ; il me demandait instamment de lui trouver une situation l'obligeant à quitter l'Angleterre. Il ajoutait n'avoir plus revu Anne Catherick, n'avoir plus eu de ses nouvelles, puis, fort bizarrement, faisait allusion au fait qu'il avait tout le temps l'impression d'être surveillé et suivi par des inconnus depuis son retour à Londres. Cela m'a donné des inquiétudes pour son état mental et ne m'a rendue que plus disposée à lui rendre le service qu'il me demandait. Je vais dès aujourd'hui ou demain le recommander à de vieux amis de ma mère qui, dans leur milieu de Londres, sont très influents. Dans la crise par où il passe, changer de pays le sauvera peut-être, malgré tout...

À mon grand étonnement, sir Percival n'est pas descendu pour déjeuner. Il a fait demander à miss Fairlie s'il lui convenait de le recevoir à 11 heures.

À l'heure dite, nous étions assises côte à côte sur le canapé du boudoir de Laura, qui ne paraissait pas troublée le moins du monde en l'attendant.

— N'ayez pas peur pour moi, Marian, me dit-elle, je puis avoir des faiblesses devant un vieil ami comme Mr Gilmore ou devant vous, ma sœur chérie, mais je n'en aurai pas devant lui.

Je la regardai en silence, car son énergie m'étonnait.

À 11 heures précises, sir Percival entra, s'efforçant visiblement de dissimuler son agitation et son inquiétude. Très pâle et toussant plus qu'à l'ordinaire, il s'assit en face de nous, près de la table, en prononçant quelques phrases de courtoisie. Mais sa voix tremblait malgré lui et il dut s'en rendre compte, car il s'interrompit au milieu d'une phrase, renonçant à tenter plus longtemps de cacher son embarras. Il y eut un moment de silence.

— Je désire vous entretenir d'un sujet très important pour nous deux, sir Percival, commença Laura d'une voix parfaitement calme. Ma sœur est ici pour me donner du courage, mais elle ne m'a pas dicté un seul mot de ce que je vais vous dire. Je voudrais que vous en soyez persuadé avant que je ne poursuive !

Sir Percival s'inclina en acquiesçant.

— Marian m'a transmis votre message et je vous en remercie. C'est très généreux de votre part de m'offrir la liberté de reprendre ma parole, mais je décline votre offre.

Le visage de sir Percival se détendit un peu.

— Je n'ai pas oublié que vous aviez demandé la permission à mon père avant de m'honorer de votre demande en mariage, continua Laura. Sans doute n'avez-vous pas oublié ce que j'ai dit en l'acceptant ? L'influence et les conseils de mon père furent les raisons de mon assentiment, car il était mon meilleur ami et, aujourd'hui que je ne l'ai plus près de moi, il est encore mon guide.

Sa voix trembla et sa main saisit la mienne.

— Puis-je vous demander, interrompit sir Percival, si je ne me suis pas montré digne de votre confiance ?

— Je n'ai rien à vous reprocher. Vous m'avez toujours traitée avec délicatesse et, ce qui est encore plus important pour moi, vous aviez la confiance de mon père. Vous ne m'avez fourni la matière d'aucune excuse, dans le cas où j'eusse voulu en trouver une, pour vous demander ma liberté. Tout cela pour vous dire, sir Percival, que la rupture de notre engagement doit venir de vous et non de moi !

— De moi ? Mais quelle raison puis-je avoir ? s'écria-t-il.

La respiration de Laura s'accéléra et sa main serra plus fort la mienne.

— Une raison difficile à vous avouer. Un changement s'est produit en moi... un changement assez sérieux pour justifier à vos yeux et aux miens la rupture de nos fiançailles !

Sir Percival blêmit si fort que même ses lèvres devinrent livides tandis qu'il appuyait sa tête entre ses mains.

— Quel changement ? demanda-t-il d'un ton douloureux.

Laura soupira profondément et, se penchant vers moi, elle appuya son épaule contre la mienne ; je la sentis trembler et voulus parler à sa place, mais elle m'arrêta d'un geste.

— J'ai entendu dire, reprit-elle sans le regarder, et je le crois aussi, que le plus grand amour est celui qu'une femme donne à son mari. Lorsque nous nous sommes fiancés, c'était à moi d'essayer de vous le donner, et à vous de le gagner. Mais je dois vous avouer aujourd'hui qu'il n'en est plus ainsi, car mon cœur a changé.

Quelques larmes roulèrent sur ses joues. Pas un muscle du visage de sir Percival n'avait bougé et il ne prononça aucune parole.

— Sir Percival ! m'écriai-je d'un ton aigre, n'avez-vous rien à dire après que ma sœur vous a fait un aveu qu'aucun homme n'avait le droit d'entendre ?

— Excusez-moi, mademoiselle, si je vous fais remarquer que je n'ai pas réclamé ce droit, répondit-il.

Les quelques mots qui lui auraient fait avouer le secret de sa pensée étaient sur mes lèvres quand Laura parla à nouveau.

— J'espère n'avoir pas fait cette confession pénible en vain, reprit-elle. J'espère qu'elle me garantit votre confiance pour ce que j'ai encore à dire ?

— Soyez-en certaine, je vous en prie, fit-il, avec ardeur cette fois.

— Je désire que vous sachiez que je n'ai pas parlé dans un but égoïste, continua-t-elle, car si vous me quittez après ce que je vous ai avoué, je n'épouserai personne d'autre. Le sentiment qui a grandi dans mon cœur y mourra sans que rien ne le trahisse... et... et... je ne reverrai sans doute jamais celui qui l'a suscité. Je vous supplie de ne pas m'obliger à en dire plus, et de me croire sur parole. Celui qui voulait devenir mon mari un jour avait le droit de savoir la vérité, sir Percival. J'ai foi en sa générosité pour me pardonner, et en son honneur pour garder mon secret.

— Votre confiance m'est sacrée et votre secret sera gardé ! répondit sir Percival.

Il la regarda, prêt, sans doute, à en entendre davantage.

— J'ai dit tout ce que j'avais à dire... et plus qu'il n'en faut pour vous donner des raisons de rompre nos fiançailles.

— Vous avez dit plus qu'il n'en fallait pour vous rendre encore plus adorable à mes yeux, miss Fairlie, répondit-il avec feu en se levant et en faisant quelques pas vers elle.

Laura recula en poussant un cri. Elle venait de comprendre que toute la peine qu'elle s'était donnée pour recouvrer sa liberté n'avait servi qu'à la grandir aux yeux de sir Percival.

— Vous m'avez dit que c'était à moi de rompre nos fiançailles, miss Fairlie, continua ce dernier. Mais j'ai trop de cœur pour abandonner une femme qui s'est révélée être la plus noble, la plus loyale !

— Oh ! non !... dites la plus misérable, puisqu'elle doit se donner en mariage à un homme à qui elle ne peut donner son amour !

— Ne pourra-t-elle le lui donner un jour, si le seul but de son mari est de le mériter ?

— Jamais ! répondit Laura avec vivacité. Si vous persistez à maintenir votre engagement, sir Percival, je pourrai être une épouse fidèle et loyale, mais votre femme aimante... jamais !

Elle était tellement belle en prononçant ces mots qu'aucun homme n'aurait résisté. J'aurais voulu blâmer sir Percival, et le lui dire, mais je ne pouvais que le plaindre, malgré moi.

— J'accepte avec gratitude votre fidélité et votre loyauté, répondit-il. Le minimum de ce que vous m'offrez vaut plus pour moi que le maximum que je pourrais espérer d'une autre femme.

Il s'inclina et, prenant la main de Laura, il l'effleura de ses lèvres plus qu'il ne l'embrassa, puis, me saluant, il sortit.

Laura resta le regard fixé sur le plancher sans mot dire. Je la pris dans mes bras et nous restâmes silencieuses un long moment.

— Je dois me soumettre, Marian, dit-elle enfin avec un profond soupir. Ma nouvelle vie comportera de cruels devoirs et... le premier commence aujourd'hui.

Elle se dirigea vers sa table de dessin près de la fenêtre et, mettant ce qui s'y trouvait dans le tiroir, elle le ferma et me donna la clé.

— Je dois me séparer de tout ce qui me le rappelle. Mettez la clé où vous voudrez... Je ne la redemanderai jamais.

Puis, allant à la bibliothèque, elle saisit l'album de croquis de Walter Hartright et le pressa contre ses lèvres avec amour.

— Oh ! Laura ! m'écriai-je, non pas avec colère, non pas avec reproche, mais la tristesse me gonflant le cœur.

— C'est la dernière fois, Marian, je lui dis adieu pour toujours !

Déposant le cahier sur la table, elle enleva le peigne qui retenait son admirable chevelure. Choisissant une longue mèche, elle la coupa et la disposa en spirale sur la première page de l'album, qu'elle me remit.

— Vous vous écrivez, n'est-ce pas ? Ne lui dites jamais que je suis malheureuse, tant que je vivrai, Marian. Si je venais à mourir la première, promettez-moi que vous lui remettrez cet album et dites-lui alors ce que je n'ai jamais pu lui dire : que je l'aimais !

Je le lui promis.

Elle se jeta à mon cou et éclata en sanglots. Elle se libérait ainsi de la contrainte qu'elle s'était imposée si longtemps. Puis, brusquement, elle alla s'étendre sur le sofa. Ses sanglots redoublaient et la secouaient tout entière.

C'est en vain que je la raisonnai, que j'essayai de la

calmer. La crise enfin passée, elle était trop épuisée pour parler. L'après-midi, elle sommeilla, et j'en profitai pour emporter l'album de croquis : il ne fallait pas qu'elle le revît à son réveil ! Lorsqu'elle rouvrit les yeux, mon visage était parfaitement calme si mon cœur ne l'était pas, et ni l'une ni l'autre nous ne fîmes plus, ce jour-là, la moindre allusion à l'entretien du matin avec sir Percival, ni la moindre allusion à Walter Hartright.

10 novembre.

Ce matin, l'ayant trouvée plus calme et reposée, je lui proposai d'aller parler moi-même à sir Percival et à son oncle, mais elle refusa avec une ferme douceur.

— J'ai fait la dernière tentative hier, Marian, maintenant, c'est trop tard !

Dans l'après-midi, sir Percival me dit avoir beaucoup réfléchi à la conversation de la veille. Il en était arrivé, m'expliqua-t-il, à la conviction que l'attachement de Laura n'était que passager, et il ne ressentait aucune jalousie. Il ne désirait même pas savoir si ce sentiment était déjà ancien et qui en avait été l'objet. Il avait pleine confiance en Laura, et ce qu'elle avait bien voulu lui avouer lui donnait une preuve supplémentaire de sa grande loyauté...

Il s'interrompit et me regarda, paraissant attendre quelque chose. Peut-être espérait-il que je lui répondrais aux questions mêmes qu'il disait ne plus vouloir se poser ? Certes, c'était injuste de ma part d'avoir pareil soupçon – j'évitai toute autre allusion à ce sujet délicat. Cependant, j'étais bien décidée à saisir la moindre occasion de plaider la cause de Laura, et je lui dis franchement qu'il était regrettable que, dans sa générosité, il ne fût pas allé jusqu'à rompre leurs fiançailles. Là encore, il me désarma, car il n'essaya nullement de se défendre. Il me fit seulement remarquer la différence qu'il y avait entre le fait de laisser à Laura la responsabilité de la rupture – ce qui n'était de sa part à lui qu'un simple acte de soumission – et le fait de décider lui-même cette rupture – ce qui aurait bel et bien été comme un suicide moral. L'attitude de Laura, la veille, avait à tel point fortifié son amour déjà si profond qu'il se sentait absolument incapable d'une décision aussi cruelle. Je devais sans doute, ajouta-t-il, le trouver faible, égoïste, insensible envers la femme qu'il adorait, et il se résignait à m'approuver en cela... Mais l'avenir serait-il meilleur pour elle si elle restait célibataire, souffrant d'un attachement secret, que si elle épousait l'homme qui aurait baisé le sol sur lequel elle marchait ? Dans ce dernier cas, sans doute, le temps ferait beaucoup de choses...

L'aveu de Laura lui a donné un avantage, et il a décidé de s'en servir. Tout ce que l'on puisse encore espérer, c'est que, comme il le prétend, il obéisse, en agissant ainsi, à son irrésistible amour.

J'ai écrit aujourd'hui à deux anciens amis de ma mère, à Londres, les priant de trouver une situation à l'étranger pour le pauvre Hartright. Il m'inquiète presque autant que Laura.

11 novembre.

Sir Percival ayant obtenu une entrevue avec Mr Fairlie, ils m'ont priée d'y assister.

Je trouvai ce dernier très soulagé à la perspective du mariage proche de Laura. Mais lorsqu'il suggéra de rapprocher encore la date, je bondis et pris un malin plaisir à l'énerver en protestant.

Sir Percival m'assura qu'il me comprenait et me pria de croire qu'il n'était pour rien dans cette suggestion. Mr Fairlie répéta sa proposition, comme si je n'avais rien dit, mais je refusai d'en parler à Laura si elle n'abordait pas ce sujet.

Sir Percival avait l'air sérieusement ennuyé.

Mr Fairlie allongea paresseusement les jambes sur son tabouret de velours vert et s'écria tandis que je sortais avec précipitation de la chambre :

— Chère Marian ! Comme j'envie votre vitalité ! Mais ne faites pas claquer la porte, je vous en supplie !

En entrant chez Laura, celle-ci me dit avoir appris que j'avais été appelée chez son oncle et m'en demanda la raison. Je la lui dis sans détour et ne lui cachai pas combien tout cela m'avait navrée. La réponse qu'elle me fit était bien la dernière à laquelle je me fusse attendue.

— Mon oncle n'a pas tort, dit-elle, j'ai causé suffisamment d'ennuis et de désagréments, Marian... Laissez Percival décider...

Je protestai contre cette abdication totale, mais en vain.

— Je suis tenue par ma parole, chérie, et j'ai rompu avec le passé. Même si je le retarde, le jour fatal devra quand même arriver. Alors, à quoi bon ?

L'aimant comme je l'aime, j'eusse préféré la voir révoltée et nerveuse que de constater cette affreuse passivité.

12 novembre.

Au petit déjeuner, ce matin, sir Percival me questionna au sujet de Laura, et je lui répétai ses paroles. Qu'aurais-je pu faire d'autre ?

Tandis que nous causions, elle entra elle-même, de cet air calme et indifférent qu'elle m'avait montré hier. Comme on se levait de table, sir Percival parvint à lui dire quelques mots en particulier, puis, presque aussitôt, il vint me rejoindre, cependant que Laura accompagnait Mrs Vesey.

Il me dit qu'il avait prié miss Fairlie de fixer elle-même la date du mariage, mais qu'elle avait exprimé le désir que ce fût lui qui en décidât.

Dans cette occasion encore, sir Percival est arrivé à ses fins avec presque toutes les apparences en sa faveur ; et Laura, résignée à ce mariage, garde tout son calme. Calme du désespoir... En renonçant à tout ce qui lui rappelait Hartright, elle semble avoir perdu toute sensibilité et toute tendresse. Tandis que j'écris ces lignes, il n'est que 3 heures et sir Percival nous a déjà quittées avec l'ardeur d'un futur époux, pressé de préparer l'arrivée de sa jeune femme dans sa demeure du Hampshire. À moins d'un événement sensationnel, ils seront mariés avant la fin de l'année... Exactement comme il l'avait souhaité. Mes doigts brûlent en l'écrivant !

13 novembre.

Nuit sans sommeil, tant je me tracasse pour Laura ! Il n'est pas possible qu'elle reste dans cette torpeur atroce ! J'ai écrit aux Arnold, dans le Yorkshire, pour leur annoncer notre visite. Ce sont de vieux amis, simples et accueillants, que Laura connaît depuis son enfance. Lorsque ma lettre fut partie, j'avouai à Laura ce que j'avais fait. J'aurais presque souhaité qu'elle résistât, mais elle me répondit simplement :

— J'irai n'importe où avec vous, Marian. Vous avez raison, je pense qu'un changement d'air me fera du bien.

14 novembre.

J'ai prévenu Mr Gilmore que le mariage était décidé et que j'emmenais Laura dans le Yorkshire pour sa santé. Je n'ai pas eu le cœur de donner plus de détails à notre vieil ami. Il en sera temps encore lorsque la date du mariage approchera.

15 novembre.

Trois lettres pour moi, ce matin. La première des Arnold, ravis à l'idée de nous voir arriver. La deuxième, d'un des messieurs à qui j'avais écrit au sujet de Hartright, me disant avoir trouvé le moyen de me faire plaisir. Une troisième de Walter lui-même, me remerciant avec effusion de lui avoir procuré le moyen de quitter sa maison, son pays et ses amis. Le dessinateur engagé pour accompagner une expédition de fouilles dans les villes en ruines d'Amérique centrale s'étant récusé à la dernière minute, Walter le remplace. Sa lettre se termine par la promesse de m'écrire encore un mot sur le bateau avant son départ de Liverpool. Fasse le Ciel que lui et moi agissions pour le mieux ! Mais, malheureux comme il est, pouvait-il rester en Angleterre ?

16 novembre.

La voiture est devant la porte. Nous partons pour le Yorkshire.

Polesdean Lodge
Yorkshire – 23 novembre.

La semaine que nous venons de passer, parmi ces amis bons et charmants, ne lui a encore fait que très peu de bien. Aussi ai-je décidé de prolonger notre séjour ici. Rien ne nous oblige à rentrer à Limmeridge pour le moment.

24 novembre.

Tristes nouvelles ce matin ! L'expédition pour l'Amérique centrale est en route depuis le 21 déjà. Nous nous sommes séparées d'un homme loyal et d'un véritable ami !...

25 novembre.

Tristes nouvelles hier ! Sinistres nouvelles aujourd'hui ! Sir Percival a écrit à Mr Fairlie et ce dernier nous demande de rentrer d'urgence. Qu'est-ce à dire ? Aurait-on fixé la date du mariage sans nous consulter ?

2

Limmeridge House, 27 novembre.

Mon pressentiment n'était que trop justifié ! Le mariage est fixé au 22 décembre.

Le lendemain de notre départ pour Polesdean Lodge, Mr Fairlie a reçu une lettre de sir Percival, lui disant que les réparations et changements nécessaires dans sa maison du Hampshire prendraient beaucoup plus de temps qu'il ne l'avait cru. Aussi, afin d'avertir les entrepreneurs de la date où les travaux devraient être achevés, lui eût-il été agréable de savoir exactement quand aurait lieu la cérémonie du mariage. De même, il pourrait alors s'excuser auprès de certains amis qu'il avait invités à venir le voir cet hiver, et qu'il lui serait évidemment impossible de recevoir une fois la maison abandonnée aux mains des ouvriers. En réponse à cette lettre, Mr Fairlie avait demandé à sir Percival de proposer lui-même une date à Laura, date que, en tant que tuteur, il engagerait vivement la jeune fille à accepter. Par retour de courrier, sir Percival proposa donc la seconde quinzaine de décembre – le 22, le 24, ou tout autre jour que préféreraient miss Fairlie et son tuteur.

Miss Fairlie n'étant pas là pour donner son avis, son

tuteur avait choisi le premier des jours proposés – le 22 décembre. Puis il nous avait fait revenir ici.

Après m'avoir donné tous ces détails hier, Mr Fairlie me demanda, de la manière la plus aimable, de communiquer le message à miss Fairlie, afin d'obtenir son approbation. J'acquiesçai, mais en refusant de peser sur la décision de Laura. Mr Fairlie me complimenta sur ma « scrupuleuse conscience » et sembla enchanté d'avoir une fois de plus rejeté ses responsabilités familiales sur mes épaules.

J'ai parlé ce matin à Laura, et quoiqu'elle soit maintenant d'un calme étonnant, je dirai même d'une indifférence complète, elle ne put se défendre de sursauter à la nouvelle que je lui apportais. Elle devint extrêmement pâle.

— Oh ! pas si vite, Marian ! supplia-t-elle en tremblant, pas si vite !

J'en savais assez. Je bondis aussitôt pour aller trouver Mr Fairlie et lutter pour le bonheur de Laura, à sa place. Mais elle m'arrêta, devinant mon intention.

— Laissez-moi y aller, fis-je. Je veux dire à votre oncle que sir Percival et lui n'en feront pas toujours uniquement à leur tête.

— Non, Marian : c'est trop tard, soupira-t-elle tristement. Cela ne ferait que nous valoir de nouveaux ennuis, qu'envenimer davantage votre désaccord avec mon oncle d'abord et ramener ici sir Percival avec de nouvelles raisons de se plaindre !...

— Mais qu'importe ! m'écriai-je avec feu. Allez-vous briser votre cœur pour lui faire plaisir, Laura ? Aucun homme ne vaut un tel sacrifice ! Les hommes ! Mais ce sont les ennemis de notre innocence et de notre paix, ils nous accaparent corps et âme et pour nous donner quoi en retour ?... Laissez-moi aller, Laura, je deviens folle quand j'y pense !

Des larmes de rage me montaient aux yeux.

— Oh ! Marian, vous pleurez, vous !... Mais, pauvre chérie, tout votre amour et votre dévouement n'empêcheront pas ce qui doit arriver. Laissez mon oncle agir à sa guise... Promettez-moi seulement que vous resterez près de moi après mon mariage ! Promettez-le-moi, Marian !

Lorsque j'eus promis, elle changea brusquement de sujet :

— Pendant notre séjour à Polesdean, vous avez reçu une lettre, Marian...

À son ton hésitant et à la manière dont elle détournait les yeux, toute rougissante, je compris qu'elle faisait allusion à Walter.

— Je croyais, Laura, que nous avions décidé de ne plus jamais parler de lui, dis-je doucement.

— Comptez-vous lui répondre bientôt ? insista-t-elle.

J'hésitais à lui apprendre son départ et la part que j'y avais prise. D'ailleurs, là où il allait, aucune lettre ne lui parviendrait avant des mois, des années peut-être.

— Pourquoi, Laura ?

— Ne... Ne lui parlez pas du 22, Marian, et promettez-moi de ne plus jamais faire allusion à moi quand vous lui écrirez.

Je le promis.

— Si vous allez chez mon oncle, reprit-elle sans me regarder, dites-lui que je consens à tout ce qu'il décidera. Vous pouvez me laisser seule maintenant, je me sens mieux.

Je sortis. Si, à ce moment-là, j'avais pu envoyer au bout du monde sir Percival et Mr Fairlie, je l'aurais fait avec joie. Comme une trombe, j'entrai dans la chambre de ce dernier et lui criai aussi brutalement que possible : « Laura accepte le 22 ! », puis sortis en faisant claquer la porte avec violence.

J'espère avoir ébranlé son système nerveux pour tout le reste de la journée !

28 novembre.

En relisant ce matin la lettre d'adieu de Hartright, je vois que j'ai eu raison de ne pas parler de son voyage à Laura, car il me dit que l'expédition sera fatigante et périlleuse. Alors, pourquoi l'inquiéter ?...

Vais-je brûler cette lettre, de peur qu'un jour ou l'autre elle ne tombe malencontreusement en d'autres mains ? Car non seulement ce que Hartright y dit de Laura doit rester secret, mais il me répète ses soupçons, aussi inexplicables qu'inquiétants, d'être surveillé depuis son départ de Limmeridge. Parmi la foule qui, sur les quais de Liverpool, regardait s'embarquer les membres de l'expédition, il prétend avoir revu les deux inconnus qui l'avaient suivi dans les rues de Londres, et il affirme avoir entendu le nom d'Anne Catherick prononcé derrière lui, comme il montait à bord. « Tout cela, écrit-il, cache une signification que l'on découvrira un jour. Le mystère d'Anne Catherick n'est pas encore éclairci. Sans doute cette femme ne croisera plus jamais mon chemin ; mais s'il arrive qu'elle croise le vôtre, profitez mieux que moi de l'occasion. Je suis convaincu de ce que je dis et je vous prie, mademoiselle, de ne pas l'oublier. » Pourrais-je l'oublier ! Je ne suis que trop disposée à me souvenir de la moindre allusion à Anne Catherick faite par Walter Hartright. Mais il y a danger à garder cette lettre ; on ne sait jamais qui peut la trouver... Si je tombais malade... Si je venais à mourir... Mieux vaut la brûler tout de suite et avoir une inquiétude en moins.

Voilà, elle est brûlée. Sa lettre d'adieu, la dernière peut-être que j'aie de lui, ne forme plus qu'un minuscule tas de cendres noires au bord de l'âtre. Est-ce la triste fin de cette triste histoire ? Oh ! non... pas encore... sûrement pas encore...

29 novembre.

Les préparatifs du mariage sont commencés ; la couturière est déjà venue, mais Laura reste indifférente à tout. Comme c'eût été autre si le futur époux avait été Walter Hartright ! Elle se serait montrée fort difficile à contenter, et aurait rendu la tâche pénible à la couturière la plus experte !

30 novembre.

Chaque jour nous apporte des nouvelles de sir Percival. Il nous donne des détails sur les progrès des travaux à Blackwater, ce qui m'est bien égal. Si les maçons, les peintres et les tapissiers avaient le pouvoir de préparer le bonheur autant qu'une demeure belle et agréable, peut-être alors m'intéresserais-je aux transformations qu'ils apportent dans la maison qui sera celle de Laura. En réalité, la seule chose qui, dans sa dernière lettre, ne me laisse pas indifférente, ce sont ses projets pour le voyage de noces. Il propose d'emmener Laura à Rome et de demeurer en Italie jusqu'au début de l'été, à moins qu'elle ne préfère habiter un confortable et luxueux appartement à Londres même, durant l'hiver.

Pour Laura, je trouve que la première solution est de loin préférable, car nous sommes quand même destinées à être séparées. L'Italie, pour son tout premier voyage, lui procurera des joies nombreuses parce que diverses et lui fera mieux accepter sa nouvelle existence. Au contraire, elle n'est pas dans des dispositions telles qu'elle goûterait les plaisirs conventionnels de Londres. Et ces plaisirs ne lui rendraient que plus pénibles ces premiers mois de mariage ; je les redoute au-delà de toute expression – mais je nourris pourtant quelque espoir si elle voyage...

Avant trente jours, elle sera « sa » Laura au lieu d'être « la mienne » !... Quelle horreur ! Je ne puis me faire à cette idée. J'ai l'impression, en parlant de son mariage, de parler de sa mort.

1er décembre.

Journée mélancolique !... Je me suis décidée ce matin à communiquer à Laura les propositions de sir Percival au sujet du voyage de noces. Persuadée que je l'accompagnerais, la pauvre enfant... car c'est une véritable enfant encore !... était presque heureuse à l'idée de voir Rome, Naples et Florence. J'avais le cœur brisé de devoir lui ôter ses illusions et la mettre en face de la réalité brutale. Je lui expliquai qu'aucun homme n'admettrait la présence d'un tiers dans son voyage de noces et que de sa soumission en ces premiers mois dépendrait sans doute la possibilité pour moi de venir habiter près d'elle, après son retour.

Je distillai le poison profanateur de nos conventions sociales dans ce cœur pur et innocent, tandis que ce qu'il y a de meilleur en moi frémissait de devoir accomplir une tâche aussi affreuse ! C'est chose faite à présent : Laura a appris la dure et inévitable leçon. Toutes les illusions de sa jeunesse se sont envolées...

Ils iront donc en Italie. En attendant, il me faut parler à sir Percival du désir de Laura de m'avoir auprès d'elle à leur retour. En d'autres mots, je dois, pour la première fois de ma vie, demander une faveur personnelle, et la demander à l'homme envers qui il me déplaît souverainement d'avoir une obligation, quelle qu'elle soit. Mais pour Laura, je ferais plus encore !

2 décembre.

Lorsque je relis mon journal, je constate que je ne parle de sir Percival que pour le dénigrer. Dans l'état où en sont les choses, je vais tâcher de ne plus laisser apparaître mon parti pris contre lui et même de l'oublier une fois pour toutes. J'avoue sincèrement que je ne m'explique pas les sentiments que j'éprouve à son égard.

16 décembre.

Je n'ai pas grand-chose à dire des quinze jours qui viennent de s'écouler sinon que je me sens mieux disposée envers le fiancé de ma sœur. Le trousseau de Laura est prêt, les nouvelles malles sont arrivées de Londres. La pauvre chérie ne me quitte pas une seconde.

Ils se marieront à l'église de Limmeridge et, grâce au Ciel, on n'invitera pas les voisins ! C'est notre vieil ami Mr Arnold qui viendra de Polesdean pour conduire Laura à l'autel, Mr Fairlie étant trop délicat pour se risquer au-dehors par un temps aussi froid.

Sir Percival arrive demain. Il nous avait offert d'aller, jusqu'au jour du mariage, loger chez le pasteur, pour se conformer aux conventions, mais nous avons refusé. Dans cette grande maison perdue au milieu de la lande, il nous est permis de ne pas nous arrêter à des futilités dont les gens s'encombrent ailleurs.

17 décembre.

Il est arrivé ce matin, l'air fatigué et inquiet, mais il parle et rit comme l'homme le plus content de la terre. Il a offert à Laura de très beaux bijoux qu'elle a reçus de bonne grâce et, en apparence du moins, avec un calme parfait. Le seul signe qui me fasse deviner à quel point elle lutte pour ne rien laisser paraître de sa tristesse, c'est la crainte de se trouver seule.

Plus que jamais, elle s'attache à mes pas.

— Faites que je sois occupée tout le temps, Marian, et surtout ne me laissez pas seule afin que je ne puisse pas penser !

La fièvre qui brûle ses joues et illumine ses yeux la rend plus attrayante que jamais, et sir Percival s'imagine en être la cause. Au dîner, elle a parlé sans arrêt avec une animation et une gaieté si forcées que j'avais hâte de l'emmener, mais sir Percival, lui, semblait être ravi autant que surpris. L'inquiétude que j'avais lue sur ses traits au moment de son arrivée avait complètement disparu et, vraiment, je lui aurais donné dix ans de moins.

Malgré tous les préjugés que j'entretiens contre sir Percival, je dois reconnaître que c'est un bel homme, possédant le charme et les qualités qui doivent plaire aux femmes. Même Mr Gilmore, qui ignore le secret de Laura, a été conquis par lui. Pour ma part, je lui reproche deux choses : sa nervosité extrême et sa façon méprisante de parler aux domestiques. Mais, après tout, ce n'est pas très grave ! Voilà, je suis satisfaite de lui avoir rendu justice !

18 décembre.

Me sentant déprimée ce matin, j'ai confié Laura à Mrs Vesey et suis allée me promener dans la lande. Quelle ne fut pas ma surprise de rencontrer sir Percival venant de Todd's Corner ! Il m'expliqua s'y être rendu afin de s'informer si Mrs et Mr Todd n'avaient pas reçu des nouvelles d'Anne Catherick... sans succès d'ailleurs.

— Je commence à craindre sérieusement de l'avoir perdue. L'artiste, Mr Hartright, ne pourrait-il nous renseigner, lui ? me demanda-t-il en me fixant dans les yeux.

— Il n'a jamais plus entendu parler d'elle depuis qu'il a quitté Limmeridge, répondis-je.

— Dommage ! reprit sir Percival comme déçu et soulagé à la fois. Je suis très ennuyé de n'avoir pu la remettre entre les mains des médecins !

En effet, il semblait, cette fois, fort soucieux. Je lui exprimai ma sympathie, et nous passâmes à un autre sujet. Assurément, en le rencontrant ainsi par hasard dans la lande, j'ai découvert chez lui un trait de caractère qui est tout à son honneur ! N'est-ce pas bienveillance extrême de sa part, à la veille de son mariage, de penser à Anne Catherick et d'aller à Todd's Corner afin de demander de ses nouvelles, alors qu'il aurait pu passer agréablement la matinée avec Laura ? Il n'a pu agir ainsi que par charité, aussi sa conduite mérite-t-elle un extraordinaire éloge. Eh bien, voilà ! je l'ai fait, cet éloge !

19 décembre.

Vraiment, sir Percival est d'une générosité sans borne ! J'avais à peine fait allusion à l'espoir de Laura de m'avoir près d'elle à Blackwater, à leur retour de voyage de noces, qu'il me saisit les deux mains avec effusion en me disant que c'était son désir le plus cher. J'étais, précisait-il, la compagne qu'il souhaitait pour sa jeune femme, et il m'était profondément reconnaissant de lui avoir fait cette suggestion.

Je le remerciai vivement de la grande bonté qu'il nous témoignait à toutes deux, puis il m'entretint de leur voyage en Italie et du projet qu'il avait de faire connaître à Laura tous ses amis de Rome, tous des compatriotes, à l'exception du comte Fosco, un Italien, qui était son ami intime. Je fus contente de penser que, grâce à cette amitié, Laura aurait l'occasion de se réconcilier avec sa tante, car celle-ci, vraisemblablement, ne pourrait plus persister à ne pas vouloir voir Laura. Dans sa jeunesse, c'était la personne la plus insolente que je connusse. Capricieuse, exigeante et vaniteuse au plus haut point ! Si son mari était parvenu à la mater, il aurait mérité la reconnaissance de toute la famille. J'ai hâte de le connaître ! Tout ce que je sais de lui, c'est qu'il a sauvé la vie à sir Percival, attaqué par des voleurs et des assassins sur les marches de l'église Trinité des Monts, à Rome. C'est de là d'ailleurs que provient la cicatrice qu'il porte à la main. Je me souviens aussi qu'à l'époque où le regretté Mr Fairlie s'opposait de façon si absurde au mariage de sa sœur, le comte lui écrivit une lettre modérée et fort sensée, lettre qui, j'ai honte à le dire, est restée sans réponse. Je ne sais rien d'autre de l'ami de sir Percival. Je me demande s'il viendra un jour en Angleterre ? Je me demande si j'aurai de la sympathie pour lui.

Je laisse courir ma plume sur le papier, et je m'éloigne de ce qui m'intéresse réellement. Il est certain que ce n'est pas seulement avec politesse et amabilité, mais avec affection, que sir Percival m'a répondu quand je lui ai timidement proposé de vivre à Blackwater avec Laura et lui. Et je suis sûre qu'il n'aura aucune raison de se plaindre de moi, dans les dispositions où je suis. J'ai déjà dit qu'il était bel homme, très courtois, très bon et généreux envers les malheureux, et plein d'égards pour moi. Je l'avoue ici, je me reconnais à peine dans mon nouveau rôle d'amie très cordiale de sir Percival !

20 décembre.

Je hais sir Percival ! Toutes ses apparences sont fausses ! Hier soir, les cartes de visite du futur couple sont arrivées de Londres. Laura, ouvrant le paquet, vit imprimé pour la première fois son nom de femme mariée. Sir Percival, qui regardait par-dessus son épaule les cartes qui transformaient miss Fairlie en lady Glyde, eut un sourire suffisant et lui murmura quelques mots à l'oreille. J'ignore quoi, car Laura a refusé de me le dire, mais je l'ai vue blêmir. Lui ne s'en est même pas aperçu. Oh ! comme je le hais !

21 décembre.

Je commence à me demander si l'énervement de ces derniers jours n'a pas un peu ébranlé mes facultés. J'ai l'idée fixe que quelque chose va se produire qui empêchera le mariage ; or, je ne sais quoi.

Tout ce qui s'est passé aujourd'hui a été bien pénible. Comment pourrais-je avoir le courage d'en parler ? Et pourtant je sens qu'il me faut écrire... mettre mes tristes pensées sur le papier, et non les garder pour moi seule.

La bonne Mrs Vesey a commencé par offrir à Laura un beau châle en laine de Shetland, qu'elle avait mis plusieurs mois à tricoter en secret. Laura éclata en sanglots, en recevant ce merveilleux présent de celle qui l'avait aimée et dorlotée comme une mère depuis sa naissance.

J'étais à peine remise de l'émotion produite par cette scène touchante que je fus appelée chez Mr Fairlie pour entendre la nomenclature des dispositions destinées à assurer sa tranquillité le jour du mariage. La chère Laura recevrait son cadeau de noces (une misérable bague avec, comme ornement, quelques cheveux de son oncle affectionné au lieu d'une pierre précieuse, et portant une inscription en français sur les sentiments à entretenir vis-à-vis de sa famille).

» La chère Laura recevrait donc ce tribut d'affection par mon entremise, afin de lui donner le temps de se remettre de son émotion, avant de paraître devant son oncle.

» La chère Laura lui ferait une courte visite de remerciement ce soir même et ne lui ferait aucune scène d'attendrissement.

» La chère Laura lui ferait une deuxième visite demain matin en robe de mariée, mais toujours sans scène.

» La chère Laura lui ferait une troisième et dernière visite avant de partir, sans larmes surtout, sans larmes surtout, pour l'amour de Dieu ! »

J'étais tellement écœurée et exaspérée par l'odieux égoïsme de Mr Fairlie que je m'apprêtais à lui dire les vérités les plus cinglantes qu'il ait jamais entendues de sa vie, quand j'en fus empêchée par l'arrivée de Mr Arnold, ce qui m'obligea à descendre. Le reste de la journée fut indescriptible. L'agitation, les ordres et les contrordres, les imprévus de toutes sortes contribuèrent à la confusion générale.

Sir Percival était intenable et toussait sans arrêt. Il sortait, il rentrait, et une nouvelle sorte d'inquiétude, eût-on dit, le poussait à questionner d'un ton méfiant les fournisseurs ou toute autre personne qui s'arrêtait un instant chez nous. Laura et moi évitions de nous trouver tête à tête. J'écris ces lignes, passé minuit. Je viens d'aller jeter un dernier regard sur Laura qui repose calmement dans son petit lit blanc de jeune fille. La tête appuyée sur un bras, elle ne dort pas, car dans la pénombre j'ai vu des larmes couler sur ses joues. Le petit souvenir que je lui ai donné, une simple broche, est posé sur sa table de chevet à côté de son livre de prières et d'une miniature de son père qui ne la quitte jamais.

Pauvre chérie ! Comme elle est seule au monde !

22 décembre.

7 heures. – Matin triste et brumeux. Elle vient de se lever. Je la trouve plus calme qu'hier.

10 heures. – Laura est habillée. Nous nous sommes embrassées en nous promettant de ne pas perdre courage. L'idée que quelque chose va arriver, qui empêchera le mariage, me hante et cependant c'est ridicule ! Dans une demi-heure, nous partons vers l'église.

Sir Percival doit avoir la même pensée que moi, car je le vois inquiet et agité, allant d'une voiture à l'autre.

11 heures. – Tout est consommé ! Ils sont mariés !...

3 heures. – Ils sont partis ! Je ne vois plus clair d'avoir pleuré !

DEUXIÈME PARTIE

SUITE DU JOURNAL DE MARIAN HALCOMBE

1

Blackwater Park, Hampshire.

11 juin 1850.

Six mois se sont écoulés depuis que Laura m'a quittée ! Six mois longs et solitaires !...

Plus qu'un jour et je la reverrai ! Je ne puis croire à mon bonheur !

Les jeunes mariés ont passé tout l'hiver en Italie, puis se sont rendus dans le Tyrol. Le comte et la comtesse Fosco reviennent avec eux demain et séjourneront Blackwater Park quelque temps avant de s'installer à Londres pour l'hiver.

En attendant, me voilà établie à Blackwater Park moi-même, « demeure ancienne, appartenant à sir Percival Glyde, Baronnet » (selon la chronique du village) et... future résidence de Marian Halcombe, vieille fille, actuellement installée dans un agréable petit salon avec, à ses côtés, une tasse de thé et, autour d'elle, tout son avoir, se résumant à trois malles et un sac ! J'ai quitté Limmeridge House hier, après avoir reçu la lettre que Laura m'a écrite de Paris, me disant de ne pas les attendre à Londres comme il en avait été question, sir Percival ayant décidé de gagner immédiatement Blackwater. Il a, à ce qu'il paraît, dépensé un argent considérable en voyage, et terminer la saison à Londres serait trop onéreux. Laura elle-même aspire maintenant au calme de la campagne. J'ai passé la nuit à Londres et j'en ai profité pour faire des courses ce matin et ne suis arrivée ici que tard dans la soirée.

À première vue, Blackwater Park est l'opposé de Limmeridge. La maison est située sur un plateau et presque ensevelie sous les arbres. Je n'ai vu personne que le domestique qui m'a ouvert la porte et la gouvernante qui m'a montré mon appartement et, très aimablement, m'a apporté une tasse de thé. J'ai une chambre à coucher agréable et un joli petit salon au premier étage, au bout d'un corridor.

Je n'ai encore rien vu de l'habitation, mais je sais qu'une des ailes date d'il y a 500 ans, qu'elle était autrefois entourée d'un fossé et tient son nom de Blackwater, un lac situé au bout de la propriété.

Il est plus de 11 heures, tout le monde semble dormir. Si je faisais de même ?

Non ! Je n'ai pas sommeil. L'idée de revoir Laura demain me rend folle de joie. Si j'en avais la possibilité, je demanderais qu'on me selle le meilleur cheval de sir Percival et j'irais galoper dans la nuit. Mais je ne suis, hélas, qu'une femme et cela m'est interdit. Alors ? Lire, il ne faut pas y songer ; aucun livre ne peut fixer mon attention ! Je vais plutôt tâcher de mettre à jour mon journal délaissé depuis le mariage de Laura.

J'ai reçu quelques lignes courageuses de Walter Hartright, à son débarquement au Honduras. Six semaines après, j'ai lu dans un journal américain des détails sur l'expédition, que l'on avait vue pour la dernière fois, les hommes sac au dos et fusil sur l'épaule, au moment où elle pénétrait dans une forêt inexplorée. Depuis lors, on est complètement sans nouvelles.

La même obscurité plane sur le sort d'Anne Catherick et de Mrs Clements. L'avocat de sir Percival lui-même a renoncé à retrouver leurs traces.

Notre pauvre ami Gilmore a eu une attaque d'apoplexie qui l'oblige à abandonner son étude pour de longs mois. Il fait pour le moment un séjour en Allemagne, chez des amis établis là-bas. Ainsi, un autre ami très cher et dont l'aide nous est toujours précieuse nous a quittés... Mais celui-là, j'espère, nous reviendra bientôt.

La brave Mrs Vesey a voyagé avec moi jusqu'à Londres. Elle va habiter à Clapham, chez une sœur non mariée, qui y tient une école. Elle viendra nous voir à l'automne prochain.

Quant à Mr Fairlie, je crois ne pas me tromper en disant qu'il est ravi de ne plus nous avoir chez lui. Sa nièce ne lui manque guère : quand elle était à Limmeridge, il restait des mois sans la voir, et pour ce qui est de Mrs Vesey et de moi, je me permets de deviner, dans les paroles déchirantes qu'il nous a adressées le jour de notre départ, l'aveu de sa secrète joie d'être débarrassé de nous. Sa dernière manie est de faire photographier tous les objets de sa collection, afin d'en envoyer des épreuves au *Mechanics' Institution* de Carlisle, avec, sur la photographie de chacune des pièces, le nom du propriétaire, Mr Frederick Fairlie, Esquire, et une documentation complète, le tout écrit en rouge. Cette nouvelle manie le rendra heureux pendant de nombreux mois, et les deux pauvres photographes qu'il veut continuellement chez lui partageront le martyre du valet de chambre.

Voilà pour les personnes qui occupent le plus mes pensées. Que dire du seul être qui tient la première place dans mon cœur ? Malgré notre pénible séparation, Laura m'est présente à chaque instant. Cependant, je ne sais pas grand-chose d'elle, car ses lettres ne répondent pas à mes questions. Elle me dit qu'elle va très bien et que ses voyages lui plaisent beaucoup, mais pas un mot sur sa vie conjugale. Elle ne cite le nom de son mari que comme celui d'un quelconque compagnon de route, dont le seul rôle serait de décider de l'itinéraire. « Sir Percival a dit que nous partirions tel jour »... « Sir Percival a dit que nous prendrions telle route »... De temps à autre elle écrit simplement « Percival » ; neuf fois sur dix, elle lui donne son titre. Et je ne crois pas que les habitudes et les goûts de son mari l'aient influencée en quoi que ce soit, comme cela arrive le plus souvent chez les jeunes femmes. Elle parle de ses impressions personnelles, uniquement ; et si elle envisage l'existence qu'elle mènera ici, à son retour, c'est en pensant à ma présence auprès d'elle et non à leur vie commune.

Et pourtant, le ton de ses lettres ne m'indique en rien qu'elle soit malheureuse, loin de là ! Je n'y discerne que passivité et indifférence. Durant ces six mois écoulés, c'est Laura Fairlie, telle que je l'ai quittée le jour de son mariage, qui m'a écrit ; jamais lady Glyde.

Le silence obstiné qu'elle garde sur son mari, elle l'observe également au sujet de l'ami intime de celui-ci, le comte Fosco. Pour une raison que j'ignore, le comte et sa femme semblent avoir brusquement changé de projet à la fin de l'automne dernier, et partis pour Vienne et non pour Rome, alors que sir Percival, en quittant l'Angleterre, avait cru les retrouver dans cette ville. Ils n'ont quitté Vienne qu'au printemps seulement et ont rejoint les jeunes mariés au Tyrol. Laura me parle plus facilement de sa tante, qu'elle a trouvée agréablement changée. Elle ajoute seulement que le comte l'intrigue et qu'elle attend mon impression pour me livrer la sienne. Comme je la connais, c'est qu'il ne lui plaît pas beaucoup. Patience ! Mon incertitude, au sujet de tant de choses, ne durera plus longtemps !...

Minuit sonne, je viens de jeter un coup d'œil par la fenêtre ouverte. La nuit est calme, suffocante et sans lune. Les étoiles sont rares et pâles. Les arbres, qui empêchent la vue de tous les côtés, semblent, à distance, former un grand mur de rochers noirs. Dans le lointain, j'entends le coassement des crapauds et l'écho de la cloche qui se répète faiblement. Je me demande comment sera Blackwater à la lumière du jour. Je ne l'aime pas du tout la nuit !

12 juin.

Découvertes intéressantes aujourd'hui.

Naturellement, j'ai commencé mon inspection par la maison.

Le corps de logis date du temps de la reine Elizabeth. Au rez-de-chaussée se trouvent deux longues galeries parallèles, à plafond bas, rendues encore plus sinistres et sombres par de hideux portraits de famille que je voudrais brûler en bloc ! Les chambres se trouvant au-dessus des galeries sont rarement habitées. L'aimable gouvernante qui me sert de guide m'offrit de me les montrer, ajoutant qu'elles étaient peut-être un peu en désordre. Comme je tiens beaucoup plus à la propreté de mes jupons et de mes bas qu'à toutes les chambres élisabéthaines du royaume, je déclinai poliment l'invitation. La gouvernante déclara être entièrement de mon avis, et je compris à son air émerveillé qu'elle pensait n'avoir plus rencontré depuis longtemps une femme aussi intelligente que moi.

De chaque côté du bâtiment central se trouve une aile. Celle de gauche, presque en ruines, date du XIVe siècle. Il paraît que l'architecture en est superbe, mais comme je n'aime ni l'humidité, ni l'obscurité, ni les rats, je me privai sans trop de regrets du plaisir de la visiter. À nouveau, la gouvernante me dit qu'elle était tout à fait de mon avis, et je lus encore dans son regard toute son admiration pour mon extraordinaire bon sens.

Nous nous dirigeâmes alors vers l'aile droite, bâtie, celle-ci, sous George II. C'est la partie habitable de la maison, restaurée en l'honneur de Laura. Les chambres à coucher sont toutes au premier étage, à l'exception de celles des domestiques, au second. Le rez-de-chaussée se compose d'un salon, d'une salle à manger, d'une bibliothèque et d'un joli petit boudoir pour Laura, le tout décoré au goût du jour et meublé avec un luxe tout à fait moderne. J'en suis ravie. Les pièces sont loin d'être aussi spacieuses qu'à Limmeridge House, mais je crois qu'il fait bon y vivre. D'après ce que j'avais entendu dire de Blackwater Park, je craignais fort d'y trouver de vieilles chaises au dos droit et dur, de sombres vitraux qui ne laissent pas passer le jour, des draperies usées et poussiéreuses, enfin tout ce que les gens nés sans le sens du confort accumulent autour d'eux, au mépris du bien-être de leurs amis. Quel ne fut pas mon soulagement en voyant que le XIXe siècle régnait dans cette demeure où j'allais vivre, et avait expulsé une fois pour toutes la « vieille époque » !

Devant la maison s'étendait une cour bordée d'arbres, au milieu de laquelle il y avait un vivier circulaire, qu'entourait un merveilleux gazon. Et au milieu de la pièce d'eau trônait un monstrueux animal de bronze, à prétentions allégoriques.

Après le lunch, je décidai d'aller faire un tour dans le parc. La lumière du jour confirma mon impression nocturne. Il y avait trop d'arbres à Blackwater ! La maison était réellement étouffée par eux. À ma gauche, je remarquai un jardin fleuri, et y entrai ; mais il était mal entretenu, et j'en sortis aussitôt pour me trouver dans une sapinière. Après une demi-heure de marche environ, le chemin tourna brusquement, laissant derrière lui le petit bois, et je débouchai dans un vaste espace ouvert, devant un lac. Le sol était sablonneux, ce qui me fit supposer que l'eau avait dû s'étendre jusqu'ici autrefois. Sur la berge, de l'autre côté, de grands arbres, encore, coupaient la vue et jetaient leurs ombres noires sur l'eau stagnante et peu profonde. Là, le sol semblait boueux et était recouvert d'herbes hautes poussant sous des saules pleureurs. L'eau, claire et limpide du côté sablonneux, paraissait noire et infecte là-bas. Les grenouilles coassaient, et tandis que j'avançais, je vis des rats sortir de l'eau sombre et y rentrer. Émergeant à demi du lac, un débris de vieille barque surgissait, donnant asile à une couleuvre endormie. Un faible rayon de soleil, filtrant à travers les épais feuillages, venait frapper cette épave.

On avait une horrible sensation de solitude et d'abandon et, précisément, le soleil d'été que l'on devinait éclatant au-dessus de la voûte des arbres ne rendait que plus saisissant l'aspect désolé de cet endroit humide et sombre.

Revenant sur mes pas, je me dirigeai vers un vieux hangar qui se trouvait au bord de la sapinière, mais que je n'avais pas remarqué en descendant vers le lac. Il avait dû servir autrefois à remiser les barques, et était actuellement aménagé en tonnelle rustique agrémentée d'une table et de quelques sièges en bois. Je me laissai tomber sur l'un d'eux, ravie de me reposer un peu, lorsque tout à coup un gémissement frappa mon oreille. Mes nerfs sont solides et cependant je me levai précipitamment et regardai sous ma chaise. Un petit épagneul blanc et noir y était misérablement tapi et me regardait, les yeux vitreux, sans bouger. En l'examinant de plus près, je m'aperçus qu'il avait des traces de sang coagulé sur le côté. Je saisis la pauvre bête aussi doucement que possible et la ramenai à la maison.

Ne rencontrant personne, je montai à ma chambre et fis de mon vieux châle une couchette pour le blessé, puis je sonnai la femme de chambre. Une jeune fille costaude à l'air stupide répondit à mon appel. En voyant le pauvre petit animal, elle ricana bêtement.

— Que voyez-vous là de si risible ? lui demandai-je d'un ton bourru. Savez-vous à qui appartient ce chien ?

— Non, mademoiselle, mais c'est pour sûr l'œuvre de Baxter, ça !

— Baxter ! repris-je d'un air maussade. Qui est cette brute de Baxter ?

La fille ricana à nouveau :

— Mon Dieu, mademoiselle, c'est le garde de sir Percival. Quand il rencontre des chiens qui rôdent, il leur tire un coup de feu. C'est son devoir d'ailleurs !... Je crois que ce chien va mourir, car il vise bien, Baxter !

Hors de moi, je souhaitai tout bas que ce Baxter eût tiré sur cette idiote au lieu de tirer sur le chien. Voyant que je n'en obtiendrais rien, je lui demandai de prier la gouvernante de venir m'aider. Celle-ci arriva tout de suite, munie d'un bol d'eau chaude et d'un peu de lait. En apercevant la pauvre petite bête, elle s'écria :

— Mon Dieu ! Mais c'est le chien de Mrs Catherick !

— De qui ? demandai-je au comble de l'étonnement.

— De Mrs Catherick. Vous paraissez la connaître, mademoiselle ?

— Pas personnellement, mais j'ai entendu parler d'elle. Habite-t-elle ici ? A-t-elle des nouvelles de sa fille ?

— Non, mademoiselle, elle est venue en chercher justement hier, parce qu'on lui avait dit que son signalement avait été donné aux environs, mais nous n'avons rien appris. J'ai vu son chien la suivre quand elle est partie. Il s'est sans doute perdu dans la sapinière. Où avez-vous trouvé cette pauvre bête, mademoiselle ?

— Près du lac, dans le vieux hangar.

— Ah ! oui, pauvre bête... Elle est allée se cacher là pour mourir !... Je crains que ce ne soit trop tard !

Ce disant, elle se mit en devoir de laver la blessure avec soin.

Mrs Catherick !... Les paroles de Walter Hartright me revenaient en mémoire : « Si vous rencontrez Anne Catherick, profitez mieux que moi de l'occasion ! » Après avoir trouvé l'épagneul blessé, je venais d'apprendre la visite de Mrs Catherick à Blackwater ; grâce à cela, j'allais peut-être découvrir autre chose.

— Vous m'avez dit que Mrs Catherick habitait aux environs ? repris-je.

— Oh non ! répondit la gouvernante. Elle habite à Welmingham, à l'autre bout du Hampshire.

— Je suppose que vous la connaissez depuis longtemps ?

— Non, mademoiselle, je ne l'avais jamais vue avant la visite qu'elle me fit hier. J'ai souvent entendu parler, évidemment, des bontés que sir Percival a eues pour sa fille en la mettant entre les mains des docteurs, mais rien de plus. Mrs Catherick paraît un peu étrange, mais c'est une personne très respectable. À vrai dire, elle semblait plus désappointée que triste de ne trouver ici aucune trace de sa fille.

— Mrs Catherick m'intéresse beaucoup, fis-je, et je regrette de n'avoir pas été là pour la voir. Est-elle restée longtemps ici ?

— Elle serait restée plus longtemps, je crois, si l'on n'était pas venu me dire qu'un monsieur demandait à me parler – un monsieur qui voulait savoir quand sir Percival rentrait de voyage. En apprenant que nous l'attendions aujourd'hui, Mrs Catherick s'est levée et, me quittant brusquement, elle m'a encore dit de ne pas parler de sa visite à sir Percival. J'ai trouvé cela bizarre.

C'était mon avis également, puisque sir Percival nous avait fait croire à Limmeridge qu'il était en parfaite entente avec Mrs Catherick. Pourquoi désirait-elle cacher sa visite alors ?

— A-t-elle beaucoup parlé de sa fille ? demandai-je.

— Oh, très peu ! Elle a surtout demandé beaucoup de renseignements sur sir Percival et sur lady Glyde, désirant savoir si elle était jolie, jeune, agréable, en bonne santé. Mais regardez, mademoiselle, la pauvre petite bête est morte !

9 heures.

Je suis remontée dans ma chambre après un dîner solitaire. Les derniers rayons de soleil se meurent à travers les arbres. J'ai repris mon journal pour calmer mon impatience, car les voyageurs sont en retard et cette maison est tellement lugubre quand il n'y a personne. Le pauvre petit chien ! Je frissonne en pensant que ma première journée à Blackwater a été assombrie par une mort, même s'il ne s'agit que d'une petite bête égarée !

Welmingham ! Mrs Catherick ! Dès que j'en aurai l'occasion, il faudra que j'aille la voir. La lettre qu'elle m'a envoyée en réponse à la mienne me servira d'introduction.

Je me demande pourquoi elle veut garder sa visite secrète, et je ne serais pas étonnée pour ma part qu'Anne fût dans les environs. Si Walter était là au moins pour me conseiller !... Ah !... J'entends un grincement de roues sur le gravier... Ce sont eux, enfin !...

2

15 juin.

Passé le premier branle-bas de leur arrivée, le calme, depuis deux jours, s'est rétabli à Blackwater Park, où la vie s'organise.

Il me faut noter ici la petite expérience que je viens de vivre. Si deux êtres liés par des liens familiaux ou par l'amitié se séparent, l'un partant pour l'étranger, l'autre restant au pays, la situation du dernier n'est-elle pas toute à son désavantage lors du retour du voyageur ? Tandis que l'on rapporte de nouvelles manières de voir, de nouvelles idées même dont on s'est enrichi, l'autre garde passivement ses vieilles habitudes et ses idées de toujours – ce qui détruit aussitôt les sympathies les plus profondes, éloigne soudain les êtres les plus unis, sans qu'ils sachent pourquoi ni comment. Après nous être laissées aller, Laura et moi, à l'immense joie des retrouvailles, nous avons eu – elle comme moi, je l'ai deviné – cette impression d'éloignement. Si elle m'a retrouvée toujours la même, je n'ai pas retrouvé la même Laura, et elle l'a senti.

Ceux qui ne la connaissent pas comme moi estimeront peut-être qu'elle est plus jolie, mieux portante, plus assurée aussi dans ses gestes, mais je trouve qu'elle a perdu cette limpidité et cette douceur qui faisaient son charme – son charme que les mots sont impuissants à décrire, et que le meilleur peintre lui-même, comme le disait souvent le pauvre Hartright, n'arriverait pas à rendre. Je ne sais pas pourquoi, à lire ses lettres, j'avais cru que, d'aspect extérieur, je la retrouverais telle que je l'avais quittée. Je m'aperçois aussi que son caractère est bien changé, mais cela certes ne me surprend pas puisque je l'avais déjà compris au ton de ses lettres. Dans nos conversations, de même que lorsqu'elle m'écrivait, elle évite autant que possible de parler de sa vie privée, et, aux premiers mots que j'ai dits à ce sujet, elle m'a mis la main sur les lèvres. (Oh ! où est le temps où nous n'avions pas de secret l'une pour l'autre ?)

— Chaque fois que nous serons ensemble comme maintenant, Marian, m'a-t-elle dit alors que nous nous trouvions dans mon petit salon, nous serons beaucoup plus heureuses en acceptant ma vie conjugale comme elle est, sans en parler. Si mes confidences ne pouvaient toucher que moi, je vous dirais tout, chérie, mais elles me conduiraient forcément à parler de mon mari, et je n'en ai pas le droit. Ne pensons qu'au bonheur d'être à nouveau réunies, voulez-vous ? Ah ! s'exclama-t-elle en battant des mains et en regardant autour d'elle, je retrouve déjà un ami dans votre bibliothèque, Marian ! Votre bonne vieille petite bibliothèque ! Comme je suis heureuse de la revoir ! Et votre affreux parapluie masculin ! C'est si bien comme à Limmeridge, tout cela ! Mais je vais encore apporter ici le portrait de mon père – il sera mieux que dans ma chambre – et tous mes petits souvenirs de jeune fille ; vous verrez, nous passerons ainsi des heures merveilleuses ! Oh ! Marian, promettez-moi que vous ne vous marierez pas et que vous resterez toujours avec moi. C'est un peu égoïste, pensez-vous ? Mais il est tellement préférable de ne pas vous marier... à moins que... à moins que vous n'aimiez profondément votre mari ! Mais vous n'aimerez jamais personne plus que moi, n'est-ce pas ?

Elle se tut un moment, puis me demanda :

— Avez-vous reçu beaucoup de lettres en mon absence ?... A-t-il écrit ? Savez-vous s'il a repris le dessus maintenant ? M'a-t-il oubliée ?

Pauvre chérie ! Elle oubliait déjà ses bonnes résolutions ! Quelle femme saurait arracher définitivement de son cœur l'image qu'un véritable amour y avait fixée ? Si les livres nous disent que de telles héroïnes existent, que nous apprend, d'autre part, notre propre expérience ? Pauvre Laura ! La simplicité si pure de ses questions me retint de la gronder, car j'étais heureuse de la retrouver un moment confiante avec moi. Je répondis seulement que je ne « lui » avais plus écrit et n'avais plus reçu de ses nouvelles.

Sir Percival, assailli de mille petits ennuis depuis son retour, n'est pas d'une humeur charmante. Je le trouve maigri, et sa toux semble s'être aggravée. Ses façons de faire à mon égard sont beaucoup plus brusques. Il paraît m'accepter comme un mal nécessaire et inévitable.

La plupart des hommes se montrent sous leur vrai jour quand ils sont chez eux, et j'ai déjà remarqué que sir Percival est terriblement maniaque quant à l'ordre et à l'exactitude. Si je prends un livre dans la bibliothèque, puis le laisse sur la table, il vient aussitôt le remettre à sa place. Si je sors en laissant ma chaise là où j'étais assise, il a soin de la replacer contre le mur. Il ramasse constamment les pétales de fleurs tombés sur le tapis, d'un air aussi mécontent que s'il s'agissait de tisons dangereux, et il tempête contre les domestiques si, au dîner, il voit un faux pli dans la nappe ou un couteau qui n'est pas disposé comme d'habitude. Oui, il s'irrite alors comme si on l'avait personnellement insulté !

Je veux me persuader que sa nervosité est due aux tracas domestiques qui n'ont cessé de le harceler depuis l'instant où il a remis le pied dans la maison.

Le soir même de son retour, à peine dans le hall d'entrée, il demanda à la gouvernante si personne n'était venu pour lui ces derniers jours. La brave femme le mit au courant de la visite, la veille, du monsieur dont elle m'avait parlé, à moi aussi. Il s'était enquis du jour où sir Percival revenait... Là-dessus, sir Percival demanda le nom de ce monsieur : il n'avait pas donné son nom. Pourquoi venait-il ? La gouvernante l'ignorait. Comment était-il ? Elle ne put préciser aucun détail qui eût permis à sir Percival de reconnaître le visiteur... Sir Percival fronça le sourcil en tapant du pied et s'en alla au salon sans dire un mot. Pourquoi un incident aussi insignifiant devait-il le troubler à ce point ? Je ne sais pas. Mais il était terriblement décontenancé, c'est certain. Il est peut-être préférable de ne pas juger son comportement avant que ne soient apaisées les inquiétudes qui visiblement le tourmentent en ce moment.

Parlons plutôt de ses deux invités.

La comtesse Fosco d'abord, pour en avoir plus vite fini. Laura n'avait pas exagéré en me disant que je ne reconnaîtrais plus sa tante. Jamais de ma vie, je n'ai assisté à une pareille transformation produite par le mariage. À 37 ans, Eleanore Fairlie était prétentieuse, idiote, et assommait les pauvres hommes par sa vanité et son bavardage incessant. À 43 ans, Mrs Fosco reste des heures entières sans dire un seul mot. Les ridicules accroche-cœurs qu'elle portait autrefois de chaque côté du visage ont été remplacés par de petites boucles soigneusement brossées. Vêtue de simples robes grises ou noires, devant lesquelles, dans sa jeunesse, elle aurait éclaté de rire ou de colère selon le caprice du moment, la tête couverte d'un chapeau sobre, elle a une allure convenable et décente. Personne (à l'exception de son mari, bien entendu), personne ne voit plus à présent chez elle ce qu'on voyait autrefois – je veux dire la structure même du squelette dans la région des clavicules.

Ses mains sèches sont continuellement occupées à broder ou à rouler des cigarettes pour le comte. Dans les rares occasions où elle lève ses yeux d'un bleu froid, elle les pose sur son mari avec un air soumis de chien fidèle. Le seul sentiment qu'elle ait trahi depuis son arrivée est une jalousie de tigresse lorsqu'il parle à une femme, y compris les servantes. En dehors de ces moments-là, que ce soit le matin, à midi ou le soir, dans la maison ou dans le parc, qu'il fasse beau ou gris, elle est toujours aussi froide, aussi insensible qu'une statue. Aux yeux de la société, cet extraordinaire changement est sans nul doute admirable, puisque cette femme est devenue polie, réservée, silencieuse. Jusqu'à quel point son être intime est réellement amendé ou jusqu'à quel point il est dégradé, c'est une autre question. Il m'est arrivé de surprendre de soudains changements d'expression sur ses lèvres pincées, certaines inflexions de sa voix d'habitude monotone qui me font penser que, peut-être, la réserve que nous lui voyons maintenant a refoulé en elle un élément dangereux de sa nature, laquelle auparavant s'exprimait librement et, par là même, de façon inoffensive. Le temps nous montrera si je me trompe.

Que dire du magicien qui réussit une telle transformation ? Le comte Fosco semble bien être un homme capable d'apprivoiser n'importe qui ; s'il avait épousé une lionne au lieu d'une femme, il l'aurait domptée ! S'il m'avait épousée, moi, je roulerais ses cigarettes, comme sa femme, et je me tairais, comme sa femme, quand il me regarderait !

J'ai peur de l'avouer, mais il m'a littéralement subjuguée, attirée – et cela en moins de deux jours. Comment y est-il arrivé ? Je ne saurais le dire. Il y a pas mal de choses dans son apparence extérieure, ses habitudes, ses goûts, que je critiquerais ou ridiculiserais sans pitié chez d'autres. Pourquoi, lorsque je les vois chez lui, l'idée ne me vient-elle même pas de les blâmer ou de m'en moquer ?

Par exemple, il est très gros, et j'ai toujours eu horreur des hommes corpulents. Seulement, son visage m'a tout de suite plu, je crois, parce qu'il ressemble au grand Napoléon et que ses yeux gris sont irrésistibles. Leur éclat parfois me pousse vraiment à le regarder ; c'est plus fort que moi et, cependant, je me sens alors mal à l'aise... Il a un teint plutôt clair, contrastant très fort avec sa chevelure d'un noir de jais, ce qui me fait penser qu'il porte une perruque. Bien que, au dire de sir Percival, il soit âgé de près de 60 ans, il n'a pas une ride et est toujours rasé de près. Mais, je le répète, ce qu'il y a de plus étonnant chez lui, c'est l'extraordinaire pouvoir de ses yeux expressifs.

Ses manières et sa connaissance de notre langue ont peut-être également contribué à faire naître l'estime que j'ai pour lui. Il est très aimable et très galant avec les dames, et il a cette mystérieuse douceur de voix à laquelle, quoi que nous disions, aucune d'entre nous ne résiste. Il est naturellement aidé par le fait qu'il parle parfaitement l'anglais. La plupart du temps, il est impossible de deviner à son accent qu'il est étranger, et bien peu de nos compatriotes parlent avec la même facilité et se répètent aussi peu que lui. S'il donne à certaines de ses phrases une tournure plus ou moins étrangère, je ne l'ai jamais entendu employer une expression qui ne fût pas correcte, ou hésiter dans le choix d'un mot.

Les moindres caractéristiques, chez lui, ont quelque chose de fortement original et, en même temps, d'étrangement contradictoire. Par exemple, malgré sa corpulence, il est d'une vivacité et d'une agilité surprenantes, et possède autant de sensibilité qu'une femme. Ainsi, hier, il frissonna et blêmit tellement de peur quand sir Percival frappa l'un des épagneuls que j'eus honte de ma propre insensibilité.

À ce propos, que je dise ici qu'il a un culte pour les petits animaux ; il a emmené avec lui un perroquet, deux canaris et toute une famille de souris blanches. Il entoure de mille soins ces étranges amis, il s'en est fait aimer, et leur a appris à ne rien craindre quand il est auprès d'eux. Quand j'écrivais qu'il apprivoiserait n'importe qui !

Et cet homme, qui a toute la tendresse d'une vieille fille pour son perroquet, toute la patience du monde avec ses chères souris blanches, sait se lancer dans des discours qui révèlent une grande indépendance de pensée, une culture et une érudition fort étendues. Il connaît la moitié des capitales d'Europe. En plus, m'a dit sir Percival, il est un des premiers chimistes de notre époque, et, sans parler de ses autres inventions, il a trouvé un moyen de pétrifier le corps après la mort, de sorte qu'on puisse le conserver, aussi dur que du marbre, jusqu'à la fin des temps.

J'ajouterai enfin qu'il attache autant d'importance à l'élégance vestimentaire que le plus grand imbécile qui soit, et que, pendant les deux journées qu'il a passées à Blackwater Park, nous lui avons déjà vu quatre gilets différents, mais tous les quatre magnifiques.

J'ai l'impression que nous nous entendrons tous fort bien à Blackwater, quoique Laura déteste le comte, qui, s'en étant aperçu, fait preuve de toutes les délicatesses à son égard, tout en ménageant la jalousie de sa femme. Les attentions dont, en public, il entoure la comtesse, sont admirables à voir. Il ne s'adresse à elle qu'en lui disant « mon ange », lui baise la main quand elle lui donne ses cigarettes, puis lui offre à son tour des bonbons qu'il lui met lui-même en bouche, délicatement.

Il nous conduit tous par le bout du nez, même sir Percival, qu'il appelle par son prénom et qu'il traite avec supériorité.

J'ai questionné ce dernier sur le passé de son ami, mais il ignore – ou prétend ignorer – tout de sa vie avant leur rencontre à Rome dans les circonstances tragiques que j'ai déjà relatées. Depuis lors, ils ont toujours été ensemble à Londres, à Paris, à Vienne, mais... jamais le comte n'est retourné en Italie. Peut-être est-il victime d'une machination politique quelconque ? Il s'est beaucoup intéressé aux Italiens qui vivent dans la région et doit être en correspondance avec des gens de tous les pays, car les timbres des lettres qu'il reçoit sont de toutes les nationalités, et j'ai vu une lettre ce matin, adressée à lui, qui portait, m'a-t-il semblé, un cachet officiel. Correspond-il avec son gouvernement ? Mais alors, c'est qu'il n'est pas un exilé politique...

Pourquoi me suis-je laissée aller à tant parler du

comte Fosco ? Je me le demande ; mais il a sur moi un empire que je n'explique pas. Sympathie ou crainte ? *Chi sa ?* comme il dirait. Qui sait ?

16 juin.

Tandis que nous déjeunions ce midi et que le comte dévorait des pâtisseries, comme jamais je n'en ai vu engloutir par aucun être humain, le domestique annonça un visiteur.

— Mr Merriman désire vous parler tout de suite, sir Percival.

— Mr Merriman ! s'exclama ce dernier, à la fois étonné et l'air inquiet.

— Oui, sir Percival. Mr Merriman, de Londres.

— Où est-il ?

— Dans la bibliothèque, sir Percival.

Il quitta la table sans dire un mot et sortit.

— Qui est Mr Merriman ? me demanda Laura.

— Je n'en ai pas la moindre idée, répondis-je.

Le comte, ayant terminé son quatrième gâteau, s'était levé de table pour dire quelques mots d'amitié à son perroquet. Entendant la question, il se retourna vers nous.

— Mr Merriman est l'avocat-conseil de sir Percival, dit-il avec calme.

Quand un homme de loi se dérange sans être appelé, c'est qu'il est porteur d'une nouvelle importante. Aussi Laura et moi attendîmes avec anxiété le retour du maître de maison.

Ne le voyant pas revenir, nous nous levâmes de table à notre tour.

Le comte Fosco, le perroquet juché sur son épaule, se précipita pour nous ouvrir la porte. Mrs Fosco sortit la première, suivie de Laura et, comme j'allais faire de même, le comte me fit signe d'attendre.

— Oui, déclara-t-il, comme répondant à ma pensée secrète. Oui, miss Halcombe, il se passe quelque chose.

J'étais sur le point de lui dire que je ne lui avais rien demandé, lorsque le perroquet poussa un tel cri que je me sauvai.

Je rejoignis Laura au bas de l'escalier. Elle m'avoua que ce qui venait d'arriver l'inquiétait terriblement, elle aussi.

3

16 juin.

Ce soir, j'ai encore quelques lignes à ajouter à mon journal avant d'aller au lit.

Deux heures après que sir Percival nous eut quittés pour rejoindre son avocat, il me prit l'envie d'aller me promener un peu. Comme je me trouvais sur le palier du premier étage, j'entendis la porte de la bibliothèque s'ouvrir et la fin d'une conversation parvint à mon oreille.

J'allais rentrer dans ma chambre, lorsqu'une voix inconnue prononça le nom de Laura. Je sais que ce n'était pas bien de ma part d'écouter, mais y a-t-il une femme sur terre qui pourrait régler ses actes sur le principe abstrait de l'honneur, quand ce principe lui propose une voie à suivre, tandis que ses affections et l'intérêt de ceux qu'elle aime lui en proposent une autre ?

— Ne vous agitez pas, sir Percival, disait l'avocat. Tout dépend de lady Glyde. Elle doit donner sa signature en présence de témoins et dire en mettant son doigt sur le cachet : « Ceci est ma volonté ! » Si cette formalité est accomplie avant une semaine, tout s'arrangera. Sinon...

— Sinon ? demanda vivement sir Percival. Si cette formalité doit se faire, elle se fera, je vous le certifie !

— Oui, oui, je sais, sir Percival, mais il y a toujours une alternative dans une transaction et nous, hommes de loi, aimons la regarder en face. Si, par un concours de circonstances imprévues, l'arrangement ne se faisait pas, je pourrai peut-être obtenir des traites à trois mois. Mais voilà ! Comment pourrez-vous disposer de l'argent pour les payer à l'échéance ?...

— Au diable les traites ! s'écria sir Percival. L'argent doit être obtenu en une fois et je l'obtiendrai ! Prenez un verre de vin avant de partir, Merriman.

— Merci, sir Percival, mais je n'ai pas un moment à perdre si je veux avoir mon train. Écrivez-moi dès que l'affaire sera conclue et n'oubliez pas les témoins surtout.

— Naturellement ! Le dog-cart est devant la porte, mon cocher va vous conduire. Benjamin ! cria-t-il, allez ventre à terre jusqu'à la gare. Si Mr Merriman manque son train, vous perdrez votre place. Portez-vous bien, Mr Merriman, et comptez sur le diable pour protéger un de ses sujets !

Après cette étrange bénédiction, le baron rentra dans la bibliothèque.

Quoique je n'eusse pas entendu grand-chose de la conversation, je savais de quoi il s'agissait. Sir Percival comptait sur sa femme pour liquider une dette urgente. Je me rendis directement dans la chambre de Laura, afin de la mettre aussitôt au courant de ce que j'avais appris. Elle m'écouta avec un tel calme que j'en conclus qu'elle en savait long sur les embarras d'argent de son mari.

— Je l'ai craint, me dit-elle, lorsqu'on a dit qu'un

visiteur était venu en notre absence, sans laisser son nom !

— Qui était-ce, Laura, d'après vous ?

— Quelqu'un qui avait sans doute de sérieux droits à réclamer quelque chose.

— Avez-vous des détails sur cette affaire ?

— Non, aucun.

— Dites, Laura, vous ne signerez rien sans l'avoir lu auparavant ?

— Certainement non, Marian. Tout ce que je puis faire honnêtement pour l'aider, je le ferai, chérie, afin que notre existence à toutes deux, ici, soit aussi agréable que possible. Mais je ne signerai jamais aveuglément un papier dont nous pourrions rougir un jour. N'en parlons plus, voulez-vous ? Et... allons faire un tour dans le parc.

Tandis que nous cherchions un endroit ombragé, nous vîmes le comte Fosco se promener lentement sur le gazon en plein soleil. Il portait un chapeau de paille à larges bords, orné d'un ruban violet, une blouse bleue brodée de blanc recouvrait son large torse et était serrée à la taille par une large ceinture en cuir écarlate. Un ample pantalon, orné des mêmes broderies blanches, lui descendait jusqu'aux chevilles et il portait aux pieds des mules en maroquin pourpre. D'une voix sonore, il chantait l'air de Figaro du *Barbier de Séville* en s'accompagnant sur une mandoline. Il nous salua de loin avec l'élégance et la grâce de Figaro lui-même à 20 ans.

— Croyez-moi, Laura, il connaît mieux que nous les ennuis d'argent de votre mari. Il m'a dit d'un air entendu tout à l'heure que quelque chose s'était passé.

— Ne le questionnez surtout pas, Marian, et ne le mettez pas dans nos confidences !

— Que vous a-t-il fait pour que vous le détestiez tant, Laura ?

— Rien, au contraire, il a été très attentionné pour moi durant le voyage et il a pris plusieurs fois ma défense contre sir Percival. Peut-être est-ce parce qu'il a plus d'influence que moi sur celui-ci que mon orgueil s'en trouve blessé, ou est-ce parce qu'il doit intervenir trop souvent en ma faveur auprès de mon mari ? Je ne sais au juste... mais je le hais, Marian !

Le reste de la journée se passa sans incident. Sir Percival ne fit aucune allusion à la visite de Mr Merriman, mais, après le dîner, il se montra aimable et galant envers sa femme et moi-même comme à ses meilleurs jours de Limmeridge. Même la glaciale Mrs Fosco le regardait, surprise. Pour ma part, je ne devinai que trop ce que ce manège cachait et Laura s'en douta comme moi. Plus d'une fois, je surpris des regards de connivence entre lui et le comte Fosco, ce qui m'en disait long.

17 juin.

Journée mouvementée. J'espère que tous ces incidents ne présagent pas malheur !

Tandis que nous attendions Mrs Fosco pour une promenade ce matin, sir Percival entra et demanda où se trouvait le comte.

— Je voudrais, ajouta-t-il, que Fosco et sa femme viennent un moment dans la bibliothèque pour une simple petite formalité à remplir. Je voudrais que vous y veniez également, Laura. Puis, remarquant que nous avions mis nos chapeaux, il continua :

— Mais vous sortiez peut-être ?

— Nous pensions aller tous au lac ce matin, dit Laura, mais si vous avez un autre projet à nous proposer...

— Non, non ! répondit-il vivement. Mes projets peuvent attendre après le lunch... Excellente idée d'aller au lac, je vous accompagne avec plaisir !

Il n'y avait pas à s'y tromper : ses façons autant que ses paroles exprimaient un empressement nouveau à se plier aux projets des autres avant de mettre les siens à exécution. Sans aucun doute, on voyait qu'il lui était agréable de trouver une excuse pour remettre à plus tard la formalité dont il venait de parler.

Le comte et la comtesse nous rejoignirent, elle portant tout le nécessaire à l'éternelle fabrication des cigarettes de son mari, et celui-ci portant sa cage de souris blanches, auxquelles il envoyait des sourires ravis et irrésistibles. Nous nous mîmes en route. Lorsque nous fûmes dans la sapinière, sir Percival alla seul de son côté. Toujours, en promenade, il s'écarte de ses compagnons, prend un chemin différent et s'amuse alors à tailler des baguettes dont il se fait des cannes qu'il abandonne quelques heures après.

Il nous retrouva dans le vieux hangar. Laura prit son ouvrage, Mrs Fosco se mit à rouler des cigarettes ; moi, comme d'habitude, je ne faisais rien. Le comte s'installa tant bien que mal sur un des sièges rustiques, la cage sur les genoux. Il l'ouvrit bientôt, afin de laisser les souris grimper sur lui. Quant à sir Percival, il demeura à l'intérieur de la maisonnette, parachevant, à l'aide d'un couteau de poche, une nouvelle canne.

Le temps était nuageux et venteux ; les ombres qui se jouaient sur le lac rendaient le spectacle lugubre et sinistre.

— Dire qu'il existe des gens pour trouver cela pittoresque ! dit sir Percival. Moi, je déclare que c'est une faute dans la propriété d'un gentleman. Au temps de mon grand-père, le lac venait jusqu'ici, et voyez maintenant ! Je voudrais le drainer et y faire des plantations. Mon régisseur, un idiot superstitieux, prétend que le lac possède un mauvais sort comme la mer Morte. Qu'en pensez-vous, Fosco ? Cela ne semble-t-il pas être un endroit rêvé pour un meurtre ?

— Mon bon Percival ! s'exclama le comte avec mépris. À quoi pense votre solide bon sens anglais ! L'eau est trop peu profonde pour cacher le cadavre et le sable garderait la trace des pas du meurtrier. C'est au contraire le plus mauvais endroit que je connaisse pour un meurtre.

— Farceur ! Vous savez ce que je veux dire, s'écria sir Percival en riant. Le lieu désert... lugubre... Mais à quoi bon vous expliquer si vous ne comprenez pas !

— Et pourquoi pas ? répliqua le comte, puisque l'explication peut être donnée en deux mots ? Si un imbécile voulait commettre un meurtre, il choisirait votre lac sans hésiter. Mais ce serait le dernier endroit que choisirait un homme intelligent. C'est là, n'est-ce pas, ce que vous voulez dire ?

— Je suis désolée que la vue du lac soit associée à une pensée aussi horrible que celle d'un meurtre, interrompit Laura, regardant le comte avec haine. Si le comte Fosco désire diviser les meurtriers en différentes catégories, je pense qu'il a mal choisi ses expressions. En les traitant d'imbéciles, il se montre trop indulgent, et en les traitant de gens intelligents, il se contredit. J'ai toujours entendu affirmer que les hommes réellement intelligents avaient horreur du crime, étant des êtres trop bons eux-mêmes.

— Chère madame ! dit le comte, vos sentiments vous honorent et je les ai déjà vus en tête des cahiers d'écriture. (Puis, prenant une souris sur la paume de sa main, il s'adressa à elle :) Voilà une leçon de morale, pour vous, petite canaille. Une souris vraiment intelligente est une souris vraiment bonne. Dites cela à vos compagnes et ne rongez plus les barreaux de votre cage à l'avenir.

— Il est facile de tourner tout en ridicule, reprit Laura, mais vous auriez plus de difficultés à me donner un exemple d'homme intelligent ayant été un grand criminel, comte Fosco.

Celui-ci haussa les épaules en souriant aimablement à Laura.

— Parfaitement juste, dit-il, car le crime d'un imbécile est celui que l'on découvre. Celui d'un homme intelligent ne se découvre jamais.

— Gardez vos positions, Laura, ricana sir Percival, et dites-lui que les crimes entraînent leur propre châtiment. Voilà encore une morale de cahier d'écriture, pour vous, Fosco, infernal blagueur ! Les crimes entraînent leurs propres châtiments !

— Je crois que c'est parfaitement vrai, dit Laura avec calme.

Sir Percival éclata d'un rire si violent et si sarcastique que nous sursautâmes tous, et le comte plus que les autres.

— Je le crois aussi, répétai-je pour soutenir Laura.

Sir Percival, qui avait paru si amusé de la réflexion de sa femme, parut tout à coup furibond de la mienne. Il frappa rageusement le sol de sa canne et s'éloigna.

— Pauvre cher Percival ! s'exclama le comte, il est victime du spleen anglais ! Mais, chère miss Halcombe et chère lady Glyde, croyez-vous vraiment que les crimes entraînent leur propre châtiment ? Et vous, mon ange, demanda-t-il en se tournant vers sa femme, le croyez-vous aussi ?

— J'attends qu'on me l'enseigne avant de donner mon avis devant des hommes mieux informés que moi, répondit Mrs Fosco en nous regardant avec reproche.

— Vraiment, comtesse ? repris-je, ironique. Je me souviens pourtant du temps où vous réclamiez le droit, pour les femmes, d'émettre librement leurs opinions !

— Que pensez-vous de la question, comte ? reprit Mrs Fosco en m'ignorant et en continuant à rouler ses cigarettes.

— C'est étonnant comme la société se console facilement de ses pires manquements au devoir par de simples mots. L'organisme chargé de découvrir les crimes est inefficace. Demandez aux *coroners* qui siègent dans les grandes villes si ce n'est pas vrai, lady Glyde, et regardez les journaux. Combien de fois y voyez-vous des cadavres retrouvés dont le meurtrier n'est jamais découvert ? Découvrir un crime, qu'est-ce au juste ? Un concours d'intelligence entre la police et le coupable. Quand le meurtrier est un idiot ignorant, la police gagne neuf fois sur dix, mais quand le criminel est un être intelligent, rusé, éduqué, la police perd presque toujours. Quand elle a gagné, on en parle avec éclat, mais on passe sous silence toutes les fois où elle a perdu. Et vous trouvez que le crime entraîne son propre châtiment ! Oui, ceux que vous connaissez, mais les autres ?

— Diablement vrai et très bien exprimé ! s'écria sir Percival qui était revenu sur ses pas et qui se tenait à la porte du hangar.

— Il y a peut-être du vrai dans cela, repris-je, et c'est peut-être très bien exprimé, mais je me demande pourquoi le comte Fosco célèbre avec tant de joie la victoire du criminel sur la société ! Et pourquoi vous, sir Percival, vous le soutenez !

— Vous avez entendu, Fosco ? Je vous conseille de faire la paix avec ces dames en leur déclarant que la vertu est une belle chose. Vous aurez plus de succès auprès d'elles, je vous l'assure ! s'exclama sir Percival.

Le comte se mit à rire.

— Je ne demande pas mieux que les dames m'expliquent ce qu'est au juste la vertu, car elles savent ce que c'est et moi pas !

— Vous l'entendez ! cria sir Percival. N'est-il pas terrible ?

— C'est vrai, reprit le comte. Chaque pays a une façon différente de considérer la vertu.

— Il est évident, repris-je, que nous avons en Angleterre une vertu indiscutable, qui manque totalement en Chine. Les Chinois tuent des milliers de gens innocents sous des prétextes futiles. Nous, en Angleterre, nous n'agissons pas de la sorte, car nous avons horreur du sang inutilement versé.

— Absolument vrai, Marian ! interrompit Laura.

— Permettez au comte de terminer son exposé, dit Mrs Fosco d'un air revêche. Vous verrez, jeunes femmes, qu'il ne parle jamais sans avoir de bonnes raisons.

— Merci, mon ange ! Voulez-vous un bonbon ? répondit le comte, sortant une petite boîte de sa poche et l'ouvrant. Chocolats à la vanille, reprit-il en souriant. Fosco les offre en hommage à la charmante société.

— Continuez, comte, je vous prie, insista sa femme. Faites-moi le plaisir de répondre à miss Halcombe.

— Miss Halcombe est irresponsable, fit le comte, toujours poli ; je veux dire... au sujet de ce qu'elle avance pour le moment. Certes, John Bull a en horreur les... crimes des Chinois. Plus qu'aucun homme au monde il est prompt à découvrir les fautes de son voisin alors qu'il ne voit pas les siennes ! La paille et la poutre... Mais est-il tellement plus vertueux que les gens qu'il condamne ? La société anglaise, miss Halcombe, est plus souvent la complice du crime que son ennemie, je vous assure, et je pourrais vous en donner des exemples sans fin. Si ! Si ! Vous me trouvez un bien mauvais homme, lady Glyde, n'est-ce pas ? Mais, voyez-vous, je dis tout haut ce que les autres ne font que penser tout bas. Je vais aller me promener un peu avant de me faire juger encore plus mal !

Se levant, il déposa la cage sur la table en comptant ses souris. Horreur ! Il en manquait une ! Ni Laura ni moi ne trouvions amusant le cynisme du comte. Nous frémissions plutôt en découvrant ce côté inattendu de son caractère. Mais il nous fut impossible de ne pas rire devant la détresse de ce gros homme, causée par une si petite souris ! Il se mit à quatre pattes pour la chercher sous le siège qu'il occupait et, en la ramassant, il poussa un cri de terreur.

— Percival ! hurla-t-il, devenu livide. Percival, venez ici !

— Qu'y a-t-il encore ? demanda l'autre d'un air lassé.

— Ne voyez-vous rien, là, sous la chaise ?

— Je vois du sable et un peu de boue.

— Ce n'est pas de la boue, Percival, c'est du sang !

Laura me regarda, effrayée.

— Sottises, chérie ! dis-je. Ce n'est que le sang d'un pauvre petit chien blessé.

Tous les regards se portèrent vers moi avec surprise.

— Comment le savez-vous ? demanda brusquement sir Percival.

— Parce que je l'ai trouvé ici, mourant, le jour de votre retour. La pauvre bête avait reçu un coup de fusil de votre garde.

— À qui appartenait ce chien ? Était-ce un des miens ?

— Non !

— Alors, à qui ?

J'hésitais, car Mrs Catherick avait demandé qu'on

ne divulguât pas sa visite, mais je m'étais trop avancée pour reculer.

— À Mrs Catherick, répondis-je enfin.

À ce nom, sir Percival me regarda fixement.

— Comment le savez-vous ?

— Parce que Mrs Catherick était accompagnée de son chien.

— Mais où allait Mrs Catherick ?

— Ici !

— Que diable venait-elle faire ici ?

Trouvant que sir Percival devenait grossier, plus encore dans le ton que dans les paroles qu'il employait, je lui tournai le dos sans répondre. Le comte s'en aperçut et, mettant le bras sur son épaule, lui dit d'une voix très calme :

— Doucement, mon cher Percival, doucement !

Celui-ci lui lança un regard de colère, puis se tourna vers moi et, à ma grande surprise, s'excusa.

— Pardonnez-moi, miss Halcombe, je suis un peu irritable ces derniers temps. Auriez-vous l'obligeance de me dire si vous savez ce que désirait Mrs Catherick et si elle n'a vu personne ?

— Elle a vu la gouvernante qui me l'a raconté.

— Dans ce cas, interrogez plutôt cette dernière, interrompit le comte.

— Vous avez raison, répondit sir Percival en nous quittant.

Lorsqu'il fut parti, je compris mieux pourquoi le comte était intervenu de cette manière. Il m'assaillit de questions au sujet de Mrs Catherick et de sa visite ici – ce qu'il aurait pu difficilement faire en présence de son ami. Je répondis aussi brièvement que possible, bien décidée à ne pas me confier. Mais Laura, sans le savoir, l'aida à apprendre de moi tout ce qu'il désirait connaître ; elle me posa des questions telles que je fus bien forcée d'y répondre. Au bout de dix minutes, le comte Fosco en savait autant que moi sur Mrs Catherick et sur Anne, ainsi que sur la façon étrange dont Mr Hartright avait fait la connaissance de la jeune fille.

Je découvris avec étonnement que, malgré son intimité avec sir Percival, le comte, jusqu'ici, ignorait tout de l'histoire d'Anne Catherick. Le mystère qui plane encore sur cette malheureuse est doublement suspect, sir Percival ne s'étant jamais confié à son ami intime. Quelle surprise et quelle immense curiosité ai-je lues sur le visage du comte tandis qu'il m'écoutait !

En parlant, nous étions revenus vers la maison. Le dog-cart de sir Percival attendait devant la porte, prêt à partir. S'il fallait en croire les apparences, l'entretien que sir Percival venait d'avoir avec la gouvernante s'était conclu par une décision importante.

— Un bien beau cheval ! mon ami, dit le comte au groom. Vous allez vous mettre en route ?

— Pas moi, monsieur, répondit le garçon en montrant ses vêtements d'écurie et en se demandant sans doute si cet étranger les prenait pour sa livrée. Pas moi, monsieur, mon maître part seul.

— Ah, vraiment ? reprit le comte. Il conduit donc lui-même ? Il veut peut-être fatiguer ce beau cheval ?

— Je ne sais pas, monsieur ; ce cheval, monsieur, c'est une jument ; l'animal le plus courageux de nos écuries. Elle s'appelle *Brown Molly*, monsieur, et elle court jusqu'à ce qu'elle tombe de fatigue. Pour les courtes distances, sir Percival prend d'habitude *Isaac d'York*.

— Et pour les longues courses, il prend la courageuse *Brown Molly* ?

— Oui, monsieur.

— Déduction logique, mademoiselle, fit le comte en

se retournant vers moi. Sir Percival va faire une longue course aujourd'hui.

Je ne répondis pas. Je tirais moi-même des conclusions, d'après certaines choses que m'avait dites la gouvernante et d'après celles que je voyais à présent. Mais je ne voulais pas en faire part au comte Fosco. Quand il était dans le Cumberland, me disais-je, sir Percival faisait à pied un long trajet pour aller prendre des nouvelles d'Anne chez le fermier de Todd's Corner ; maintenant qu'il est dans le Hampshire, il s'en va peut-être faire une longue course à cheval pour chercher des nouvelles d'Anne chez Mrs Catherick, à Welmingham ?

Tandis que nous entrions dans le hall, le baronnet nous croisa, préoccupé et inquiet.

— Je m'excuse d'être obligé de vous quitter, dit-il. Je serai de retour demain, mais auparavant, j'aurais voulu terminer cette petite formalité dont je vous ai parlé ce matin. Voulez-vous venir dans la bibliothèque, Laura ? Puis-je demander à vous et à la comtesse, Fosco, d'être témoins d'une signature ?

Il leur ouvrit la porte et, tandis qu'ils entraient, je montai dans ma chambre.

4

17 juin.

Au moment où j'arrivais devant ma porte, sir Percival me rappela.

— Il faut que je vous demande de redescendre, miss Halcombe, dit-il, c'est la faute de Fosco.

J'entrai dans la bibliothèque où je vis Laura debout

près de la table et Mrs Fosco assise à côté d'elle. Le comte s'avança vers moi :

— Excusez-moi, mademoiselle, mais comme je sais que les Anglais se méfient en général de mes compatriotes, je fais une objection à ce que Mrs Fosco et moi soyons témoins tous les deux de la signature de lady Glyde.

— Objection qui ne tient pas debout ! grogna sir Percival.

— Possible ! reprit le comte. Pour la loi anglaise peut-être, mais la conscience de Fosco refuse net, fit-il en étalant ses gros doigts sur sa poitrine et en saluant gravement comme s'il voulait présenter sa conscience à l'assemblée. J'ignore quel document lady Glyde doit signer et je ne désire pas le savoir. Mais l'avenir peut obliger sir Percival à devoir faire appel à ses témoins et il est souhaitable que ceux-ci soient indépendants les uns des autres. Or, cela ne peut être si ma femme est témoin en même temps que moi, parce qu'elle et moi n'avons qu'une seule et même opinion, qui est *mon* opinion. Je ne veux pas qu'on me reproche un jour d'avoir fait pression sur Mrs Fosco, et que par conséquent son témoignage soit nul. Je propose donc que les témoins soient vous, miss Halcombe, en tant que sœur de lady Glyde, et moi, en tant qu'ami de sir Percival. Je suis un peu jésuite peut-être, mais pardonnez-moi mes scrupules.

Ce disant, il s'inclina et recula de deux pas. Les scrupules du comte pouvaient être honorables, mais son ton me déplut, aussi résolus-je d'être prudente.

— Vous pouvez compter sur moi, répondis-je avec calme, si, de mon côté, je ne trouve aucune raison d'avoir de scrupules.

Sir Percival me regarda en fronçant les sourcils, comme s'il voulait me répliquer quelque chose ; mais, au même moment, son attention fut attirée par Mrs Fosco qui se levait pour sortir après que son mari, d'un seul coup d'œil, lui en eut donné l'ordre.

— Restez, je vous en prie, lui dit sir Percival.

Mrs Fosco regarda à nouveau son mari, comprit à nouveau ce qu'il attendait d'elle, déclara qu'elle préférait se retirer et sortit d'un pas décidé. Le comte alluma une cigarette, puis s'approcha des pots de fleurs qui ornaient la fenêtre et s'appliqua à envoyer des bouffées de fumée sur les feuilles afin de tuer chaque insecte qu'il y voyait.

Sir Percival se dirigea alors vers une armoire qu'il ouvrit et en retira un parchemin plié qu'il déposa sur la table devant sa femme. Le dépliant à demi, il trempa la plume dans l'encre et la tendit à Laura.

— Signez votre nom ici, dit-il en désignant le bas du parchemin. Fosco et miss Halcombe signeront ensuite. Allons, Fosco, ce n'est pas le moment de contempler la nature !

Le comte jeta sa cigarette et s'approcha de la table, le regard fixé sur le visage de sir Percival.

Laura aussi regarda son mari, qui ressemblait plus à un bagnard qu'à un gentleman, tant son expression était sinistre.

— Signez ici ! répéta-t-il brusquement.

— Que dois-je signer ? demanda froidement Laura.

— Je n'ai pas le temps de vous expliquer, répondit-il nerveusement, le dog-cart est à la porte et je dois partir. D'ailleurs, vous ne pourriez comprendre : c'est une pure formalité et c'est bourré de mots techniques. Allons, signez et finissons-en !

— Je désire savoir de quoi il s'agit avant de signer !

— Balivernes ! Les femmes ne connaissent rien en affaires, vous n'y comprendriez rien !

— En tout cas, laissez-moi essayer. Lorsque

Mr Gilmore me propose une affaire, il me l'explique toujours auparavant et... je comprends !

— Évidemment ! Mr Gilmore est votre serviteur, il est obligé de vous l'expliquer. Moi, je suis votre mari et je n'ai pas ce devoir. Combien de temps comptez-vous encore me faire attendre ? Je suis pressé, vous dis-je ! Voulez-vous signer, oui ou non ?

— Si ma signature me rend responsable, je veux savoir de quoi ! répondit Laura avec fermeté.

Sir Percival blêmit de rage.

— Dites plutôt que vous n'avez pas confiance en moi ! Mais dites-le donc, vous qui tenez toujours à dire la vérité !

Le comte mit la main sur l'épaule de sir Percival, mais celui-ci l'écarta avec impatience.

— Contrôlez votre sacré caractère, Percival ! Lady Glyde a raison !

— Raison ! Une femme qui se méfie de son mari !

— C'est injuste et méchant de m'accuser de méfiance, sir Percival, dit Laura ; demandez à Marian si je n'ai pas le droit de désirer savoir à quoi je m'engage avant de signer.

— Je n'ai pas besoin de l'avis de miss Halcombe, rétorqua sir Percival avec grossièreté, elle n'a rien à voir dans cette affaire !

Laura m'envoya un tel regard de détresse que je résolus d'intervenir.

— Excusez-moi, sir Percival, dis-je avec calme, mais en tant que témoin j'estime que j'ai quelque chose à voir dans l'affaire. La demande de ma sœur est tout à fait légitime et, pour ma part, je ne prendrai pas la responsabilité de garantir sa signature si elle ne connaît pas le document que vous désirez lui faire signer.

— Voilà une déclaration assez nette, ma parole ! s'écria sir Percival furibond. La prochaine fois que vous vous inviterez chez un homme, miss Halcombe, je vous recommande de le remercier de son hospitalité en prenant le parti de sa femme contre lui, c'est très élégant !

Je sursautai, comme si j'avais reçu un soufflet en plein visage. Si j'avais été un homme, je l'aurais giflé et j'aurais quitté la maison pour ne jamais y remettre les pieds. Mais je n'étais qu'une femme... et j'aimais Laura de tout mon cœur.

Je parvins à me maîtriser, tandis que celle-ci se précipitait vers moi et m'embrassait.

— Oh ! Marian, si ma mère avait vécu, elle n'aurait pas fait plus pour moi !

— Revenez ici et signez ! ordonna sir Percival.

— Dois-je le faire, Marian ? me demanda Laura à l'oreille.

— Non, chérie ! Le droit est pour vous ; ne signez rien sans lire.

Le comte, qui avait tout observé en silence, s'interposa encore une fois.

— Percival ! dit-il. Si vous oubliez que vous vous adressez à des dames, moi je m'en souviens !

Sir Percival le regarda avec colère, tandis que le comte appuyait fortement sa main sur son épaule, en répétant avec fermeté :

— Soyez assez bon pour ne pas l'oublier, Percival !

Puis sir Percival se dégagea lentement de la main de fer qui pesait sur lui et, tel un animal dompté, il détourna les yeux et parla d'une voix sourde.

— Je ne désire offenser personne, mais l'entêtement de ma femme ferait perdre patience à un saint. Je lui dis que ce n'est qu'une formalité, alors pourquoi se méfie-t-elle de moi ? Encore une fois, lady Glyde, voulez-vous signer ce parchemin ?

Laura retourna vers la table et reprit la plume.

— Je signerai avec plaisir si vous me considérez comme un être de raison. Peu m'importe le sacrifice que vous me demandez, s'il n'affecte que moi et n'entraîne aucun mal...

— Qui parle de sacrifice ? s'écria sir Percival redevenu furieux.

— Je voulais simplement dire que je ne refuserai aucune concession que je puisse faire honorablement. Si j'ai des scrupules à signer aveuglément, pourquoi me jugez-vous avec autant de sévérité ? Il m'est pénible de constater que vous avez été beaucoup plus indulgent pour les scrupules du comte Fosco.

— Scrupules ! vociféra sir Percival hors de lui. Vos scrupules vraiment ! Il est un peu tard pour en avoir ! Je croyais que vous aviez surmonté toutes les faiblesses en m'épousant par vertu !

Laura laissa retomber la plume et le regarda avec une expression de mépris que je ne lui avais encore jamais vue, puis lui tourna le dos. Les paroles brutales que lui avait lancées son mari avaient certes une signification cachée que, pour ma part, je ne comprenais pas.

J'entendis le comte murmurer tout bas : « Espèce d'idiot ! »

Laura se dirigeait vers la porte, quand sir Percival la rappela à nouveau.

— Alors, vous refusez absolument de signer ? demanda-t-il d'une voix altérée.

— Après ce que vous venez de me dire, répondit Laura avec froideur, je refuse de signer avant d'avoir lu chaque ligne de ce document. Venez, Marian, nous sommes déjà restées trop longtemps ici.

— Un moment ! interrompit Mr Fosco, avant que sir Percival n'eût le temps de répliquer, un moment, je vous en prie, lady Glyde.

J'arrêtai Laura en lui disant tout bas :

— Ne vous faites pas un ennemi du comte, pour l'amour du Ciel !

Sir Percival, assis devant la table, le coude sur le parchemin, avait la tête appuyée dans ses mains, tandis que le comte se trouvait devant nous, maître de la situation.

— Lady Glyde, commença-t-il, excusez-moi si j'ose faire une suggestion, et croyez bien que c'est avec le plus profond respect et la plus grande amitié que je m'adresse à la maîtresse de cette maison.

Se tournant vers sir Percival, il interrogea :

— Est-il absolument nécessaire que cet acte soit signé aujourd'hui ?

— Selon mes désirs et mes projets, oui, mais vous voyez bien que cette considération n'influence pas lady Glyde.

— Répondez directement à ma question, voulez-vous ? La signature peut-elle être remise à demain, oui ou non ?

— Oui, à la rigueur, si vous le voulez !

— Alors, qu'attendez-vous pour partir, mon ami ?

Sir Percival fronça les sourcils et lâcha un juron.

— Je n'aime pas beaucoup le ton que vous prenez avec moi, Fosco.

— Je ne fais que vous conseiller pour votre bien, répondit le comte d'un air dédaigneux. Mon ton vous surprend ? C'est parce que c'est celui d'un homme qui sait se conduire et garder son sang-froid. Avez-vous jamais eu à regretter mes conseils ?... Croyez-moi, allez faire votre promenade... Le dog-cart est devant la porte... Nous reparlerons de cela à votre retour.

Sir Percival regarda sa montre, hésitant, visiblement partagé entre le désir d'entreprendre son voyage mystérieux et celui d'obtenir la signature de Laura.

— Il est facile pour vous d'avoir raison quand vous ne me laissez pas le temps de répondre, dit-il en se levant. Je m'en vais, Fosco, je suis votre conseil ; non que j'en aie besoin ou qu'il me paraisse bon, mais je ne puis plus rester ici !

Puis, s'adressant à sa femme :

— Si vous ne me donnez pas votre réponse demain..., murmura-t-il d'une voix menaçante, tandis que le reste de la phrase se perdait dans le bruit de l'armoire qu'il refermait à clé, après y avoir replacé le document.

Prenant son chapeau et ses gants, il alla vers la porte.

— Pensez à demain ! dit-il encore à Laura.

Quand il fut sorti, le comte s'approcha de nous.

— Vous l'avez vu dans un de ses plus mauvais jours, miss Halcombe. Moi qui suis son vieil ami, je suis confus pour lui et je vous promets que demain il ne recommencera plus !

Laura serra mon bras de façon significative. Elle souffrait d'entendre l'ami de son mari excuser la conduite de celui-ci dans sa propre maison.

Je remerciai le comte et nous nous dirigeâmes vers le hall. Là, nous entendîmes les roues du dog-cart grincer sur le gravier. Sir Percival était parti !

— Je me demande s'il va chez Mrs Catherick, fit Laura, songeuse. La gouvernante ne vous a-t-elle pas dit que le bruit courait qu'Anne Catherick était dans les environs ? Ne pensez-vous pas qu'il parte à sa recherche ?

— Je l'ignore et je préfère ne pas le savoir, Laura. Venez vous reposer dans ma chambre.

Nous nous installâmes près de la fenêtre ouverte.

— J'ai honte, Marian chérie, quand je pense à ce que vous avez dû supporter pour moi tout à l'heure !

— C'est si peu de chose, Laura !

— Vous avez entendu ce qu'il m'a dit, mais vous n'avez pas compris, n'est-ce pas ? Et vous n'avez pas compris pourquoi je lui ai tourné le dos ! C'est qu'il y a beaucoup de choses que je ne vous ai pas dites, de peur de vous chagriner. Vous ne savez pas comme il m'a traitée, malgré la scène à laquelle vous venez d'assister. Vous l'avez entendu parler de mes scrupules, Marian, et sur quel ton ! Un jour, je vous raconterai tout, mais pas maintenant... J'ai un tel mal de tête, et je ne suis pas loin d'éclater en sanglots... J'aurais dû signer, comme il me le demandait. Je crois que je le ferai demain, car, maintenant que vous avez pris mon parti contre lui, c'est à vous qu'il ferait de violents reproches, si je refusais encore... Ah ! si au moins nous avions un ami pour nous aider !

— Nous devons prendre nos responsabilités nous-mêmes et regarder la situation avec calme, répondis-je, sachant qu'elle pensait à Hartright comme j'y pensais moi-même !

D'après les paroles de l'avocat de sir Percival et ce que Laura savait des embarras financiers de son mari, il était facile d'en déduire que le contrat à signer avait pour objet un emprunt d'argent.

Ce que nous ignorions, c'était la nature de cet acte et jusqu'à quel point la responsabilité de Laura serait engagée. J'avais la conviction que cette transaction devait être malhonnête et frauduleuse, non pas parce que sir Percival avait refusé de nous donner la moindre explication – car ce refus aurait pu uniquement provenir de son caractère tyrannique – mais bien à cause du changement qui s'était opéré entre le sir Percival de Limmeridge House, aimable, poli, galant, et le sir Percival de Blackwater Park, brutal et grossier. Après réflexion, je décidai d'écrire à Mr Kyrle, le remplaçant de Mr Gilmore. J'exposai toute la situation et demandai un conseil par retour de courrier. Comme j'écrivais l'adresse, Laura me fit remarquer que la réponse n'arriverait plus avant le retour de sir Percival. J'ajoutai un post-scriptum, priant Mr Kyrle de m'envoyer la réponse par messager, au train de 11 heures du matin le lendemain, et j'insistai pour que le pli ne soit remis qu'à moi-même.

— Dans le cas où sir Percival reviendrait avant 2 heures, dis-je à Laura, la meilleure chose à faire pour vous est de partir avec un livre ou votre ouvrage dans le parc, toute la matinée, et de ne revenir qu'après l'arrivée du messager. Moi, j'attendrai celui-ci, afin qu'il n'y ait pas d'erreur possible. Descendons maintenant afin de ne pas attirer l'attention.

— L'attention de qui ? Du comte Fosco ?

— Peut-être !

— Vous commencez à le détester autant que moi, Marian ?

— Non, pas vraiment, mais je le crains.

— Vous le craignez, après l'attitude qu'il vient de prendre en notre faveur ?

— Oui. Je me méfie davantage de son amabilité que des colères de sir Percival. Quoi qu'il arrive, ne vous en faites pas un ennemi, je vous le répète !

Tandis que Laura entrait au salon, je me dirigeai vers le sac postal pendu à un mur du hall. La porte donnant sur le parc était ouverte et je vis le comte et la comtesse qui m'observaient.

Cette dernière rentra précipitamment et me pria de lui accorder quelques minutes d'entretien. Assez étonnée, je déposai ma lettre dans le sac et la rejoignis. Me prenant par le bras avec une familiarité inaccoutumée, elle m'entraîna sur le gazon qui entourait le vivier devant la maison.

Le comte s'inclina pour nous laisser passer et rentra aussitôt, en refermant la porte du hall derrière lui.

Je m'attendais à recevoir une confidence extraordinaire de Mrs Fosco, mais elle m'assura seulement de sa sympathie. Son mari l'avait mise au courant de la scène de la bibliothèque, lui avait dit les manières grossières que sir Percival avait eues envers moi, et elle était bien décidée à quitter la maison, en guise de protestation, si une chose pareille se produisait encore. Je trouvai cette démarche fort étrange venant d'une personne aussi réservée, surtout après les paroles qu'elle et moi avions échangées le matin même dans le hangar, mais la moindre des politesses m'obligeait quand même à la remercier. Le sujet étant épuisé, je voulus rentrer, mais Mrs Fosco m'en empêcha. La plus silencieuse des femmes se mit à bavarder sans arrêt et durant plus d'une demi-heure. J'étais excédée !... S'en aperçut-elle ? Je l'ignore ! Mais elle s'interrompit brusquement, et, après avoir jeté un coup d'œil rapide vers la porte du hall, elle lâcha mon bras et redevint glaciale.

En rentrant, je me trouvai face au comte, au moment où il déposait une lettre dans le sac postal. Il me demanda avec un calme parfait où j'avais laissé sa femme et alla la rejoindre.

Obéissant à une impulsion mystérieuse, je m'élançai vers le sac postal avec l'intention de reprendre ma lettre pour la cacheter. En l'examinant, je m'aperçus qu'elle n'était qu'à moitié fermée et me demandai si j'avais oublié de la coller convenablement, à moins que... Non ! Je ne voulais pas croire une chose ignominieuse. Je frémirais à écrire ma pensée ! Cependant, je me décidai à prendre désormais deux précautions au lieu d'une. Rester en bonne intelligence avec le comte et être sur le qui-vive lorsque le messager arriverait le lendemain.

5

17 juin (suite).

Au dîner, le comte se montra aussi brillant que d'ordinaire et nous amusa par le récit de ses aventures de voyage et de sa jeunesse mouvementée. Laura et moi l'écoutions avec autant d'attention, et, si inconcevable que cela puisse sembler, avec autant d'admiration que Mrs Fosco elle-même. Nous étions toutes les trois sous le charme. Les femmes peuvent résister à l'amour d'un homme, à sa célébrité, à son argent, mais elles sont vaincues quand il sait leur parler.

Après le dîner, le comte se retira dans la bibliothèque et Laura proposa une flânerie dans le parc. Mrs Fosco s'excusa, prétextant des cigarettes à rouler, son mari en étant dépourvu et n'aimant que celles qu'elle lui préparait. Laura et moi sortîmes. L'air était suffocant, les fleurs se fanaient tristement et la terre était desséchée. Le soleil se couchait derrière les grands arbres immobiles.

— De quel côté allons-nous ? demandai-je.

— Vers le lac, Marian. La bruyère, le sable et les sapins y sont si jolis ; ils me rappellent Limmeridge House.

Ce fut avec un réel soulagement que nous nous assîmes dans le vieux hangar, où il faisait un peu moins étouffant.

Un brouillard blanchâtre planait sur le lac et les cimes des arbres situés de l'autre côté formaient comme une forêt flottant sur les nuages. Le silence était tragique, pas une feuille ne bougeait, pas un oiseau ne chantait, pas une grenouille ne coassait !

— Quel paysage désolé et mélancolique, dit Laura d'un air pensif, mais c'est le seul endroit où nous sommes sûres d'être seules... Je vous ai promis de vous dire la vérité sur ma vie conjugale, Marian. C'est le premier secret que j'aie jamais eu pour vous, mais ce sera le dernier. Si je me suis tue, je vous l'ai dit, c'était pour ne pas vous faire de la peine, et aussi, peut-être, par fierté. Que voulez-vous, il est pénible pour une femme de devoir reconnaître que l'homme à qui elle a donné toute sa vie est justement celui qui apprécie le moins ce don. Si vous étiez mariée, Marian, et surtout si vous étiez heureuse en ménage, vous comprendriez ce que je ressens.

Je lui pris la main avec tendresse.

— Combien de fois vous ai-je entendue vous moquer de votre « pauvreté » et vous réjouir de ma richesse ? Bénissez cette pauvreté, Marian, elle vous laisse indépendante et vous épargne le sort qui m'est réservé. Vous ne devez pas vous chagriner si je vous dis que je fus tout de suite déçue. Un jour, à Rome, nous étions allés à cheval voir la tombe de Cecilia Metella. Le ciel était beau et pur, les ruines antiques avaient un air grandiose. La pensée qu'un mari avait autrefois élevé ce monument par amour pour sa femme disparue me rendait plus tendre envers celui qui était mon époux.

» – Construiriez-vous une tombe comme celle-là pour moi, Percival, si je venais à mourir ? demandai-je émue. Avant notre mariage, vous me disiez m'aimer tendrement !... Je m'arrêtai, Marian, car il ne m'écoutait pas. J'abaissai ma voilette pour cacher les pleurs qui me montaient aux yeux malgré moi.

» Je croyais qu'il n'avait pas entendu ma question, mais, en m'aidant à remonter à cheval, il me dit d'un air sarcastique :

» – Si je construis une tombe pour vous, ce sera avec

votre argent. Je me demande si Cecilia Metella a payé la sienne elle-même !

» Je ne répondis pas, j'avais le cœur gros et je pleurais.

» – Vous êtes toutes les mêmes, vous autres femmes ! Il vous faut toujours des compliments. Soit, je me sens justement très bien disposé ce matin. Considérez donc que le compliment est fait !

» Les hommes se rendent-ils compte du mal qu'ils peuvent faire ?... Pleurer encore m'eût fait du bien, mais, devant son mépris, mes larmes s'arrêtèrent de couler, mon cœur se durcit et, depuis ce jour-là, Marian, jamais plus je ne me suis empêchée de penser à Hartright. C'est le souvenir des jours heureux que j'ai connus grâce à lui qui me soutient et me réconforte. Je sais que c'est mal, ma chérie, mais vous n'étiez pas près de moi. Je songeais à lui quand Percival m'abandonnait, le soir, pour rejoindre ses amis de théâtre. Je songeais à ce qu'aurait été ma vie si j'avais été pauvre et avais eu le bonheur de devenir sa femme. Je me voyais, en simple robe de percale, travaillant en l'attendant. Je l'aimais d'autant plus que je devais travailler pour lui. Puis il rentrait fatigué et je lui servais les plats qu'il préférait, et j'étais si heureuse ! Oh ! j'espère qu'il n'est pas assez malheureux pour se souvenir de moi comme je me souviens de lui !

En disant ces paroles, sa voix était redevenue douce et tendre, son visage avait repris sa beauté, ses yeux, retrouvé leur éclat. On eût dit qu'elle ne regardait plus la sombre étendue de Blackwater Park, mais les collines familières du Cumberland qui lui seraient soudain apparues sous le ciel menaçant.

— Ne parlons pas de Walter ! dis-je vivement. Épargnez-nous à toutes deux cette douleur ravivée, voulez-vous ?

Laura se leva en me regardant avec tendresse :

— Je préfère ne plus jamais en parler que de vous chagriner, Marian.

— C'est dans votre intérêt que je parle ainsi, Laura. Si votre mari vous entendait...

— Cela ne le surprendrait pas !

Je sursautai.

— Que voulez-vous dire ? Vous m'effrayez !

— C'est pourtant vrai, Marian. À Limmeridge, je lui avais avoué la vérité – mais ce qui restait encore de mon secret, il l'a découvert à Rome. Nous étions allés à une petite soirée offerte aux Anglais par des amis de sir Percival, Mr et Mrs Markland. Celle-ci avait une réputation de peintre émérite et, à la demande de quelques invités, elle nous montra ses œuvres. La façon dont je tournai mes compliments, d'ailleurs sincères, la surprit et elle me demanda si je dessinais aussi.

» – Autrefois, je dessinais un peu, répondis-je, mais j'ai complètement abandonné depuis mon mariage.

» – Si vous aimez le dessin, vous devez recommencer, reprit-elle, et, dans ce cas, je vous recommanderai un professeur.

» Je tâchai de détourner la conversation, mais Mrs Markland insista.

» – J'ai essayé beaucoup de maîtres de dessin, continua-t-elle, mais le meilleur de tous était sans conteste un certain Mr Hartright. C'est un jeune homme réservé et plein de tact, je crois que vous l'aimeriez.

» Songez à l'effet que me firent ces paroles, Marian ! Je fis tout ce que je pus pour garder mon sang-froid, feignant de regarder les albums ; mais lorsque je levai les yeux, je vis le regard de mon mari fixé sur moi.

» – Excellente idée, dit-il, d'un ton ironique. Nous

irons trouver Mr Hartright dès notre retour en Angleterre. Je suis sûr que lady Glyde l'aimera beaucoup !

» Je rougis violemment.

» Nous rentrâmes de bonne heure à l'hôtel. Dans la voiture, Percival ne dit pas un mot, mais une fois dans notre petit salon, il ferma la porte à clé et me poussa vers une chaise.

» – Depuis le matin où, à Limmeridge, vous me fîtes votre audacieuse confession, j'ai désiré connaître le nom de l'homme que vous aviez aimé. Je l'ai lu sur votre visage, ce soir. C'était donc Hartright, votre maître de dessin ! Vous vous en repentirez et lui aussi, jusqu'à la fin de vos jours !... Maintenant, allez vous coucher et rêvez de lui si vous voulez... avec les marques de mon fouet sur son épaule.

» Depuis lors, chaque fois qu'il est en colère, il fait allusion à la confession que j'ai faite devant vous, Marian, et pas moyen qu'il se taise ! Voilà... Quand il s'emportera encore, vous comprendrez maintenant pourquoi il me dit que je l'ai épousé par vertu !

Et c'était moi qui avais éloigné l'homme que ma sœur aimait, pour la jeter dans les bras de cet individu brutal et méchant qui s'appelait sir Percival Glyde !

À travers les remords qui m'assaillaient, j'entendais la voix de Laura me réconforter, moi qui n'aurais mérité que ses reproches !

— Il se fait tard, Marian, et il va faire noir sous les sapins ! Marian, il va faire si noir ! fit-elle bientôt.

— Donnez-moi encore une minute pour me reprendre, Laura, rien qu'une minute.

L'obscurité devenait dense et sinistre autour de nous.

— Nous sommes loin de la maison, murmura-t-elle, apeurée. Rentrons, Marian !

Puis, s'arrêtant brusquement :

— Regardez ! Là-bas ! s'écria-t-elle effrayée.

Du doigt, elle me montrait une ombre qui se déplaçait lentement dans le brouillard, de l'autre côté du lac, puis qui, soudain, disparut. Dans l'état d'énervement où nous nous trouvions toutes les deux, nous dûmes attendre quelques instants avant de nous mettre en marche.

— Croyez-vous que c'était un homme ? demanda Laura.

— La démarche était plutôt celle d'une femme.

— Vous êtes sûre que ce n'était pas un homme portant un long manteau ?

— Il est difficile de bien distinguer dans l'obscurité...

— Attendez, Marian ! J'ai peur... Je ne vois même pas le chemin. Si cette ombre nous suivait ?...

— Mais non, Laura ! Le lac n'est pas éloigné du village et tout le monde peut venir s'y promener.

Nous étions dans le bois de sapins où l'obscurité était telle qu'on ne voyait plus à un mètre. Je pris le bras de Laura et nous marchâmes aussi vite que possible.

— Chut ! murmura-t-elle en s'arrêtant brusquement, j'ai entendu des pas derrière nous !

— Ce sont des feuilles mortes ou des branches cassées !

— Nous sommes en plein été, Marian, et il n'y a pas un souffle de vent. Écoutez !

Il me semblait aussi entendre des pas qui nous suivaient.

— Qu'importe ! répondis-je en l'entraînant. Dans un instant, nous serons en vue de la maison.

Nous hâtâmes le pas et, dès que nous fûmes sorties du bosquet, nous nous arrêtâmes pour reprendre notre souffle. Derrière nous, un profond et douloureux soupir se fit entendre, tandis que, cette fois, des pas légers s'éloignaient dans la nuit.

Nous arrivâmes enfin dans le hall éclairé. Laura me regarda, le visage blême et les yeux hagards.

— Je suis à moitié morte de peur, dit-elle. Qui cela pouvait-il être ?

— Nous essayerons de le savoir demain, chérie, mais, en attendant, n'en parlez à personne.

— Pourquoi ?

— Parce que le silence est sûr et que nous avons besoin de sécurité dans cette maison.

Laura monta dans sa chambre, tandis que j'entrais d'un air tout naturel dans la bibliothèque sous prétexte d'y chercher un livre.

Le comte, installé confortablement dans un fauteuil, lisait, le col de sa chemise entrouvert. À ses côtés, comme un enfant bien sage, la comtesse faisait des cigarettes. Ni l'un ni l'autre n'était sorti ce soir. Je savais déjà ce que je voulais savoir.

Le comte bondit, plein de confusion, en s'efforçant de renouer sa cravate.

— Je vous en prie, ne vous dérangez pas, je venais seulement chercher un livre.

— Tous les malheureux hommes de ma corpulence souffrent de la chaleur, dit-il en s'éventant gravement. Je voudrais être à la place de ma charmante femme qui est aussi fraîche, en ce moment, qu'un poisson dans le vivier.

— Je n'ai jamais trop chaud, mademoiselle, me déclara-t-elle avec la timidité d'une femme qui reconnaîtrait une de ses qualités.

— Êtes-vous sortie avec lady Glyde, ce soir ? demanda le comte.

— Oui, nous avons été prendre un peu l'air.

— Ah ! De quel côté ?

— Du côté du lac ; nous nous sommes assises dans le vieux hangar.

— Ah ! Vraiment ? Pas d'aventure ? Pas de découverte ?

En d'autres circonstances, j'aurais mal supporté cette curiosité. Mais ce soir, au contraire, elle m'apportait la preuve que le comte et sa femme étaient parfaitement étrangers à l'apparition mystérieuse du lac.

— Non, rien, répondis-je brièvement, essayant de me dérober à son regard perçant.

Mrs Fosco vint à son aide.

— Comte, vous laissez miss Halcombe debout ! fit-elle sur un ton de reproche.

Tandis que le comte s'empressait de m'avancer un siège, je m'excusai et sortis.

Rencontrant la femme de chambre de Laura qui montait chez sa maîtresse, je me renseignai aussitôt sur la façon dont le personnel avait passé la soirée. Personne n'était sorti. Alors, qui était l'ombre du lac ? Pour moi, je persistais à croire que j'avais vu la silhouette d'une femme.

6

18 juin.

J'ai passé une très mauvaise nuit !

Tout ce que Laura m'avait raconté me revenait en tête, et je me suis levée ce matin plus résolue que jamais à rester indifférente aux insultes et aux insolences de sir Percival, par amour pour Laura !

Celle-ci est partie tout de suite après le petit déjeuner, ce matin, chercher la petite broche que je lui avais donnée à son mariage et qu'elle a perdue hier soir. C'est une excuse toute trouvée à son absence, si sir Percival revient avant que j'aie reçu la réponse de Mr Kyrle.

Une heure vient de sonner et je me demande si je ne ferais pas mieux d'aller à la rencontre du messager.

La méfiance que j'éprouve envers tous les habitants de cette maison m'y encourage. Le comte est dans la salle à manger en train d'apprendre des tours à ses canaris. Si je ne veux pas être vue, c'est le moment ou jamais de sortir.

4 heures.

Les trois heures qui viennent de s'écouler ont changé complètement le cours des événements. Je n'ose affirmer si c'est pour un bien ou un mal.

Je me disposais donc à aller me poster près de la grille, pour attendre le messager. En sortant, je croisai Mrs Fosco tournant sans arrêt autour du vivier. Par prudence, je lui demandai si elle comptait se promener avant le lunch. Elle me sourit amicalement et me dit qu'elle préférait rester près de la maison. Je fis quelques pas, puis, me retournant, je vis qu'elle était déjà rentrée dans le hall.

En moins d'un quart d'heure, j'avais atteint la loge du concierge. Pendant vingt minutes, je fis les cent pas sur le chemin, bordé de hautes haies, sans voir âme qui vive. Enfin, j'aperçus un fiacre venant de la gare et lui fis signe de s'arrêter. Je vis apparaître à la portière la tête d'un homme respectable.

— Je m'excuse, monsieur, mais n'allez-vous pas à Blackwater ?

— Si, madame.

— Vous avez une lettre pour miss Halcombe ?

— Oui, madame.

— Vous pouvez me la remettre, je suis miss Halcombe.

L'homme souleva son chapeau, sortit de la voiture et me remit le pli.

Je le lus avidement.

« Chère madame,

» Votre lettre m'a causé une très grande inquiétude et je vais tâcher d'y répondre aussi clairement que possible.

» Considérant le récit que vous me faites vous-même et ce que je connais de la situation de lady Glyde d'après son contrat de mariage, j'en arrive à la déduction que sir Percival désire faire un emprunt sur les 20 000 livres de la fortune de lady Glyde. Il désire que celle-ci partage la responsabilité de pacte, afin qu'elle ne puisse lui reprocher de l'avoir trompée et que sa signature soit contre elle.

» Si lady Glyde signait un tel acte, les dépositaires de sa fortune pourraient avancer librement à sir Percival la somme qu'il désirerait sur les 20 000 livres. Si ce prêt n'était pas remboursé et si lady Glyde avait des enfants, la fortune de ceux-ci serait amputée de cette somme. En résumé, cette transaction serait une fraude vis-à-vis d'eux.

» Dans ces circonstances, je conseille à lady Glyde de déclarer qu'elle désire me soumettre l'acte avant de le signer. Aucune objection ne peut être faite si cette transaction est honorable, puisque, dans ce cas, il est certain que je l'approuverai.

» En vous assurant de mon dévouement sincère, je reste, madame, votre fidèle serviteur.

William Kyrle. »

Je lus cette lettre avec soulagement, car elle donnait à Laura une excuse valable pour se soustraire à la signature. Le messager attendait que j'aie fini ma lecture.

— Voulez-vous dire que j'ai très bien compris et que je la remercie beaucoup ! dis-je. Il n'y a rien d'autre à communiquer pour l'instant.

J'avais à peine prononcé ces mots et je tenais la lettre encore ouverte que, devant moi, parut le comte Fosco qui semblait sortir de terre.

La soudaineté de son apparition dans cet endroit m'étonna profondément. Le messager me salua avant de remonter en voiture dans le fiacre, mais j'étais tellement troublée que je lui rendis à peine son salut. La pensée que j'étais découverte par le comte Fosco m'avait pétrifiée.

— Rentrez-vous aussi, miss Halcombe ? demanda-t-il de l'air le plus naturel du monde.

J'acquiesçai.

— Me permettez-vous de vous accompagner ? Prenez mon bras, je vous prie ! Vous paraissez surprise de me voir !

Je pris son bras en réprimant l'horreur qu'il m'inspirait.

— J'ai cru vous entendre jouer avec vos oiseaux, quand je suis sortie, comte, répondis-je aussi calmement que possible.

— Certainement, mademoiselle ! Mais mes enfants ailés sont aussi capricieux que les autres enfants. Ce matin, ils étaient dans leurs mauvais jours, et comme ma femme m'a dit vous avoir vue partir seule en promenade, la tentation de vous rejoindre a été trop forte. À mon âge, on peut avouer ces choses-là, voyez-vous ! Après tout, même la compagnie d'un gros vieux comme Fosco vaut mieux que pas de compagnie du tout, n'est-ce pas ? Je m'étais trompé de chemin et je revenais tout déçu, mais je vous trouve... Mon vœu le plus cher – puis-je vous le dire – est réalisé !

Il sortit ce discours d'une traite, ce qui me permit de reprendre mon sang-froid. Comme il ne faisait aucune allusion à la lettre que j'avais en main, j'eus la conviction qu'il connaissait ma démarche auprès de l'avocat et cela par des moyens peu avouables. J'étais certaine aussi que, connaissant la manière dont je venais de recevoir la réponse de Mr Kyrle, il en savait assez pour le moment et qu'il ne cherchait plus qu'à endormir les soupçons que je pouvais avoir. Je fus assez sage pour ne pas le décevoir en lui donnant quelque explication plausible, et assez femme pour laisser ma main sur son bras, malgré toute la crainte et la répulsion qu'il m'inspirait.

En arrivant devant la maison, nous vîmes le dog-cart que le groom ramenait à l'écurie. Sir Percival vint à notre rencontre d'un air bourru.

— Ah ! En voilà déjà deux de retour ! Que signifie cette maison abandonnée. Où est lady Glyde ?

Je lui expliquai qu'elle était allée à la recherche d'une broche perdue hier.

— Broche ou pas broche, grommela-t-il sur un ton maussade, je lui conseille de ne pas oublier que je l'attends dans une demi-heure pour la signature !

Comme je dégageais mon bras et montais les marches du perron, le comte s'inclina avec galanterie, puis, s'adressant au maître de céans, il lui dit gaiement :

— Dites-moi, Percival, avez-vous fait une promenade agréable ? La pauvre *Brown Molly* n'est pas trop fatiguée ?

— Que *Brown Molly* et la promenade aillent au diable ! Je désire mon lunch !

— Et moi, je désire d'abord vous parler, répondit le comte.

— Si vous désirez de nouveau m'assommer avec vos scrupules infernaux, je préfère mon lunch, Fosco !

Avant de répondre ainsi à son ami, sir Percival avait mis les mains dans ses poches, ce qui marquait bien sa boudeuse hésitation.

— Venez ici, sur le gazon, reprit le comte avec fermeté.

L'autre descendit le perron. Le comte le prit par le bras et l'emmena vers la pièce d'eau. Ils s'entretenaient de la signature, sans aucun doute ; ils parlaient de Laura et de moi. Mon inquiétude était à son comble.

Je me promenai de long en large dans la maison, la lettre de Mr Kyrle dans mon corsage (je n'aurais même pas osé, tant je me méfiais de tout à présent, la mettre sous clé), et énervée de ne pas voir revenir Laura. Mais les épreuves par lesquelles j'étais passée depuis le matin et la grande chaleur avaient épuisé mes forces : au lieu d'aller à la recherche de Laura, je me laissai tomber sur le canapé le plus proche, dans le salon.

Le comte rentra au bout de cinq minutes à peine.

— Excusez-moi si je vous dérange, mademoiselle, mais je suis porteur de bonnes nouvelles. Sir Percival, qui est très versatile, comme vous le savez, a changé d'avis et la signature du contrat est remise à plus tard. C'est un grand soulagement pour nous tous, je crois. Présentez, je vous prie, mes félicitations avec mes respects à lady Glyde lorsque vous le lui annoncerez.

Avant que je fusse remise de ma surprise, le comte avait disparu. J'eus une certitude de plus : sachant que j'avais écrit à Mr Kyrle et que celui-ci m'avait déjà répondu, il avait, lui-même, fait en sorte que son ami changeât d'avis.

J'aurais voulu courir à la rencontre de Laura pour la

prévenir ; mais j'étais si fatiguée que je dus m'étendre encore sur le canapé.

Le plus grand calme régnait dans la maison ; on n'entendait que le bourdonnement des insectes, par-delà la fenêtre ouverte. Sombrant bientôt dans un demi-sommeil, je rêvai de Walter Hartright. Je n'avais pas pensé à lui de toute la journée, Laura n'avait pas fait devant moi la moindre allusion à lui – et pourtant je le vis comme si les jours anciens étaient revenus, et, tous les deux, nous étions à nouveau à Limmeridge House.

Mais il m'apparaissait parmi des sauvages que je ne distinguais pas bien. Tous étaient étendus sur les marches d'un temple en ruine. D'immenses arbres tropicaux aux troncs étouffés par les lianes et d'affreuses idoles de pierre grimaçantes à travers les branches entouraient le temple, et jetaient des ombres lugubres sur les malheureux dont les corps recouvraient littéralement les marches. De blanches vapeurs s'élevaient du sol et retombaient sur eux en semant la mort. Prise de peur et de pitié pour Walter, je fis un effort surhumain pour parler et je le suppliai de fuir. « Revenez, revenez ! Souvenez-vous de la promesse que vous lui avez faite et que vous m'avez faite ! Revenez avant que la peste vous tue ! » Le visage empreint d'un calme serein il me regarda et me répondit : « Je reviendrai, mais il faut attendre. La nuit où j'ai rencontré la femme égarée sur la grand-route a décidé que je serais l'instrument d'un dessein encore caché. Ici, perdu dans la forêt sauvage, ou là, rentré dans mon pays natal, je continue à suivre la route obscure qui me conduit, et qui vous conduit, vous et votre sœur aimée, vers le Jugement de Dieu et le but inévitable. Attendez... Regardez... La peste qui fauche les autres m'épargnera. »

Puis je le vis encore dans la forêt, ses infortunés compagnons étant à présent très peu nombreux. Le temple et les idoles avaient disparu, et, à leur place, on apercevait entre les arbres de petits hommes à la mine sombre, effrayante, armés d'arcs et de flèches. Une fois encore, je tremblai pour Walter. Une fois encore, il se tourna vers moi, le visage impassible : « Un pas de plus, dit-il, sur la route obscure. Attendez... Regardez... Les flèches qui blessent les autres m'épargneront. »

Enfin, il m'apparut sur un navire – l'épave d'un navire – échoué sur le rivage d'une île déserte. Les barques mises à la mer emportaient les autres passagers vers la terre ; lui restait seul et allait sombrer avec le navire. Je lui criai de sauter dans la dernière barque, de faire un ultime effort pour survivre. Toujours très calme, il me répondit : « Une autre étape du voyage... Attendez... La mer qui peut engloutir les autres m'épargnera. »

Après cela, je le vis agenouillé près d'une tombe de marbre blanc, et l'ombre d'une femme voilée se dressant de dessous la lourde dalle s'immobilisait à ses côtés. Sur ses traits, le calme extraordinaire avait fait place à l'expression du chagrin. Mais la terrible certitude de ses paroles restait la même. « De plus en plus sombre, disait-il, mais toujours en avant ! La mort prend ceux qui sont bons, ceux qui sont jeunes, ceux qui sont beaux – mais elle m'épargne. Lentement et par étapes, j'arriverai au but. »

Mon cœur saignait.

À ce moment, je fus réveillée en sentant une main sur mon épaule, la main de Laura. Celle-ci était à genoux près de moi. Sur son visage je lus l'agitation et ses yeux me regardaient d'un air égaré.

— Qu'est-il arrivé, Laura ? m'écriai-je, affolée.

— Marian ! L'ombre du lac... les pas derrière nous, hier soir... je l'ai vue... je lui ai parlé !

— Mais de qui s'agit-il, Dieu du ciel ?

— D'Anne Catherick !

Je fus tellement bouleversée en entendant ce nom, après le rêve que je venais de faire, que je fus incapable d'articuler un mot.

Laura, trop préoccupée de ce qui lui était arrivé, ne remarqua pas mon émoi.

— J'ai vu Anne Catherick et lui ai parlé. Oh ! Marian ! J'ai tant de choses à vous raconter !... Mais pas ici... Venez dans ma chambre !

Me prenant par la main, elle m'emmena dans son boudoir, dont elle ferma la porte à clé. Quoique encore un peu abasourdie, je me rendis compte que les complications tant redoutées étaient arrivées.

— Anne Catherick ! répétais-je, épouvantée, Anne Catherick !...

Laura me fit asseoir dans un fauteuil et me montra son corsage où brillait la broche. Dans mon trouble, je n'avais pas encore remarqué le bijou. Le voir, le toucher, cela me ramenait à la réalité, mettait de l'ordre dans mes pensées.

— Regardez, Marian ! C'est elle qui l'a retrouvée.

— Où ?

— Dans le hangar. Mais par où vais-je commencer ? Comment vais-je tout me rappeler ? Elle m'a parlé d'une façon si étrange... elle semblait si malade... et elle m'a quittée si brusquement !

— Parlez bas, Laura chérie, la fenêtre est ouverte et donne sur un sentier du jardin. Calmez-vous. N'oubliez pas qu'Anne Catherick est un sujet dangereux sous le toit de votre mari. Où l'avez-vous vue ?

— Au hangar, Marian. Tout le long du chemin qui y conduit, j'avais examiné le sol avec soin pour retrouver ma broche, mais en vain. Dans le hangar, je m'étais mise à genoux afin de regarder sur le plancher lorsque j'entendis une voix derrière moi qui murmurait :

« Miss Fairlie ! » J'étais plus surprise qu'effrayée d'entendre prononcer mon cher vieux nom de jeune fille que je croyais ne plus jamais entendre. La voix était douce et bonne. Je me retournai brusquement et vis devant moi une jeune femme que je ne connaissais pas.

— Comment était-elle vêtue ? demandai-je vivement.

— Elle portait une jolie robe blanche sur laquelle était jeté un vieux châle foncé. Son chapeau de paille brune était aussi misérable que le châle. Je fus étonnée du contraste entre la robe si fraîche et le reste de ses vêtements, et elle s'en aperçut.

» – Ne regardez ni mon châle ni mon chapeau, dit-elle d'une voix saccadée. Lorsque je ne puis porter du blanc, je mets n'importe quoi. Ne regardez que ma robe, d'elle je ne suis pas honteuse.

» Avant que j'eusse pu la rassurer un peu, elle me tendit la broche. J'étais si heureuse que je m'avançai vers elle pour la remercier.

» – Êtes-vous assez contente pour m'accorder un petit plaisir ? me demanda-t-elle.

» – Certainement, tout ce que vous désirez ! répondis-je.

» – Alors, laissez-moi épingler moi-même votre broche, puisque je l'ai trouvée.

» La requête était si inattendue et faite avec tant d'ardeur que je reculai de deux pas.

» – Ah ! reprit-elle tristement. Votre mère me l'aurait permis, elle !

» Il y avait tant de reproche dans sa voix et dans son regard que je fus honteuse de ma méfiance. Je lui pris la main et la mis sur mon corsage.

» – Attachez-la, dis-je doucement. Vous avez connu

ma mère ? Y a-t-il longtemps ? Et vous, vous ai-je déjà vue ?

» La main qui épinglait la broche s'arrêta net.

» – Ne vous souvenez-vous pas d'un beau jour d'été à Limmeridge ? me demanda-t-elle. Votre mère conduisait à l'école deux petites filles qu'elle tenait par la main. Ce tableau, je l'ai revu, toute ma vie, en pensée ! Vous étiez l'une des petites filles et j'étais l'autre. La jolie et intelligente miss Fairlie et la pauvre sotte Anne Catherick étaient plus rapprochées alors qu'elles ne le sont aujourd'hui !

— En entendant son nom, Laura, vous êtes-vous souvenue d'elle ?

— Tandis qu'elle était tout près, je l'examinai, me rappelant vos paroles de Limmeridge, quant à notre ressemblance, et je vis que c'était vrai. Son visage pâle et fatigué était celui que j'aurais eu après une longue maladie ! Cette découverte me donna un tel choc que je fus incapable d'articuler une parole. Je crains qu'elle n'ait été blessée par mon silence, car elle reprit d'une voix lointaine :

» – Vous n'avez ni le visage ni le cœur de votre mère. Elle était bonne et son cœur était celui d'un ange, miss Fairlie !

» – J'ai beaucoup d'affection pour vous, quoique je l'exprime mal, repris-je doucement. Mais dites-moi, pourquoi continuez-vous à m'appeler miss Fairlie ?

» – Parce que j'aime le nom de Fairlie et déteste celui de Glyde, répondit-elle avec violence, tandis qu'une expression de folie haineuse passait dans ses yeux.

» – Je croyais que vous ignoriez mon mariage, fis-je, me rappelant la lettre qu'elle m'avait écrite à Limmeridge, et cherchant à la calmer un peu.

» – Ignorer votre mariage ! dit-elle en soupirant avec

amertume. Alors que c'est à cause de cela que je suis ici ! Je veux me réconcilier avec vous avant d'aller rejoindre votre mère dans la tombe !

» Ce disant, elle s'éloigna de moi et surveilla les alentours en écoutant avec attention. Quand elle se retourna pour me parler à nouveau, elle demeura dans l'embrasure de la porte, une main sur chaque chambranle.

» – M'avez-vous vue hier soir près du lac ? M'avez-vous entendue marcher derrière vous dans le bois ? Il y a des jours et des jours que j'attends pour vous parler, miss Fairlie, à vous seule... et pour cela, j'ai quitté la seule amie que j'aie au monde, j'ai risqué d'être reprise et à nouveau enfermée à l'asile.

» Elle m'effrayait, Marian, mais en même temps j'avais pitié d'elle, et j'eus le courage de lui demander de s'asseoir près de moi. Elle refusa, disant qu'elle devait veiller à ce que personne ne nous surprenne. Puis elle ajouta :

» – J'étais ici hier. Je vous ai entendues parler, vous et votre compagne, de votre mari et dire que vous n'aviez aucun moyen de l'empêcher de vous insulter. Je ne sais que trop ce que cela signifie ! Pourquoi, mon Dieu, vous ai-je laissée l'épouser ? Par peur ! Oh ! Cette terrible peur ! s'écria-t-elle en sanglotant désespérément.

J'essayai de la calmer.

» – Mais qu'auriez-vous pu faire pour empêcher mon mariage ? lui demandai-je.

» Elle me regarda d'un air hagard.

» – J'aurais dû avoir le courage de venir vous trouver à Limmeridge et de vous sauver avant qu'il ne soit trop tard. J'aurais dû surmonter ma peur lorsque j'ai su qu'il allait venir chez vous... Je n'ai osé écrire que cette lettre qui a fait plus de mal que de bien ! Oh ! Cette peur !...

— Mais quelle était la raison de cette peur, Laura ? fis-je.

— Je le lui demandai. Elle me répondit en me posant une question : « N'auriez-vous pas peur d'un homme qui vous aurait enfermée dans une maison de folles et voudrait vous y interner à nouveau ? »

» Comme je lui demandais ensuite si elle n'avait plus peur maintenant, elle prit un air mélancolique :

» – Regardez-moi, miss Fairlie ! Pourquoi aurais-je encore peur, je suis mourante, murmura-t-elle en souriant pour la première fois. Croyez-vous que je retrouverai votre mère au Ciel et qu'elle me pardonnera si je répare tout le mal que j'ai fait ? Cette pensée ne m'a pas quittée tout le temps que je me suis cachée, par crainte de votre mari, tout le temps que j'ai été malade.

» Je la suppliai de m'expliquer ce qu'elle voulait dire, mais elle me regarda fixement en disant tout bas : « Pourrai-je réparer le mal ? Vous avez des amis qui vous défendront... et... Si vous connaissiez le secret, il aurait peur de vous et n'oserait plus vous traiter comme il m'a traitée !... Il vous traiterait avec bonté... et ce serait grâce à moi... » Elle s'arrêta tout à coup et, appuyant la tête contre le chambranle de la porte, elle ajouta avec exaltation : « Oh ! Si je pouvais au moins être enterrée près de votre mère !... et me réveiller avec elle au jour de la résurrection !... »

» C'était horrible de l'entendre, Marian, et je tremblais de tous mes membres.

» – Il n'y a pas d'espoir que je repose sous la croix de marbre blanc que j'ai lavée de mes mains et rendue si pure, si blanche ! Hélas, non ! soupira-t-elle. (Son visage était décomposé. Elle sembla vouloir faire un effort pénible :) Que disais-je ? me demanda-t-elle.

Quand je pense à votre mère, miss Fairlie, j'oublie tout !

» Je tâchai aussi doucement que possible de lui rappeler ses paroles.

» – Ah ! oui, dit-elle, je me souviens ! Vous ne pouvez empêcher votre mari de vous insulter et je dois vous dire la chose pour laquelle je suis venue ici... ! Je dois réparer le mal que je vous ai fait en ne parlant pas plus tôt...

» – De quoi s'agit-il donc ? demandai-je avec insistance.

» – Du secret dont votre cruel mari a si peur. Je l'ai menacé un jour de le dévoiler et je l'ai effrayé. Vous ferez la même chose... (Puis, d'un air hagard, elle continua tandis que son visage s'assombrissait :) Ma mère connaissait le secret et a dépéri pendant la moitié de sa vie à cause de lui. Lorsque je fus plus grande, elle me l'a révélé et, le lendemain, votre mari me...

» Elle s'arrêta de nouveau, et mettant un doigt sur ses lèvres, elle écouta attentivement en disant tout bas « Chut ! Chut ! », et elle s'en alla doucement.

» Je me levai pour la suivre, mais elle revint sur ses pas.

» – Le secret ? lui demandai-je, haletante, dites-moi le secret !

» Elle me prit le bras et, me regardant d'un air affolé elle dit dans un souffle :

» – Pas maintenant, nous ne sommes pas seules, nous sommes surveillées. Venez ici demain à la même heure, toute seule... N'oubliez pas... Toute seule !

» Me repoussant avec violence, elle s'enfuit en courant.

— Oh ! Laura, encore une chance de perdue ! Si j'avais été près de vous, elle ne nous aurait pas échappé !... N'avez-vous pas couru après elle ?

— Comment aurais-je pu, Marian ? J'étais terrifiée.

— Mais lorsque vous avez repris votre sang-froid ?

— Je suis revenue au plus vite pour tout vous raconter.

Cette personne qui les surveillait, était-elle réelle ou était-ce un effet de l'imagination d'Anne Catherick ? Comment le savoir ? En attendant, nous avions perdu celle-ci une seconde fois. Un espoir nous restait : qu'elle vînt au rendez-vous, le lendemain.

— Êtes-vous sûre de m'avoir tout dit, Laura ? Chaque petite chose a son importance.

— Je crois que oui, Marian, je n'ai pas votre mémoire, mais Anne Catherick m'a tellement impressionnée que je pense n'avoir rien oublié. Mais dites-moi, Marian, que dois-je faire ?

— N'a-t-elle pas fait, par hasard, allusion à l'endroit où elle habite en ce moment ?

— Non, je ne me souviens pas...

— N'a-t-elle pas parlé d'une compagne ou d'une amie – une certaine Mrs Clements ?

— Oh ! En effet, j'oubliais... Elle m'a dit que Mrs Clements aurait voulu l'accompagner sur les bords du lac, après l'avoir suppliée en vain de ne pas s'y aventurer seule.

— Et elle ne vous a pas expliqué où elle était allée en quittant Todd's Corner ?

— Non, de cela je suis certaine.

— Ni ce qu'avait été sa maladie ?

— Non, pas un mot... Oh ! Marian, que dois-je faire ? Conseillez-moi !

— Allez sans faute au rendez-vous demain, chérie, car votre bonheur dépend peut-être de ce qu'elle vous dira. Je vous suivrai à distance, soyez tranquille. Anne Catherick a échappé à Walter Hartright et à vous, mais elle ne m'échappera pas, à moi !

— Vous croyez vraiment à l'existence de ce secret dont mon mari redoute tellement la découverte ? Si ce n'était pourtant qu'une imagination de cette pauvre femme qui paraissait si étrange ?

— Je ne crois à rien, Laura, mais je constate la conduite de votre mari. En rapprochant ses actes des paroles d'Anne Catherick, je conclus qu'il doit y avoir un secret !

Ne voulant pas en dire plus long, je quittai la chambre. Je restais sous l'impression de mon cauchemar, et le récit de Laura ne faisait qu'accroître mon effroi. Je revoyais Hartright tel que je l'avais vu lorsque nous nous étions fait nos adieux, puis tel qu'il m'était apparu en rêve, et je me demandais vers quel abîme les événements nous entraînaient.

Je descendis pour inspecter les abords de la maison, car la façon dont Anne Catherick s'était enfuie me donnait l'envie de savoir comment le comte Fosco avait passé son temps, et de me rendre compte, si possible, des résultats auxquels avait pu aboutir le voyage de sir Percival. N'ayant rien découvert à l'extérieur, je traversai toutes les pièces vides du rez-de-chaussée. En remontant chez Laura, je vis Mrs Fosco et lui demandai d'un air indifférent si elle savait où avaient disparu ces messieurs. Elle me répondit qu'il y avait plus d'une heure que le comte, avec sa galanterie coutumière, l'avait prévenue qu'il partait faire une grande promenade à pied avec sir Percival.

Une grande promenade à pied ! Cela me parut bizarre, car cela n'était assurément pas dans leurs habitudes. Sir Percival n'aimait que les promenades à cheval, quant au comte, il ne s'éloignait jamais de la maison, sinon lorsque le désir lui prenait de me tenir compagnie !

Je ne fis aucune réflexion à ce sujet, et entrai chez Laura.

Elle me parla aussitôt de la signature en question. Notre conversation angoissée au sujet d'Anne Catherick nous avait fait oublier à toutes deux que sir Percival nous attendait dans la bibliothèque.

— Soyez tranquille à ce propos, lui dis-je. Pour le moment du moins, car sir Percival a changé d'avis : la signature de l'acte est remise à plus tard.

— Remise à plus tard ? Qui vous l'a dit ?

— Le comte Fosco, et je pense que c'est grâce à lui que votre mari a pris cette soudaine décision.

— Est-ce possible, Marian ? Si, comme nous le supposons, ma signature doit permettre à sir Percival d'entrer en possession d'une certaine somme dont il a un besoin urgent, comment peut-il différer la chose ?

— Peut-être, Laura, avons-nous le moyen de comprendre cette attitude. Auriez-vous oublié la conversation que j'ai surprise entre sir Percival et son avocat, dans le hall ?

— Non, certes. Mais je ne vois pas...

— Il était question de deux choses : ou bien vous donniez votre signature, ou bien l'avocat obtenait des traites à trois mois et ainsi gagnait du temps. C'est à ceci que sir Percival s'est en définitive décidé, et nous pouvons espérer n'être plus mêlées, pour quelque temps du moins, à ses difficultés pécuniaires.

— Oh ! Marian, c'est trop beau pour être vrai !

En consultant mon journal, je vis que mes souvenirs étaient exacts. Ce fut pour Laura et pour moi un grand soulagement. Mais quelle misérable situation est la nôtre si nous accueillons comme un réel bienfait la clarté de ma mémoire !

Le dîner et la soirée se sont passés sans incidents,

mais j'ai remarqué que sir Percival était beaucoup plus aimable avec sa femme. Il lui demanda si elle avait eu de récentes nouvelles de son oncle, quand elle comptait inviter la bonne Mrs Vesey à Blackwater Park, et il eut mille attentions rappelant son odieuse comédie de Limmeridge avant le mariage.

Après le dîner, il simula une sieste, tandis que ses yeux mi-clos nous observaient faussement.

Pas un instant, je n'ai douté qu'il soit allé à Welmingham, chez Mrs Catherick, mais maintenant, je crains bien qu'il n'y soit pas allé en vain, qu'il y ait appris certaines choses. Si je savais où trouver Anne, je me lèverais demain avec le soleil et j'irais l'avertir.

Le comte se montra fort prévenant. Ayant prié Laura de se mettre au piano, il apprécia son talent, non pas en amateur comme le pauvre Hartright, mais en réel connaisseur.

Nous nous séparâmes plus tard que d'habitude. Le vent s'étant levé, le comte me dit en me souhaitant le bonsoir : « Il y aura du changement demain, miss Halcombe ! »

7

19 juin.

Après ce qui s'était passé hier, je m'attendais au pire.

Ayant calculé qu'Anne Catherick serait au rendez-vous vers 2 h 30, je décidai que Laura assisterait au lunch aujourd'hui et s'éclipserait ensuite à la première occasion venue. Je ne la suivrais que quelques instants après, afin de sauvegarder les apparences. Le changement de temps annoncé par le comte Fosco s'était manifesté par une pluie torrentielle. À midi cependant, le ciel s'éclaircit et le soleil brilla à nouveau, promettant un bel après-midi.

Le petit déjeuner à peine terminé, sir Percival était parti sous la pluie battante pour une promenade mystérieuse. Le comte, lui, passa la matinée à tapoter des airs de piano.

Au lunch, sir Percival n'étant pas encore rentré, le comte prit la place du maître de maison. Au bout de dix minutes, Laura quitta la table, comme convenu, et je restai clouée à ma place jusqu'à ce que le domestique vînt débarrasser. Lorsque je quittai la salle à manger, le comte Fosco, du bout des lèvres, présentait du sucre à son désagréable perroquet, tandis que Mrs Fosco regardait son mari et l'oiseau, comme si c'était la première fois qu'elle les voyait. Il était 2 h 45.

En allant vers la sapinière, je m'arrangeai pour ne pas être vue de la maison. Dès que je fus sous les arbres, je hâtai le pas jusqu'à ce que je fusse arrivée à mi-chemin dans le bois. Là, je me remis à marcher avec prudence ; mais je ne vis personne, je n'entendis aucune voix. Même silence lorsque j'approchai du hangar. N'y avait-il donc personne ! J'appelai : « Laura ! Laura ! », d'abord assez bas puis à voix plus haute – mais je ne reçus aucune réponse. Mon cœur se mit à battre violemment, et plus encore quand j'aperçus la trace de ses souliers dans le sable, devant la porte. À mieux regarder, je vis la trace des pas de deux personnes, des pas d'homme et des pas de femme, et j'étais certaine que ceux-ci étaient ceux de Laura. Ces traces se brouillaient aux abords du hangar et, tout contre les planches de celui-ci, un petit trou récemment fait dans le sable attira mon attention. Mais je ne m'y arrêtai pas autrement et me mis à suivre les traces des pas qui, par un sentier détourné et broussailleux que l'on prenait rarement – et où je vis même attachée aux ronces quelques franges déchirées du châle de Laura – me ramenèrent à la maison par l'entrée de service. La première personne que je vis à l'office fut Mrs Michelson, la gouvernante.

— Savez-vous si lady Glyde est déjà rentrée de sa promenade ? demandai-je anxieuse.

— Madame vient de rentrer avec sir Percival, mademoiselle, mais je crains qu'il ne soit arrivé quelque chose de désastreux ! me répondit-elle.

— Pas un accident ? m'écriai-je affolée.

— Non, non ! Grâce à Dieu, pas d'accident, mais madame est montée dans sa chambre en pleurant, et sir Percival a donné à Fanny son congé immédiat.

Fanny était la femme de chambre dévouée de Laura depuis des années.

— Où est-elle ? questionnai-je.

— Dans ma chambre, car la pauvre fille est désolée, et je lui ai dit de se remettre un peu avant de partir.

Je montai dans la chambre de Mrs Michelson où je trouvai la servante tout en pleurs. Elle ne put me donner aucune explication sur son renvoi incompréhensible, sir Percival lui ayant fait remettre un mois de gages de dédommagement avec ordre de ne pas dire adieu à sa maîtresse.

Après avoir calmé de mon mieux la pauvre fille, je lui demandai où elle comptait loger cette nuit. Elle me dit avoir l'intention d'aller dans la petite auberge du village dont la patronne était connue des domestiques. En partant le lendemain de bonne heure, elle atteindrait Limmeridge, sans devoir loger à Londres. Le départ de Fanny me donnant un moyen sûr de communiquer avec Londres et Limmeridge House, j'assurai la brave fille que nous ne l'abandonnerions pas et que, ce soir même, je viendrais la revoir à l'auberge, puis je me dirigeai vers la chambre de Laura. La porte de l'antichambre qui la précédait était fermée à clé et je frappai violemment. La grosse servante que j'avais vue le soir de mon arrivée à Blackwater apparut, l'air bourru. Elle se nommait Margaret Porcher.

— Eh bien ? Que faites-vous là ? Vous ne voyez pas que je veux entrer ?

— Oui, mais vous ne pouvez pas ! répondit-elle en ricanant.

— Comment osez-vous me parler de la sorte ? Reculez tout de suite !

Elle me barra la porte de ses gros bras rouges, en secouant la tête.

— Ce sont les ordres du maître !

Lui tournant brusquement le dos, je descendis quatre à quatre, à la recherche de sir Percival. Ma résolution de toujours garder mon sang-froid devant n'importe quelle attitude de sir Percival était en ce moment bel et bien oubliée, je l'avoue ! J'entrai en trombe dans la bibliothèque, où je le trouvai en compagnie du comte et de la comtesse Fosco. Comme j'entrais, j'entendis le comte dire d'une voix forte :

— Non, mille fois non !

Je me dirigeai droit sur sir Percival et le regardai en face.

— Dois-je comprendre que l'appartement de votre femme est devenu une prison, sir Percival, et que le gardien en est cette Margaret Porcher ?

— Exactement, mademoiselle ! Et prenez garde que mon gardien n'ait une double tâche à remplir bientôt... et que votre chambre ne devienne aussi une prison !

— Prenez garde vous-même à la façon dont vous traitez votre femme et me menacez ! m'écriai-je. Il existe des lois en Angleterre pour protéger les femmes... Si vous touchez un cheveu de la tête de Laura, si vous osez attenter à ma liberté, advienne que pourra, mais je ferai appel à ces lois !

Sans me répondre, il se tourna vers le comte et lui demanda :

— Que vous disais-je tout à l'heure et que me répondiez-vous ?

— Ce que je vous ai déjà dit : Non et non !

Malgré toute ma colère, je me rendis compte que ses yeux gris et pénétrants étaient fixés sur moi. Puis, lentement, il les détourna et jeta un regard significatif à sa femme.

Celle-ci s'approcha de moi en s'adressant à sir Percival.

— Voulez-vous m'écouter un instant, sir Percival, déclara-t-elle d'une voix glaciale. Je vous remercie de votre hospitalité, mais je ne puis l'accepter plus longtemps. Je ne reste jamais dans une maison où les dames sont traitées d'une telle façon !

Sir Percival recula en la regardant fixement. La déclaration de la comtesse, qu'il savait inspirée par le comte, semblait le pétrifier.

— Elle est sublime ! s'exclama ce dernier en s'approchant de sa femme et en lui offrant le bras. Je suis à vos ordres, Eleanore, et à ceux de miss Halcombe, si elle me fait l'honneur d'accepter mes services.

— Sacrebleu ! Mais que voulez-vous dire ? s'écria sir Percival devenu blême.

— Ordinairement, je veux dire ce que je dis, mais cette fois je veux dire ce que ma femme dit, répondit l'impénétrable Italien. Pour une fois, nous avons interverti les rôles, et l'opinion de Mrs Fosco est la mienne.

Chiffonnant nerveusement le papier qu'il tenait en main, sir Percival se mit devant la porte.

— Faites comme il vous plaira ! dit-il, écumant de rage, et vous verrez ce qu'il en adviendra !

Et il sortit.

Mrs Fosco regarda son mari d'un air interrogateur.

— Qu'est-ce que cela veut dire ? demanda-t-elle.

— Cela veut dire que nous avons maté le plus mauvais caractère d'Angleterre, répondit calmement le comte. Cela signifie, miss Halcombe, que cette impardonnable insulte ne se renouvellera plus et que lady Glyde est libre. Permettez-moi de vous exprimer ma profonde admiration pour votre conduite et votre courage dans une telle épreuve !

— Mes sincères félicitations, ajouta Mrs Fosco.

— Mes sincères félicitations, répéta son mari.

Malgré mon impatience d'aller rejoindre Laura et d'apprendre ce qui s'était réellement passé au hangar, je tâchai de rester calme. J'entendis le pas lourd de sir Percival dans l'escalier, puis un murmure de voix, tandis que Mrs Fosco m'affirmait, de son ton le plus paisible et le plus conventionnel, qu'elle se réjouissait pour nous tous de la conduite de sir Percival qui ne les obligeait pas, elle et son mari, à quitter Blackwater Park !

— Mademoiselle, me dit le comte avec courtoisie, j'ai le grand plaisir de vous informer que lady Glyde est de nouveau maîtresse chez elle. J'ai pensé qu'il vous serait plus agréable d'apprendre cette nouvelle de ma bouche plutôt que de celle de sir Percival.

— Délicate attention ! fit Mrs Fosco.

Le comte sourit et s'inclina devant elle comme s'il recevait un compliment d'un étranger, puis il s'effaça pour me laisser passer. Comme je montais rapidement l'escalier, la voix de sir Percival me parvint :

— Qu'attendez-vous pour venir me parler, Fosco ? criait-il avec impatience.

— Je désire reprendre mes esprits d'abord, Percival, répondit l'autre avec calme. Je vous verrai plus tard, cher ami, plus tard !

Dans ma hâte et mon agitation en arrivant chez Laura, je laissai la porte de l'antichambre ouverte, mais j'eus soin cependant de refermer celle de sa chambre.

Je trouvai Laura assise près de la table, le front appuyé dans les mains, l'air las. Elle poussa un cri de joie en me voyant.

— Comment êtes-vous parvenue à entrer, Marian ? Grâce à qui ?

— Grâce au comte, évidemment ! répondis-je avec impatience, car j'avais moi-même des questions à lui poser. Qui d'autre a de l'influence dans cette maison ?

Elle m'arrêta avec un geste de dégoût.

— Ne me parlez pas de lui ; c'est l'homme le plus vil que je connaisse... C'est un misérable espion !...

Avant que j'aie eu le temps de l'arrêter, nous entendîmes le froissement d'une robe de soie dans l'antichambre et l'on frappa à la porte. Mrs Fosco apparut tenant mon mouchoir en main.

— Vous l'avez laissé tomber dans l'escalier, miss Halcombe, dit-elle en me le tendant, et je vous l'ai apporté en passant.

Son visage naturellement pâle était devenu livide, ses mains tremblaient et ses yeux nous regardaient d'un air féroce. Sans nul doute, elle avait entendu les derniers mots de Laura.

Lorsqu'elle fut sortie, je regardai celle-ci avec effroi :

— Je crains que nous ne regrettions amèrement d'avoir traité le comte d'espion, Laura !

— Vous lui auriez donné le même nom, Marian, si vous aviez appris ce que je sais. Anne Catherick avait raison, quelqu'un nous surveillait, hier, et c'était...

— En êtes-vous certaine ?

— Absolument, Marian ! Il était chargé par sir Percival de nous espionner et, d'après les renseignements qu'il lui a donnés, mon mari lui-même nous a guettées, Anne Catherick et moi, toute la matinée.

— L'avez-vous vue ?

— Non, quand je suis arrivée au hangar, cet après-midi, elle n'y était pas. Ne la voyant pas venir, je me promenai de long en large en réfléchissant et en regardant le sol. Tout à coup, je remarquai une grande inscription dans le sable et je lus : regardez.

» Je grattai un peu et trouvai un papier avec quelques lignes signé A. C.

— Où est-il ?

— Sir Percival me l'a pris.

— Pouvez-vous vous rappeler ce qui était écrit ?

— En substance, oui, Marian, car c'était très court :

« J'ai été vue avec vous hier par un gros homme, mais j'ai pu lui échapper, sa corpulence l'empêchant de courir. Je n'ose pas revenir aujourd'hui. J'écris ce billet et je l'enfouis dans le sable, à 6 heures, ce matin. Lorsque nous reparlerons du secret de votre misérable mari, nous devrons le faire en sécurité ou pas du tout. Prenez patience, je vous promets de revenir bientôt.

A. C. »

Je savais qui était ce « gros homme » dont parlait Anne Catherick. Je me souvenais parfaitement que, en présence du comte, la veille, j'avais dit à sir Percival que Laura était partie vers le lac, à la recherche de sa broche. Il l'avait probablement suivie là-bas, peut-être dans l'intention de lui apprendre la décision de sir Percival et ainsi la tranquilliser au sujet de la signature. Anne Catherick avait dû le voir au moment où il sortait de la sapinière, et la façon brusque dont elle avait quitté Laura avait sans doute incité le comte à la suivre. Mais, en tout cas, il n'avait pas pu avoir le temps de s'approcher assez du hangar pour entendre la conversation des deux jeunes femmes. Une fois que je fus arrivée à cette conclusion, ma curiosité revint à sir Percival.

— Comment votre mari a-t-il pris ce billet ? demandai-je.

— Après l'avoir rapidement parcouru, je rentrai dans le hangar avec l'intention de le relire attentivement. Tandis que je lisais, une ombre s'est profilée dans l'encadrement de la porte et sir Percival apparut. Je dissimulai rapidement la lettre, mais il me dit d'un ton sarcastique :

» – Inutile de cacher ce papier, je l'ai lu avant vous. Comprenez-vous ? Je l'ai déterré, il y a environ deux heures, puis je l'ai remis à sa place, afin de vous prendre en flagrant délit. Vous avez vu Anne Catherick hier. Je ne suis pas encore parvenu à l'attraper, elle, mais je vous ai, vous. Donnez-moi cette lettre !

» J'étais seule avec lui, Marian, qu'aurais-je pu faire ? Je la lui remis. Il me prit alors par le bras et me força à sortir du hangar en regardant de tous les côtés avec inquiétude. Il enfonça ses ongles dans ma chair et me dit d'un ton menaçant :

» – Que vous a dit Anne Catherick hier ? Je veux le savoir !

» Il me meurtrissait le bras, Marian, et j'étais seule avec lui.

— Voit-on encore les traces de ses doigts, Laura ? Montrez-moi votre bras.

— Pourquoi, Marian ? Elles ne me font plus mal !

— Parce que la patience a une fin et qu'il est temps

d'agir. Cette marque est une arme dont je pourrais avoir besoin pour vous défendre un jour !

Mon sang bouillonna dans mes veines lorsque je vis le pauvre bras lacéré et tuméfié. Laura se méprit sur mes sentiments. Au vrai, je ne me sentais plus de colère !

— Ce n'est pas grave, Marian, je vous assure !

— Pour votre bien, chérie, je tâcherai d'y penser avec calme. Mais, dites-moi, lui avez-vous tout raconté ?

— Oui, Marian, je n'ai pu me taire... J'avais trop peur !... Lorsque j'eus fini, il ricana :

» – Je veux savoir le reste ! cria-t-il.

» J'eus beau lui jurer que je lui avais tout dit, il ne voulut pas me croire.

» – Je vous forcerai bien à le dire à la maison, ajouta-t-il, et de peur de vous rencontrer, sans doute, il me ramena par un chemin détourné que je ne connaissais pas. Lorsque nous fûmes en vue de la maison, il s'arrêta :

» – Je vous donne une dernière chance : voulez-vous parler ? me demanda-t-il sèchement.

» Je ne pouvais que répéter mes paroles. Il maudit alors mon entêtement et entra avec moi dans l'office en disant :

» – Inutile de me mentir ! Je vous ferai avouer par la force s'il le faut... et votre sœur aussi ! Vous ne comploterez plus ensemble avant de m'avoir dit la vérité.

» Il m'emmena directement dans mon appartement, malgré mes protestations et mes larmes. Il congédia la pauvre Fanny sans raison et, m'ayant poussée dans la chambre, la referma à clé. Il avait l'air d'un vrai fou, Marian. Oh ! Si vous l'aviez vu !

— Je m'en rends compte, Laura ! Il est fou, en

effet... Fou de terreur parce qu'il est persuadé que vous connaissez le secret dont vous a parlé Anne Catherick, et rien ne l'en dissuadera. C'est pourquoi il faut agir. Le comte a obtenu que je vous voie aujourd'hui, mais tout peut être changé demain. Il est impossible de prévoir à quelles violences sir Percival se laissera aller. Il faut agir sans tarder, croyez-moi.

— Mais que pouvons-nous faire, Marian ?... Si nous pouvions au moins fuir cette maison pour toujours !

— Fiez-vous à moi, Laura, et ne craignez rien. Je compte écrire deux lettres que je vais porter ce soir à l'auberge, pour les confier à Fanny. J'adresse l'une de ces lettres au remplaçant de Mr Gilmore, lui racontant tout ce qui s'est passé : je suis sûre que la loi protégera la femme maltraitée que vous êtes.

— Mais pensez au scandale, Marian !

— Je compte justement sur le scandale ! Sir Percival a plus de raisons que vous de le redouter ! Seule la crainte du scandale peut l'amener à changer d'attitude.

— Il sera furieux, et notre position ici n'en sera que plus dangereuse !

Je comprenais la vérité de ces paroles. Pourtant, il n'y avait plus pour nous d'autre solution que de risquer le pire. Je l'expliquai à Laura, aussi prudemment que possible.

Elle soupira, mais ne désapprouva point.

— Et la seconde lettre, à qui devez-vous l'écrire ? demanda-t-elle alors.

— À Mr Fairlie, pour lui dire que, étant votre tuteur, il est de son devoir d'intervenir.

Elle secoua tristement la tête.

— Oh ! je sais, il est égoïste, faible, superficiel, repris-je, mais il n'est pas sir Percival Glyde et n'a pas comme ami un comte Fosco ! Je n'attends rien de sa bonté, mais il fera beaucoup pour protéger sa tranquillité. Laissez-moi le persuader que son intervention lui évitera des ennuis, du scandale, des responsabilités, et vous le verrez réagir... pour lui... non pour nous !

— Si vous pouviez seulement le persuader de nous laisser revenir à Limmeridge House pendant quelque temps, Marian !

Ce souhait me suggéra une idée nouvelle. N'était-il pas possible de mettre sir Percival devant cette alternative ? Le menacer de faire agir la loi en faveur de sa femme, ou bien obtenir qu'il se séparât de Laura pendant quelque temps sous prétexte d'une visite à son oncle ? Cela, vraisemblablement, il ne l'accepterait pas. Et pourtant, ne sachant que faire d'autre, je résolus de tout tenter en ce sens.

— Je vais faire part de votre désir à Mr Fairlie, Laura, et, à ce sujet également, je prendrai l'avis de l'avocat.

Comme je me levais, Laura m'arrêta.

— Oh ! Ne me laissez pas seule, Marian, écrivez vos lettres ici, je vous en prie !

J'hésitai, puis, dans son intérêt, je lui expliquai que nous étions restées déjà trop longtemps ensemble et qu'il ne fallait pas éveiller de nouveaux soupçons.

— Avant une heure, je serai de retour, chérie. Fermez votre porte à clé et n'ouvrez à personne !

Et je sortis.

8

Même jour.

En entendant le bruit de la clé à l'intérieur de la chambre de Laura, l'idée me vint de fermer ma porte également. J'examinai ma table de travail avec méfiance et remarquai que mon cachet était soigneusement remis dans le tiroir, ce que, dans mon désordre habituel, je ne faisais jamais. Bien que la chose m'étonnât, il se pouvait, après tout, que je l'eusse, machinalement, rangé là. Je fermai la porte à clé et descendis.

Mrs Fosco examinait attentivement le baromètre dans le hall.

— Il descend encore ! Nous aurons de la pluie ! me dit-elle.

Son visage avait repris sa froideur naturelle, mais le doigt qui désignait le baromètre tremblait encore. Avait-elle déjà eu le temps de prévenir son mari des paroles de Laura ? Je voulais en avoir le cœur net, car, malgré les manières polies de la comtesse, j'hésitais à croire qu'elle eût pardonné à sa nièce le fameux legs de 10 000 livres, et je redoutais les conséquences de son ressentiment. J'étais décidée à réparer, si possible, l'offense qu'avait pu lui faire Laura.

— Lorsque vous avez été assez aimable pour me rapporter mon mouchoir, commençai-je, je crains que vous n'ayez entendu les mots un peu violents de Laura. J'espère que vous n'y avez attaché aucune importance et que vous ne les avez pas répétés au comte Fosco ?

— Je n'y ai en effet attaché aucune importance, répondit-elle d'un ton aigre, mais, comme je n'ai aucun secret pour mon mari, je les lui ai dites.

Je m'étais, hélas ! attendue à cette réponse, et pourtant un frisson me passa dans le dos.

— Puis-je vous prier, madame, vous et votre mari, de songer dans quelle situation se trouve ma sœur, et quel état d'esprit est le sien ? Elle ne se maîtrise plus et j'espère que vous lui pardonnerez ces paroles !

— Certainement ! s'écria le comte en sortant de la bibliothèque. Lady Glyde m'a fait une injure que je déplore, mais que je pardonne. N'en parlons plus, mademoiselle.

— Vous êtes très bon, dis-je en le regardant. Vous me soulagez...

Je ne pus achever ma phrase : il me fixait de ses yeux perçants et me souriait de son sourire menteur et sournois. Deviner sa duplicité et sentir en même temps que je m'abaissais devant ce couple dans le but de me concilier sa bienveillance, voilà qui me troublait affreusement.

— Je vous supplie de ne pas insister, mademoiselle, reprit-il. Je suis réellement offensé que vous ayez jugé nécessaire d'en dire autant !

Sur ce, il me baisa la main. Je frissonnai de dégoût, de mépris pour moi-même, et cependant j'essayai de sourire.

Feindre plus longtemps fût devenu impossible (et ce sentiment mêlé me relevait un peu dans ma propre estime) si la jalousie de la comtesse n'était venue à mon secours. Ses yeux flamboyèrent tout à coup, ses joues devinrent cramoisies, et elle s'écria :

— Comte ! Vos formes de galanterie ne sont pas appréciées des Anglaises !

— Pardonnez-moi, mon ange ! Mais vous, la plus aimée et la meilleure des Anglaises, vous les appréciez !

Laissant retomber ma main, il prit celle de sa femme et la porta à ses lèvres.

Je montai dans ma chambre. Si j'avais eu alors le loisir de penser, mes pensées eussent été bien amères. Mais, heureusement pour ce qui me restait de sang-froid et de courage, il me fallut tout de suite passer à l'action. J'écrivis mes deux lettres puis me rendis chez Laura.

— Personne ne vous a dérangée, chérie ?

— Non, Marian, mais j'ai entendu un froissement de robe dans l'antichambre.

Mrs Fosco, je le compris tout de suite, avait donc fait un petit tour d'inspection et, si elle était passée devant ma chambre, elle avait dû entendre le grincement de ma plume sur le papier tandis que j'écrivais. Une raison de plus pour ne pas déposer mes lettres dans le sac postal.

— Craignez-vous de nouveaux dangers ? fit Laura en me voyant songeuse.

— Non, chérie, à peine quelques difficultés pour remettre les lettres en sécurité entre les mains de Fanny.

— Oh ! Marian, je vous en prie, ne courez pas de risques !

— N'ayez aucune crainte ! Voyons... Quelle heure est-il ?

Il était 5 h 30. J'avais le temps d'aller jusqu'à l'auberge et d'être rentrée avant le dîner.

— Refermez votre porte, Laura ; je serai revenue dans une heure. Courage ! Demain, un homme intelligent et dévoué défendra votre cause, chérie !... Si on me demande, dites que je suis allée faire une promenade.

Je ne savais pas si sir Percival était dans la maison ou non. En descendant, j'entendis le chant des canaris dans la bibliothèque, et le comte qui leur parlait ; et par la porte entrouverte, je vis, à ma grande surprise, qu'il était en train de prouver à la gouvernante la docilité des oiseaux en lui montrant tous les tours qu'il leur avait appris. Sans aucun doute, il l'avait invitée à venir dans la bibliothèque : jamais elle n'y serait entrée d'elle-même. Les moindres actes de cet homme, j'en étais persuadée, cachaient une intention. Que signifiait cela ?

Je trouvai Mrs Fosco en promenade autour du vivier, selon son habitude. Comment allait-elle m'accueillir après le mouvement de jalousie dont j'avais été la cause, à peine une heure auparavant ? Mais son mari l'avait sans doute calmée, car elle me parla avec sa politesse coutumière. Je lui demandai où était sir Percival. Elle me répondit qu'il était sorti depuis deux heures.

— Quel cheval a-t-il pris ?

— Aucun ! Il est parti à pied afin de poursuivre ses recherches au sujet de cette Anne Catherick. À propos, savez-vous si elle est dangereusement folle ?

— Je l'ignore, comtesse.

— Rentrez-vous ?

— Oui, je crois qu'il est presque l'heure de s'habiller pour le dîner.

Nous rentrâmes. Mrs Fosco se dirigea vers la bibliothèque, et j'en profitai pour prendre mon manteau et mon chapeau. Je remarquai que les canaris s'étaient tus. Je sortis sans voir personne, les deux lettres au fond de ma poche.

En allant au village, je m'attendais à rencontrer sir Percival ; mais, devant lui, j'étais certaine de ne pas perdre ma présence d'esprit, car lui-même s'emportait trop facilement ; et savoir où il était allé me tranquillisait plutôt. Tant qu'il ne songeait qu'à retrouver Anne Catherick, Laura et moi pouvions respirer un peu. Pour notre bien à toutes les trois, j'espérais de tout mon cœur qu'Anne lui échapperait encore.

Je marchais aussi vite que la chaleur me le permettait, me retournant de temps à autre pour m'assurer que je n'étais pas suivie. Je ne vis qu'un lourd chariot vide, dont les roues grinçaient horriblement. Comme je m’arrêtais pour le laisser passer – car la route était étroite et bordée d’arbres touffus – il me sembla voir les pieds d’un homme marchant derrière, alors que le charretier se trouvait devant, conduisant ses chevaux. Je suppose que mon impression était fausse, puisque, après le passage du chariot, la route était déserte.

J’atteignis l’auberge sans voir âme qui vive et constatai avec plaisir que Fanny avait reçu un accueil cordial.

Je montai dans sa chambre où, après avoir calmé un nouveau torrent de larmes, je lui expliquai ce que j’attendais d’elle.

— Fanny, je vais vous charger d’une mission de confiance. Voici deux lettres que vous allez garder sur vous. Celle avec le timbre, vous la mettrez à la poste en arrivant à Londres, demain ; l’autre, vous la remettrez vous-même à Mr Fairlie dès votre arrivée à Limmeridge. Ne les confiez à personne ; elles sont de la plus grande importance pour votre maîtresse.

Fanny mit les deux lettres dans son corsage en me disant :

— Elles resteront là jusqu’à ce que j’aie exécuté vos ordres, mademoiselle, comptez sur moi.

— Ne manquez surtout pas votre train demain matin et dites à la gouvernante de Limmeridge House que vous êtes à mon service jusqu’à ce que lady Glyde puisse vous reprendre. Nous nous reverrons bientôt. Allons, courage et ne manquez pas votre train !

— Merci, mademoiselle, merci de tout cœur. Voulez-vous présenter mes respects à ma maîtresse et lui dire que je suis désolée de la quitter. Mon Dieu ! Mon Dieu !

Je coupai court aux effusions et partis précipitamment. J’arrivai un quart d’heure avant le dîner, de sorte que j'eus le temps de m'habiller en hâte et de dire deux mots à Laura.

— Les lettres sont entre les mains de Fanny ! Descendez-vous pour dîner ? lui demandai-je.

— Oh ! non, pas pour tout l'or du monde !

— Personne n'est venu ?...

— Si, sir Percival, il y a quelques instants. Il m'a effrayée en donnant un violent coup de poing sur la porte et en criant :

» – Avez-vous réfléchi et êtes-vous décidée à me dire la vérité ? Je vous forcerai à la dire tôt ou tard ! Dites-moi où est Anne Catherick !

» – Je vous certifie que je l'ignore ! m'écriai-je.

» – Bien ! Je briserai votre entêtement par n'importe quel moyen ! répondit-il avec colère, et il partit.

Anne était encore sauvée pour aujourd'hui ! Comme la cloche du dîner se faisait entendre, je descendis après avoir promis à Laura de revenir auprès d'elle dans la soirée.

Sir Percival offrit le bras à Mrs Fosco pour passer dans la salle à manger, et le comte m'offrit le sien. Il paraissait avoir très chaud et n'était pas habillé avec son soin habituel. M'avait-il suivie ? Il parut ennuyé pendant tout le repas ; toutefois, comme toujours, il se montra très aimable à mon égard, ce qui ne laissait pas de m'inquiéter. Quel que fût son dessein, il avait adopté, depuis son arrivée ici, une ligne de conduite bien définie : des façons polies envers moi, respectueuses envers Laura et, envers sir Percival, une fermeté qui triomphait toujours des colères inopportunes de ce dernier. Lorsque Mrs Fosco se leva, il voulut nous accompagner au salon.

— Pourquoi diable partez-vous, Fosco ? demanda sir Percival. J'ai à vous parler !

— Je m'en vais parce que j'ai assez bu et mangé,

répondit le comte. Soyez assez bon pour m'excuser de sortir ainsi de table avec les dames.

— Balivernes ! Un autre verre de vin ne vous fera aucun mal ! Rasseyez-vous comme un Anglais et bavardons !

— Pas pour le moment, Percival, pas pour le moment ! Plus tard dans la soirée, je vous prie.

— Aimable façon de faire envers un maître de maison ! murmura sir Percival maussade.

C'était la seconde fois que le comte évitait de se trouver en tête à tête avec son ami. La remarque de celui-ci laissa le comte parfaitement indifférent et il quitta la salle à manger avec nous.

Nous étions au salon depuis quelques minutes à peine quand il alla dans le hall et revint avec le sac postal. C'était l'heure habituelle où celui-ci était expédié vers la gare.

— Pas de lettre pour la poste, miss Halcombe ? demanda-t-il en me tendant le sac.

Mrs Fosco s'arrêta de verser le thé pour écouter ma réponse.

— Non, comte, merci, pas de lettre aujourd'hui.

Ayant remis le sac au domestique, il s'assit au piano et joua des airs napolitains. Sa femme, d'ordinaire si calme, prépara le thé aussi vite que je l'aurais fait moi-même, avala sa tasse en hâte et s'éclipsa.

Je me levai pour la suivre, me méfiant de ce qu'elle pouvait faire si elle rencontrait Laura et, d'autre part, ne tenant pas à rester seule avec son mari. Mais le comte me retint en me priant de lui verser une autre tasse de thé. J'essayai de nouveau de m'échapper lorsque je la lui eus tendue, mais il me demanda mon avis sur une question musicale, tandis que lui-même s'installait au piano. J'eus beau lui dire que je ne connaissais rien à la musique, rien n'y fit.

— Les Anglais et les Allemands, déclara-t-il indigné, sont toujours à se moquer des Italiens sous prétexte qu'ils sont incapables ni de composer ni de goûter aucun genre de musique élevée. Les Anglais parlent sans cesse de leurs oratorios, et les Allemands de leurs symphonies. Oublient-ils mon compatriote, l'immortel Rossini ? Qu'est-ce donc que *Moïse en Égypte*, sinon un oratorio sublime qui fut joué sur une scène de théâtre au lieu d'être chanté dans une salle de concert ? Qu'est-ce donc que l'ouverture de *Guillaume Tell*, sinon une symphonie sous un autre nom ? Avez vous jamais entendu son *Moïse ?* Écoutez cet air, et puis celui-ci, et celui-ci encore... Et dites-moi si l'on a jamais rien composé de plus grandiose dans le genre sacré ?

Sans attendre un mot de réponse, il se mit à faire vibrer le piano sous son jeu puissant, à chanter avec un fervent enthousiasme, cependant que, le visage tourné vers moi, il me regardait dans les yeux. Il s'interrompait de temps à autre pour m'annoncer d'un air très fier le titre des différentes parties :

— *Le Chœur des Égyptiens dans les Ténèbres*, mademoiselle !... *Récitatif de Moïse apportant les Tables de la Loi !... Prière des Israélites au passage de la mer Rouge !...* Ah ! N'est-ce pas sublime ?

Le piano tremblait, sur la table, les tasses à thé s'entrechoquaient...

Il y avait quelque chose de terrible, de diabolique, dans le plaisir délirant qu'il prenait à jouer et à chanter, dans l'air triomphant avec lequel il m'observait tandis que je reculais de plus en plus vers la porte.

Sir Percival me libéra enfin en ouvrant la porte de la salle à manger et en demandant quel était ce bruit infernal. Le comte quitta aussitôt le piano en s'écriant :

— Oh ! Sir Percival arrive, le charme est rompu !

Et il se précipita vers le jardin en chantant encore le *Récitatif de Moïse*. J'entendis sir Percival l'appeler en vain par la fenêtre ; il faisait la sourde oreille. La conversation que sir Percival désirait était à nouveau remise à plus tard. Il fallait attendre le bon plaisir du comte.

Pendant tout ce temps, où était Mrs Fosco ?

Je montai d'abord m'assurer qu'elle n'était pas chez Laura, mais celle-ci ne l'avait pas vue et n'avait pas entendu le moindre froissement de robe. Vers 10 heures, ayant encore quelques lignes à écrire dans mon journal, je la quittai en lui recommandant de fermer sa porte à clé et descendis au salon avant de remonter dans ma chambre.

Sir Percival bâillait dans un fauteuil, le comte lisait et Mrs Fosco, cramoisie, s'éventait avec vigueur. Elle semblait pour la première fois souffrir de la chaleur.

— Je crains que vous ne vous sentiez pas très bien, comtesse, lui dis-je en entrant.

— Je me faisais la même réflexion en vous regardant, me répondit-elle sèchement. Vous êtes si pâle, ma chère !

Quelle appellation familière et quel air insolent !

— J'ai mal à la tête, dis-je froidement.

— Ah ! vraiment ! Manque d'exercice, je suppose ! Vous auriez dû faire une promenade avant le dîner, cela vous aurait fait du bien !

— Venez fumer un cigare, Fosco, interrompit sir Percival en se levant.

— Avec plaisir, quand ces dames seront montées chez elles, cher ami ! répondit le comte avec courtoisie.

— Excusez-moi, comtesse, si je donne l'exemple ce soir ; j'ai un tel mal de tête ! prétextai-je pour m'esquiver.

Elle me regarda avec le même sourire narquois, en

me disant bonsoir. Sir Percival, les yeux rivés sur Mrs Fosco, ne me salua même pas ; visiblement, il était impatient de la voir s'en aller à son tour. Mais elle ne se levait pas encore. Le comte souriait derrière son livre. C'était la comtesse, cette fois, qui retardait la conversation entre les deux amis.

9

Même jour.

En sécurité dans ma chambre, j'ouvris mon journal et me disposai à écrire.

Pendant 10 minutes, j'essayai en vain de fixer mon esprit. Impossible ! J'étais hantée par cette entrevue que sir Percival cherchait à avoir avec le comte depuis le matin et qui allait enfin avoir lieu en pleine nuit.

Laissant ma bougie allumée, je passai dans mon petit salon dont je refermai la porte, et me dirigeai vers la fenêtre grande ouverte. La nuit était noire et calme ; ni lune ni étoiles n'éclairaient le firmament. Me sentant lasse, j'allais me retirer pour me coucher lorsqu'une odeur de tabac monta jusqu'à moi. Intriguée, je scrutai l'obscurité et vis se déplacer sous ma fenêtre un petit rond lumineux qui avança jusque sous la fenêtre de ma chambre à coucher, où ma bougie était toujours allumée. Quelques instants après, je vis une seconde étincelle s'avancer vers la première et je devinai que sir Percival venait de rejoindre le comte. Tous deux avaient dû marcher sur le gazon, sinon j'aurais certainement entendu le pas lourd de sir Percival – celui du comte étant fort léger, j'aurais pu ne pas l'entendre, même sur le gravier.

La voix de sir Percival perça le silence :

— Qu'y a-t-il encore ? demanda-t-il à voix basse. Pourquoi ne rentrez-vous pas ?

— Je désire voir d'abord disparaître la lumière de cette fenêtre, répondit doucement le comte.

— En quoi vous gêne-t-elle ?

— Cela prouve qu'elle n'est pas couchée. Elle est assez intelligente pour se douter de quelque chose et assez audacieuse pour descendre et venir écouter. Patience, Percival, patience !

— Quelles sottises ! Vous parlez toujours de patience !

— Je vais vous dire autre chose, si vous le désirez. Mon bon ami, vous êtes sur le bord d'un précipice et si je vous laisse encore faire une gaffe vis-à-vis des femmes, je vous assure, parole d'honneur, qu'elles vous pousseront au fond !

— Que voulez-vous dire ?

— Je vous l'expliquerai quand cette lumière sera éteinte et que j'aurai inspecté toutes les chambres contiguës à la bibliothèque, la cage d'escalier y compris.

Ils s'en allèrent lentement, mais le peu que j'avais surpris de leur conversation m'avait décidée, coûte que coûte, à entendre leur entretien. Je savais donc qu'il aurait lieu dans la bibliothèque. Je devais donc ou bien me cacher dans une des chambres du rez-de-chaussée et risquer d'être découverte, ou bien parvenir à me glisser par ma fenêtre, sans bruit, sur le toit de la véranda qui longeait toute la maison et me faufiler entre les pots de fleurs jusqu'au-dessus de la bibliothèque. J'adoptai la dernière solution, car si ces messieurs, selon leur habitude, mettaient leurs fauteuils près de la fenêtre ouverte, je ne perdrais pas un mot de leur conversation. (Tout le monde sait qu'une conversation assez longue ne peut jamais se tenir à voix basse.)

Doucement, je rentrai dans ma chambre. Je mis une vieille jupe de flanelle sombre et un manteau de voyage foncé dont je rabattis le capuchon ; je déposai les allumettes près du bougeoir avant d'éteindre la bougie et, revenant dans mon petit salon, j'enjambai ma fenêtre avec précaution. Collée contre le mur, j'avançai lentement sur la galerie étroite. Je devais passer devant cinq fenêtres avant d'atteindre mon but. La première était celle de la chambre à provisions, la deuxième et la troisième l'appartement de Laura, la quatrième la chambre de sir Percival et là cinquième celle de la comtesse Fosco. Les autres, devant lesquelles je n'avais pas à passer, étaient celles de l'appartement du comte. Toutes ces fenêtres étaient sombres, excepté celle de la comtesse où brillait une faible lueur. Mrs Fosco veillait encore !

Il était trop tard pour reculer, et je n'avais pas le temps d'attendre ! Je m'en remis à ma chance, à ma prudence et à l'obscurité.

En avançant, je m'aperçus que le store était baissé et que seule la partie supérieure de la fenêtre était ouverte. Soudain, je vis l'ombre de la comtesse passer sur l'écran clair que formait le store, puis repasser lentement. Elle ne m'avait certainement pas entendue approcher, sinon elle se serait arrêtée devant la fenêtre, si même elle n'avait pas eu assez de courage pour l'ouvrir et regarder au-dehors.

Avec mille précautions, je parvins sans bruit au-dessus de la bibliothèque. Je m'assis tant bien que mal entre les pots de fleurs et attendis. Des portes claquèrent. La lueur d'une cigarette se dirigea à nouveau vers ma chambre, puis disparut à nouveau sous la véranda.

— Allez-vous enfin rester tranquille, sacrebleu ! grogna sir Percival.

— Ouf ! Ce qu'il fait chaud ! répondit le comte en soupirant.

J'entendis le grincement des fauteuils que l'on traînait près de la fenêtre. La chance était pour moi ! L'horloge sonnait 11 h 45 quand ils s'installèrent enfin. Hantée par la lumière qui brillait toujours à la fenêtre de Mrs Fosco, j'eus de la peine à fixer mon attention au début.

J'entendis le comte dire qu'il avait inspecté toutes les chambres du rez-de-chaussée, que ma lumière était éteinte et qu'enfin ils pouvaient parler en toute sécurité.

Au lieu de lui répondre, sir Percival lui reprocha de l'avoir fait attendre toute la journée sans raison aucune. L'autre répliqua qu'il avait eu à s'inquiéter d'autres choses et que d'ailleurs il était préférable de s'expliquer la nuit, quand personne ne pouvait interrompre ou entendre leur conversation.

— Nous sommes à un moment critique de nos affaires, Percival, et si nous devons prendre des dispositions pour l'avenir, c'est ce soir que nous devons le faire.

— Critique ! répéta sir Percival, ricanant. C'est pire que vous ne le pensez, je vous assure !

— Je m'en doutais. Mais, avant de me mettre au courant de ce que j'ignore, résumons la situation que je connais, voulez-vous ?

— Attendez ! Je vais chercher du cognac et de l'eau, d'abord !... Vous en prenez ?

— Non ! Merci... De l'eau fraîche et du sucre, avec plaisir !

— De l'eau sucrée ! À votre âge ! Grotesque !...

— Maintenant, je vais exposer clairement la situation, Percival, vous me direz si j'ai vu juste. Nous sommes arrivés du continent tous deux avec des affaires très embrouillées...

— Résumons : j'avais besoin de plusieurs milliers de livres et vous de quelques centaines. Voilà !

— Oui, Percival, comme vous le dites si bien, vous aviez besoin de plusieurs milliers de livres, et moi de quelques centaines ! Et le seul moyen de nous procurer cet argent était d'avoir recours à la fortune de votre femme. Et que vous ai-je dit plus d'une fois, mon ami ? Que le genre humain n'a découvert, jusqu'ici, que deux façons de procéder avec les femmes. Ou vous les abattez, moyen peu raffiné pour un gentleman, ou vous les matez par la douceur en ne perdant jamais votre sang-froid. Mais vous n'avez pas voulu m'écouter ! Avec votre caractère emporté, vous avez perdu la signature du contrat, perdu l'argent dont vous aviez besoin immédiatement, et donné à miss Halcombe des raisons d'écrire à son avocat, une première fois d'abord...

— A-t-elle écrit une seconde fois ?

— Oui, aujourd'hui !

Une chaise tomba bruyamment sur le plancher, comme si on l'avait renversée d'un geste brusque.

Que la révélation du comte irritât à ce point sir Percival, voilà qui me sauva en ce moment : car, apprenant que ma lettre, malgré toutes mes précautions, avait été découverte, je sursautai et la plate-forme craqua sous moi, mais le bruit de la chaise, en bas, étouffa celui-ci. Le comte m'avait-il suivie à l'auberge ? Avait-il conclu que j'avais donné mes lettres à Fanny, lorsque je lui avais dit que je n'en avais pas pour le sac postal ? Mais, surtout, comment savait-il ce que les lettres contenaient, alors que je les avais remises personnellement à Fanny ?

— Remerciez votre bonne étoile, reprit le comte,

qui a placé près de vous un homme pour réparer les bêtises que vous faites. Ne voyez-vous donc pas que miss Halcombe a l'énergie et le courage de notre sexe ? Avec une femme comme elle pour alliée, je braverais le monde entier, mais avec elle comme ennemie, je marche sur des épines, moi, Fosco, qui suis pourtant aussi rusé que le Diable lui-même, comme vous me l'avez dit cent fois ! Et cette noble créature, à la santé de qui je bois ! cette héroïque créature, forte de l'amour qu'elle a voué à sa sœur, ferme comme un roc entre nous et votre pauvre, jolie et frêle petite femme blonde, cette femme merveilleuse que j'admire de toute mon âme, quoique je sois obligé de la combattre pour nos intérêts, cette femme, vous l'avez poussée à bout. Percival, mon bon ami, vous avez échoué !

Un silence suivit. Sir Percival le rompit.

— Oui ! oui ! Fanfaronnez tant que vous voulez, mais la difficulté d'argent n'est pas la seule. Vous seriez plus sévère avec ces femmes si vous saviez tout ce que je sais !

— Nous nous occuperons de cette seconde difficulté en temps et lieu, reprit le comte. Vous pouvez vous duper vous-même, si cela vous amuse, Percival, mais moi vous ne me duperez pas. La question d'argent, avant tout ! Avez-vous compris maintenant que vous avez tout gâté par votre sale caractère ! Ou bien dois-je encore vous le démontrer ?

— Bah ! C'est facile de grogner contre moi, mais dire ce qu'il faut faire, c'est plus difficile, n'est-ce pas ?

— Vraiment ? Eh bien ! voilà : à partir de ce soir, laissez-moi agir seul.

— Que proposez-vous dans ce cas ?

— Répondez d'abord si vous êtes d'accord !

— Mettons que oui, et alors ?

— Quelques questions pour commencer. Je vous ai dit que miss Halcombe avait écrit une seconde fois à son avocat.

— Comment le savez-vous. Vous en a-t-elle parlé ?

— S'il me fallait vous expliquer cela, je n'en aurais jamais fini. Mais c'est la raison pour laquelle j'ai dû remettre notre entretien jusqu'à ce soir. Du tintouin, mon ami, croyez-le ! Bon !... En l'absence de la signature de votre femme, vous avez pu obtenir de l'argent grâce à des traites à trois mois et à un intérêt qui font se dresser sur ma tête les pauvres cheveux qui me restent !... À l'échéance, n'y a-t-il pas d'autres moyens de les payer que de recourir à votre femme ?

— Aucun.

— Comment ! Vous n'avez même plus d'argent en banque ?

— À peine quelques centaines de livres... alors qu'il m'en faudrait des milliers.

— Et vous n'avez aucun titre sur lesquels vous pourriez emprunter ?

— Pas un !

— Quels sont vos revenus depuis votre mariage ?

— L'intérêt des 20 000 livres ! À peine de quoi payer les dépenses courantes !

— Qu'espérez-vous encore de votre femme ?

— 3 000 livres par an, à la mort de son oncle.

— Jolie fortune, Percival ! Cet oncle est-il âgé ? Quel genre d'homme ?

— Âge moyen, sorte de maniaque. Célibataire.

— Naturellement, sinon lady Glyde n'hériterait pas de ses biens. Ce genre d'homme vit longtemps et se marie quand on s'y attend le moins. Je ne parie pas grand-chose pour les 3 000 livres. Ne vous revient-il rien d'autre par votre femme ?

— Rien ! Excepté après sa mort !

— Aah !

Nouveau silence.

Le comte sortit, et je l'entendis dire : « Il pleut ! » Il pleuvait, en effet ! L'état de mes vêtements indiquait même qu'il pleuvait depuis un bon bout de temps déjà.

Le comte rentra, et j'entendis le siège craquer sous son poids.

— Alors, Percival, à la mort de votre femme, que réaliserez-vous ?

— Si elle ne laisse aucun enfant, j'hériterai des 20 000 livres.

— Directement ?

— Directement !

Ils restèrent à nouveau silencieux, et l'ombre de Mrs Fosco se profila sur le store. Elle en souleva un coin et regarda dans l'obscurité, mais la pluie battait les vitres et, heureusement, elle ne put rien voir. « Encore la pluie ! » l'entendis-je se murmurer à elle-même.

La voix du comte reprit :

— Percival, tenez-vous à votre femme ?

— Fosco ! Quelle question inconvenante !

— Je vais droit au but, répondez !

— Pourquoi diable me regardez-vous ainsi ?

— Vous ne voulez pas répondre ? Soit. Mettons que votre femme meure avant la fin de l'été...

— Assez ! Fosco !

— Mettons que votre femme meure...

— Assez, vous dis-je !

— Dans ce cas, vous recevriez tout de suite 20 000 livres et vous perdriez...

— Je perdrais la chance des 3 000 livres par an !

— Chance lointaine... aléatoire, Percival !... Et vous

avez besoin d'argent immédiatement. Le gain est certain... la perte est douteuse !...

— Parlez pour vous autant que pour moi, Fosco. Une partie de l'argent que je dois a été empruntée pour vous et, si ma femme mourait, 10 000 livres glisseraient dans la poche de la vôtre ! s'écria sir Percival. Vous n'avez pas oublié, je présume, le legs qui doit revenir à Mrs Fosco ? Avec vos belles phrases, vous me faites bouillir le sang !

— Sang voudrait-il dire conscience en Angleterre ? Je parle de la mort de votre femme comme un homme de loi. Lorsque votre avocat a fait votre contrat de mariage, il l'a prévue comme moi. Votre sang a-t-il bouillonné ce jour-là, Percival ? C'est mon affaire ce soir d'éclaircir la situation. Si votre femme vit, vous payez ces traites avec sa signature... Si elle meurt, vous les payez avec sa mort !...

Tandis qu'il prononçait ces mots, la lumière s'éteignit dans la chambre de Mrs Fosco et tout l'étage fut plongé dans l'obscurité.

— C'est facile à dire, grogna sir Percival. À vous entendre, on croirait que la signature de ma femme est déjà sur le papier !

— Vous m'avez laissé carte blanche, rétorqua le comte, et j'ai presque trois mois devant moi. Laissez-moi faire et n'en parlons plus. Et maintenant, Percival, je suis à votre disposition si vous désirez me consulter au sujet de la seconde difficulté dont vous avez parlé. Qu'y a-t-il, mon ami ?

— Je ne sais par où commencer, répondit sir Percival.

— Dois-je vous aider ? Je suppose qu'il s'agit d'Anne Catherick !

— Écoutez, Fosco, nous nous connaissons depuis longtemps et si vous m'avez une ou deux fois déjà aidé de vos conseils, j'ai de mon côté fait ce que j'ai pu pour vous tirer d'embarras dans les questions d'argent. Nous avons l'un et l'autre agi en véritables amis, mais cela n'empêche pas que nous ayons chacun nos secrets, n'est-ce pas ?

— Vous avez un secret qui vous a fort tracassé ces derniers temps, Percival, je l'ai remarqué.

— Peut-être. Mais s'il ne vous concerne pas, ne cherchez pas à le savoir !

— Ai-je l'air de chercher à le savoir ?

— Oui, assurément !

— C'est qu'alors mes traits, eux, ne mentent pas ! Alors, Glyde, admettons que je sois curieux, et je vais vous poser cette question : désirez-vous me confier votre secret, à moi, votre vieil ami ?

— Non, je ne désire pas vous le confier.

— Alors, ma curiosité se tait ; je n'ajoute rien.

— Vraiment ?

— Vous en doutez ?

— Je connais, Fosco, votre manière détournée d'arriver à vos fins, et je ne suis pas tellement sûr que finalement vous ne me tirerez pas les vers du nez.

— Percival ! Comment pouvez-vous être aussi injuste ! N'avez-vous pas encore compris l'homme que je suis réellement ? Un homme comme il n'y en a plus ! Capable des actions les plus éclatantes, quand la chance m'est donnée de les accomplir ! Malheureusement, au cours de ma vie, j'ai eu très peu de ces occasions... Ma conception de l'amitié est sublime ! Est-ce ma faute, si j'ai deviné que vous aviez un secret ? Et si je vous avoue que je suis curieux, quelle est mon intention, à votre avis ? Mais vous, les Anglais, vous n'allez jamais au fond des choses ! C'est pour vous prouver l'empire que j'ai sur moi-même ! Si cela me plaisait, je pourrais vous arracher votre secret en un rien de temps, vous le savez aussi bien que moi ! Vous venez de faire appel à mon amitié, et les devoirs de l'amitié sont sacrés pour moi ! Ils l'emportent sur ma curiosité. En moi, ce sont les sentiments élevés qui l'emportent, Percival ! Je voudrais qu'il en fût de même pour vous ! Allons, Percival, donnez-moi la main ! Je vous pardonne.

Sa voix faiblit comme il prononçait les derniers mots. On eût dit qu'il pleurait...

Sir Percival essaya de s'excuser, mais le comte, magnanime, ne voulut rien entendre.

— Non ! fit-il. Lorsque mes amis m'ont blessé, je sais leur pardonner sans qu'ils me fassent des excuses. Dites-moi, avez-vous besoin de mon aide ?

— Oui.

— Et vous pouvez me la demander sans vous compromettre ?

— Je crois.

— Alors ?

— Eh bien ! je vous ai dit aujourd'hui que j'avais tout fait pour retrouver Anne Catherick... en vain...

— Oui ?

— Fosco ! Je suis un homme perdu si je ne la retrouve pas !

— Ah ! C'est si sérieux que cela, Percival ? Aussi grave que la question d'argent ?

— Plus grave, Fosco, je vous le jure ! Je vous ai montré la lettre qu'Anne Catherick avait cachée à l'intention de ma femme dans le sable. Elle ne se vante pas, Fosco, elle connaît le secret.

— Mais comment l'a-t-elle appris ?

— Par sa mère.

— Deux femmes connaissant votre vie privée ! Mauvais, très mauvais cela, Percival ! Le motif qui vous fit enfermer la fille est compréhensible...

— Elle était juste assez folle pour être enfermée, et juste assez saine d'esprit pour me perdre si elle restait en liberté...

— Je sais ! Mais son évasion est moins claire. Et pourtant je ne vois pas le danger immédiat.

— Anne Catherick est dans le voisinage. Elle communique avec lady Glyde à qui elle a certainement déjà dit le secret.

— Si lady Glyde le connaît, elle sait aussi qu'il peut vous compromettre. Étant votre femme, son intérêt est de se taire.

— Ce serait son intérêt si elle tenait à moi, mais elle en aime un autre et je suis dans le chemin. Elle l'aimait avant de m'épouser, ce vagabond de Hartright, un simple professeur de dessin !

— Qu'y a-t-il d'extraordinaire à cela, mon ami ? Quel homme peut se vanter d'avoir été le premier dans le cœur d'une femme ?

— Attendez, Fosco ! C'est Hartright qui a aidé Anne Catherick quand elle s'est échappée de l'asile, c'est lui qui l'a revue quand elle était à Limmeridge ; les deux fois, ils se sont trouvés seuls ensemble ! Je suis sûr qu'il connaît aussi le secret et que ma femme et lui sont prêts à me jouer des tours !

— Doucement, Percival, doucement ! N'avez-vous pas confiance dans la vertu de votre femme ?

— Je n'ai confiance que dans son argent ! Seule, elle est inoffensive, mais avec ce Hartright...

— Où est-il ?

— À l'étranger, et s'il tient à sa peau, je lui conseille de ne pas rentrer !

— Êtes-vous certain qu'il soit à l'étranger ?

— Absolument certain ! Je l'ai fait surveiller depuis son départ du Cumberland jusqu'au jour où il s'est embarqué. Oh ! j'ai agi avec prudence, croyez-moi ! Je suis allé à la ferme où Anne Catherick avait passé quelques jours, près de Limmeridge. Elle n'avait pas parlé ! J'ai fait écrire à sa mère une lettre pour miss Halcombe, par laquelle elle affirmait que j'avais uniquement voulu le bien de sa fille en la faisant interner. Et maintenant, cette fille revient encore ici, et elle m'échappe, sur mes propres terres ! D'autres peuvent la voir, lui parler... Ce coquin de Hartright peut, à mon insu, rentrer au pays, et se servir d'elle, dès demain, pour...

— Bon ! La première chose à faire est de la trouver. Et nous la trouverons, rassurez-vous ! Avez-vous battu les environs ?

— Oui, mais en vain. J'ai été voir sa mère, mais elle ne sait rien.

— Peut-on compter sur elle ? Elle vous a déjà trahi une fois.

— Elle ne le fera plus !

— A-t-elle un intérêt personnel à garder votre secret ?

— Oui, personnel.

— Tant mieux pour vous, Percival ! Ne vous découragez pas. Nos affaires d'argent, je vous l'ai dit, j'ai le temps de m'en occuper, et je vais d'abord me mettre à la recherche de cette Anne Catherick. Mais je ne l'ai pas vue d'assez près, l'autre jour, lorsque, d'une manière fort étrange elle a quitté lady Glyde, près du lac. Comment est-elle ?

— C'est le portrait vivant de ma femme, après une longue maladie... l'esprit dérangé !

La chaise craqua et le comte sursauta.

— Quoi ! s'écria-t-il. Sont-elles parentes ?

— Pas le moins du monde !... Pourquoi riez-vous ?

— Peut-être à cause des pensées qui me traversent l'esprit, mon cher ami ! Je ne suis pas italien pour rien !... Mais allez dormir en paix, du sommeil du juste ! Je retrouverai Anne Catherick, soyez tranquille, et vous payerez vos créances. Ne suis-je pas un ami admirable, Percival ? Digne de ces prêts d'argent que vous avez eu la délicatesse de me rappeler tout à l'heure ? À l'avenir, je vous prie, ne blessez plus mes sentiments ! Enfin, je vous pardonne, je vous pardonne !... Bonne nuit !...

La porte de la bibliothèque claqua et un profond silence suivit. J'étais trempée jusqu'aux os et tremblais de tous mes membres. Comme je me levais avec effort, je vis la fenêtre du comte brillamment éclairée... Un frisson me parcourut le corps et, pas à pas, j'avançai en m'agrippant au mur.

L'horloge sonnait 1 h 15 lorsque je regagnai ma chambre.

10

20 juin.
8 heures du matin.

Dans un ciel sans nuages, le soleil brille avec éclat. Je ne me suis pas couchée et, de cette fenêtre où, hier soir, je regardais la nuit, je contemple le jour lumineux, en songeant à ce que j'ai entendu. J'ai l'impression que des semaines se sont écoulées depuis que, rentrant, éreintée et trempée, dans ma chambre, je suis tombée évanouie sur le plancher. Il faisait encore nuit quand je me suis réveillée et ai inconsciemment allumé ma bougie et changé de vêtements. J'étais dans une fébrilité indescriptible et c'est alors que j'ai écrit dans mon journal le compte rendu de cette nuit atroce et de la conversation que j'avais entendue. Malgré tout, je voulais sauver Laura tant qu'il en était temps encore ; un instinct me poussait à relater ici l'entretien de sir Percival et du comte, afin que cela nous servît, non seulement de justification pour quitter Blackwater Park, mais aussi d'armes de défense contre ces deux hommes.

Maintenant que c'est fait, les yeux me brûlent et ma tête est en feu. Je voudrais aller au lit, mais je n'ose pas... de peur de n'avoir plus la force de me relever.

Oh ! Cette pluie ! Cette horrible pluie qui m'a glacée jusqu'aux os !

9 heures du matin.

Je grelotte des pieds à la tête ! Me suis-je endormie ? Mon Dieu ! Vais-je être malade ?... Tandis que j'écris, les lignes dansent devant mes yeux. J'ai froid ! Oh ! comme j'ai froid ! Oh ! ma pauvre tête !...

NOTE

(À cet endroit, le journal de Marian Halcombe devient illisible et, à la page suivante, on peut lire ces lignes) :

Post-scriptum d'un ami sincère

La maladie de notre excellente amie, miss Halcombe, m'a procuré un plaisir intellectuel inattendu. Je fais allusion à la lecture de ce journal, que je viens de terminer, et dont chaque page m'a charmé au plus haut point. Quelle femme admirable ! Quelle intelligence rare ! Pour un homme aux sentiments raffinés, quel plaisir ineffable de pouvoir écrire ceci ! Mon portrait, par exemple, est l'exactitude même, et fait de main de maître. Quelle impression j'ai dû produire sur cette femme ! Je suis désolé que nos intérêts soient opposés, nous nous serions si bien complétés.

Ayant quelques connaissances en médecine, je me suis mis à la disposition du docteur, qui a refusé mes services.

Je remets honnêtement, par l'intermédiaire de ma femme, ce journal où je l'ai trouvé et me tourne vers mon destin, non sans avoir d'abord déposé l'hommage de mon respect et de mon admiration aux pieds de miss Halcombe. Je suis navré pour elle de l'échec inévitable de tous ses plans, mais en même temps, je la prie de croire que je ne me servirai pas des renseignements qu'elle m'a fournis afin d'assurer cet échec. La conduite que j'avais envisagée dans cette affaire n'est en rien modifiée. Ces pages ont simplement éveillé en moi les sensibilités les plus délicates de ma nature, c'est tout. Miss Halcombe, extrêmement sensible, elle aussi, me comprendra parfaitement. Je souhaite de tout cœur qu'elle se rétablisse, et je signe.

FOSCO.

L'HISTOIRE CONTINUE, RACONTÉE PAR
FREDERICK FAIRLIE, ESQUIRE,
DE LIMMERIDGE HOUSE

C'est le grand malheur de ma vie que personne ne consente à me laisser vivre en paix !

Qu'ai-je fait pour mériter d'être perpétuellement dérangé ? Le comble : on me demande maintenant d'écrire ce récit !... Comme si un homme dans un état nerveux tel que le mien en était capable. Lorsque je risque une telle objection, on me répond que, ayant été le témoin de graves événements qui concernent ma nièce, je suis la personne toute désignée pour les raconter. Et l'on me menace des pires ennuis si je ne m'y résigne pas !

Il faut donc que je m'exécute, mais... si je ne me souviens pas de tout, il faudra bien que Louis vienne à mon secours. C'est un âne et je suis un infirme, ce sera joli comme résultat ! Quelle humiliation !

Cela se passait vers la mi-juin ou le début de juillet. Je me proposais de passer une matinée tranquille au milieu de mes collections, quand naturellement Louis vint me déranger. Une certaine personne du nom de Fanny désirait me voir.

— Qui est Fanny ? demandai-je agacé.

— La femme de chambre de lady Glyde, monsieur.

— Que désire-t-elle ?

— Vous remettre une lettre, monsieur.

— Prenez-la !

— Elle refuse de la donner à personne d'autre que vous, monsieur.

— De qui est cette lettre ?

— De miss Halcombe, monsieur.

Devant ce nom, je m'inclinai, car je ne lutte jamais

contre miss Halcombe ; cela m'évite du bruit : chère Marian !

— Faites entrer, Louis, et veillez surtout à ce que ses souliers ne craquent pas, j'ai horreur de cela !

Louis me rassura et la fit entrer.

Je dois reconnaître que ses souliers étaient silencieux, mais pourquoi les jeunes servantes ont-elles toujours – oui, toujours – les mains moites, un gros nez, et des joues rouges ?

— Vous avez une lettre de miss Halcombe pour moi ? Déposez-la sur la table, s'il vous plaît. Comment va-t-elle ?

— Très bien, merci, monsieur.

— Et lady Glyde ?

Elle ne répondit pas, mais son visage se congestionna et devint humide, me sembla-t-il, autour des yeux. Larmes ou transpiration ? Je l'ignore. Louis qui s'y connaît mieux que moi dans cette sorte de gens, m'affirma que c'étaient de vraies larmes. Je déteste les pleurs, aussi demandai-je à Louis de lui faire dire pourquoi elle pleurait.

Pendant quelques minutes, ils parlèrent un jargon incompréhensible, qui, je dois le reconnaître, m'amusa un moment, même si je n'y entendais rien, mais dont je vous fais grâce. D'après ce que mon valet me rapporta ensuite, j'en conclus que ladite Fanny avait été renvoyée du service de sa maîtresse par son patron et qu'elle avait été coucher à l'auberge où miss Halcombe lui avait apporté deux lettres importantes qu'elle avait cachées dans son corsage (je déteste ce genre de détails). Très triste, elle n'avait même pas eu le courage de manger jusqu'à l'heure de se coucher ; pourtant, vers 9 heures, l'idée lui vint tout à coup de se faire une tasse de thé. (Que d'hésitations vulgaires, sans intérêt : si je les rapporte ici, je n'en suis pourtant pas responsable !) À ce moment-là, elle vit arriver

« madame la comtesse », comme elle l'appelle. Il s'agit de ma fatigante sœur qui a épousé un étranger.

Un peu d'eau de Cologne pour me rafraîchir le front avant que je poursuive...

« Madame la comtesse » apportait encore quelques messages que mademoiselle (miss Halcombe) avait oubliés. « Madame la comtesse » se montra pleine d'attentions (cela ne ressemble pas à ma sœur) et s'offrit à faire le thé ; elle-même en prendrait une tasse. Fanny but avec gratitude et s'endormit presque aussitôt. Ici, Louis pense que la fille se remit à pleurer. Pour moi, je n'en sais rien. L'effort d'écouter étant déjà bien assez grand pour moi, j'avais fermé les yeux... Où en étais-je ? Ah, oui !

Quand Fanny se réveilla, la comtesse avait disparu, mais la propriétaire était auprès d'elle. Celle-ci lui expliqua que la visiteuse n'avait pu rester plus longtemps à l'auberge, car il se faisait tard. Se retrouvant seule, elle tâta son corsage (encore une fois !) et y trouva les deux lettres en sécurité, quoiqu'elles fussent chiffonnées. Après avoir passé une mauvaise nuit, elle était partie pour Londres où, dès son arrivée, elle avait mis une des lettres à la poste selon les ordres de miss Halcombe. Ensuite, elle avait pris le train pour Limmeridge et elle m'apportait la seconde lettre.

Ma patience était à bout, j'ouvris les yeux et voulus congédier la servante. Mais elle me parut assez soucieuse. J'eus encore la bonté de lui en demander la cause. Je crus comprendre qu'elle s'inquiétait parce que, s'étant endormie en présence de « madame la comtesse », celle-ci n'avait pas pu lui remettre les messages de miss Halcombe. Et ces messages étaient peut-être très importants pour lady Glyde ! Si elle n'avait pas craint de rencontrer sir Percival, elle serait retournée à Blackwater Park la nuit même ; et si miss Halcombe ne lui avait pas expressément recommandé de prendre le train du matin, elle serait encore restée à l'auberge le lendemain, attendant l'arrivée de quelqu'un. Pourvu que sa maîtresse ne la jugeât pas négligente ! Elle me demanda humblement si je lui conseillais d'écrire à miss Halcombe en lui expliquant l'incident et en lui présentant ses excuses, afin de la prier d'envoyer sous pli les messages en question, s'il n'était pas trop tard.

— Laissez les choses où elles en sont, répondis-je, usant d'une expression qui s'adaptait au parler de mon interlocutrice. Je laisse toujours les choses où elles en sont. Est-ce tout ?

— Si vous pensez, monsieur, que je prendrais, en écrivant, une trop grande liberté, naturellement, je n'écrirai pas. Mais je tiens à servir ma maîtresse aussi fidèlement que possible et...

J'en avais plus qu'assez ! En la remerciant, je demandai à Louis de l'accompagner jusqu'à la porte.

Quelque chose craqua quand elle salua pour sortir.

Louis croit que c'est son corset... Bizarre !

Après m'être reposé un instant, ce dont j'avais réellement besoin, je lus la lettre de Marian. Si j'avais deviné ce qu'elle contenait, je ne me serais pas aventuré à l'ouvrir. En effet, elle me rendit malade pour le reste de la journée.

Rien, à mon avis, ne met mieux en lumière l'odieux égoïsme humain que la manière dont les gens mariés traitent les célibataires, et ce, dans toutes les classes de la société. Si, faisant preuve de délicatesse et d'abnégation, vous avez refusé de créer à votre tour une famille qui vienne s'ajouter à une population déjà trop nombreuse, alors votre sort est d'être considéré par vos amis mariés – qui, eux, n'ont pas eu cette délicatesse ni cette abnégation – comme le réceptacle de tous leurs ennuis conjugaux et l'ami intime de leurs enfants. Maris et femmes parlent des soucis qu'apporte le mariage, mais ce sont les vieux garçons et les vieilles filles qui supportent ces soucis. Prenez mon cas, par exemple : j'eus assez de considération pour rester célibataire alors que mon pauvre frère Philip, en homme égoïste, s'était marié. À sa mort, que fait-il ? Eh bien ! il me laisse sa fille. C'est une charmante enfant, oui, mais c'est aussi une terrible responsabilité. Pourquoi me la met-il sur les épaules ? Parce que je suis tenu, en tant que célibataire au bon cœur, de me dévouer à ceux de ma famille qui ont fondé un foyer. Bon. Après maintes difficultés et tracas de toutes sortes, ma nièce épouse enfin l'homme que son père avait choisi pour elle. La bonne entente ne règne guère longtemps dans ce ménage, et Laura n'hésite pas à m'en faire supporter, moi, les très désagréables conséquences. Pourquoi ? Mais, encore une fois, parce que je suis tenu, en tant que célibataire généreux, de me dévouer aux gens de ma famille qui ont fondé un foyer ! Pauvres célibataires ! Pauvre nature humaine !

Mais revenons à la lettre de Marian.

C'était une menace, du commencement à la fin. Toutes les malédictions allaient tomber sur ma pauvre tête si je ne donnais pas immédiatement asile à ma nièce et à son malheur. Bien que je m'incline en général devant les volontés de la chère Marian, cette fois, j'hésitai. Si j'offrais l'hospitalité à lady Glyde, qui me certifiait que sir Percival ne viendrait pas me réclamer sa femme avec colère ?... J'écrivis donc qu'avant de prendre une décision à ce sujet je désirais que Marian vînt seule en discuter avec moi. Si elle pouvait apaiser mes craintes, je l'assurais que, dans ce cas, je recevrais Laura avec le plus grand plaisir, mais pas autrement.

Je me doutais bien que cette lettre aurait pour effet de faire arriver une Marian indignée et faisant claquer les portes. Mais, n'eussé-je pas écrit dans ce sens, j'aurais sans doute vu venir chez moi, après un jour ou deux, un sir Percival très irrité qui, également, aurait fait claquer les portes. Or, je préférais la fureur de Marian, à laquelle j'étais habitué.

J'espérais trois jours au moins de tranquillité pour pouvoir me remettre de cette grande fatigue, mais le lendemain, je reçus une lettre insolite d'un personnage inconnu. Il se disait le remplaçant de ce vieil entêté de Gilmore et m'informait qu'il avait reçu, par la poste, et l'adresse étant rédigée de la main de miss Halcombe, une enveloppe ne contenant qu'une feuille de papier blanc. Il avait écrit à miss Halcombe par retour du courrier afin d'éclaircir la chose, mais aucune réponse ne lui était parvenue ! Au lieu d'agir en homme raisonnable et d'attendre simplement les événements, il me demandait si je comprenais, moi, ce que cela voulait dire. Comment diable l'aurais-je su ? Et ne pouvait-il donc pas laisser les gens en paix ? Je lui répondis par une lettre cinglante ; au vrai, je n'avais plus écrit de lettre aussi cinglante depuis celle que j'avais envoyée à Mr Hartright pour lui accorder son congé.

Mais là s'arrêta ma correspondance avec l'avocat, ce qui, je l'ajoute aussitôt, ne m'étonna guère. Chose plus surprenante, Marian, de son côté, ne répondit pas à ma lettre et je ne la vis point arriver.

Après six jours de cette tranquillité bénie, je me disais avec joie que tout s'était sans doute arrangé chez ma nièce, et je me préparais à m'occuper à nouveau de mes chères collections, quand Louis m'apporta une carte.

— Si c'est encore une jeune personne, je ne veux pas la voir, dis-je en prenant la carte.

— C'est un gentleman, monsieur.

Je regardai le carton. Dieu du ciel ! Mon beau-frère, le comte Fosco ! Le mari de ma fatigante sœur ! Étant étranger, s'il venait me voir, c'est qu'il avait besoin d'argent.

— Croyez-vous qu'il partirait si vous lui donniez 5 shillings, Louis ?

Mon valet me regarda d'un air choqué, en me déclarant que le mari de ma sœur était vêtu avec élégance et ne semblait pas être dans le besoin. Alors, je pensai qu'il avait sans doute, lui aussi, des ennuis matrimoniaux et qu'il venait, comme les autres, m'en faire supporter les conséquences.

— A-t-il dit la raison de sa visite ?

— Oui, monsieur. Il a dit que miss Halcombe n'étant pas en état de quitter Blackwater Park, il était venu à sa place.

De nouveaux ennuis, naturellement ! Non pas concernant le comte, comme je l'avais cru, mais concernant Marian. Des ennuis tout de même... Mon Dieu ! ! !

— Faites-le entrer, dis-je, résigné.

À voir le comte, je fus réellement surpris. Il était si gros que je craignais qu'il ne fît trembler le plancher en marchant et qu'il ne renversât tous mes précieux objets d'art. Au contraire, il s'avança vers moi avec légèreté et délicatesse, et il me plut beaucoup à maints égards, ce qui ne fait pas honneur à ma perspicacité.

— Permettez-moi de me présenter moi-même, monsieur, commença-t-il. Je viens de Blackwater Park, et, vous le savez peut-être, j'ai l'honneur et le bonheur d'être le mari de Mrs Fosco ! Je vous prie surtout de ne pas me traiter en étranger, et je vous supplie de ne pas vous déranger pour moi ! Restez dans votre fauteuil, s'il vous plaît !

— Vous êtes très aimable, répondis-je. Et je voudrais être assez fort pour me lever. Prenez une chaise, je vous prie. Enchanté de vous voir à Limmeridge !

— Seriez-vous souffrant aujourd'hui ? demanda-t-il d'un air confus.

— Comme d'habitude. Je ne suis rien d'autre qu'un

paquet de nerfs habillé de vêtements masculins... pour ressembler à un homme.

— J'ai étudié, entre autres, cette question des nerfs, m'expliqua-t-il avec bienveillance. Puis-je vous donner un conseil, très simple, mais assurément le meilleur dans votre cas ? Permettez-moi de modifier la lumière dans cette chambre.

— Bien volontiers, si vous voulez avoir la bonté de ne pas la laisser venir sur moi.

Il se dirigea vers la fenêtre. Quelle bienveillance, je le répète ! Quel contraste avec la visite que m'aurait faite Marian !

— La lumière, me dit-il sur ce ton confidentiel si apaisant pour un malade, est la chose essentielle. Elle stimule et nourrit, et vous ne pouvez pas plus vous en passer, monsieur, que si vous étiez une fleur. Voyez ! Ici, près de votre fauteuil, je ferme les volets... Là, où vous n'êtes pas, je lève le store et laisse entrer le soleil bienfaisant. Admettez au moins que ses rayons entrent dans votre chambre, si vous ne les supportez pas sur vous. La lumière, monsieur, nous est donnée par la Providence. Acceptez-la comme vous acceptez la Providence, avec quelques restrictions particulières.

Je me laissai convaincre, tant par ses explications que par son amabilité.

— Vous me voyez confus, fit-il en retournant à sa place, vous me voyez confus, monsieur, ma parole d'honneur !

— Allons, monsieur ! Et pourquoi, si je puis vous le demander ?

— Monsieur ! Puis-je, croyez-vous, entrer dans cette chambre où vous souffrez, dans cette chambre où je vous vois entouré de ces admirables objets d'art, sans comprendre immédiatement quel homme sensible et impressionnable vous êtes, quelles sympathies toutes ces belles choses éveillent en vous ?

Si j'avais pu me soulever dans mon fauteuil, je me serais évidemment incliné en entendant mon visiteur s'exprimer de la sorte. Étant incapable d'un pareil effort, je me contentai de sourire en guise de remerciement. Je sentis que le comte et moi, nous nous comprenions admirablement.

— Suivez-moi bien, reprit-il. Me voici, moi, avec mon exquise sensibilité et mes goûts raffinés, devant vous qui êtes aussi un homme de sensibilité exquise et de goûts raffinés. Eh bien ! puis-je, sans avoir honte, blesser vos sentiments en venant vous parler d'événements familiaux bien peu réjouissants ? Oui, monsieur, je suis vraiment confus !

C'est à ce moment, je crois, que je commençai à craindre que l'entretien ne prît un tour ennuyeux.

— Est-ce absolument nécessaire d'en parler ? demandai-je.

Le comte soupira et hocha la tête d'un air grave, inquiétant.

— Dois-je absolument vous écouter à ce sujet ?

Je rencontrai son regard pénétrant. Quelque chose me disait que ce que j'avais de mieux à faire, c'était de fermer les yeux. Je fermai les yeux.

— Commencez doucement, fis-je. Quelqu'un est-il mort ?

— Mort ! s'écria le comte avec cette ardeur déplacée à laquelle on reconnaît bien les étrangers. Votre flegme anglais m'épouvante, monsieur ! Au nom du Ciel, qu'ai-je dit ou qu'ai-je fait qui vous fasse supposer une aussi triste chose ?

— Excusez-moi, je vous prie. Mais je prévois toujours le pire ! cela vaut mieux, n'est-ce pas ? Ravi – et combien soulagé ! – croyez-le, d'apprendre que personne n'est mort ! Et personne n'est malade, j'espère ?

Je rouvris les yeux et le regardai. Avait-il le teint aussi jaune quand il était entré, ou bien avait-il jauni brusquement ?

— Voilà justement, en partie, les mauvaises nouvelles que j'apporte, monsieur ; oui, quelqu'un est malade.

— Qui donc ? Et c'est très grave, j'en suis sûr !

— Miss Halcombe, très malheureusement. Mais peut-être y étiez-vous un peu préparé ? Peut-être, ne la voyant pas venir ni ne recevant d'elle aucune réponse, aviez-vous déjà craint qu'elle ne fût alitée ?

Je répondis par l'affirmative, afin qu'il eût bonne opinion de moi. Marian, d'une constitution si robuste, ne pouvait être victime que d'un accident. Une chute de cheval ou une chute dans l'escalier – ou quelque chose de ce genre...

— Est-ce sérieux ? fis-je encore.

— Sérieux, sans aucun doute. Dangereux, je ne crois pas. Miss Halcombe a pris froid après être restée trop longtemps sous une pluie battante, et maintenant elle a la fièvre.

— Bon Dieu ! Et c'est contagieux ?

Et dire que le comte venait lui-même de Blackwater Park ! Quel manque de scrupules ! Je manquai de m'évanouir.

— Pas pour le moment, répondit-il avec calme. Du moins, pas au moment où j'ai quitté Blackwater Park...

Qu'il avait le teint jaune, pourtant !

Je reculai dans le fond de mon fauteuil, horrifié, et décidai de me débarrasser de lui le plus vite possible. Songez donc : contagieux !... Je le priai de me dire le but de sa visite.

Au lieu d'être bref – et il aurait dû sentir que c'était là ce que je souhaitais – il m'expliqua, avec des phrases ampoulées, qu'il existait un désaccord assez grave entre ma nièce et son mari, que miss Halcombe n'avait rien exagéré dans sa lettre, et que, en effet, le seul moyen d'éviter un scandale était de séparer momentanément les époux, en offrant l'hospitalité à lady Glyde... Tout s'arrangerait finalement... Il en était certain... Il ferait entendre raison à sir Percival... Lady Glyde était innocente, mais – il le disait en rougissant – c'était précisément pourquoi sa présence sous le toit de son mari ne faisait qu'envenimer les choses, etc.

— D'après votre réponse à miss Halcombe, dit-il encore, j'ai conclu que vous redoutiez des complications avec sir Percival et comme, ainsi qu'on en a l'habitude pour toutes choses à Blackwater Park, on a pris mon conseil à ce sujet, je suis venu – à la place de miss Halcombe, notre pauvre malade – vous certifier sur l'honneur que sir Percival ne viendra pas rôder autour de votre maison tant que sa femme y sera. Étant son meilleur ami, je le connais mieux que vous, Mr Fairlie. Ses affaires sont plutôt mauvaises pour le moment. Offrez-lui sa liberté : il partira pour le Continent, je vous le jure ! C'est clair, n'est-ce pas ? Bon ! Avez-vous d'autres questions à me poser ? Je suis ici pour vous répondre, monsieur. Demandez-moi ce que vous voulez, je vous prie.

J'étais harassé de l'entendre parler sans arrêt.

— Je vous remercie et je vous crois sur parole, monsieur. Lorsque j'irai mieux, j'espère avoir le plaisir de vous revoir.

Comme il se levait, je me dis qu'il allait partir... mais, hélas ! il continua à propager ses microbes dans ma chambre !

— Permettez que je vous dise encore un mot, reprit-il. Miss Halcombe ne sera pas rétablie de sitôt, quoiqu'elle soit admirablement soignée. La santé de lady Glyde et la tension entre elle et son mari nécessitent un changement d'air immédiat. Si vous tardez, ce sera à vos risques et périls. Ne prenez pas une telle responsabilité, Mr Fairlie, je vous en prie ! Écrivez tout de suite à lady Glyde que vous l'attendez !

J'avais une irrésistible envie de sonner Louis et de le faire jeter à la porte. Si incroyable que cela puisse paraître, il resta insensible à mon impatience qui, pourtant, je le savais, se lisait sur chaque trait de mon visage. Ils sont nés sans nerfs, tous ces gens, ils sont nés sans nerfs !

— Vous hésitez ? continua-t-il. Oui, je comprends ! Vous trouvez le voyage un peu fatigant pour votre nièce, mais j'ai pensé à tout. À son arrivée à Londres, j'irai la chercher moi-même et la conduirai chez sa tante, où elle se reposera une nuit. (Car, sachez-le, lors de mon retour en Angleterre avec sir Percival, j'avais l'intention de m'installer dans les environs de Londres. C'est chose faite, à présent. J'ai loué, pour six mois, une petite maison meublée dans le quartier de St. John's Wood.) Le lendemain, je la reconduirai à la gare et Fanny ira la chercher à son arrivée à Limmeridge. Vous voyez, tout est arrangé. Allons, Mr Fairlie, écrivez cette lettre !

Comme il était grand temps d'aérer la chambre et de la désinfecter, je décidai d'écrire la lettre afin de me débarrasser au plus tôt des histoires matrimoniales de ma nièce et... du comte Fosco !

« Bien chère Laura, venez dès que vous le désirez, et coupez la longueur du voyage en descendant pour une nuit chez votre tante Fosco à Londres. Navré d'apprendre la maladie de Marian.

» Votre toujours affectionné.

» F.F. »

Il n'y avait pas de danger que ma nièce acceptât l'invitation, laissant Marian, seule et malade, à Blackwater Park ! Mais le comte n'avait pas songé à cela !

Tendant ce mot au comte, je me renversai dans mon fauteuil et fermai les yeux, éreinté.

— Excusez-moi, je n'en puis plus ! Déjeunez et reposez-vous en bas. Amitiés à tous. Sympathie, etc.

Il débita encore tout un discours que j'écoutai le moins possible. Je fermai les yeux... Malgré moi, j'entendais beaucoup de ce que disait mon loquace beau-frère. Il nous félicitait tous deux du résultat de notre entretien, il parlait de nos goûts communs, de la façon admirable dont nous nous comprenions, il déplorait mon mauvais état de santé, s'offrait à me prescrire un remède... Il insistait afin que je n'oublie pas ses recommandations sur l'importance de la lumière... Il acceptait mon invitation à déjeuner, me disait d'escompter l'arrivée de lady Glyde deux ou trois jours plus tard, me demandait la permission de se réjouir déjà de notre prochaine rencontre au lieu de se laisser attrister et de m'attrister par nos adieux du moment... Il ajouta encore bien d'autres choses dont je ne me souviens pas, si même je les ai écoutées alors – ce que je ne crois pas... Puis sa voix, peu à peu, s'éloigna, mais lui-même, malgré sa corpulence, je ne l'entendis pas sortir de la chambre. Il avait la particularité de ne jamais faire de bruit en marchant. Je ne m'aperçus pas que la porte s'était ouverte, puis refermée – sinon quand, après un moment de silence, je rouvris lentement les yeux. Il était parti !

J'ai dit tout ce que j'avais à dire. Les événements qui se sont déroulés ensuite n'ont pas eu lieu en ma présence, et je n'en suis pas responsable. J'en ai eu le cœur brisé. Qu'ajouterais-je à cela ?

L'HISTOIRE CONTINUE, RACONTÉE PAR ELIZA MICHELSON, GOUVERNANTE À BLACKWATER PARK

On m'a demandé de dire ce que je sais de la maladie de miss Halcombe et dans quelles circonstances lady Glyde a quitté Blackwater Park. Mon témoignage, a-t-on ajouté, doit reposer sur l'entière vérité. Étant veuve d'un clergyman de l'Église d'Angleterre, et plaçant donc la vérité au-dessus de toute autre considération, j'estime qu'il est de mon devoir d'accéder à cette requête.

N'ayant pas tenu de journal de ces faits, il m'est difficile de préciser les dates, mais je crois que miss Halcombe tomba gravement malade vers la fin du mois de juin.

Un matin, alors que d'habitude elle descendait toujours la première, miss Halcombe ne parut pas au petit déjeuner, et je fus priée d'aller voir ce qui se passait. Lorsque j'entrai dans sa chambre, je la trouvai marchant de long en large, une plume d'oie à la main, l'air égaré, et paraissant avoir une forte fièvre.

Lady Glyde (n'étant plus au service de sir Percival, il m'est permis d'appeler mon ancienne maîtresse par son nom au lieu de l'appeler « Madame »), qui m'avait suivie, fut tellement secouée en voyant sa sœur qu'elle ne me fut d'aucun secours. Le comte et la comtesse, montant immédiatement eux aussi, se montrèrent dévoués et serviables. La comtesse m'aida à remettre miss Halcombe au lit, et le comte prépara tout de suite une potion et une lotion rafraîchissante à lui appliquer sur le front, en attendant l'arrivée du médecin. La malade refusa de prendre la potion.

Le Dr Dawson, d'Oak Lodge, arriva bientôt. C'était un homme âgé et respectable, bien connu dans la région. Il déclara le cas sérieux. Le comte, ayant des connaissances médicales, lui donna son avis, mais le docteur répondit qu'il n'avait pas l'habitude de discuter avec des amateurs. Avec une patience toute chrétienne, le comte n'insista pas, et, avant de sortir de la chambre, il me dit à voix basse que, dans le cas où sa présence serait nécessaire, on le trouverait dans le hangar près du lac. Pourquoi devait-il aller là-bas ? je l'ignore. Mais il ne rentra qu'à 7 heures du soir, pour dîner. Peut-être était-ce par discrétion ?... C'est un homme tellement délicat !

Miss Halcombe passa une très mauvaise nuit ; et vers le matin, au lieu de tomber, la fièvre monta encore. Nous la veillâmes tour à tour, la comtesse et moi. Lady Glyde voulut elle aussi rester au chevet de sa sœur. Mais elle était bien trop nerveuse, trop fragile elle-même de santé pour supporter avec calme l'inquiétude que lui inspirait l'état de miss Halcombe. Sa place n'était vraiment pas dans une chambre de malade.

Sir Percival et le comte vinrent aux nouvelles dans la matinée. Le premier (attristé, je suppose, par le chagrin de sa femme et par la maladie même de la pauvre demoiselle) paraissait inquiet, indécis. Le comte, au contraire, faisait preuve de calme et de sollicitude réfléchie. Il tenait son chapeau de paille d'une main et de l'autre un livre, et je l'entendis dire à sir Percival qu'il s'en allait étudier au bord du lac.

— Que l'on ne fasse pas de bruit dans la maison ! recommanda-t-il. Ne fumons plus à l'intérieur, mon ami, maintenant que miss Halcombe est malade. Allez de votre côté, et je vais du mien : quand je dois étudier, j'aime être seul. Au revoir, Mrs Michelson.

Sir Percival ne fut pas assez poli – peut-être, en vérité, devrais-je dire assez maître de soi – pour me quitter avec autant de civilité. Seul le comte Fosco me traita toujours comme une dame ayant subi des revers de fortune. Ses manières étaient celles d'un véritable gentleman, il se montrait plein d'attentions pour chacun, et même pour la jeune Fanny, femme de chambre de lady Glyde. Le jour où sir Percival la congédia, le comte, qui me montrait ses jolis petits canaris, se montra inquiet à son sujet, me demanda ce qu'elle allait devenir, où elle se rendrait en quittant Blackwater Park, etc. C'est à des traits semblables – l'intérêt qu'un gentleman prend au sort d'une humble servante – que l'on reconnaît la naissance aristocratique. Et pourtant, je ne le sais que trop, certains jugent sévèrement le comte. Moi, je dis ce que j'ai vu. Je me fais une règle de ne pas juger afin de n'être pas jugée.

La seconde nuit fut plus mauvaise encore que la première. Le Dr Dawson faisait de fréquentes visites. La comtesse et moi tour à tour continuions à soigner la malade, et lady Glyde, en dépit de toutes nos protestations, ne voulait pas quitter sa sœur.

Vers midi, comme je remontais chez miss Halcombe, je vis sir Percival se précipiter au-devant du comte qui rentrait, l'air ravi. Pour la troisième fois, il était sorti ce matin, aussitôt après le petit déjeuner.

— L'avez-vous trouvée ? demanda immédiatement sir Percival.

Sa Seigneurie eut un sourire enchanté mais ne répondit pas. Sir Percival, m'apercevant, me regarda d'un air grossier.

— Venez ici, Fosco, dit-il en ouvrant la porte de la bibliothèque. Quand il y a des femmes dans une maison, on est toujours sûr d'en rencontrer une dans l'escalier !

— Mais, mon cher Percival, dit le comte, en me regardant avec bonté, Mrs Michelson a des devoirs en plus de son dévouement. Comment va la malade, chère madame ?

— Pas mieux, monsieur, je regrette de devoir le dire !

— Triste, triste ! Vous paraissez fatiguée, Mrs Michelson. Il est plus que temps que ma femme et vous soyez aidées dans votre rôle de garde-malade. Mrs Fosco doit précisément aller à Londres demain, elle ramènera une infirmière de confiance que je connais. Mais ne parlez pas d'elle au Dr Dawson, je vous prie, avant qu'elle ne soit arrivée. Il serait mal disposé envers toute infirmière introduite ici par moi. Une fois qu'il l'aura vue, il devra reconnaître sa valeur. Voulez-vous présenter mes respects à lady Glyde, je vous prie ?

J'exprimai au comte ma gratitude pour son amabilité, mais sir Percival y coupa court en appelant sèchement son ami.

Je remontai dans la chambre de miss Halcombe, très intriguée, je l'avoue, par cette question de sir Percival : « L'avez-vous trouvée ? » De qui s'agissait-il ?... Nous, les femmes, sommes faibles, et malgré nos principes, ne savons pas toujours résister à la tentation de satisfaire notre curiosité. Qui donc le comte espérait-il trouver au cours de ses promenades studieuses au bord du lac ? Une femme, sans aucun doute, d'après la question même de sir Percival. Mais je ne soupçonnais le comte d'aucune inconvenance ; je connaissais trop bien sa parfaite moralité. Restait à savoir s'il l'« avait trouvée ».

La nuit n'apporta encore aucune amélioration dans l'état de la malade, mais la journée du lendemain fut meilleure. Le surlendemain, la comtesse partit pour Londres sans dire à personne le but de son voyage ; son mari, toujours galant homme, l'accompagna à la gare.

Lorsqu'il revint, il monta demander des nouvelles de miss Halcombe. J'allai les lui donner dans le petit salon, laissant le Dr Dawson et lady Glyde au chevet de la malade. Le comte me posa de nombreuses questions au sujet des symptômes de la maladie et du traitement prescrit par le médecin. Comme je lui répondais, le Dr Dawson sortit de la chambre.

— Bonjour docteur, fit le comte en s'avançant vers lui avec assurance et courtoisie. Je crains fort que vous ne trouviez guère d'amélioration aujourd'hui.

— Nette amélioration aujourd'hui, répondit le médecin.

— Comptez-vous continuer ce traitement affaiblissant ?

— Je continue le traitement justifié par ma longue expérience, monsieur.

— Comme vous vivez loin des grands centres médicaux, je voulais seulement savoir si vous connaissiez la nouvelle méthode qui consiste à fortifier le malade afin de l'aider à combattre la fièvre ?

— Si un professionnel me faisait une semblable remarque, je lui répondrais avec plaisir, monsieur, mais vous n'êtes pas médecin, et je m'excuse de ne pas vous répondre.

Ayant reçu cette dure rebuffade, le comte salua le docteur aimablement et sortit.

La comtesse rentra par le dernier train, ramenant une infirmière. Cette personne s'appelait Mrs Rubelle. Sa mise assez frivole et son mauvais accent anglais me firent comprendre tout de suite qu'elle était étrangère. Avec sa délicatesse habituelle, le comte demanda que l'infirmière n'entrât en fonction que lorsque le Dr Dawson l'aurait acceptée, le lendemain matin.

Je veillai donc encore miss Halcombe cette nuit-là. Lady Glyde, qui ne quittait pas le chevet de sa sœur, m'exprima sa répugnance à voir arriver cette étrangère.

Je lui expliquai que nous devions montrer de la charité chrétienne, surtout devant les étrangers et ne pas les juger inconsidérément. Mais elle ne parut pas convaincue, et elle soupira, baisa la main de sa sœur, qui reposait sur la courtepointe.

Le lendemain, lorsqu'il arriva, le Dr Dawson me fit appeler avant de monter.

— Il paraît que la nouvelle infirmière a été ramenée de Londres par la femme de ce vieil Italien qui se mêle de médecine. Cet homme est un charlatan, Mrs Michelson !

C'était très grossier et j'en fus choquée.

— Il ne serait pas l'ami de sir Percival, monsieur, s'il n'appartenait pas à la meilleure noblesse ! répondis-je.

— Bah ! Ils sont tous comtes dans ce pays-là !... Mais parlons de l'infirmière. Cela me déplaît fort qu'elle n'ait pas été choisie par moi !... Je l'ai dit à sir Percival, mais il me déteste et m'a répondu que le moins que je puisse faire après le dérangement que s'était imposé la comtesse était de l'essayer. J'ai accepté à condition de pouvoir la renvoyer si elle ne me convenait pas. Je compte sur vous, Mrs Michelson, pour la surveiller de près et ne pas la laisser donner à miss Halcombe d'autres médicaments que ceux que je prescris. Compris ? J'ai confiance en vous. Maintenant, montons. Je voudrais parler à l'infirmière avant d'entrer dans la chambre de la malade.

Mrs Rubelle ne se laissa pas le moins du monde décontenancer par le regard scrutateur du docteur et par ses questions directes. D'ailleurs, pas un instant avant cet entretien elle n'avait paru douter que le Dr Dawson l'acceptât. D'autres auraient pu prendre cela pour de l'impertinence – je n'y voyais, quant à moi, qu'une preuve extraordinaire de volonté.

Nous entrâmes dans la chambre de miss Halcombe qui sommeillait. Lady Glyde fronça les sourcils en rendant son salut à Mrs Rubelle.

Pendant les cinq jours qui suivirent, je surveillai les faits et gestes de celle-ci, mais ne pus en toute honnêteté trouver rien à y redire. Lady Glyde, de son côté, n'eut pas à se plaindre d'elle, et nous ne la vîmes jamais échanger avec le comte un mot qui aurait pu nous sembler mystérieux. Elle faisait prendre à miss Halcombe les médicaments tels que les ordonnait le médecin ; bref, elle remplissait sa tâche avec discrétion et sérieux.

La pauvre demoiselle restait dans une sorte de torpeur d'où elle sortait parfois pour y retomber aussitôt, et elle avait des accès de fièvre qui la faisaient parfois divaguer. Mrs Rubelle – reconnaissons ses qualités – savait à chaque moment ce qu'il convenait de faire pour le bien de la malade. On aurait peut-être pu lui reprocher de ne parler jamais d'elle-même, et de soigner sa malade sans écouter les conseils des autres, sûre de bien faire.

Quatre jours après l'arrivée de Mrs Rubelle, le comte partit pour Londres, afin d'y régler certaines affaires. En ma présence, il fit maintes recommandations à lady Glyde.

— Faites encore confiance au Dr Dawson pendant deux ou trois jours, dit-il. Mais si alors il n'y a décidément pas d'amélioration, demandez une consultation avec un spécialiste de Londres ; cet âne de médecin devra bien l'accepter. Blessez les sentiments du Dr Dawson, mais sauvez miss Halcombe ! C'est du fond de mon cœur que je vous parle !

Malgré la bienveillance du comte, lady Glyde, à bout de nerfs, tremblait de la tête aux pieds. Sans répondre, elle le laissa partir. Puis elle se tourna vers moi :

— Oh ! Mrs Michelson, fit-elle, j'ai le cœur brisé quand je pense à ma sœur ! Et je n'ai personne qui pourrait me conseiller ! Croyez-vous que le médecin se trompe ? Il m'a dit ce matin même que l'état de ma sœur n'inspirait aucune crainte, et qu'il n'était pas nécessaire de faire venir un autre médecin.

— Malgré tout le respect que j'ai pour le Dr Dawson, répondis-je, à la place de Madame je suivrais le conseil du comte.

Lady Glyde se détourna brusquement, avec un air de découragement, de détresse, que je ne m'expliquai pas.

— Suivre le conseil du comte ! murmura-t-elle. Dieu nous vienne en aide ! Le conseil du comte !...

Le comte fut absent près d'une semaine.

Sir Percival, désemparé par le départ momentané de Sa Seigneurie, sortait, rentrait et retournait aussitôt dans le parc, car la maison était lugubre. Plusieurs fois par jour, il s'inquiétait de la santé de miss Halcombe, ainsi que de celle de lady Glyde, Madame allant de moins en moins bien ; il semblait en souffrir sincèrement. À ce moment-là, un clergyman, un ami, aurait pu l'aider. Mais il se trouva tout seul.

La comtesse et sir Percival semblaient s'éviter : la comtesse se faisait servir à dîner à l'heure du lunch et, le soir, elle remontait toujours dans la chambre de miss Halcombe, bien que Mrs Rubelle ait refusé son aide. Sir Percival dînait donc seul, et j'ai entendu William dire que son maître, depuis quelques jours, mangeait moins et buvait davantage.

Au bout de quelques jours, il y eut une légère amélioration dans l'état de miss Halcombe, et le Dr Dawson se montra satisfait. Nous eûmes à nouveau confiance en lui, d'autant qu'il assura à lady Glyde que lui-même aurait demandé un spécialiste s'il avait eu le moindre doute.

Seule la comtesse paraissait encore inquiète et elle attendait avec impatience son mari qui devait revenir trois jours plus tard. Ils correspondaient régulièrement et formaient un couple exemplaire.

Un soir, Mrs Rubelle et moi nous observâmes une aggravation subite, mais nous n'en dîmes rien à lady Glyde qui s'était endormie, épuisée par la fatigue et l'angoisse, sur le sofa du petit salon. Lorsque, un peu plus tard, le Dr Dawson vint voir la malade, son visage se rembrunit. Il demanda qu'on aille lui chercher sa trousse, que l'on prépare des désinfectants à brûler dans la chambre et qu'on lui fasse un lit dans la maison pour la nuit.

— La fièvre est-elle devenue infectieuse ? demandai-je.

— Je le crains, nous serons fixés demain matin.

Lady Glyde fut laissée dans l'ignorance et, vu son état de dépression, l'entrée de la chambre lui fut interdite.

Le lendemain vers 11 heures, le docteur envoya chercher un spécialiste de Londres.

Entre-temps, le comte était rentré de voyage. Il voulut voir la malade immédiatement. La pauvre miss Halcombe ne reconnaissait plus personne et prenait ses amis pour ses ennemis. Lorsque le comte approcha de son lit, elle le fixa d'un regard exprimant une telle frayeur que je m'en souviendrai jusqu'à ma mort. Après lui avoir pris le pouls, il la regarda avec attention et, se retournant vers nous, il déclara calmement : « C'est le typhus. »

— Ce n'est pas le typhus ! protesta le Dr Dawson. Je n'admets pas cette intrusion... Personne n'a le droit ici de faire un diagnostic, sinon moi ! J'ai fait mon devoir, j'ai demandé un médecin de Londres en consultation. Je discuterai avec lui et avec personne d'autre ! J'insiste pour que vous sortiez de cette chambre, monsieur.

— J'y suis entré par humanité. La fièvre a dégénéré en typhus à cause de votre traitement débilitant et, si cette pauvre jeune fille en meurt, j'irai témoigner en justice que vous en êtes responsable !

À ce moment-là, la porte du petit salon s'ouvrit, et lady Glyde parut.

— Je veux entrer, et j'entrerai, déclara-t-elle avec fermeté.

Au lieu de l'arrêter, le comte s'écarta pour la laisser passer. Cet homme scrupuleux n'oubliait jamais rien ; mais sans doute, dans la surprise du moment, oublia-t-il le danger de contagion. Je lui avais pourtant dit quelques instants auparavant que le médecin avait défendu à lady Glyde, très faible elle-même, de venir près de la malade.

Le Dr Dawson eut plus de présence d'esprit.

— Je suis sincèrement navré, dit-il à lady Glyde en s'avançant vers elle, mais la fièvre est peut-être infectieuse. Jusqu'à preuve du contraire, je vous prierai de ne plus entrer dans cette chambre.

La malheureuse s'évanouit ; la comtesse et moi l'emportâmes chez elle, où elle revint bientôt à elle, et m'envoya chercher le Dr Dawson, désirant lui parler immédiatement. Il l'apaisa en lui annonçant la prochaine visite d'un spécialiste.

Celui-ci arriva en effet vers 5 heures. C'était un homme plus jeune que le Dr Dawson. Il déclara que c'était bien le typhus, et ajouta ne pouvoir se prononcer quant à la guérison avant quelques jours.

Mrs Rubelle joignit les mains devant elle et me regarda avec un sourire entendu. Le comte n'aurait pas eu l'air plus satisfait en entendant confirmer son propre diagnostic.

Les deux médecins se retirèrent pour se consulter.

Nous passâmes de bien pénibles journées. L'état de miss Halcombe empirant de plus en plus, la comtesse Fosco et moi relayions tour à tour Mrs Rubelle au chevet de la malade.

Lady Glyde se remit très rapidement, et fit preuve d'une volonté extraordinaire. Elle voulut venir dans la chambre de la malade deux ou trois fois par jour, afin de voir miss Halcombe de ses propres yeux, mais promit de ne pas trop s'approcher du lit. Le Dr Dawson céda à sa requête, toute discussion étant impossible avec elle.

Il n'y eut plus de dispute entre le Dr Dawson et le comte, celui-ci prenant des nouvelles par intermédiaire, et restant tout le temps en bas, avec sir Percival.

Le cinquième jour, le spécialiste nous donna quelque espoir et ajouta que le dixième jour serait décisif. Dans l'intervalle, le comte partit pour Londres un matin et revint le soir même.

Le dixième jour, le spécialiste fit sa troisième visite et déclara tout danger écarté. Miss Halcombe avait maintenant besoin de repos et de soins attentifs en attendant la guérison complète.

L'émotion que lui donna cette bonne nouvelle fut trop forte pour lady Glyde, déjà si ébranlée : elle dut garder la chambre. Le Dr Dawson lui ordonna également un repos complet, suivi d'un changement d'air, si possible.

Le lendemain, une sérieuse altercation eut lieu entre le comte et le Dr Dawson. Ce dernier quitta la maison. Quoique la convalescence de miss Halcombe ne nécessitât pas les soins continus d'un médecin, j'aurais préféré avoir de temps à autre la visite soit de l'un, soit de l'autre. J'en fis la remarque à sir Percival qui me répondit qu'en cas de rechute il serait toujours temps d'aviser, et que, en attendant, nous disposions des conseils du comte Fosco. D'autre part, lady Glyde devait, m'apprit-on, ignorer tout du départ définitif du docteur. Peut-être était-ce pour son bien ? Néanmoins, cette étrange situation me mit mal à l'aise et je fus littéralement bouleversée lorsque le jour même sir Percival me fit appeler dans la bibliothèque. Le comte se trouvait avec lui quand j'entrai, il se leva immédiatement et sortit, nous laissant seuls.

— Je désire vous faire part d'une décision que j'ai

prise, me dit sir Percival. Aussitôt que lady Glyde et miss Halcombe seront en état de voyager, elles partiront pour Limmeridge House. Le comte et la comtesse vont aller s'installer aux environs de Londres. Comme je compte partir moi-même en voyage et que les dépenses ici sont trop lourdes pour mon budget, j'ai décidé de vendre les chevaux, à l'exception d'un seul, et de renvoyer le personnel. Vous savez que je ne fais jamais les choses à moitié : avant vingt-quatre heures, je souhaite que soient partis tous ceux qui sont inutiles ici !

J'étais pétrifiée de surprise.

— Vous voulez dire, sir Percival, que je dois renvoyer le personnel sans lui donner un mois de préavis ?

— Exactement ! Avant un mois, nous serons tous partis sans doute, et je ne désire pas laisser les domestiques ici dans l'oisiveté.

— Mais en attendant, qui va faire la cuisine, sir Percival ?

— Margaret Porcher sait cuisiner. Elle suffira, avec une femme de ménage. Elle est bâtie comme un cheval, et travaille comme un cheval !

— Sir Percival, je me permets de vous faire remarquer que si les domestiques partent demain sans préavis, on devra leur payer un mois de gages.

— Payez-leur un mois de gages ! Cela coûtera moins cher qu'un mois de gloutonnerie à l'office !

Cette observation me blessa profondément. Seules la charité chrétienne et l'idée d'abandonner lady Glyde et miss Halcombe à leur sort m'empêchèrent de quitter, moi aussi, le service de sir Percival. Je me levai.

— Après cette dernière remarque, sir Percival, je n'ai plus rien à dire, répondis-je avec dignité. Vos ordres seront exécutés.

Les domestiques partirent le lendemain.

Les grooms et les garçons d'écurie furent envoyés à

Londres avec tous les chevaux sauf un. Je restai seule avec Margaret Porcher et le jardinier.

Dans une maison déserte, avec deux malades et sans l'aide d'un médecin, il y avait de quoi perdre la tête. Je priai Dieu pour qu'elles soient vite en état de quitter Blackwater et que je puisse partir, moi aussi.

2

Deux jours après le départ du personnel, sir Percival me fit de nouveau appeler. L'insulte qu'il m'avait lancée – je suis heureuse de le faire remarquer – ne m'empêcha pas de rendre le bien pour le mal en me conformant à ses ordres avec autant de promptitude et de respect que d'ordinaire. Mais j'avoue que ce fut un sacrifice pour ma fierté. Le comte se trouvait encore avec lui, mais cette fois il prit part à l'entretien. Il m'expliqua lady Glyde et miss Halcombe seraient bientôt en état de voyager, mais qu'avant de les laisser partir pour Limmeridge il estimait qu'un bref séjour à la mer leur ferait du bien.

Il me pria donc de me rendre à Torquay, afin d'y trouver un logement convenable pour ces dames. J'objectai qu'il n'y aurait personne en mon absence pour soigner les deux malades, mais sir Percival me répondit que la comtesse et Margaret Porcher suffiraient, avec Mrs Rubelle. Quant au comte et lui-même, des affaires à régler les retenaient à Blackwater Park. Il fut donc décidé que je partirais le lendemain. Le comte m'avait mis sur papier les conditions requises pour l'appartement et sir Percival y avait ajouté un prix maximal.

En lisant cette note, je me rendis tout de suite compte que les conditions étaient impossibles, mais c'était un ordre et je m'inclinai.

Lorsque je quittai miss Halcombe, elle paraissait encore terriblement anxieuse. Pourtant, ses forces lui revenaient rapidement. Je la laissai à la garde de Mrs Rubelle. J'allai ensuite frapper à la porte de lady Glyde, pour dire au revoir à Madame. Mais la comtesse, qui restait tout le temps auprès d'elle, me répondit qu'elle était encore trop faible pour me recevoir.

Comme la voiture m'emmenait, je rencontrai dans l'allée sir Percival et le comte. Je les saluai, et quittai donc Blackwater Park, laissant Margaret Porcher pour tout personnel.

N'importe qui, à ma place, eût alors éprouvé comme moi le sentiment qu'il se passait quelque chose, non seulement d'inhabituel, mais d'assez suspect. Pourtant, je le répète, il me fallait partir puisqu'on me l'ordonnait.

Je revins après trois jours, mon voyage ayant été absolument inutile comme je l'avais prévu. Lorsque j'en fis part à sir Percival, il ne parut pas étonné et m'écouta à peine. Il m'annonça alors que le comte et la comtesse étaient partis pour leur résidence de St John's Wood près de Londres, sans m'expliquer la raison de ce départ précipité. Comme je lui demandais qui s'était occupé de lady Glyde, la comtesse une fois partie, il me répondit que Margaret était entièrement à son service. Margaret Porcher !

Je me dirigeai d'abord vers la chambre de lady Glyde, que je trouvai mieux. Quoique nerveuse et inquiète de n'avoir pas reçu le petit message quotidien que miss Halcombe lui faisait parvenir, elle se sentait capable de s'habiller. Je l'y aidai.

Nous nous dirigeâmes ensuite vers la chambre de miss Halcombe.

Sir Percival nous attendait sur le palier.

— Où allez-vous ? demanda-t-il à lady Glyde.

— Chez Marian.

— Je vous épargnerai une déception en vous disant que vous ne la trouverez pas dans sa chambre. Elle est partie avec le comte et la comtesse Fosco hier matin.

Lady Glyde blêmit en s'appuyant contre le mur. J'étais moi-même toute bouleversée.

— Dans son état de santé, sir Percival ! Et sans prévenir lady Glyde ! m'exclamai-je enfin.

— C'est impossible ! s'écria cette dernière, avançant de quelques pas. Où était le Dr Dawson ?

— Le docteur n'était pas là, puisqu'il a quitté volontairement la maison depuis plusieurs jours, ce qui prouve que votre sœur était assez forte pour voyager. Allez voir dans sa chambre, si vous ne me croyez pas... Allez voir dans toutes les chambres !

Je suivis partout lady Glyde – elle ne voulait pas que je la quitte un instant, mais nous ne vîmes personne.

— Qu'est-ce que cela signifie, sir Percival ? demanda-t-elle d'un ton ferme en revenant vers son mari et en le regardant dans les yeux.

— Je vous l'ai dit, cela signifie que miss Halcombe, se sentant assez forte pour accompagner Mr et Mrs Fosco, est partie avec eux et Mrs Rubelle pour Londres hier matin, et qu'aujourd'hui Fosco et Mrs Rubelle la conduiront à Limmeridge.

— Mais pourquoi est-elle partie sans me dire au revoir ? demanda lady Glyde d'une voix tremblante.

— Parce qu'elle a voulu vous éviter des émotions inutiles, puisque votre oncle désirait la voir seule avant de vous recevoir et qu'elle ne pouvait pas vous emmener. Vous avez pourtant lu la lettre que Mr Fairlie lui a écrite au moment où elle est tombée malade ! Alors pourquoi cet air surpris ?

— Marian ne m'a encore jamais abandonnée, murmura lady Glyde, les yeux remplis de larmes.

— Allons ! Soyez raisonnable ! Si vous avez encore d'autres questions à me poser, venez à la salle à manger. Toutes ces scènes me fatiguent, j'ai besoin d'un verre de vin.

La façon de faire de sir Percival m'étonna. Il paraissait aussi troublé que sa femme. J'essayai de persuader lady Glyde de rentrer dans sa chambre ; j'essayai de la rassurer en lui rappelant que l'énergie étonnante de miss Halcombe l'aiderait, même convalescente, à supporter le voyage.

— Non ! me dit-elle avec agitation. Il est arrivé quelque chose à Marian, il faut que je la suive ! Venez avec moi chez sir Percival, Mrs Michelson.

J'hésitai, mais elle me prit par le bras, me forçant à descendre avec elle. Lorsque nous entrâmes dans la salle à manger, sir Percival me lança un regard furieux.

Je m'excusai de mon intrusion, mais il m'interrompit brusquement :

— Croyez-vous qu'il y ait des secrets dans cette maison, Mrs Michelson ? me dit-il sèchement. Il n'y a rien à cacher, ni ici... ni ailleurs !

Après ces étranges paroles, il se remplit encore un verre de vin qu'il avala d'un seul trait, puis demanda à lady Glyde ce qu'elle désirait.

— Si ma sœur est en état de voyager, je le suis aussi, dit-elle avec fermeté. Aussi, je vous prie de me laisser partir par le train de cet après-midi.

— Il faut attendre demain... à moins qu'il n'y ait contrordre, répondit sir Percival. Je vais prévenir Fosco.

En disant ces mots, il leva son verre qu'il examina à la lumière, au lieu de regarder sa femme, ce que je trouvai très impoli pour un homme de son rang.

— Pourquoi prévenir le comte Fosco ? demanda lady Glyde.

— Afin qu'il vienne vous chercher au train de midi

et vous emmène loger chez votre tante à St John's Wood.

Je sentis la main de lady Glyde trembler sur mon bras, tandis qu'elle répondait :

— Ce n'est pas nécessaire, je ne désire pas loger à Londres !

— Il le faut !... Le voyage est trop fatigant à faire d'une traite et, comme vous ne pouvez aller à l'hôtel toute seule, Fosco a aimablement offert de vous héberger une nuit et votre oncle a accepté. Tenez, voici sa lettre. J'ai oublié de vous la faire remettre ce matin.

Lady Glyde me passa la lettre en me priant de la lui lire, car la feuille de papier tremblait entre ses doigts.

— Je ne veux pas aller chez le comte, s'écria-t-elle avant même que j'aie achevé de lire le billet ; je vous en prie, ne lui écrivez pas !

Sir Percival but un nouveau verre de vin.

— Et pourquoi ? Je voudrais bien le savoir ! cria-t-il en colère. Où pouvez-vous être mieux que chez votre tante ?... D'ailleurs... cela suffit ! Si vous n'avez pas de bon sens, les autres en auront pour vous ! Vous ferez ce que miss Halcombe a fait...

— Marian !... Loger chez le comte Fosco !...

— Oui ! Et ne me faites pas regretter de vous laisser partir !

Il se leva et sortit en faisant claquer la porte.

— Je crois qu'il vaut mieux que nous n'attendions pas qu'il revienne, dis-je tout bas. Il a peut-être bu trop de vin !

Comme un automate, elle me suivit sans répondre. En vain tentai-je à nouveau de la rassurer, une terreur incompréhensible s'emparait d'elle à l'idée d'aller loger chez le comte Fosco.

— Jamais vous ne me ferez croire que ma sœur a logé volontairement chez lui, déclara-t-elle. L'horreur que j'éprouve pour cet homme est telle que rien de ce que sir Percival peut me dire ou de ce que mon oncle peut m'écrire ne pourrait me décider à aller loger chez lui, s'il ne dépendait que de moi. Mais pour rejoindre Marian, j'irais n'importe où, et même chez lui !

Je lui fis remarquer que, d'après l'explication de sir Percival, miss Halcombe devait déjà être partie pour Limmeridge.

— Si c'était vrai ! répondit-elle. Mais j'ose à peine le croire... Si réellement elle est déjà à Limmeridge, je suis résolue à ne pas aller chez le comte Fosco demain soir. Mon ancienne gouvernante, ma chère Mrs Vesey – je vous ai souvent parlé d'elle, n'est-ce pas ? – habite près de Londres, et je vais lui écrire que j'irai passer la nuit chez elle. Comment j'y arriverai, je n'en sais rien, et je ne sais pas comment j'éviterai le comte, mais je veux à tout prix lui échapper, si ma sœur est à Limmeridge. Le seul service que je vous demande, Mrs Michelson, est de veiller à ce que ma lettre à Mrs Vesey parte ce soir. J'ai des raisons de n'avoir plus confiance dans le sac postal du hall. Voulez-vous garder mon secret, et me rendre ce service ? Ce sera peut-être la dernière faveur que je vous demanderai.

Je craignais que les facultés de lady Glyde ne fussent un peu ébranlées par toutes ces émotions, mais je finis par accepter et portai moi-même la lettre au village ce soir-là.

Maintenant que je sais ce qui devait se passer ensuite, je remercie le Ciel de m'avoir inspirée : pendant sa dernière journée à Blackwater Park, je ne contrariai en rien les désirs de lady Glyde.

Comme elle m'en pria, je dormis dans la chambre voisine de la sienne, en laissant la porte ouverte. Elle veilla tard, lisant des lettres, puis les brûlant, ôtant de ses tiroirs certains objets auxquels elle tenait particulièrement – comme si, vraiment, elle croyait ne jamais revenir à Blackwater Park !

Lorsque enfin elle se mit au lit, son sommeil fut agité ; dans ses cauchemars, elle éclata en sanglots à plusieurs reprises.

Le lendemain s'annonça ensoleillé et doux. Après le petit déjeuner, sir Percival vint nous prévenir que la voiture serait devant la porte à 11 h 45, le train étant à 12 h 20. Il informa lady Glyde qu'il était obligé de sortir, mais il espérait, dit-il, être rentré avant son départ.

— Si par hasard, ajouta-t-il encore, j'étais retenu plus longtemps que je ne le prévois, Mrs Michelson vous accompagnerait à la gare. Mrs Michelson, veillez à ce que lady Glyde ne manque pas le train !

Comme il sortait de la chambre sans avoir levé les yeux sur elle, lady Glyde s'avança vers lui en lui tendant la main.

— Je ne vous verrai plus, dit-elle en appuyant sur les mots. Ce sont nos adieux... peut-être pour toujours... Voulez-vous essayer de me pardonner comme je vous pardonne, Percival ?

Son visage devint livide et de grosses gouttes de sueur perlèrent sur son front.

— Je reviendrai avant votre départ, dit-il sans prendre la main de sa femme, et il sortit comme un fou.

Je n'ai jamais aimé sir Percival, mais la façon dont il traita sa femme me rendit honteuse d'avoir mangé son pain et logé sous son toit. Je voulus dire à ma pauvre maîtresse quelques paroles de consolation chrétienne, mais ses traits avaient une telle expression tandis qu'elle fixait du regard la porte par laquelle son mari était sorti, que je me tus.

À l'heure dite, la voiture était annoncée. Mais lady Glyde avait eu raison : sir Percival ne revint pas. Nous arrivâmes à la gare deux minutes avant le départ du train. Lorsque je dis au revoir à lady Glyde sur le quai, elle mit la main sur son cœur, comme prise d'une terreur subite.

— Comme je voudrais que vous veniez avec moi ! dit-elle en serrant convulsivement mon bras. Je n'oublierai pas ce que vous avez fait pour ma sœur et pour moi, Mrs Michelson. Merci et que Dieu vous bénisse !

À l'entendre, j'eus les larmes aux yeux ; elle avait prononcé ces mots comme si elle me disait adieu pour toujours.

— Adieu, Madame, murmurai-je en l'aidant à monter en voiture, je vous souhaite des temps meilleurs !

Que n'avait-elle exprimé plus tôt son désir de me voir l'accompagner ! J'aurais fait en quelques heures mes préparatifs de départ, même si cela m'avait obligée à quitter définitivement le service de sir Percival. Mais à présent il était trop tard...

— Croyez-vous aux rêves ? fit-elle encore en se penchant à la portière. J'ai fait des rêves affreux, la nuit dernière... Je n'en suis pas encore remise...

Le train s'ébranla, elle agita la main... puis je ne la vis plus. Je retournai à Blackwater Park.

Vers 5 heures de l'après-midi, mes devoirs, devenus nombreux, m'ayant laissé quelque loisir, je descendis au jardin. Sir Percival n'était pas encore rentré.

J'avais à peine fait quelques mètres que j'aperçus devant moi le dos d'une femme cueillant des fleurs. Intriguée, je m'approchai et, à ma grande stupéfaction, je reconnus Mrs Rubelle.

Tandis que je restais pétrifiée, elle s'avança vers moi d'un air calme, un bouquet de fleurs à la main.

— Qu'y a-t-il, madame ? me demanda-t-elle tranquillement.

— Vous, ici ! m'exclamai-je. Vous n'êtes donc pas partie pour le Cumberland avec miss Halcombe ?

— Ni miss Halcombe ni moi n'avons quitté Blackwater Park ! dit-elle en éclatant de rire.

Je songeai au choc affreux que ressentirait lady Glyde en ne retrouvant pas sa sœur et n'eus pas le courage de prononcer un mot.

Tout à coup, j'entendis Mrs Rubelle qui disait :

— Voici sir Percival revenu de sa promenade à cheval !

Je levai la tête comme hallucinée et le vis s'avancer vers nous, fouettant sans pitié les fleurs sur son passage. Lorsqu'il fut près de moi, il éclata d'un rire sarcastique en donnant un coup de stick sur sa botte :

— Eh bien, Mrs Michelson, vous avez enfin deviné ?

Puis, s'adressant à Mrs Rubelle :

— Quand vous êtes-vous montrée ?

— Il y a à peine une heure, monsieur. Vous m'aviez dit que je pourrais reprendre ma liberté dès que lady Glyde serait partie.

— C'est parfait !

Puis, s'adressant de nouveau à moi :

— Vous ne pouvez le croire, n'est-ce pas ? me dit-il, railleur. Venez voir par vous-même.

Se dirigeant vers la maison, il me montra du bout de sa badine le premier étage de l'aile qui n'était pas habitée.

— Vous connaissez les anciennes chambres « élisabéthaines », n'est-ce pas ? Eh bien, miss Halcombe est douillettement installée dans l'une d'elles ! Mrs Rubelle, conduisez Mrs Michelson, voulez-vous ? Ainsi, elle verra de ses propres yeux que, cette fois, nous ne l'avons pas trompée !

J'étais indignée et révoltée tout à la fois. Ma dignité et mon devoir envers lady Glyde m'empêchaient de rester une heure de plus au service d'un homme qui s'était ainsi joué de nous.

— Je voudrais vous dire d'abord un mot en privé,

sir Percival, dis-je. Je suivrai ensuite cette personne dans la chambre de miss Halcombe.

Mrs Rubelle, que j'avais désignée d'un simple mouvement de tête, renifla ses fleurs avec insolence et s'en alla vers la maison.

— Eh bien ? demanda sir Percival avec humeur. Qu'y a-t-il encore ?

— Je désire vous faire savoir, Monsieur, que je démissionne sur-le-champ de l'emploi que j'occupe à Blackwater Park.

Enfonçant ses deux mains dans les poches de son veston, il me lança un regard noir.

— Et pourquoi, s'il vous plaît ?

— Ce n'est pas à moi d'émettre une opinion sur ce qui s'est passé dans cette maison, Monsieur, et je ne désire offenser personne. Mais j'estime qu'il est de mon devoir de ne pas rester plus longtemps à votre service.

— C'est votre devoir sans doute d'avoir un air soupçonneux à mon égard ! cria-t-il. À cause des caprices de lady Glyde qui, vous le savez comme moi, ne serait jamais partie si elle avait su que sa sœur était encore ici ! J'ai agi pour son bien, un changement d'air lui était ordonné... Allez-vous-en, si vous voulez, il existe des centaines de gouvernantes qui vous valent !... Mais ne vous avisez pas de me juger ! Allez voir si miss Halcombe n'est pas aussi bien soignée de ce côté-là de la maison que de l'autre. Et osez dire quelque chose contre moi !

Son air menaçant ne pouvait changer ma résolution.

— Je me suis toujours bien conduite, sir Percival, et...

— Quand désirez-vous partir ? interrompit-il brusquement.

— Le plus tôt possible, à votre convenance, Monsieur.

— Ma convenance n'a rien à voir là-dedans, je pars

en voyage demain matin et je peux régler vos gages ce soir si vous le désirez. Mais si vous vous préoccupez de ce que l'on peut encore attendre de vous, pensez à miss Halcombe. Mrs Rubelle part aujourd'hui, elle doit être à Londres ce soir. Miss Halcombe n'aura plus une âme pour s'occuper d'elle !

Je ne pouvais pas abandonner miss Halcombe. Après m'être assurée du départ de Mrs Rubelle et avoir obtenu de sir Percival la permission de faire revenir le Dr Dawson, je consentis à rester à Blackwater Park quelque temps encore. Il fut aussi convenu que je préviendrais l'avocat de sir Percival huit jours avant mon départ.

Sir Percival me tourna alors brusquement le dos, et je me dirigeai vers Mrs Rubelle qui, avec une parfaite indifférence, m'attendait sur le seuil de la porte d'entrée.

J'avais à peine fait quelques pas quand sir Percival, qui était parti dans la direction opposée, se retourna soudain et me rappela.

— Pourquoi voulez-vous quitter mon service ? fit-il.

Cette question me parut si bizarre, après l'entretien que nous venions d'avoir, que je ne sus que répondre.

— J'ignore pourquoi vous partez ! reprit-il. Mais vous devrez, je suppose, donner une raison à ce départ lorsque vous entrerez dans une autre place. Alors, quelle raison donnerez-vous ? La dispersion de la famille, n'est-ce pas ?

— Pourquoi pas, Monsieur ?

— Parfait ! C'est tout ce que je désirais savoir. Aux gens qui vous questionneront avant de vous engager, vous répondrez que vous êtes partie d'ici à cause de la dispersion de la famille !

Il s'éloigna à nouveau avant que je n'eusse pu prononcer un mot. Il marchait rapidement vers le fond du parc. Ses manières étaient aussi surprenantes que son langage.

J'avoue qu'il m'inquiétait.

Mrs Rubelle elle-même commençait à s'impatienter lorsque je la rejoignis.

Elle me conduisit jusqu'au bout du couloir du premier étage, où elle ouvrit une porte qui donnait accès à l'autre aile. Puis, me montrant la porte d'une chambre, elle me tendit une clé. Avant d'entrer, j'expliquai à Mrs Rubelle que désormais j'entendais m'occuper seule de miss Halcombe.

— J'en suis fort heureuse, me dit-elle, car avant une demi-heure je serai partie d'ici. Bonjour, madame !

Elle s'en alla en chantonnant, et je ne la vis plus.

Lorsque j'entrai dans la chambre, miss Halcombe dormait dans le grand lit démodé et sévère. Je la regardai avec anxiété, mais je dus constater qu'elle paraissait aller beaucoup mieux. Elle avait été bien soignée durant mon absence, il fallait le reconnaître. La chambre était sombre et poussiéreuse, mais la fenêtre grande ouverte laissait entrer l'air frais. L'endroit avait été rendu aussi confortable que possible. Toute la cruauté de sir Percival semblait s'être portée sur lady Glyde. Tout le mal qu'il avait fait à miss Halcombe – en complicité sans doute avec Mrs Rubelle – avait été de la cacher ici.

Laissant sommeiller tranquillement miss Halcombe, je descendis chez le jardinier et lui demandai, après qu'il aurait conduit Mrs Rubelle à la gare, de passer chez le Dr Dawson pour le prier de venir. Je savais que celui-ci ne me refuserait pas une visite, et que nous le reverrions souvent, une fois qu'il aurait appris le départ du comte Fosco...

Un peu souffrant lui-même, il me fit répondre qu'il viendrait le lendemain, si cela lui était possible.

Je demandai alors au brave jardinier de me rendre le service de venir dormir dans une chambre contiguë, cette nuit-là, afin d'être à portée de voix en cas de besoin.

Je remercie le Ciel d'avoir pris cette précaution, car, vers minuit, sir Percival l'appela d'une voix tonitruante. Je fermai les portes de communication afin que le bruit ne puisse réveiller miss Halcombe.

Lorsque le jardinier revint une demi-heure après, il me raconta qu'il avait trouvé son maître dans un état de nervosité folle, comme pris de panique ; paraissant fort en colère, il jurait qu'il ne resterait pas une minute de plus dans le cachot qu'était devenu pas lui sa propre maison. Puis il lui avait ordonné d'atteler la voiture, de descendre les bagages, et il était parti ensuite comme un fou dans la nuit.

Deux jours plus tard, un garçon d'écurie de l'auberge de Knowlesbury, localité voisine, ramena la voiture. Sir Percival s'y était arrêté après une course effrénée et avait continué son voyage en train, vers une destination inconnue.

Je ne sus plus rien de sir Percival, et j'ignore encore si, en ce moment, il est en Angleterre ou à l'étranger.

Ici se termine le rôle que j'ai joué dans la triste histoire de cette famille. Que je dise encore, pourtant, que lorsqu'elle se réveilla et me vit à son chevet, miss Halcombe ignorait elle-même comment elle se trouvait dans cette autre aile de la maison. Au moment où on l'y avait transportée, elle était profondément endormie – mais elle ne savait pas si son sommeil était naturel ou dû à une drogue. Elle avait naturellement interrogé Mrs Rubelle afin de savoir comment tout cela s'était passé, mais cette dernière avait refusé de répondre à ses questions. Cela mis à part, Mrs Rubelle avait été parfaite dans les soins dont elle l'avait entourée.

Je n'ai pas, me dit-on (et j'en suis bien aise), à raconter ici comment miss Halcombe apprit le départ de lady Glyde, et une affreuse nouvelle qui nous parvint peu de temps après. Dans les deux cas, je pris toutes les précautions pour préparer doucement la pauvre demoiselle ; le Dr Dawson m'aida de ses conseils, mais dans la dernière circonstance seulement, sa mauvaise santé l'empêchant de venir à Blackwater Park les lendemain et surlendemain du jour où je l'avais fait appeler. Ce fut certes un temps d'épreuves ! Je tentai de consoler et de réconforter miss Halcombe, lui rappelant sa foi en Dieu, et je fis appel à tout son courage. Je ne la quittai pas avant qu'elle ne fût complètement rétablie et capable de voyager. Ce fut le même train qui nous emporta toutes deux loin de cette lugubre demeure. À Londres, nous nous séparâmes avec tristesse. Miss Halcombe partait pour Limmeridge, dans le Cumberland ; quant à moi, une parente m'attendait chez elle, à Islington.

J'ajouterai deux choses encore.

D'abord, que la conduite du comte Fosco a fait naître, dans certains esprits, de très lourds soupçons. Pour moi, j'affirme ici que ma confiance reste la même : je suis convaincue de l'innocence du comte.

Ensuite, je désire que l'on sache combien je regrette de ne pouvoir préciser le jour où lady Glyde quitta Blackwater Park pour Londres. Cette date, me dit-on, est de la plus grande importance dans cette histoire ; j'ai fouillé en vain ma mémoire. Est-il étonnant que je me souvienne mal, quand on songe aux événements terribles et troublants survenus après le départ de lady Glyde ?

Récits de diverses personnes

1

HESTER PINHORN, CUISINIÈRE AU SERVICE DU COMTE FOSCO

Je suis désolée de n'avoir jamais appris à lire et à écrire, ayant dû travailler toute ma vie, mais je sais que c'est un péché de mentir et je veux dire tout ce que je sais. Je demande au monsieur qui écrit sous ma dictée de bien vouloir corriger mon langage et d'excuser les fautes que je peux faire en parlant.

L'été dernier, je fus engagée comme cuisinière au n° 5 de Forest Road à St John's Wood. Mon maître s'appelait Fosco et était italien, ma maîtresse était anglaise. Ils étaient comte et comtesse.

Une servante et moi formions tout le personnel de la maison.

À peine étais-je arrivée que ma maîtresse m'annonça la visite d'une nièce et me recommanda de soigner spécialement la cuisine, car ladite nièce n'était pas très bien portante. La chambre d'amis du premier étage fut préparée pour elle. Je ne me souviens pas de la date exacte de l'arrivée de lady Glyde (c'était son nom), tout ce que je sais c'est qu'elle nous donna une belle frayeur. Mon maître la ramena un après-midi. C'est la servante qui leur ouvrit la porte. Elle était à peine revenue à la cuisine que la sonnette se mit à tinter sans arrêt et que l'on entendit la voix de ma maîtresse qui appelait à l'aide. Nous nous précipitâmes et nous vîmes la nouvelle arrivée étendue sur un canapé, le visage blême, les mains jointes avec frénésie et la tête penchée de côté. Ma maîtresse m'expliqua qu'elle avait été prise d'une terreur inexplicable et qu'elle avait maintenant des convulsions. Je courus chercher le médecin du voisinage, le Dr Goodricke. Nous transportâmes la malade sur son lit, puis le docteur retourna chez lui pour chercher sa trousse et des médicaments. Il revint rapidement et il prit dans sa trousse un drôle de petit appareil en acajou qui ressemblait à une trompette. Il l'appuya sur le cœur de la dame et écouta avec attention.

Quand il eut fini, il déclara :

— Le cas est très sérieux, il faut prévenir tout de suite la famille !

Ma maîtresse demanda :

— Est-ce le cœur, docteur ?

— Oui, répondit-il. Maladie de cœur très grave !

Il lui expliqua ce qu'il pensait réellement du cas, mais je ne suis pas assez intelligente et je n'ai pas très bien compris ce qu'il disait.

Mon maître paraissait beaucoup plus bouleversé que sa femme. C'était un gros homme assez bizarre, qui avait une ribambelle d'oiseaux et de souris blanches, comme d'autres ont une ribambelle d'enfants. Ce qui arrivait semblait l'affecter terriblement. « Ah ! Pauvre lady Glyde, pauvre chère lady Glyde ! » ne cessait-il de répéter en faisant de ses grosses mains des gestes désespérés qui étaient ceux d'un acteur plutôt que ceux d'un gentleman. Pour une question que ma maîtresse posait au docteur sur la guérison possible de sa nièce, mon maître en posait au moins cinquante ! Finalement, il descendit dans ce qu'il appelait le jardin et y cueillit un petit bouquet de fleurs qu'il me chargea de mettre dans la chambre de la malade. Comme si cela servait à quelque chose !

Vers la soirée, la dame reprit connaissance et nous regarda d'un air égaré sans dire un mot. Elle doit avoir été jolie avec ses cheveux dorés et ses grands yeux bleus !

Elle passa une nuit très agitée, d'après ce que nous dit ma maîtresse qui la veilla toute seule. Quand j'entrai un moment dans sa chambre, cette nuit-là, elle semblait appeler quelqu'un, mais on ne comprenait pas qui.

Lorsque je frappai à la porte, le lendemain matin, lady Glyde dormait et paraissait épuisée. Mr Goodricke amena Mr Garth, son confrère, en consultation. Ils posèrent beaucoup de questions à ma maîtresse sur la vie passée de la malade, et, comme ils demandaient si elle avait beaucoup souffert moralement, ma maîtresse répondit : « Oh ! oui ! » Les médecins hochèrent la tête comme s'ils pensaient tous les deux que le mal de lady Glyde résultait de sa souffrance morale, et ils s'en allèrent. À la fin de la matinée, mon maître vint me dire joyeusement que la dame allait mieux. Il me dit qu'elle allait se promener un peu et me demanda de lui faire une bonne tarte – une tarte à la pâte feuilletée – pour son dîner. Il avait plus de 60 ans et adorait les pâtisseries comme un enfant. Pensez donc !

Le docteur revint vers midi, et constata l'amélioration de l'état de lady Glyde. Il nous recommanda de ne pas lui parler, et de ne pas la faire parler si cela n'était pas strictement nécessaire. Elle avait besoin d'un repos complet, ajouta-t-il, et elle devait dormir le plus possible. Mr Goodricke était loin d'être aussi rassuré que mon maître. Il nous prévint qu'il repasserait à 5 heures de l'après-midi.

Vers 5 heures, justement, (Monsieur n'était pas encore rentré) la sonnette de la chambre tinta violemment, et ma maîtresse me demanda d'aller en toute hâte chercher le docteur, lady Glyde ayant eu de nouveau une syncope. J'allais sortir quand Mr Goodricke arriva, ainsi qu'il l'avait promis. Il monta immédiatement.

— Lady Glyde paraissait beaucoup mieux, lui expliqua la comtesse, et elle avait les yeux grands ouverts, lorsque tout à coup elle poussa un cri et s'évanouit.

Le médecin s'approcha du lit, regarda la malade, mit la main sur son cœur et hocha la tête.

— Elle n'est pas morte, docteur ? demanda ma maîtresse, perdant tout son calme.

— Si, madame, elle est morte, répondit le médecin. Je craignais en effet que cela n'arrivât subitement lorsque j'ai eu ausculté son cœur, hier soir. Son cas était désespéré.

La comtesse s'éloigna du lit, bouleversée, et tremblant des pieds à la tête.

— Morte ! Si vite !... Que va dire le comte ? murmura-t-elle.

Mr Goodricke lui conseilla d'aller se reposer un peu.

— Vous avez veillé toute la nuit, madame, vos nerfs sont ébranlés. Cette personne restera ici jusqu'à ce que j'aie fait le nécessaire, dit-il en me désignant.

— Oui, je dois préparer le comte, murmura ma maîtresse en tremblant encore, et elle s'en alla.

— Votre maître est un étranger ? me demanda le médecin. Connaît-il les formalités à remplir en cas de décès ?

Comme je faisais signe que je l'ignorais, il ajouta :

— Je ne m'occupe pas de cela, d'habitude, mais dans ce cas-là, il vaudrait peut-être mieux que je fasse la déclaration moi-même. Veuillez, s'il vous plaît, en avertir votre maître. Et, me saluant, il sortit.

Je restai dans la chambre jusqu'à l'arrivée d'une personne respectable, envoyée par le Dr Goodricke. Elle s'appelait Jane Gould et elle me dit avoir déjà fait beaucoup d'ensevelissements dans sa vie.

Lorsque je revis mon maître, il semblait atterré, mais plus effrayé que triste.

Ma maîtresse fit faire des funérailles magnifiques qui durent coûter fort cher. Le mari, étant à l'étranger, nous dit-on, n'y assista pas. La pauvre petite dame fut enterrée dans le caveau de famille, dans le Cumberland, je pense, et mon maître accompagna le convoi. Il était très élégant dans ses habits de grand deuil, et son visage était empreint de gravité. Aux questions que l'on m'a posées, je répondis :

1° Que ni la servante ni moi n'avons vu le comte donner lui-même de la médecine à lady Glyde et qu'il ne resta jamais seul dans la chambre de la malade.

2° Que j'ignore la cause de la frayeur subite qui fit s'évanouir lady Glyde le jour de son arrivée.

Le témoignage ci-dessus a été lu en ma présence et je le certifie exact.

Hester Pinhorn.

2

TÉMOIGNAGE DU MÉDECIN

Je soussigné, docteur Goodricke, certifie avoir soigné lady Glyde, âgée de 21 ans. Elle mourut d'une rupture d'anévrisme le jeudi 25 juillet 1850 à Forest Road n° 5, St John's Wood. J'ignore depuis combien de temps elle souffrait de cette affection.

Alfred Goodricke,
Mr R.C.S. Engl. L.S.A.
12, Croydon Garden, St John's Wood.

3

TÉMOIGNAGE DE JANE GOULD

Le 25 juillet, je fus envoyée pour ensevelir une jeune femme, morte à l'adresse indiquée dans le certificat ci-dessus. Elle fut mise en bière devant moi et le cercueil fut fermé en ma présence.

Je reçus ce qui m'était dû et m'en allai.

JANE GOULD.

4

L'ÉPITAPHE

« À la mémoire de Laura, lady Glyde, épouse de sir Percival Glyde, baronnet, de Blackwater Park, Hampshire, et fille de Philip Fairlie, Esq. de Limmeridge, décédé en cette paroisse. Née le 27 mars 1829, mariée le 22 décembre 1849, morte le 25 juillet 1850. »

5

RÉCIT DE WALTER HARTRIGHT

Au début de l'été 1850, ce qu'il restait de mes compagnons et moi-même quittâmes les forêts sauvages de l'Amérique centrale pour rentrer au pays. Notre bateau sombra dans le golfe du Mexique. C'était la troisième fois que, par miracle, j'échappais à la mort. J'avais en effet échappé aux fièvres, puis à la cruauté des Indiens et, enfin, à la noyade. Nous fûmes recueillis par un bateau américain faisant route vers Liverpool. Je débarquai l'après-midi du 13 octobre 1850 et arrivai à Londres le soir même. Les dangers que j'avais courus avaient fait de moi un autre homme. J'étais devenu énergique et plein de décision : alors qu'un an auparavant j'avais fui devant l'avenir, je revenais pour le regarder en face. Laura Fairlie occupait toutes mes pensées quand je quittai l'Europe et mon cœur n'avait pas changé.

Dès mon arrivée à Londres, j'allai voir ma mère et ma sœur à Hampstead. Après les effusions de joie du revoir, je m'aperçus avec anxiété qu'un voile embuait le regard de ma mère et qu'elle me regardait avec tristesse. Je n'avais jamais eu de secret pour elle, et elle connaissait mon amour sans espoir.

— Vous avez quelque chose de triste à m'annoncer ? lui demandai-je inquiet.

Ma mère vint s'asseoir sur le canapé près de moi et m'entoura le cou de ses deux bras en pleurant.

— Walter ! murmura-t-elle. Walter, mon cher enfant ! Votre peine est la mienne... Moi, du moins, je vous reste !

J'avais compris !...

Trois jours s'étaient écoulés depuis mon retour, trois jours où, entouré de tendresse et d'affection, j'avais essayé de reprendre courage, mais en vain. Les larmes ne rafraîchissaient plus mes yeux brûlants et mon cœur ne guérissait pas. Je suppliai ma mère et ma sœur de me laisser partir seul.

— Je serai plus fort lorsque j'aurai été m'incliner sur sa tombe et aurai revu les lieux où je l'ai connue.

Je partis par un calme après-midi d'automne et refis lentement le chemin dont je me souvenais si bien. Le pâle soleil d'octobre brillait à peine à travers les nuages blancs et la température était douce.

J'atteignis la lande, montai au sommet de la colline et contemplai de loin la maison et le parc de Limmeridge House. Les routes nouvelles que j'avais parcourues, les impressions que j'avais reçues au cours des derniers mois, les dangers que j'avais traversés, rien de tout cela n'existait plus. J'avais la sensation que c'était hier que j'avais quitté Laura, si malheureux, et je m'attendais presque à la voir venir à ma rencontre, vêtue de sa robe légère, son petit cahier de croquis à la main.

Je descendis la pente menant à l'église, je revis le porche où, anxieux, j'attendis « la Dame en blanc », le petit ruisseau coulant le long du champ des morts et, là-bas, la croix de marbre blanc surmontant la tombe où reposaient la mère et la fille, côte à côte.

Je m'approchai lentement et lus l'épitaphe : « À la mémoire de Laura... »

Je ne pus continuer. Je m'agenouillai. Mes yeux s'embuèrent de larmes, ma tête bourdonna, je l'appuyai douloureusement contre la pierre blanche et froide en fermant les yeux.

Lorsque je revins à moi, le soleil descendait à l'horizon, les nuages avaient disparu, et la lumière du crépuscule baignait doucement le cimetière. Devant moi, à une certaine distance, se tenaient deux femmes voilées qui me regardaient. Elles firent quelques pas, puis s'arrêtèrent encore. Alors, l'une d'elles levant son voile, je reconnus Marian Halcombe, le visage ravagé, on le devinait par le chagrin et la peur de l'avenir. À mon tour, je m'avançai, mais elle se tenait à nouveau immobile et ne prononçait pas un mot. L'autre femme, toujours voilée, eut un faible cri et, soudain, je me mis à trembler de tout mon corps, à trembler d'épouvante. Elle vint vers moi, cependant que j'entendais enfin la voix de Marian, restée seule en arrière :

— Mon rêve ! Mon rêve ! disait-elle dans l'angoissant silence qui nous entourait. Ô Père ! Donnez-lui force et courage ! Ô Père ! Aidez-le dans cette heure difficile !

L'autre femme s'approchait lentement, et, de cet instant, je ne vis plus qu'elle. La tombe seule nous séparait... Sa robe frôla l'épitaphe... Elle releva son voile...

À la mémoire de Laura, lady Glyde...

Laura, lady Glyde était devant moi et me regardait par-dessus la tombe.

[illegible]

[illegible] quelques [illegible]

[illegible]

[illegible] Brahms [illegible]

[illegible]

[illegible]

[illegible]

Telle est notre situation présente.

Aux yeux de [illegible] et de [illegible] le témoignage des [illegible]

[illegible] toujours dans [illegible] supprimée de la liste des [illegible] la [illegible]

TROISIÈME PARTIE

L'HISTOIRE CONTINUE, RACONTÉE PAR WALTER HARTRIGHT

1

Dans une rue sombre d'un quartier populeux de Londres se trouve une boutique de marchand de journaux, dont le premier et le second étage sont pauvrement meublés.

J'ai loué ce logis de misère sous un nom d'emprunt. J'habite le second, composé d'une chambre de travail et d'une chambre à coucher, tandis que le premier est occupé par deux femmes qui passent pour être mes sœurs. Je gagne notre pain quotidien en dessinant pour deux ou trois périodiques bon marché. Mes sœurs m'aident, disons-nous, en faisant des travaux de couture.

Nous vivons ignorés de tous. Comme une vraie grande sœur, Marian Halcombe s'occupe du ménage.

Telle est notre situation actuelle.

Aux yeux de la raison et de la loi, selon le témoignage des parents, amis et relations, Laura dort pour toujours dans le cimetière de Limmeridge. Quoique supprimée de la liste des vivants, la fille de Philip Fairlie et la femme de sir Percival Glyde vit encore pour sa sœur et pour moi.

Elle est morte pour son oncle et pour les domestiques qui ont refusé de la reconnaître, morte pour les dépositaires de sa fortune qui, légalement, ont transmis celle-ci à son mari et à sa tante, morte pour ma mère et ma sœur qui me croient dupe d'une aventurière. Socialement, moralement, légalement morte... et cependant vivante !

Vivant dans la pauvreté et l'incognito avec, pour l'aider à vivre et pour aider à gagner la bataille qui lui rendra la place à laquelle elle a droit, un pauvre maître de dessin.

Sachant la ressemblance existant entre elle et Anne Catherick, n'ai-je pas conçu un soupçon au moment où, à côté de l'épitaphe qui relate sa mort, elle s'est dévoilée ? Pas l'ombre d'un soupçon, je l'avoue ici ! Avant que le soleil eût complètement disparu à l'horizon, ce soir-là, avant que nous eussions laissé loin derrière nous la maison de son enfance mais qui dès lors lui était fermée, nous nous étions souvenus tous deux des paroles d'adieu que nous nous étions dites à Limmeridge House le jour de notre séparation, et de ma promesse de l'aider dans les moments difficiles, si elle le voulait bien. Et elle, qui se rappelait si peu de choses des horreurs des derniers temps, à ce doux souvenir avait appuyé sa tête contre moi en me disant : « Ils ont tâché de me faire tout oublier, Walter, mais je me suis souvenue de Marian et de vous... » Je lui avais déjà donné tout mon amour, à ce moment-là, je lui ai donné ma vie pour toujours.

Je remercie Dieu de m'avoir permis de revenir d'une expédition où presque tous mes compagnons ont laissé leur vie, pour me consacrer, en dépit de tout et de tous, à celle que j'aime et que je retrouve abandonnée, reniée, éprouvée, et fort changée. Sa beauté s'est altérée, son esprit s'est affaibli, son rang social lui a été volé – je puis donc, sans être blâmé, mettre mon dévouement à ses pieds, comme un frère le ferait.

2

Maintenant que ma position est bien établie, je vais reprendre l'histoire de Marian et de Laura d'après ce qu'elles m'en ont raconté elles-mêmes, encore que je veuille la présenter ici abrégée, telle que je l'ai décrite pour moi-même et pour le dossier de mon avocat.

Ce fut la gouvernante qui apprit à miss Halcombe que lady Glyde avait quitté Blackwater Park et les circonstances dans lesquelles ce départ avait eu lieu. Puis, quelques jours plus tard (Mrs Michelson ne savait pas préciser le jour, ne l'ayant pas noté immédiatement), arriva une lettre de Mrs Fosco annonçant à miss Halcombe la mort subite de sa sœur mais ne mentionnant aucune date. Inutile de dire l'effet que cette nouvelle eut sur la convalescente. Rappelons seulement qu'il lui fallut attendre trois semaines avant d'être en état de voyager. Alors, elle partit avec Mrs Michelson pour Londres, où elles se séparèrent après que Mrs Michelson eut donné son adresse à Marian, au cas où celle-ci en aurait besoin.

Miss Halcombe se rendit directement au bureau de MM. Gilmore et Kyrle et fit part à ce dernier des soupçons qu'elle avait conçus au sujet de la mort étrange de sa sœur, soupçons que, à l'exception de l'avocat, elle désirait que tout le monde ignorât, y compris Mrs Michelson. Mr Kyrle, si dévoué jusqu'alors, s'opposa à intenter un procès. Le comte Fosco avait eu l'obligeance de lui donner tous les détails sur cet événement tragique et l'avait mis en rapport avec le docteur et les deux servantes. Ne pouvant établir la date exacte du départ de lady Glyde de Blackwater Park, il s'était fié aux renseignements donnés par le comte et la comtesse, et tout lui avait semblé correct. Il supposait que la maladie et le chagrin avaient fortement ébranlé le jugement de miss Halcombe et il lui certifia que ses soupçons étaient dénués de tout fondement.

Miss Halcombe était alors partie pour Limmeridge, afin de poursuivre ses investigations.

C'était également par une lettre de sa sœur, Mrs Fosco, que Mr Fairlie avait appris la mort de sa nièce – lettre qui, pas plus que celle adressée à miss Halcombe, ne contenait de date. Mr Fairlie avait approuvé le projet de la comtesse selon lequel la morte serait enterrée auprès de sa mère dans le cimetière de Limmeridge. Le comte Fosco avait accompagné la dépouille jusqu'à Limmeridge et avait assisté aux funérailles qui eurent lieu le 30 juillet, en présence de tous les gens du village et des environs. Le lendemain, l'épitaphe, composée, dit-on, par la comtesse et approuvée par Mr Fairlie, fut gravée sur la tombe. Le comte Fosco, à cette occasion, avait séjourné deux jours à Limmeridge House ; mais Mr Fairlie n'ayant pas voulu le recevoir, il avait dû correspondre avec celui-ci par lettres. Dans l'une de ces lettres, où le comte donnait d'amples détails à Mr Fairlie sur la maladie et la mort de sa nièce, un étrange post-scriptum avait été ajouté. Il informait Mr Fairlie qu'Anne Catherick (dont miss Halcombe ne manquerait pas de lui parler lors de sa prochaine visite à Limmeridge House) avait été retrouvée dans les environs de Blackwater Park et replacée à l'asile. Il avertissait Mr Fairlie de ce que l'état mental de celle-ci s'était aggravé durant le temps qu'elle était restée en liberté et que sa haine maladive de sir Percival avait pris une autre forme. Afin de causer des ennuis à ce dernier, tout en s'élevant elle-même dans l'estime des malades et des infirmières, elle avait conçu l'idée de se faire passer pour feu lady Glyde à qui elle ressemblait d'une façon frappante, comme elle avait pu le remarquer au cours d'une entrevue secrète qu'elle était parvenue à avoir avec la femme de sir Percival. Il y avait évidemment peu de chances qu'elle pût s'échapper à nouveau, mais en toute éventualité, Mr Fairlie était prévenu.

Miss Halcombe prit donc connaissance de ce post-scriptum lorsqu'elle arriva à Limmeridge au début de septembre, et on lui remit les vêtements de lady Glyde, que Mrs Fosco avait soigneusement emballés et fait envoyer à Limmeridge House.

Peu de jours après son arrivée, miss Halcombe eut une rechute, et elle dut garder la chambre pendant un mois. Durant ces longues heures de solitude et de repos forcé, elle réfléchit beaucoup, et ses soupçons ne firent que grandir.

Elle était sans nouvelles de sir Percival, mais Mrs Fosco lui avait écrit à plusieurs reprises, l'assurant de sa profonde sympathie et de celle de son mari, et lui demandant des nouvelles de sa santé. Au lieu de répondre à ces lettres, miss Halcombe fit surveiller la maison de St John's Wood. Rien de suspect ne fut découvert.

Les recherches se montrèrent aussi infructueuses du côté de Mrs Rubelle. Celle-ci et son mari étaient arrivés à Londres six mois auparavant, venant de Lyon. Ils avaient loué une maison près de Leicester Square et l'avaient aménagée en pension de famille : ils comptaient y recevoir les étrangers qui viendraient en foule en Angleterre à l'occasion de l'Exposition de 1851. Ils formaient un couple parfaitement tranquille, et on n'avait rien à leur reprocher.

Sir Percival fit l'objet de ses dernières investigations. Il s'était, disait-on, établi à Paris, où il vivait dans un cercle d'amis anglais et français.

Ayant échoué jusque-là, miss Halcombe se décida alors à se rendre à l'asile où Anne Catherick se trouvait à nouveau. Naguère déjà elle avait éprouvé pour cette femme une grande curiosité, et maintenant cette curiosité était double : d'abord, elle tenait à constater elle-même qu'Anne Catherick se faisait passer pour lady Glyde ; ensuite, si cela était vrai, elle voulait essayer de comprendre les mobiles qui poussaient la malheureuse à se faire ainsi passer pour une autre. J'avais moi-même donné l'adresse de l'asile à miss Halcombe, après l'entrevue que j'avais eue avec Anne Catherick dans le cimetière de Limmeridge. Munie de la lettre du comte à Mr Fairlie, elle se mit en route le 11 octobre. Elle avait d'abord eu l'intention de passer cette nuit-là à Londres chez la vieille gouvernante de lady Glyde, mais sa visite mit la bonne Mrs Vesey dans un tel état d'agitation qu'elle préféra dormir dans une pension de famille qu'on lui avait recommandée. Le lendemain, elle gagna l'asile, situé au nord de Londres.

Après avoir fait quelques difficultés – et surtout après avoir lu la lettre du comte Fosco qui parlait effectivement de « miss Halcombe » – le directeur de l'établissement lui permit de voir la malade. Persister dans son refus, alors que cette personne s'était dûment fait connaître, non seulement ne serait pas courtois, mais laisserait supposer qu'il ne tenait pas à ce qu'on visitât son institution.

Miss Halcombe eut tout de suite l'impression que le directeur n'avait pas reçu de confidences de sir Percival et du comte. Le fait qu'il consentît finalement à lui laisser voir la malade et la manière franche dont il lui parla de celle-ci le prouvaient assez.

Ainsi, il apprit à miss Halcombe que le comte Fosco avait ramené Anne Catherick le 27 juillet et lui avait remis, avec tous les certificats nécessaires, une lettre signée de sir Percival Glyde contenant maintes explications et instructions. Il l'informa qu'il avait trouvé des changements étranges chez sa pensionnaire, ce qui, sans doute, se voyait parfois chez les malades mentaux. Ceux-ci peuvent avoir un comportement extérieur et une vie psychique très différents selon l'état de leur folie. Leur aspect physique varie selon leur état mental. De tels changements étaient sensibles chez Anne Catherick et provenaient de la forme même que prenait sa maladie. N'importe, il était parfois déconcerté par certains détails qu'il n'avait pas observés lors du premier séjour de la jeune femme à l'asile. Ces détails, cependant, il n'aurait pas su les préciser.

Bien qu'elle ne s'attendît guère à ce qui allait se passer, miss Halcombe fut troublée par cette conversation.

Le directeur pria une infirmière de l'accompagner vers l'endroit du jardin où Anne Catherick faisait sa promenade journalière accompagnée d'une garde.

Une fois arrivée dans une partie ombragée du parc, l'infirmière lui désigna deux femmes qui avançaient en sens inverse :

— Voilà Anne Catherick, mademoiselle.

Puis elle s'était retirée.

Lorsqu'elles ne furent plus qu'à quelques mètres, l'une des deux jeunes femmes s'était élancée vers miss Halcombe et s'était jetée dans ses bras en pleurant.

Miss Halcombe avait reconnu sa sœur !

Quoiqu'elle fût bouleversée par le choc qu'elle venait d'éprouver, elle avait vite repris son sang-froid et demandé à l'infirmière de pouvoir dire deux mots en particulier à la malade. La garde s'étant un peu éloignée, miss Halcombe en avait profité pour rassurer lady Glyde, lui jurant de la faire sortir de là si elle se montrait patiente.

Elle revint ensuite près de l'infirmière (qui, heureusement, était la seule personne ayant assisté à leur entrevue) et lui mit dans la main tout l'argent qu'elle avait sur elle, en lui demandant quand elle pourrait la voir un moment seule.

Après une courte hésitation et après s'être assurée qu'on ne voulait pas la faire manquer à son devoir mais seulement lui poser quelques questions, celle-ci fixa le rendez-vous au lendemain à 3 heures, près du mur extérieur du jardin. Miss Halcombe avait eu juste le temps d'acquiescer, lorsque le directeur arriva. Elle prit congé aussi vite que possible et s'en alla.

Après réflexion, elle se rendit compte de l'ébranlement nerveux que lady Glyde avait subi durant cette horrible détention. Faire reconnaître son identité par des moyens légaux serait fort long, et peut-être fatal à ses facultés. Elle décida donc de la faire fuir avec l'aide de l'infirmière.

De retour à Londres, elle se rendit immédiatement chez son agent de change, le priant de réaliser tout ce qu'elle possédait, soit à peine 700 livres. Elle était décidée à donner jusqu'à son dernier penny pour délivrer sa sœur.

Le lendemain, à l'heure dite, elle se trouvait près du mur de l'asile. L'infirmière l'attendait. Celle-ci lui raconta que la première infirmière qui avait été attachée à Anne Catherick avait perdu sa place après l'évasion de celle-ci et qu'elle ne tenait pas, elle, à perdre la sienne. Elle était fiancée et attendait pour se marier d'avoir économisé 300 livres, ce qui représentait deux années de salaire.

Miss Halcombe lui expliqua alors qu'Anne Catherick était une de ses parentes proches, qu'elle avait été placée à l'asile par une erreur fatale et que l'infirmière ferait une œuvre de charité chrétienne en l'aidant à fuir. Avant que la jeune fille ait eu le temps d'objecter, miss Halcombe sortit de sa poche quatre billets de 100 livres et les lui promit à titre de dédommagement.

Elle hésita un moment, mais miss Halcombe insista :

— Vous ferez une bonne action en libérant une femme indignement traitée. Amenez-moi Anne Catherick saine et sauve ici et ces billets seront à vous. Vous pourrez de cette façon vous marier tout de suite et votre union sera bénie.

— Me donnerez-vous une lettre pour justifier la provenance des billets vis-à-vis de mon fiancé ? demanda l'infirmière.

— J'apporterai une lettre signée et datée.

— Alors, je risquerai ce que vous me demandez demain matin, entre 10 et 11 heures.

Miss Halcombe se trouva au rendez-vous bien avant 10 heures et dut attendre 1 h 30. Enfin, l'infirmière apparut, tenant Anne Catherick par le bras. Miss Halcombe lui remit la lettre avec les quatre billets et, prenant sa sœur par la main, elle s'éloigna rapidement. Le soir même, elles arrivaient à Limmeridge.

L'infirmière avait eu l'excellente idée de faire revêtir à lady Glyde un de ses propres uniformes. Avant de la quitter, miss Halcombe lui avait proposé un moyen de détourner les soupçons lorsque l'on s'apercevrait à l'asile que Anne Catherick s'était échappée une seconde fois. En rentrant, elle devait, pour se faire entendre par toutes les infirmières, dire à haute voix qu'Anne Catherick venait de s'enquérir de la distance qui séparait Londres du Hampshire ; au moment où le directeur découvrirait l'absence de sa pensionnaire, il penserait qu'elle était retournée à Blackwater Park, puisqu'elle se disait être lady Glyde. Ainsi, les premières recherches se feraient très probablement de ce côté-là.

Les souvenirs de lady Glyde sont plus confus, assez incohérents. Parmi les événements qui suivirent son départ de Blackwater Park, elle revoit d'abord la scène de son arrivée à Londres. Elle ne se souvient pas de la date de ce voyage. Il faut donc abandonner tout espoir de connaître cette date, soit par elle, soit par Mrs Michelson.

À son arrivée à la gare du South Western Railway, le comte Fosco l'attendait sur le quai. Il se précipita à la portière du wagon aussi vite que le porteur. Dans la cohue, quelqu'un qui accompagnait le comte réussit à s'emparer des bagages de lady Glyde sur lesquels sa carte était apposée. Puis une voiture, dont au moment même elle ne remarqua pas bien l'apparence, l'emporta, seule avec le comte.

Immédiatement, elle lui demanda des nouvelles de miss Halcombe ; le comte lui répondit que sa sœur n'était pas encore partie pour le Cumberland, car après réflexion, il n'avait pas jugé prudent de la laisser poursuivre son voyage sans prendre auparavant quelques jours de repos. Lady Glyde ne se souvient plus si, à sa question, le comte lui répondit que miss Halcombe était chez lui, ce dont elle est certaine, c'est qu'il lui dit qu'elle allait bientôt la revoir.

Connaissant à peine Londres, lady Glyde est incapable de préciser par quelles rues ils passèrent. Mais elle se souvient parfaitement que la voiture, une fois au centre de la ville, ne passa jamais devant un jardin, ne traversa jamais une avenue plantée d'arbres, et qu'elle s'arrêta dans une rue étroite située derrière une place où la foule se pressait dans les magasins et les bâtiments publics. Il semble donc que le comte Fosco conduisait lady Glyde ailleurs que dans sa demeure de St John's Wood.

Ils entrèrent dans une maison, montèrent dans une chambre du premier ou du second étage, où une servante apporta les bagages après qu'un homme à barbe noire, apparemment un étranger, leur eut montré le chemin. Le comte assura à lady Glyde que miss Halcombe était dans la maison et qu'il allait aussitôt l'informer de leur arrivée. Il sortit avec l'étranger, laissant la jeune femme seule dans la chambre. Celle-ci, une sorte de petit salon, était misérablement meublée et avait vue sur une cour intérieure.

Au bout de quelques minutes, le comte reparut, expliquant que miss Halcombe dormait justement et qu'il valait mieux ne pas la déranger pour l'instant. Il était accompagné de deux messieurs – des Anglais – qu'il présenta à lady Glyde comme des amis et ressortit aussitôt, les laissant avec elle. Les messieurs lui posèrent des questions si bizarres qu'elle fut prise de panique et voulut se précipiter vers la porte. À ce moment-là, le comte revint et lady Glyde le supplia de l'emmener enfin auprès de sa sœur, mais il répondit d'abord évasivement, puis, comme lady Glyde insistait, il lui avoua que miss Halcombe n'était pas en état de la recevoir. Lady Glyde fut prise d'une véritable terreur au point de se sentir mal et de demander un verre d'eau. Le comte se précipita pour en chercher un et, lorsqu'elle l'eut bu, elle se sentit sur le point de s'évanouir. Il lui présenta alors un flacon de sels, qu'elle respira fortement, puis elle se sentit sombrer dans le néant.

À partir de ce moment, ses souvenirs deviennent vagues et confus. Il est difficile d'y voir clair.

Lorsqu'elle revint à elle plus tard dans la soirée, elle croit bien être allée chez Mrs Vesey, ainsi qu'elle en avait eu l'intention en quittant Blackwater Park ; il lui semble y avoir pris le thé et passé la nuit. Elle ignore comment, quand et avec qui elle quitta la maison où le comte l'avait amenée. Mais elle dit que chez Mrs Vesey – chose extraordinaire – ce fut Mrs Rubelle qui l'aida à se déshabiller et à se mettre au lit !

Ce qui se passa le lendemain matin n'est pas plus clair dans son esprit. Elle se souvient avoir été emmenée par le comte Fosco, accompagné de Mrs Rubelle. Elle se retrouva soudain au milieu de femmes inconnues qui l'appelèrent Anne Catherick. Comme elle protestait, disant être lady Glyde, l'infirmière attachée à sa personne lui dit en haussant les épaules :

— N'essayez donc plus de nous faire croire que vous vous appelez lady Glyde. Celle-ci est morte et enterrée. Vous êtes Anne Catherick en chair et en os. Regardez vos vêtements d'ailleurs, ils sont tous marqués à votre nom. Et venez voir vos anciens objets qui ont été soigneusement mis de côté en votre absence !...

Et effectivement, lorsque le soir de leur arrivée à Limmeridge House, miss Halcombe examina le linge que sa sœur portait, il était marqué au nom d'Anne Catherick.

Ce sont les seuls souvenirs que miss Halcombe put obtenir de sa sœur, encore qu'ils soient incertains et paraissent parfois contradictoires. Miss Halcombe ne lui posa aucune question sur son séjour à l'asile, car c'eût été lui imposer une épreuve trop pénible. Le directeur avait dit qu'elle avait été amenée le 27 juillet. Donc, depuis cette date jusqu'au 13 octobre, elle avait été enfermée comme folle sous le nom d'Anne Catherick. Dans ces conditions, il n'était guère surprenant que ses facultés fussent quelque peu ébranlées.

Le lendemain de leur arrivée à Limmeridge House, miss Halcombe se rendit chez Mr Fairlie, qu'elle mit au courant de la situation, mais celui-ci, prévenu par le comte Fosco et rappelant à la jeune fille ce qu'elle-même lui avait dit de la ressemblance entre Laura et Anne Catherick, refusa de voir « l'intrigante ». Miss Halcombe, au comble de l'indignation, alla chercher sa sœur et pénétra de force chez Mr Fairlie. La scène qui suivit est trop pénible pour être rapportée. Disons seulement qu'il déclara en termes positifs qu'il ne reconnaissait pas sa nièce et qu'il ferait appel à la justice si avant la fin du jour cette femme n'était pas sortie de chez lui.

Quoique connaissant l'égoïsme et le manque de cœur de Mr Fairlie, il était impossible à miss Halcombe de supposer qu'il irait jusqu'à renier la fille de son propre frère si en réalité il la reconnaissait. Elle voulut croire qu'il se laissait influencer par les événements et ne jugeait plus librement. Mais lorsqu'elle demanda aux domestiques de reconnaître lady Glyde, devant le visage ravagé de celle-ci et son air absent, ils hésitèrent. Elle comprit alors que sa cruelle détention l'avait changée au point de la faire réellement ressembler à Anne Catherick !

Malgré tout, miss Halcombe n'abandonna pas la partie. Fallait-il attendre le retour de Fanny, la femme de chambre, absente pour l'heure de Limmeridge House ? Devant Mr Fairlie et les autres domestiques, elle pourrait reconnaître sa maîtresse, puisque, de tout le personnel, c'était elle qui se trouvait le plus fréquemment à ses côtés. Une autre solution, également, aurait été possible : lady Glyde, en secret, serait demeurée soit à Limmeridge House, soit au village en attendant d'avoir repris des forces et recouvré sa lucidité d'esprit : alors elle aurait témoigné elle-même de son identité en parlant de personnes qu'elle connaissait parfaitement et d'incidents du passé auxquels elle avait été intimement mêlée.

La situation était critique, la façon dont elle s'était enfuie de l'asile ne permettait pas d'attendre, car les recherches ne seraient dirigées vers le Hampshire que pour un temps, et s'orienteraient ensuite infailliblement vers le Cumberland. Mr Fairlie, vu son état d'esprit, aiderait même à trouver les fugitives. Pour la sécurité de Laura, miss Halcombe devait renoncer à la lutte entreprise pour lui faire rendre justice, et devait lui faire quitter l'endroit maintenant, entre tous, le plus dangereux pour elle – son village natal.

Miss Halcombe décida donc de repartir tout de suite pour Londres afin de rendre vaines toutes les recherches. En ce mémorable jour du 16 octobre, elle demanda à sa sœur de faire un dernier effort et, sans une âme pour leur dire adieu, elles quittèrent Limmeridge House, pour toujours peut-être.

En passant devant le cimetière, lady Glyde supplia sa sœur de la laisser s'incliner un moment sur la tombe de sa mère. En vain, miss Halcombe voulut-elle l'en dissuader. Laura, semblait-il, avait soudain recouvré toute sa force de volonté. C'est alors que, dans le champ des morts, le Destin s'accomplit, qui devait unir nos trois vies à jamais !

3

Voilà l'histoire du passé telle que nous la connaissions. Dans ces circonstances, je compris tout de suite qu'il ne fallait s'attendre à aucune pitié de la part de sir Percival et du comte Fosco, que ce complot avait fait héritiers d'une belle fortune, 20 000 livres pour le premier, 10 000 livres, par sa femme, pour le second. Ils devaient à tout prix assurer leur impunité. Ils ne reculeraient devant aucun sacrifice ni aucune vilenie pour découvrir le lieu où se cachait leur victime et pour la séparer des deux seuls amis qui lui restaient, Marian Halcombe et moi.

C'est cette pensée qui me fit choisir, dans l'East End de Londres, une rue écartée et populeuse, où la lutte pour la vie préoccupait davantage les esprits que les potins du voisinage.

Dans notre modeste retraite, nous pouvions vivre de mon travail, en songeant à réparer un jour une infâme injustice.

En moins d'une semaine, notre vie fut organisée et, lorsque j'eus trouvé du travail suffisant à nos besoins journaliers, Marian et moi nous mîmes ensemble tout ce que nous possédions, ce qui fit un total de 400 livres environ. C'était le fonds de roulement indispensable pour poursuivre nos recherches. J'étais décidé à les pousser jusqu'au bout pour l'amour de Laura.

J'avais fait promettre aux deux jeunes femmes qu'elles ne sortiraient jamais de la maison sans que je les accompagne et que, en mon absence, elles ne laisseraient jamais entrer personne, sous aucun prétexte. La maison était disposée de telle sorte que nous pouvions entrer chez nous et en sortir sans passer par le magasin.

Je l'ai dit, c'est Marian qui, dès le premier jour, se chargea des soins du ménage. Elle s'en acquittait courageusement et prétendait que le travail l'aidait à triompher du désespoir qui la menaçait à certains moments.

Il était inutile de prouver l'identité de Laura par le seul fait que Marian et moi la reconnaissions en chacun de ses traits. Sans notre amour plus fort que la raison, sans notre instinct aussi, nous-mêmes aurions douté que la jeune femme devant nous était bien Laura !

Profondément marquée par la souffrance et les terribles angoisses, sa ressemblance avec Anne Catherick était plus frappante encore. Lorsque j'ai parlé de mon séjour à Limmeridge House, j'ai expliqué comment cette ressemblance, extraordinaire quand on la considérait dans l'ensemble des traits, perdait de sa réalité quand on examinait les visages en détail. Si on les avait vues l'une à côté de l'autre, personne, alors, n'aurait pu se méprendre. Mais, hélas, il n'en était plus de même.

Les douleurs morales que je m'étais un jour blâmé d'associer – en une pensée fugitive – à l'avenir de Laura Fairlie, avaient bien marqué le jeune et beau visage. Et la ressemblance parfaite que j'avais alors devinée en frémissant, était maintenant chose accomplie.

Eût-on pu reprocher à des étrangers, à des amis, à des parents même qui l'auraient rencontrée peu de temps après sa sortie de l'asile, de douter qu'elle soit la Laura Fairlie qu'ils avaient connue naguère !

J'espérais que nos soins et notre tendresse rendraient peu à peu à Laura la mémoire et la santé. Mais le seul souvenir que nous osions tenter de faire renaître en elle, c'était celui des jours heureux de Limmeridge House, lorsque je lui enseignais le dessin. Nous conçûmes un premier espoir le matin où un faible sourire passa sur son visage lorsque je lui montrai le croquis représentant le pavillon d'été, croquis qu'elle m'avait donné le jour de mon départ et dont je ne m'étais jamais séparé. Peu à peu, doucement, les promenades que nous avions faites à cette époque lui revenaient à la mémoire, et dans les yeux tristes qui nous regardaient, Marian et moi, il nous sembla voir s'éveiller un intérêt nouveau que, dès ce moment, nous ne cessâmes d'encourager. Je mis devant Laura une boîte de couleurs et un cahier de croquis, semblable à celui qu'elle tenait en main le matin de notre première rencontre. À nouveau – pendant mes moments de liberté, dans notre pauvre logis et dans les brumes de Londres – je guidai sa main redevenue maladroite. Laura s'intéressa graduellement à ce qu'elle faisait, son occupation comblait peu à peu le vide de son existence ; elle y pensait, elle en parlait, elle s'y exerçait, et le fragile plaisir que nous en éprouvions tous les deux était un reflet du bonheur perdu des jours anciens.

C'est ainsi que, lentement, nous tentions de la ramener à la réalité ; nous l'emmenions en promenade dans un petit square, non loin de chez nous, où tout était calme – où rien ne pouvait l'effrayer ; nous lui apportions du vin et des friandises ; nous passions nos soirées à jouer avec elle, à ces jeux de cartes très simples qui amusent les enfants. Bref, notre amour l'entourait de soins et ne désespérait pas de la revoir un jour telle qu'elle était autrefois. Cependant, lui faire rencontrer des étrangers, ou même des personnes déjà vues, allait peut-être éveiller à nouveau en elle les pénibles impressions de l'asile ? Dans son propre intérêt, nous n'osions pas le tenter. Même si nous ne devions y arriver qu'après des années et au prix de lourds sacrifices, nous l'avions décidé à son insu, le mal qui lui avait été fait serait réparé.

D'accord avec Marian, je résolus de récolter le plus de renseignements possible, puis d'aller trouver Mr Kyrle afin de lui demander, entre autres choses, si nous pouvions recourir aux moyens légaux.

Pour commencer, je pris connaissance du journal de Marian. Comme il contenait des passages où il était question de moi, la jeune fille préféra ne m'en lire à haute voix que certains extraits importants pour mon enquête. Je me contentai, pendant trois longues soirées, de prendre des notes.

Ensuite, je me rendis chez Mrs Vesey, car je voulais savoir si Laura y avait, oui ou non, passé une nuit. J'étais décidé à ne rien divulguer, et à parler de « feu lady Glyde » à Mrs Vesey et à toutes les personnes que je verrais ensuite. La réponse de Mrs Vesey confirma mes craintes. Laura avait, en effet, écrit à sa vieille amie qu'elle passerait la nuit chez elle, mais elle n'était pas venue.

Je ne m'étais pas trompé, hélas ! Cet exemple, et d'autres aussi, nous prouvaient que Laura croyait avoir fait ce qu'elle avait seulement eu l'intention de faire. Et cela risquait d'avoir de graves conséquences, car le fait se retournerait contre nous.

Quand je demandai à voir la lettre que lady Glyde lui avait écrite de Blackwater Park, Mrs Vesey me la donna sans enveloppe. L'enveloppe, elle l'avait détruite depuis longtemps. La lettre elle-même ne portait aucune date et disait simplement ceci :

« Chère Mrs Vesey, je vis dans la tristesse et l'inquiétude, et je viendrai demain vous demander de passer la nuit chez vous. Il m'est impossible de vous en dire davantage dans cette lettre, car j'ai tellement peur d'être surprise pendant que je l'écris que je ne puis lier convenablement deux idées. À demain. Je vous raconterai tout. Affectueusement à vous,

» Laura. »

Ces quelques lignes ne m'apprenaient rien.

Je priai alors Marian d'écrire à Mrs Michelson, mais sans dévoiler, bien entendu, notre réelle situation. Si bon lui semblait, elle pouvait, par exemple, émettre quelque vague soupçon au sujet de la conduite du comte Fosco et demander à la gouvernante de nous aider en nous disant ce qu'elle savait. Pendant que nous attendions sa réponse, qui nous parvint au bout d'une semaine, je me rendis chez le médecin de St John's Wood. J'étais, dis-je, envoyé par miss Halcombe, car elle désirait avoir sur la maladie de sa sœur plus de détails que Mr Kyrle n'en avait pu donner. Grâce à Mr Goodricke, j'obtins une copie de l'acte de décès et j'eus un entretien avec cette Jane Gould qui avait procédé à l'ensevelissement. Puis, je demandai encore le témoignage de Hester Pinhorn qui venait de quitter le service de Mrs Fosco et habitait chez des voisins de Jane Gould. Ainsi, je possédais les témoignages de Mrs Michelson, du Dr Goodricke, de Jane Gould et d'Hester Pinhorn, tels qu'on les a lus précédemment.

Muni de ces documents, je me préparai un matin à aller rendre visite à Mr Kyrle, muni d'un mot d'introduction de Marian.

Avant de partir, je fis un bout de promenade avec Laura, puis l'installai devant ses crayons et ses couleurs. Comme j'allais la quitter, elle leva sur moi des yeux pleins d'inquiétude ; je revins un moment auprès d'elle pour la rassurer et lui promettre de ne pas la laisser seule longtemps.

Je recommandai à Marian de ne pas quitter l'appartement en mon absence et de n'ouvrir à personne.

— Je serai sans doute rentré avant 2 heures, lui dis-je, mais si quelque chose arrivait...

— Que peut-il arriver, Walter ?

— Si sir Percival est rentré à l'annonce de l'évasion de Laura, il me fera surveiller comme il l'a fait avant mon départ d'Angleterre. Mais ne vous alarmez pas, Marian... Si je me sens suivi, je ne veux à aucun prix montrer le chemin de cette maison et mon retour pourrait être retardé... Apaisez Laura si elle se montre anxieuse, et vous, Marian, ne craignez rien !

— Je ne crains rien, Walter... Vous ne regretterez pas d'avoir une femme comme alliée ! Soyez prudent...

Je lui serrai affectueusement la main et me dirigeai vers l'étude de MM. Gilmore et Kyrle.

4

J'arrivai sans encombre à Chancery Lane et fis passer ma carte.

Tandis que j'attendais d'être introduit, une idée me vint tout à coup, mais trop tard. D'après le journal de Marian, je savais que le comte Fosco avait ouvert la première lettre que, de Blackwater Park, elle avait écrite à Mr Kyrle, et que sa femme avait intercepté la seconde. Il connaissait donc l'adresse de l'étude, et il se doutait naturellement que, Laura s'étant enfuie de l'asile, Marian se mettrait à nouveau et continuellement en rapport avec Mr Kyrle. L'étude de Chancery Lane serait, avant tout autre, l'endroit que le comte et sir Percival feraient surveiller, et s'ils employaient à cette fin les mêmes personnes par lesquelles ils m'avaient fait suivre naguère, mon retour au pays serait connu dès ce jour-là. J'avais pensé au danger d'être reconnu en rue, mais jamais au risque que je courais en venant ici ! La seule chose qui me restait à faire, c'était d'user d'une extrême prudence en quittant Chancery Lane, de prendre un chemin détourné pour rentrer à la maison.

Après quelques minutes d'attente, je fus introduit chez Mr Kyrle. C'était un homme mince, pâle et très maître de lui, qui ne défendait que les causes qu'il était certain de gagner.

Il me reçut aimablement. Tandis que je lui demandais des nouvelles de son confrère, Mr Gilmore, il prit une lettre cachetée qu'il posa sur le coin de la table au lieu de me la donner, comme je l'avais cru d'abord. Je le mis au courant de la situation et lui demandai son opinion.

— Avant de donner mon opinion, je désire vous poser quelques questions, si vous le permettez, monsieur ? me dit-il avec une expression d'incrédulité et de surprise à la fois.

À la tournure de ses phrases, je compris tout de suite qu'il me croyait victime d'une illusion et je ne suis pas sûr qu'il ne m'eût pas soupçonné d'être complice d'une duperie, si je n'avais eu le mot d'introduction de miss Halcombe.

— Croyez-vous au moins que je vous aie dit la vérité ? demandai-je un peu piqué.

— Selon vos convictions, oui. J'ai la plus profonde estime pour miss Halcombe et ne puis qu'apprécier un homme en qui elle a confiance. Je veux bien aller plus loin encore et admettre que l'identité de lady Glyde n'est douteuse ni pour elle ni pour vous. Mais vous me demandez mon avis et, en tant qu'avocat, il est de mon devoir de vous dire que votre cause ne tient pas debout, Mr Hartright.

— En êtes-vous certain, Mr Kyrle ?

— Voyons le cas ensemble si vous voulez, et dites-moi... qu'avez-vous comme preuve à opposer aux faits nombreux et évidents qui établissent la mort de lady Glyde ?... Une femme, nommée Anne Catherick, qui ressemble d'une façon frappante à lady Glyde, s'est échappée une première fois de l'asile où elle était internée. On l'y ramène en juillet dernier et la personne qui l'accompagne prévient Mr Fairlie que cette femme a comme idée fixe de se faire passer pour sa nièce défunte, lady Glyde.

» Qu'avez-vous à dire contre cela ? Miss Halcombe, s'étant rendue à l'asile pour voir Anne Catherick, reconnaît sa sœur et, au lieu de la faire identifier publiquement par des moyens légaux, elle la fait fuir secrètement. Ensuite, Mr Fairlie ne reconnaît pas sa nièce, les domestiques non plus. Reste-t-elle alors dans le voisinage pour prouver à tous son identité ? Non ! Elle se sauve à Londres avec sa sœur. Vous dites l'avoir reconnue également, mais vous n'êtes ni parent ni ami de la famille. Les domestiques vous contredisent, Mr Fairlie vous contredit, et la soi-disant lady Glyde se contredit elle-même : elle déclare avoir passé une nuit à Londres, chez cette Mrs Vesey, et vos propres recherches prouvent que c'est faux ; enfin, vous avouez que son état mental actuel ne lui permet pas de répondre à un interrogatoire. Si cette affaire devait aller devant un tribunal et devant un jury, quelles preuves pourriez-vous fournir ?

Après un moment de réflexion, je répondis :

— Tels que vous les avez établis, il n'y a aucun doute que les faits semblent être contre nous, mais...

— Vous croyez que les faits peuvent être démentis,

n'est-ce pas ? Croyez-en ma vieille expérience, cher monsieur. Quand un jury anglais doit choisir entre un fait apparemment évident et une opposition demandant de longues explications, il préfère l'évidence sans explication.

— Mais avec de la patience et de nouvelles recherches, n'y aurait-il pas moyen de découvrir aussi une preuve indiscutable ? Miss Halcombe et moi possédons quelques centaines de livres et si...

Secouant la tête, il m'interrompit d'un air de pitié.

— Mr Hartright, si ce que vous dites est vrai (ce dont je doute), sir Percival et le comte Fosco créeront toutes les difficultés imaginables pour vous empêcher d'arriver à vos fins et contesteront chacun de vos arguments. Il vous faudrait une fortune au lieu de quelques centaines de livres pour vous mesurer à eux ! Et même si la personne enterrée dans le cimetière de Limmeridge n'est pas lady Glyde, elle ressemblait tant à cette dernière – je répète ce que vous-même affirmez – que l'exhumation ne servirait à rien... ne nous aiderait pas à gagner notre cause !

— N'y a-t-il vraiment pas un autre et dernier moyen ? insistai-je.

— Dans votre cas, je n'en vois malheureusement pas... Si je comprends bien, il vous est impossible de comparer les dates. Mais si vous pouviez établir une contradiction entre la date du certificat de décès et celle de l'arrivée de lady Glyde à Londres, tout serait changé, et je serais le premier à vous dire : allons-y !

— Il me serait fort difficile de connaître cette dernière date pour le moment, en effet, répondis-je, car je pense que seuls le savent sir Percival et le comte Fosco... mais...

— Avec l'opinion que vous avez de ces messieurs, je suppose que vous n'espérez pas qu'ils vous aideront ! dit Mr Kyrle en souriant. S'ils ont combiné ce complot pour avoir l'argent, ils ne l'avoueront jamais !

— Ils pourraient y être forcés !

— Et par qui ?

— Par moi !

Nous nous levâmes, il me regarda en face comme s'il cherchait soudain à deviner quelque chose.

— Vous devez avoir un motif personnel pour agir de la sorte, monsieur, mais cela ne me regarde pas. Si vous avez des arguments sérieux, venez me retrouver et nous agirons en conséquence. Seulement, je tiens à vous prévenir qu'il y a peu de chances de récupérer la fortune de lady Glyde, même si vous prouvez qu'elle est en vie. L'étranger quittera probablement le pays avant le début du procès et, quant à sir Percival, ses dettes sont si nombreuses et si pressantes que tout l'argent ira à ses créanciers. Vous savez que...

— Excusez-moi si je vous arrête, monsieur, mais je ne suis pas au courant de la situation de fortune de lady Glyde et je ne désire pas la connaître. Je sais seulement qu'elle ne possède plus rien... Vous ne vous trompez pas en pensant qu'un motif personnel me pousse à agir, mais je voudrais que tout le monde agisse avec autant de désintéressement que moi... Lady Glyde a été chassée comme une étrangère de la demeure où elle est née, sa mort a été gravée sur la tombe de sa mère, et deux hommes en sont responsables. Je me suis juré de lui faire rouvrir cette maison en présence de tous ceux qui ont assisté à l'enterrement, et l'épitaphe mensongère sera publiquement enlevée de la pierre, par le chef de la famille. Quant aux deux hommes, c'est devant moi qu'ils répondront de leurs crimes, si la justice est impuissante à les punir. J'ai voué ma vie à cette tâche et je l'accomplirai seul si Dieu me protège !

Mr Kyrle se rassit et je vis à son air qu'il croyait ma raison sérieusement ébranlée.

— Je vous remercie de m'avoir écouté, continuai-je. Notre entretien aura du moins servi à me faire comprendre que nous ne sommes pas assez riches pour payer notre droit en justice !

M'inclinant, je me dirigeai vers la porte. Il m'arrêta en me tendant la lettre cachetée qu'il avait déposée sur sa table.

— Voudriez-vous avoir l'obligeance de remettre ce pli à miss Halcombe, avec mes regrets de ne pouvoir l'aider.

Je regardai l'adresse. L'écriture m'était inconnue.

— Pouvez-vous me dire si sir Percival est encore à Paris ? demandai-je.

— Il est rentré à Londres, m'a dit hier son avocat.

Je saluai et sortis. Comme je contournais le square, je vis deux hommes causant non loin de là et je reconnus en l'un d'eux un des espions qui m'avaient suivi avant mon départ d'Angleterre. Après de multiples détours, je sautai dans un fiacre qui passait et demandai au cocher d'aller à toute allure vers Hyde Park. Aucune autre voiture n'étant en vue, les hommes ne pouvaient donc continuer à me suivre de près, et je les distançai facilement. Lorsque j'arrivai chez nous, il faisait déjà noir.

Marian m'attendait seule dans le petit salon, Laura s'étant couchée.

Je racontai mon entrevue avec Mr Kyrle, mais elle parut rester indifférente à mon échec. En revanche, elle se troubla lorsque je lui annonçai le retour de sir Percival et la rencontre de ses deux espions.

— Mauvaises nouvelles, Walter ! Est-ce tout ?

— Non, Marian, j'ai un pli à vous remettre de la part de Mr Kyrle.

Elle prit la lettre et rougit, je devinai aussitôt qu'elle reconnaissait l'écriture. Tandis qu'elle lisait ce qu'on lui écrivait, ses yeux lançaient des éclairs de colère. Lorsqu'elle eut terminé, elle me tendit la lettre qui était du comte Fosco. Il assurait Marian de sa profonde admiration pour la vie retirée et résignée qu'elle avait adoptée. Il la priait de ne rien craindre tant qu'elle resterait dans sa retraite avec l'être auquel elle avait voué sa vie. Il l'implorait de ne pas se mettre en communication avec Mr Hartright, si celui-ci rentrait au pays, car le jour où il croiserait son chemin, Mr Hartright aurait fini de vivre.

— Il essaye de vous effrayer parce qu'il a peur lui-même, dis-je en rejetant la lettre sur la table, d'un air indifférent.

Marian était trop femme, trop perspicace pour considérer cette missive avec autant de légèreté.

— Walter ! dit-elle de son ton autoritaire d'autrefois, si un jour ces deux hommes sont à votre merci et que vous êtes obligé d'en épargner un... je vous en prie, n'épargnez pas le comte !

— Je garderai sa lettre pour aider ma mémoire, quand le moment sera venu, Marian.

— Que comptez-vous faire ? me demanda-t-elle tandis que je mettais la lettre dans mon portefeuille.

— Agir seul !

— Mais comment, Walter ? Après ce que Mr Kyrle vous a dit, et après la dangereuse rencontre que vous venez de faire ?

— J'irai dès demain matin à Blackwater Park. C'est notre seule chance de pouvoir prouver que Laura est partie après la date que porte le certificat de décès.

— Mais qui vous fait croire cela ?

— Le directeur de l'asile vous a dit qu'elle y était arrivée le 27 juillet. Je ne crois pas que le comte se soit aventuré à la garder cachée plus d'une nuit à Londres. Dans ce cas, elle est arrivée à Londres le 26, lendemain de sa mort ! Si nous avons cette preuve-là, notre procès...

— Oui, mais comment le prouver ? s'exclama Marian, sceptique.

— Le témoignage de Mrs Michelson m'a suggéré deux moyens. Questionner le Dr Dawson qui doit savoir quand il est revenu à Blackwater Park, après le départ de Laura, et faire des recherches à l'auberge où sir Percival laissa son cheval, lorsqu'il s'est enfui dans la nuit comme un fou : nous savons qu'il est parti quelques heures après Laura, et nous pourrions peut-être ainsi connaître la date qui nous intéresse. Si je ne réussis pas, j'irai trouver les deux coupables eux-mêmes. Les gens innocents oublient facilement une date, les criminels pas ! Je les obligerai à avouer !

— Oh ! commencez par le comte, Walter !

— Nous ne lui connaissons encore aucun point faible, Marian !... Mais nous connaissons celui de sir Percival.

— Le secret ?

— Oui, le secret ! Quoi qu'ait pu faire le comte, sir Percival a consenti au complot contre Laura pour une autre raison encore que la question d'argent. Vous l'avez entendu dire au comte qu'il était perdu si le secret d'Anne Catherick était dévoilé. Eh bien ! si tous les autres moyens échouent, j'ai décidé de connaître ce secret !

5

Le récit de mes recherches dans le Hampshire ne sera pas long. Parti tôt de Londres, j'arrivai chez Mr Dawson avant midi.

Ma visite au docteur ne m'apporta pas la moindre lumière, pas plus que celle que je fis à l'auberge de Knowlesbury, qui était fermée en attendant qu'elle fût vendue, comme le montraient les affiches collées sur les murs. Les voisins ignoraient où s'était établi l'ancien propriétaire.

Comme quelques heures me restaient avant le départ du dernier train pour Londres, je pris alors un fiacre pour aller à Blackwater Park, où je voulais interroger le jardinier et le concierge. Si, de ce côté encore, je n'apprenais rien, il ne me resterait plus qu'à rentrer en ville.

Je descendis du fiacre un mile environ avant d'arriver à la propriété de sir Percival, et, avant de le laisser partir, je demandai au cocher de m'indiquer le chemin.

Au moment où, quittant la grand-route, je m'engageais dans l'allée, je vis un homme portant une valise qui marchait rapidement vers la loge du concierge. Il était petit, habillé de noir et coiffé d'un grand chapeau. Je le pris pour un clerc de notaire, et je m'arrêtai quelques instants, évitant ainsi de le rejoindre. Ne m'ayant pas entendu, il ne se retourna pas, et, bientôt, il disparut. Sans aucun doute, il poursuivait son chemin vers la maison.

J'arrivai à la loge du concierge, où deux femmes qui se trouvaient là me dirent que sir Percival était absent depuis le milieu de l'été. Je tâchai de savoir la date exacte de son départ, mais ni l'une ni l'autre ne sut me répondre.

Je vis alors le jardinier, qui travaillait non loin de là. Je lui adressai la parole et, tout d'abord, il me dévisagea d'un air assez méfiant, mais lorsque je prononçai le nom de Mrs Michelson, la conversation devint des plus faciles. Est-il besoin d'en dire le résultat ? Elle ne m'apporta pas de précision quant à la date que je cherchais. L'homme me dit que son maître était parti une nuit, en juillet – dans la dernière quinzaine de juillet...

Tandis que nous parlions, je vis l'homme en noir et au grand chapeau sortir de la maison et s'arrêter pour nous observer de loin.

Sa présence à Blackwater Park m'avait déjà inspiré quelques soupçons. J'eus alors tout lieu de croire que ces soupçons étaient fondés, puisque le jardinier ne sut ou ne voulut pas me dire qui était cet homme. Aussi décidai-je d'éclaircir la chose en m'adressant à lui directement. Prenant un prétexte pour l'aborder, je le priai de me dire s'il était permis aux étrangers de visiter le domaine. La manière dont il me répondit prouvait qu'il savait parfaitement qui j'étais et qu'il cherchait à me mettre en colère. Son ton était si insolent qu'il y serait arrivé, si je ne m'étais pas efforcé à garder mon sang-froid. Répondant avec politesse à sa grossièreté, je fis demi-tour.

Je l'avais deviné : on m'avait reconnu lorsque j'avais quitté l'étude de Mr Kyrle, sir Percival avait immédiatement été mis au courant de mon retour en Angleterre et, prévoyant que je ferais des recherches à Blackwater Park, il y avait envoyé cet homme : si je lui avais donné la moindre chance de porter plainte contre moi, il aurait aussitôt fait appel à la police locale, me mettant ainsi dans l'impossibilité de poursuivre mes recherches et me séparant de Marian et de Laura, au moins pour quelques jours.

Je m'attendais à être surveillé sur la route qui, de Blackwater Park, conduisait à la gare, mais je ne découvris rien de suspect pendant le trajet. J'ignore si oui ou non je fus suivi ce jour-là par l'homme en noir sur la route de campagne ou bien le soir, à mon arrivée à Londres.

Avec mille précautions, je rentrai à la maison. Personne n'était venu pendant mon absence. Je rendis compte à Marian de mes vaines démarches, et je vis bien qu'elle était étonnée de l'indifférence avec laquelle je parlais de mon échec.

En réalité, ces échecs successifs ne me décourageaient pas. Mes recherches, jusqu'ici, je les avais faites par acquit de conscience, sans espérer arriver à d'importants résultats. C'était presque un soulagement de me dire qu'un duel à mort était engagé entre sir Percival et moi. Un désir de vengeance s'était peu à peu mêlé en moi aux sentiments élevés qui me poussaient à agir, et j'avoue qu'il m'était réconfortant de comprendre que le seul, le meilleur moyen de servir la cause de Laura était de faire disparaître l'infâme individu qui avait osé l'épouser.

Ce n'était pas de l'égoïsme, mais la volonté de délivrer cette femme de son bourreau, volonté qui eût pu être celle d'un père ou d'un frère. Je voulus venger Laura des ignominies dont elle avait été l'objet, je voulais la débarrasser de celui qui en avait fait une pauvre créature débile et craintive, je voulais lui rendre sa beauté, lui rendre son sourire !

Le lendemain de mon retour du Hampshire, je priai Marian de monter dans mon studio, afin de lui communiquer mes plans.

Le secret de sir Percival dépendait de « la Dame en blanc ». Celle-ci ne vivant plus, il fallait que je gagne à tout prix la confiance de la mère d'Anne Catherick.

Le seul moyen de la forcer à parler était de découvrir certaines choses tenues secrètes de sa vie privée ou de sa famille, et cela grâce à Mrs Clements. Mais où trouver celle-ci ?

Marian suggéra d'écrire à Todd's Corner, cette ferme située près de Limmeridge ; ainsi, nous aurions peut-être des nouvelles de la brave femme.

Tandis que nous attendions la réponse, je demandai à Marian de me dire tout ce qu'elle savait de sir Percival et de sa famille.

Sir Percival était enfant unique. Son père, sir Felix Glyde, infirme de naissance, avait toujours vécu très retiré. Son seul plaisir était la musique, plaisir qu'il partageait d'ailleurs avec sa femme, grande musicienne elle-même.

Il était encore jeune lorsqu'il hérita de Blackwater Park, mais ni lui ni sa femme ne frayèrent avec les voisins, et personne ne troubla leur solitude, sinon le pasteur de la paroisse.

Celui-ci était, dans son zèle, le pire des gaffeurs. Ayant appris que sir Felix avait des idées révolutionnaires et plutôt antireligieuses, il crut de son devoir de prendre à partie le seigneur du manoir, à l'église, devant les paroissiens. Sir Felix, furibond, riposta d'une façon si grossière que les familles du voisinage lui envoyèrent des lettres de protestation indignées.

Le baronnet, qui n'avait aucun goût pour la campagne et n'était nullement attaché à sa propriété et à ses habitants, déclara que la société de Blackwater Park n'aurait plus l'occasion de le blâmer. Il quitta la région pour toujours.

Après s'être installé à Londres pendant quelque temps, il partit avec sa femme pour le continent, vivant soit en France, soit en Allemagne. Leur fils, Percival, naquit à l'étranger et fut éduqué par un précepteur. Sa mère mourut vers 1825 et son père la suivit de près dans la tombe. Sir Percival avait fait quelques apparitions en Angleterre lorsqu'il était jeune homme, mais ce ne fut qu'après la mort de ses parents que commença sa grande intimité avec Philip Fairlie, père de Laura...

Marian ne savait rien de plus.

La réponse de Mrs Todd (adressée poste restante, ainsi que nous l'avions demandé) nous parvint enfin. Elle disait avoir reçu des nouvelles de Mrs Clements, si désolée de la disparition d'Anne Catherick, et elle nous donnait son adresse, à Londres, à une demi-heure de chez nous. Aussi, le lendemain, plus décidé que jamais, me mis-je en marche vers la demeure de Mrs Clements.

6

J'arrivai devant une maison à appartements, située dans le quartier de Gray's Inn Road. Mrs Clements elle-même vint m'ouvrir la porte et ne me reconnut pas dès l'abord. Je lui rappelai notre rencontre dans le cimetière de Limmeridge après mon entrevue avec la Dame en blanc, et que c'était moi qui avais aidé Anne Catherick lorsqu'elle s'était évadée de l'asile. À ces mots, elle me fit tout de suite entrer, espérant que je lui apportais des nouvelles de celle-ci.

Il m'était impossible de lui raconter toute la vérité sans entrer dans des détails sans fin, et je me contentai de ne pas lui donner de vains espoirs. Je lui expliquai que l'objet de ma visite était de découvrir qui était responsable de la disparition d'Anne. J'ajoutai que j'avais perdu tout espoir de la retrouver vivante et que mon seul but désormais était de punir les deux hommes que je soupçonnais de l'avoir attirée dans un guet-apens, et qui avaient fait endurer les pires souffrances à deux amies qui m'étaient très chères. Je demandai alors à Mrs Clements de m'aider, puisque ses motifs de vengeance étaient semblables aux miens.

La pauvre femme fut si troublée au début qu'elle sembla ne pas bien comprendre ce que je lui disais ; mais elle déclara être prête à me rendre service, en souvenir de la bonté que j'avais montrée envers Anne. Afin de l'amener doucement au point où je voulais en venir, je lui demandai de me raconter ce qu'elles étaient devenues toutes deux après leur départ précipité de Limmeridge.

Elle m'expliqua qu'elles avaient d'abord été dans le Derbyshire pendant une semaine, puis qu'elles étaient retournées à Londres où elles avaient vécu durant plus d'un mois dans l'appartement qu'occupait alors Mrs Clements. La terreur qu'Anne avait d'être découverte finit par gagner Mrs Clements, et elle se décida à partir pour Grimsby, dans le Lincolnshire, où vivait la famille de son défunt mari, Anne ne voulant à aucun prix retourner chez sa mère parce que c'était de Welmingham qu'on l'avait emmenée à l'asile, et parce que sir Percival serait certainement venu l'y rechercher. C'est à Grimsby qu'elle commença à souffrir du cœur (peu après que les journaux eurent annoncé le mariage de lady Glyde) et cela les obligea à y demeurer les six premiers mois de l'année. Elles auraient pu prolonger leur séjour, si Anne n'avait eu soudain le caprice de vouloir retourner dans le Hampshire pour voir lady Glyde à qui, disait-elle, elle devait confier un secret avant de mourir. Le médecin déclara qu'il serait dangereux pour sa santé de s'opposer à ce désir. Mrs Clements céda donc, et elles allèrent s'installer à Sandon, village à 4 lieues de Blackwater Park. Chaque jour Anne parcourait cette distance, trop fatigante pour elle, du village au domaine, puis du domaine au village et c'est ainsi qu'elle tomba malade, épuisée. Voulant calmer l'agitation qu'elle savait mortelle pour Anne, Mrs Clements se décida un beau jour à aller elle-même à Blackwater Park prier lady Glyde de venir au chevet de la malade. Au lieu de la dame, elle rencontra un gros homme qui se prétendit être porteur d'un message de lady Glyde pour Anne. Mrs Clements lui fit alors part de sa propre mission, et le supplia de lui remettre le message afin de calmer l'anxiété de la jeune fille. Le comte Fosco, car c'était certainement lui, lui dit alors que lady Glyde demandait à Anne de retourner tout de suite à Londres, afin de ne pas être découverte par sir Percival. Comptant s'y rendre bientôt elle-même, elle irait, dès son arrivée, rendre visite à Anne, à condition toutefois que celle-ci lui fasse parvenir son adresse.

Mrs Clements avait répondu qu'elle n'aurait pas demandé mieux que d'emmener Anne au plus tôt, mais que celle-ci en était incapable pour l'instant, se trouvant souffrante au lit. Elle ajouta qu'elle hésitait à appeler un médecin, car elle ne tenait pas à ce que leur présence soit connue dans tout le village. Le comte s'offrit alors à aller voir la malade, étant un peu médecin lui-même, et Mrs Clements accepta avec gratitude. Elle avait naturellement toute confiance en une personne chargée par lady Glyde d'un message secret.

Anne sommeillait lorsqu'ils arrivèrent. Le comte sursauta en la voyant (à cause de sa ressemblance avec lady Glyde, je suppose !).

Le comte tâta le pouls de la malade, la regarda avec attention et alla lui-même chez le pharmacien des environs lui chercher des médicaments. Il certifia à Mrs Clements que, si Anne prenait régulièrement ces médicaments, elle serait en état de voyager trois jours après. Il lui promit de se trouver sur le quai de la gare ce jour-là, à l'heure du train. S'il ne les y voyait pas, il reviendrait prendre des nouvelles de la malade.

Les médicaments eurent un effet extraordinaire et, en plus, Mrs Clements put donner à Anne l'assurance qu'elle verrait bientôt lady Glyde à Londres. Le troisième jour, elles se mirent en route. Le comte se trouvait à la gare et les installa avec bonté dans un compartiment. Mrs Clements avait remarqué qu'il parlait à une dame d'un certain âge, qui prenait le même train qu'elles. Il recommanda encore à Mrs Clements de ne pas oublier d'envoyer leur adresse à lady Glyde, ce qu'elle fit à son arrivée à Londres. Au bout de quinze jours, la même vieille dame vint en voiture lui rendre visite. Elle déclara être envoyée par lady Glyde, descendue dans un hôtel de la ville, afin de ramener Mrs Clements auprès d'elle pour arranger une entrevue avec Anne. Celle-ci accompagna donc la comtesse Fosco (car c'était elle !) et monta en voiture. Après quelques minutes, la comtesse fit arrêter le véhicule, déclarant qu'elle avait une course à faire. Mrs Clements attendit... mais elle ne revint jamais !

Affolée, Mrs Clements pria le cocher de retourner à son appartement, mais Anne avait disparu. La servante expliqua qu'un jeune garçon lui avait apporté une lettre et qu'après l'avoir lue elle avait mis son chapeau et son manteau et qu'elle était descendue en hâte.

Elle avait sans doute emporté la lettre, car on ne la trouva nulle part, et il fut donc impossible de savoir pour quelle raison elle avait quitté la maison ; mais on avait dû lui apprendre une chose fort grave ; sinon, elle ne serait pas sortie, seule, dans Londres. Mrs Clements connaissait cette peur qu'avait Anne de la grande ville, et c'est pour cela seulement qu'elle avait consenti à s'absenter une demi-heure.

Malgré ses recherches, dont certaines faites à l'asile, probablement un jour ou deux avant l'arrivée de la fausse Anne Catherick, et d'autres chez Mrs Catherick, à Welmingham, Mrs Clements n'avait plus jamais revu la jeune fille et ne savait pas ce qu'elle était devenue.

7

Quoiqu'il eût établi quelques faits que j'ignorais, le récit de la brave femme ne faisait que confirmer ma conviction que le comte et la comtesse avaient agi seuls dans l'enlèvement d'Anne Catherick. Mais mon but était de découvrir le secret de sir Percival et, à ce sujet, je n'en savais pas plus long. Je voulais que Mrs Clements m'aidât à éclaircir le mystère.

— Je partage bien sincèrement votre chagrin, Mrs Clements, lui dis-je avec douceur. Vous n'auriez pas fait plus pour elle si Anne avait été votre propre enfant.

— Oh ! Monsieur, je n'y ai pas grand mérite, car c'est moi qui l'ai élevée, la pauvre petite... Je n'avais qu'elle au monde... et maintenant je n'ai plus personne !

Et elle se mit à pleurer. Je laissai passer son émotion, puis lui demandai :

— Connaissiez-vous Mrs Catherick avant la naissance d'Anne ?

— J'ai fait sa connaissance quatre mois avant qu'Anne ne vînt au monde. Nous étions voisines et, sans être amies, nous nous voyions beaucoup. Nous habitions alors Old Welmingham.

— Tiens ! Il existe deux endroits du même nom ?

— C'est-à-dire, monsieur, qu'il y a vingt-trois ans, il n'existait qu'une paroisse et un village. Lorsqu'on a bâti la nouvelle ville, on a appelé l'ancienne Old Welmingham pour les distinguer. Il n'y reste plus maintenant que l'église et quelques maisons en ruines.

— Y habitiez-vous avant votre mariage ?

— Non, monsieur, je suis née dans le Norfolk et suis allée habiter Old Welmingham après mon mariage. Mon mari connaissait Catherick avant de se marier. Mrs Catherick était femme de chambre à Varneck Hall, près de Southampton, et, longtemps, elle a dédaigné les avances de Catherick qui était sacristain de notre paroisse. Puis, un beau jour, sans rime ni raison, elle l'accepta. Il l'aimait tellement qu'il l'épousa, mais il fut bien malheureux. Elle n'avait pas de cœur et aimait trop les compliments et les beaux vêtements. Elle se moquait du pauvre Catherick qui était plein de patience. Mais ils étaient à peine depuis quatre mois dans notre voisinage, qu'un scandale éclata et que Catherick surprit sa femme en train de flirter avec un gentleman de passage dans la ville. Il aurait dû donner l'exemple cependant ! Vous le connaissez bien et ma pauvre Anne le détestait.

— Sir Percival Glyde ?

— Oui, sir Percival Glyde.

Je pensai avoir à ce moment la clé du mystère. Comme j'en étais encore loin pourtant !

— Sir Percival habitait les environs, à cette époque ?

— Non, monsieur, nous ne le connaissions pas. Son père venait de mourir à l'étranger. Je me souviens qu'il portait le grand deuil. Il logeait dans une petite auberge près de la rivière, où le poisson est abondant. Au début, nous ne le remarquions pas, car beaucoup d'autres messieurs venaient des quatre coins du pays pêcher dans notre rivière.

— Anne était-elle déjà née ?

— Non, monsieur, nous étions en avril alors et Anne est née en juin, cette année-là.

— Mrs Catherick ne le connaissait pas auparavant ?

— Nous le crûmes d'abord, mais quand le scandale éclata, nous eûmes des doutes. Un beau jour, Catherick découvrit dans un tiroir des mouchoirs en fine dentelle, de belles bagues et une montre en or avec une chaîne. C'étaient des bijoux de grande dame. Sa femme ne voulut pas avouer d'où elle les tenait. Quelques jours plus tard, il trouva celle-ci en conversation secrète avec sir Percival, dans la sacristie de l'église. Il entra en colère et gifla sir Percival qui, à son tour, le rossa d'importance. Les voisins, attirés par les cris, durent les séparer. Le soir même, Catherick s'en alla et ne revint jamais. Quant à sir Percival, on l'entendit se disputer violemment avec Mrs Catherick et, le lendemain, il quitta Old Welmingham. Mrs Catherick resta cependant dans le village, clamant son innocence et défiant tout le monde. Elle soutenait qu'elle avait été victime d'une lamentable erreur et qu'elle n'avait rien à se reprocher. Lorsque la nouvelle ville fut construite, elle alla s'y installer, jouant à la sainte femme. Elle y habite encore.

— Son mari lui verse-t-il une pension ?

— Le brave homme le lui a offert, mais elle a refusé. Comme elle ne possède rien, on suppose que c'est sir Percival qui l'entretient.

Je restai songeur, me demandant si, sous ces apparences, ne se cachait pas autre chose de plus grave qu'une simple erreur de jeunesse. Si sir Percival entretenait Mrs Catherick, pourquoi l'obligeait-il à demeurer dans l'endroit de sa disgrâce ? Il était peu probable en effet qu'elle y restât de son plein gré. Ses protestations d'innocence n'étaient-elles pas justifiées ? Et les entretiens secrets n'avaient-ils pas un tout autre objet que des rendez-vous d'amour ? Qui sait si Percival ne démentait pas le soupçon qui, à tort, pesait sur elle, parce qu'il voulait cacher, de cette façon, une faute grave que lui-même avait commise ? Mrs Catherick s'était mariée pour sauver sa réputation, s'étant certainement méconduite du temps qu'elle était jeune fille, mais rien ne prouvait qu'Anne était l'enfant de sir Percival !

— Anne ressemblait-elle à sir Percival ? demandai-je.

— Oh ! Pas du tout ! Pas plus qu'à sa mère, d'ailleurs !

L'enfant ne ressemblait donc ni à sa mère ni à son père – enfin à celui qu'on pouvait supposer être son père. La ressemblance extérieure, je le savais, n'était pas la seule chose qui comptât, mais il ne fallait pas la négliger complètement. Ne pourrait-on pas parvenir à une certitude, si l'on connaissait certains détails de l'existence de Mrs Catherick et de celle de sir Percival avant leur arrivée à Welmingham ?

— La première fois que l'on a vu sir Percival dans le village, savait-on d'où il venait ? repris-je.

— Non, monsieur. Certains prétendaient qu'il venait de Blackwater Park, d'autres d'Écosse... De fait, personne ne le savait !

— Mrs Catherick était femme de chambre à Varneck Hall avant son mariage ?

— Oui, monsieur.

— Elle était depuis longtemps à Varneck Hall ?

— Depuis trois ou quatre ans, je pense.

— Savez-vous qui était le propriétaire du château à cette époque ?

— Le major Donthorne, monsieur.

— Était-ce un ami de sir Percival, et celui-ci allait-il parfois à Varneck Hall ?

— Je l'ignore, monsieur.

Je notai le nom et l'adresse du major Donthorne, me disant que, s'il vivait encore, il pourrait peut-être, au besoin, me donner des renseignements utiles.

En attendant, je croyais de moins en moins que sir Percival fût le père d'Anne, et j'étais presque convaincu que le secret de ses entrevues avec Mrs Catherick n'avait nul rapport avec le déshonneur dont cette femme avait taché le nom de son mari. Cependant, je poursuivis.

— Vous ne m'avez pas encore dit comment l'enfant, née dans toute cette misère, vous fut confiée ?

— Dès sa naissance, sa mère la détesta comme si le pauvre bébé en était responsable ! Mon cœur s'attendrit et je lui demandai de l'élever. Mrs Catherick fut ravie d'en être débarrassée ; elle me la redemanda rarement.

» Anne avait 11 ans quand sa mère l'emmena dans le Cumberland. C'était une ravissante petite fille, mais elle avait l'esprit un peu lent pour son âge. Lorsqu'elle revint de Limmeridge, mon mari était mort et j'avais décidé de quitter Old Welmingham pour aller habiter Londres. Je demandai à Mrs Catherick de me confier Anne, mais elle refusa avec méchanceté. Son séjour à Limmeridge, semblait-il, l'avait aigrie. Je partis, recommandant à l'enfant de se souvenir de moi, si elle avait un jour du chagrin.

» Des années se passèrent sans que j'entendisse parler d'elle et je la revis pour la première fois la nuit de son évasion de l'asile.

— Pourquoi a-t-elle été enfermée ?

— Je ne sais, à ce propos, que ce qu'Anne elle-même m'a raconté. Elle prétendait que sir Percival avait confié un secret à sa mère et qu'un jour celle-ci le lui avait dit. (Cela se passait longtemps après mon départ du Hampshire). Sir Percival l'apprit, et, aussitôt, il fit interner la pauvre petite. Mais lorsque je lui demandai quel était ce secret, elle n'a pas su me le dire et m'a seulement répondu que sa mère, d'un seul mot, pourrait perdre à jamais sir Percival. Je suis persuadée qu'elle-même ne savait pas de quoi il s'agissait vraiment, sinon elle me l'aurait expliqué.

Cette déclaration ne m'étonnait guère. Je n'avais pas caché à Marian que je me demandais si Laura aurait réellement appris quelque chose d'important le jour où son entretien avec Anne fut interrompu par le comte Fosco, au bord du lac. Il me paraissait assez vraisemblable qu'Anne Catherick, vu son état mental, affirmât connaître le secret, alors qu'elle n'en avait conçu qu'un vague soupçon, à la suite de l'une ou l'autre allusion imprudente que sa mère avait faite devant elle.

La matinée passait. Devinant que la brave femme ne m'apprendrait plus rien d'utile, je me levai en m'excusant de lui avoir posé autant de questions.

— Vous serez toujours le bienvenu, monsieur, pour me parler d'Anne. Mais c'est affreux de ne pas savoir si elle vit ou si elle est morte ! J'aimerais mieux la certitude, même si ce devait être la plus triste ! Sincèrement, monsieur, croyez-vous que Dieu l'a rappelée à Lui ?

— Sincèrement, je crois que ses souffrances en ce monde sont finies, avouai-je doucement.

— Oh ! monsieur ! Comment le savez-vous ? Qui vous l'a dit ?

— Personne ne me l'a dit, Mrs Clements. Mais j'ai

des raisons pour en être certain, et je vous promets de vous les exposer dès que je pourrai le faire sans danger. Je vous assure aussi qu'elle n'est pas morte d'autre chose que de sa maladie de cœur et qu'elle a été bien soignée dans ses derniers moments. Et bientôt vous apprendrez qu'elle repose dans un paisible cimetière de campagne – l'endroit que vous-même auriez choisi pour elle !

— Morte ! Si jeune... Et moi, vieille femme, je m'attarde encore ! soupira-t-elle.

— Je reviendrai vous voir bientôt, lui ai-je dit doucement, car j'ai encore à vous demander quelque chose... mais j'attendrai que vous soyez un peu consolée.

— Non pas..., fit-elle. Je veux vous répondre à tout dès aujourd'hui, monsieur. Qu'est-ce ?

— Eh bien ! Je voudrais connaître l'adresse de Mrs Catherick.

— Seigneur Dieu ! s'écria-t-elle, oubliant tout à coup son chagrin, que voulez-vous aller faire chez cette femme ?

— Je désire connaître l'objet de ses entretiens avec sir Percival Glyde, je veux savoir quel secret les lie et je le demanderai à Mrs Catherick elle-même. Car c'est un secret que vous n'avez jamais soupçonné, ni vous ni les gens de Welmingham.

— Réfléchissez-y à deux fois, avant d'aller chez elle, monsieur, c'est une méchante créature, je vous assure.

— Je vous remercie de votre bonté pour moi, Mrs Clements, mais ma décision est prise, quoi qu'il arrive !

— Alors, monsieur, puisque vous le voulez, voici son adresse, mais pensez encore à ce que je vous ai dit avant de vous y rendre.

Je pris l'adresse et quittai Mrs Clements après lui avoir chaleureusement serré la main.

8

En rentrant chez nous, je fus frappé par les traits changés de Laura. On n'y lisait plus cette douceur ni cette patience qui, jusqu'alors et malgré toutes ses épreuves, ne l'avaient pas abandonnée. Ses petits croquis rejetés au bout de la table, elle restait assise, les yeux baissés, les mains sur les genoux se joignant et se disjoignant sans cesse. Me prenant à part, Marian me dit que, en vain, elle avait essayé, par tous les moyens, de la distraire. Depuis mon départ, elle avait gardé la même attitude.

Je m'approchai d'elle et lui pris doucement les deux mains.

— À quoi pensez-vous, Laura ? Dites-moi, chérie, qu'y a-t-il ?

Elle leva les yeux vers moi avec un air triste.

— Je suis malheureuse, Walter... Je me sens si inutile ! Vous travaillez et Marian vous aide. Moi, je ne suis qu'une charge pour vous deux ! Pourquoi n'y a-t-il rien que je puisse faire ? Vous finirez par aimer Marian plus que moi et vous aurez raison ! Oh ! Que l'on ne me traite plus comme une enfant !

En disant ces mots, elle laissa tomber la tête avec découragement sur mon épaule.

Je pris entre mes mains cette pauvre tête fatiguée et baisai tendrement le joli visage fané.

— À partir d'aujourd'hui, vous allez nous aider, Laura, dis-je en me levant et en allant chercher tous ses objets de peinture que je rangeai devant elle. Vous savez, chérie, que je gagne de l'argent en dessinant. Eh bien ! vous allez en gagner aussi ! Vous avez fait beaucoup de progrès ces derniers temps, aussi allez-vous terminer ces esquisses commencées, j'irai les vendre avec les miennes. Vous garderez tout ce que vous gagnerez et Marian viendra vous demander de l'argent lorsqu'elle en aura besoin, exactement comme elle fait avec moi !

Son visage s'illumina. Son sourire la faisait presque ressembler à la Laura d'antan. Je ne m'étais pas trompé en interprétant le sentiment qu'elle avait éprouvé le jour où elle avait compris que nos occupations nous aidaient à vivre. Elle aussi voulait se rendre utile ! Ses dessins, une fois achevés – ou, du moins, quand elle les considérait comme tels – je les emportais pour les vendre... Mais c'était moi le seul acheteur...

Marian, lorsque je lui fis part de mon projet d'aller à Welmingham, fut, à ce sujet, du même avis que Mrs Clements. Elle se méfiait de Mrs Catherick : pourrais-je gagner sa confiance ? Devait-on absolument avoir recours à elle ? Quand je déclarais que seuls le comte et sir Percival savaient la date exacte du départ de Laura de Blackwater Park, j'oubliais certainement Mrs Rubelle qui devait la connaître, elle aussi. À cela je répondis que Mrs Rubelle, si elle n'avait pas pris part au complot, n'avait pas de raison spéciale de se souvenir de cette date et que, si je cherchais à la rencontrer, je risquais de perdre du temps, et perdre du temps, au point où nous en étions, eût été une grave erreur.

Deux jours plus tard, ayant réglé certaines affaires indispensables, je me mis en route pour Welmingham. Comme mon absence pouvait durer plusieurs jours, nous convînmes, Marian et moi, de nous écrire chaque matin, poste restante.

— Souvenez-vous des cœurs que vous laissez derrière vous, Walter, me dit Marian en me conduisant à la porte. Et, si vous vous trouvez en face de sir Percival, pour l'amour du Ciel, gardez votre sang-froid !

— Ne craignez rien, Marian, je saurai me dominer.

Ce matin-là, je partis avec l'espoir que cette fois mon voyage ne serait pas inutile. Le temps était beau, clair et frais, je me sentais fort et résolu. Le train me déposa à Welmingham en début d'après-midi. En traversant les rues de cette petite ville morose, je me demandai si elle n'aurait pas pu rivaliser avec succès avec des déserts d'Arabie ou avec les ruines de Palestine, tant elle semblait désolée.

L'habitation de Mrs Catherick se trouvait dans un quadrilatère de maisons à un seul étage, au milieu duquel poussait un petit rectangle de gazon, entouré d'un fil de fer. Deux hommes causaient dans un coin tandis qu'un garçonnet promenait au bout d'une ficelle un affreux petit chien. J'entendais au loin comme les exercices laborieux d'un enfant au piano, et, à intervalles réguliers, des coups de marteau. Voilà tout ce qui donnait un peu de vie à cet endroit désert.

Je me dirigeai directement vers la maison de Mrs Catherick, le n° 13, et sonnai. Une servante entre deux âges vint m'ouvrir. Je lui donnai ma carte, la priant de demander à sa maîtresse de me recevoir. Après quelques minutes, elle revint et me demanda l'objet de ma visite.

— C'est au sujet de la fille de Mrs Catherick, répondis-je.

La servante disparut à nouveau puis revint et me pria d'entrer dans le salon. Cette pièce était tapissée d'un papier voyant et meublée à bon marché. Une bible s'étalait au milieu de la table et, près de la fenêtre, ayant à ses côtés un panier à ouvrage, une femme d'un certain âge, vêtue de noir, tricotait paisiblement. Son visage était dur et fermé, les yeux sombres qu'elle leva vers moi avaient un air de défi. Ses joues étaient pleines, ses lèvres exsangues mais sensuelles. C'était Mrs Catherick.

— Vous êtes venu me parler de ma fille ? me demanda-t-elle directement en me montrant un siège.

Je compris que le seul moyen de procéder avec cette femme était de lui répondre sur le même ton.

— Savez-vous que votre fille a disparu ? demandai-je avec brusquerie.

— Oui, je le sais, et alors ?

— Ne craignez-vous pas que sa disparition ait entraîné sa mort ?

— Êtes-vous venu me l'apprendre et en quoi cela vous regarde-t-il ?

Cette question étrange, elle l'avait faite sur un ton parfaitement calme qui touchait à l'indifférence la plus complète.

— J'ai rencontré votre fille la nuit où elle s'est évadée de l'asile et je l'ai aidée de mon mieux !

— C'est le tort que vous avez eu !

— Je suis désolé d'entendre une mère parler de la sorte !

— Sa mère parle cependant ainsi ! Comment savez-vous qu'elle est morte ?

— Je n'ai pas le droit de vous le dire, mais je le sais.

— Avez-vous le droit de me dire par qui vous avez connu mon adresse ?

— Par Mrs Clements.

— C'est une sotte ! Est-ce elle qui vous a envoyé ?

— Non !

— Alors, pourquoi êtes-vous venu ?

— Je suis venu, répondis-je en appuyant sur les mots, parce que je pensais que la mère d'Anne Catherick pourrait désirer savoir si sa fille était morte ou vivante.

— Je comprends ! dit Mrs Catherick, avec plus de calme encore, si cela était possible. Et ensuite ?

Comme j'hésitais, elle poursuivit :

— Si vous avez fini, il me reste à vous remercier de votre visite et à vous dire que je ne vous retiens pas plus longtemps. Je vous serais encore plus reconnaissante de m'avoir apporté ces nouvelles si vous m'expliquiez comment vous les avez apprises. De toute façon, je porterai le deuil. Comme vous voyez, il n'y aura pas de grands changements à ma toilette ! Au revoir, monsieur !

Sa froideur insolente m'exaspéra.

— Je n'ai pas fini, répondis-je brièvement.

— Je m'en doutais !

— Votre fille est morte d'une maladie de cœur et sa mort a donné à deux hommes l'occasion de porter préjudice à une personne qui m'est très chère. L'un de ces hommes est sir Percival Glyde.

— Vraiment ! dit-elle, sans qu'un seul muscle de son visage bougeât.

— Vous vous demandez sans doute comment la mort de votre fille a pu causer un préjudice à quelqu'un ?

— Non ! répondit froidement Mrs Catherick. Je ne me demande rien du tout ; ce sont vos affaires. Si vous vous intéressez aux miennes, moi je ne m'intéresse pas aux vôtres !

— Vous vous demandez cependant pourquoi je vous ai dit cela ! insistai-je.

— Oui, précisément, je me le demande.

— C'est que je suis décidé à exiger des comptes de sir Percival au sujet de l'infamie qu'il a commise.

— Qu'ai-je à voir dans votre décision ?

— Eh bien voilà ! Il y a dans la vie de sir Percival certains événements que je voudrais éclaircir, et, comme vous les connaissez, je suis venu vous demander de m'aider.

— Quels événements ?

— Ceux qui se sont passés à Old Welmingham, avant la naissance de votre fille, alors que votre mari était sacristain de la paroisse.

Je vis que j'avais touché l'endroit sensible, car ses yeux lancèrent des éclairs et ses mains lissèrent sa jupe avec nervosité.

— Que savez-vous de ces événements ? demanda-t-elle brusquement.

— Ce que Mrs Clements m'en a raconté.

Je crus un moment qu'elle allait s'emporter – mais non, elle se maîtrisa, croisa les bras, et eut un sourire sarcastique :

— Je commence à comprendre ! Vous avez un grief personnel contre sir Percival Glyde, et je dois vous aider à vous venger. Je dois vous raconter tout ce qui existe entre lui et moi, n'est-ce pas ? Vous vous êtes immiscé dans mes affaires privées et, croyant avoir affaire à une pauvre femme perdue qui vit dans l'abandon, vous avez espéré qu'elle allait répondre à toutes vos questions par crainte que vous ne la salissiez dans l'opinion publique. Ha ! ha ! Je vois clair dans votre petit jeu... et cela m'amuse !

Riant d'un rire mauvais, elle poursuivit :

— Vous ignorez sans doute que je suis respectée dans cet endroit, monsieur !... Avant de sonner pour qu'on vous jette dehors, je veux que vous sachiez que je suis arrivée ici après avoir été odieusement calomniée. Que, jour après jour, je me suis attachée à prouver mon innocence. J'ai combattu loyalement les gens respectables sur leur propre terrain et, aujourd'hui, plus personne n'oserait dire tout haut du mal de moi. J'ai acquis une situation élevée dans cette ville et le pasteur me salue. Ha ! ha ! Vous ne vous attendiez pas à cela, n'est-ce pas ? Allez à l'église, si vous ne me croyez pas, et vous verrez que Mrs Catherick y a deux places réservées à son nom. Allez à la mairie et vous y verrez mon nom au bas d'une pétition pour le maintien de la moralité. À l'office de dimanche dernier, la femme du médecin n'a donné qu'un shilling à la collecte pour les pauvres, moi, j'ai donné une demi-couronne ! Et le pasteur, en me présentant le plateau, s'est incliné profondément... Regardez cette bible !... Je suis sûre que votre mère n'en possède pas une semblable ! Et croyez-vous que les commerçants respectent votre mère comme ils me respectent ? C'est que je ne leur dois jamais rien et...

À ce moment-là, le pasteur passa devant la fenêtre et, s'inclinant, il salua Mrs Catherick avec déférence.

— Alors ? dit celle-ci en me regardant avec un air de défi. Qu'en pensez-vous ? Et que devient votre petit jeu dans tout cela ?

— Je pense que rien n'est changé, madame, répondis-je avec calme. Je ne discute pas la situation que vous êtes parvenue à acquérir dans cette ville et je ne désire en rien la compromettre. Je suis venu ici parce que sir Percival est votre ennemi autant que le mien, et que, si j'ai un grief contre lui, vous en avez un également. Vous pouvez le nier, m'injurier ou vous fâcher, si bon vous semble, mais s'il existe en Angleterre une femme qui devrait m'aider à écraser cet homme, c'est bien vous !

— Écrasez-le tout seul et revenez me le dire ensuite ! Vous n'avez pas confiance en moi ?

— Non !

— Vous avez peur de sir Percival ! Vraiment ?

Voyant qu'elle perdait son calme, j'insistai :

— Sir Percival occupe une situation élevée dans le

monde ; il ne serait pas étonnant que vous ayez peur de lui. C'est un homme puissant, baronnet, propriétaire d'une grande fortune et descendant d'une grande famille et...

Elle éclata de rire :

— Oui, baronnet, riche et descendant d'une grande famille ! Vous pouvez le dire ! surtout du côté de sa mère...

Je vis que ces ragots lui avaient échappé involontairement.

— Je ne suis pas ici pour discuter des questions de famille, repris-je. Je ne sais rien de la mère de sir Percival.

— Pas plus que vous n'en savez d'ailleurs ?

— N'en soyez pas trop sûre... Je sais beaucoup de choses à son sujet... et j'en soupçonne d'autres !

— Que soupçonnez-vous ?

— Je vais vous dire ce dont je ne le soupçonne pas... c'est d'être le père d'Anne !

Se levant, elle s'élança vers moi comme une furie.

— Comment osez-vous douter du père d'Anne ! cria-t-elle en tremblant de colère.

— Je sais que ce n'est pas cela le secret qui existe entre vous et sir Percival, continuai-je imperturbable. Le mystère qui assombrit la vie de celui-ci n'est pas né avec votre fille et n'est pas mort avec elle !

— Allez-vous-en ! s'écria-t-elle en me montrant la porte.

Mais je continuai :

— Je suis convaincu qu'il n'était question ni d'enfant ni d'amour coupable entre vous deux, lorsque votre mari vous découvrit en tête à tête dans la sacristie !

Sa main qui me désignait la porte tomba immédiatement et son visage se glaça de terreur.

Après un moment de silence, je repris :

— Refusez-vous encore d'avoir confiance en moi ?

— Je refuse ! dit-elle en se raidissant à nouveau.

— M'ordonnez-vous encore de partir ?

— Oui... et ne revenez jamais plus !

Je me dirigeai vers la porte, hésitai un moment avant de l'ouvrir, puis me retournai une dernière fois.

— Si j'ai des nouvelles inattendues à vous communiquer au sujet de sir Percival, puis-je revenir ?

— Je ne désire apprendre aucune nouvelle de lui... excepté l'annonce de sa mort !

Comme j'allais sortir, je vis son regard se poser sur moi d'un air interrogateur... et je sortis de la chambre.

9

Malgré la mauvaise volonté de Mrs Catherick, j'avais fait un grand pas dans mes recherches.

Avant d'être sorti du petit square, j'entendis une porte se fermer avec fracas derrière moi. En me retournant, je vis un petit homme en noir se tenant sur le seuil de la maison voisine. Il passa rapidement devant moi, sans m'adresser la parole ni même lever les yeux vers moi... et pourtant j'avais reconnu l'homme qui était arrivé presque en même temps que moi à Blackwater Park, et qui, ce jour-là, avait essayé de me mettre en colère. Cette fois, les rôles étaient inversés : c'est moi qui le suivais. S'en aperçut-il ? Je ne sais pas. Mais il me conduisit ainsi jusqu'à la gare, où je l'entendis demander un billet pour Blackwater. Avant de revenir sur mes pas, j'attendis d'avoir la certitude que le train l'avait emporté. Il allait sans doute rendre compte de ma visite chez Mrs Catherick à sir Percival, lequel s'était probablement installé à Blackwater Park, afin d'être sur les lieux si je revenais. Avant peu, très vraisemblablement, lui et moi nous nous rencontrerions.

Quel que pût être le résultat de mes efforts, aucune considération, à ce moment-là, ne m'aurait empêché de les mettre à exécution. Les lourdes responsabilités qui, à Londres, m'obligeaient à agir avec une extrême prudence et trop de lenteur (puisqu'il fallait que, pour rien au monde, la retraite de Laura ne fût découverte) n'existaient pas ici, et si je courais certains dangers, moi seul en subirais les conséquences.

Comme la nuit tombait déjà, j'allai à l'hôtel le plus proche pour y retenir une chambre et commander mon dîner, puis j'écrivis à Marian, lui disant que j'avais bon espoir de réussir enfin.

La salle à manger étant déserte, je pus me laisser aller à mes réflexions. Je songeai à mon extraordinaire entrevue avec Mrs Catherick. Décidément, la sacristie de l'église d'Old Welmingham semblait avoir été le point de départ de toute cette histoire. Lorsque Mrs Clements m'avait fait son récit, j'avais déjà trouvé étrange de la part de sir Percival de choisir la sacristie comme lieu de rendez-vous avec la femme du sacristain.

Je m'attendais à ce que l'évocation de ce souvenir troublât ou irritât Mrs Catherick, mais la terreur folle qui s'empara d'elle à ce moment-là me suggérait de nouveaux soupçons. J'avais depuis longtemps la conviction que le secret de sir Percival touchait à un crime que Mrs Catherick connaissait. Aujourd'hui, j'avais la certitude qu'elle était complice et que le forfait s'était accompli dans la sacristie.

Mais quelle était la nature de ce crime ?

Je me souvenais du rire sarcastique de Mrs Catherick au sujet de la famille de sir Percival, « surtout du côté de sa mère ! »

Que voulait-elle dire ?... Il y avait une alternative : ou la femme de sir Felix était de basse extraction, ou elle s'était méconduite !

Pour être fixé sur le premier point, il fallait que je consulte le registre des mariages, afin de connaître en premier lieu son nom de jeune fille. Et si elle s'était méconduite, de quelle nature était sa faute ? Peut-être, me demandai-je soudain, n'avait-elle pas été mariée à sir Felix ? Le registre des mariages me renseignerait sur ce point également.

Le lendemain matin, le ciel était sombre. Laissant ma valise à l'hôtel, je me dirigeai à pied vers l'église d'Old Welmingham, paroisse la plus proche de l'endroit où avait autrefois habité sir Felix Glyde.

Après avoir parcouru deux bonnes lieues, j'aperçus l'église perchée sur une hauteur. C'était une antique bâtisse, flanquée de deux lourds arcs-boutants et surmontée d'une tour carrée. La sacristie, bâtie en annexe, était de la même époque que l'église. Quelques vieilles maisons en ruines s'éparpillaient aux alentours, occupées par de très pauvres gens. Le spectacle, quoique désolé, était moins lugubre que celui de la nouvelle ville, car de-ci de-là, on apercevait des champs labourés et les arbres, quoique dénudés, rendaient moins triste la monotonie du paysage et faisaient déjà songer aux beaux jours de l'été.

Tandis que je déambulais parmi les vieilles maisons afin de savoir où trouver le sacristain, je vis deux hommes surgir de derrière un mur. Ils me suivirent à une distance respectable : c'étaient mes espions ; l'un était de ceux qui m'avaient suivi à Londres lorsque j'étais sorti de l'étude de Mr Kyrle ; l'autre m'était inconnu. Je l'avais deviné : sir Percival avait été averti de mes recherches, et il s'en alarmait. J'étais donc sur le bon chemin !

Apostrophant un ouvrier qui travaillait dans un des rares potagers, je lui demandai l'adresse du bedeau. Il m'indiqua une petite maison à l'extrémité du village presque abandonné.

Je trouvai le bedeau prêt à sortir. C'était un homme âgé, bon enfant et bavard qui, je m'en aperçus bientôt, avait une piètre opinion de son village et se sentait supérieur à ses voisins, car il connaissait Londres.

— Vous avez de la chance de me trouver chez moi, monsieur, j'allais justement partir pour l'église où ma charge m'appelle, me dit-il en endossant son manteau et en fermant soigneusement sa porte à clé. Je suis obligé de tout verrouiller, car ma femme est au cimetière et mes enfants sont tous mariés... Quel triste endroit, n'est-ce pas, monsieur. Mais la paroisse, il est vrai, est importante... Vous êtes de Londres, je suppose ?... J'y ai vécu, il y a quelques vingt-cinq ans au moins. Quelles sont les nouvelles de la capitale, monsieur ?

Bavardant de la sorte, il me conduisit à la sacristie après que je lui eus expliqué le but de ma visite. Je regardai autour de moi, mais personne ne me suivait à ce moment-là. La porte du vieux bâtiment était en chêne épais, renforcée de gros clous. Le brave homme eut toutes les peines du monde à l'ouvrir, la serrure étant usée.

— Je m'excuse de vous faire entrer par ce côté-ci, monsieur, mais la porte de la sacristie qui donne dans l'église est fermée par l'intérieur.

La pièce était plus spacieuse que je ne l'avais cru en la voyant de l'extérieur. Elle était sombre et humide avec un plafond bas à chevrons de chêne. De grosses armoires en bois, rongées par les vers, étaient adossées aux murs et, dans un coin, pendaient des surplis qui ressemblaient à des suicidés. Sur le plancher se trouvaient trois caisses entrouvertes derrière lesquelles on voyait un amas de vieux papiers, les uns roulés comme des plans d'architecture, les autres en tas comme des papiers d'affaires. Cette pièce devait avoir été éclairée autrefois par une fenêtre de côté, que l'on avait murée et remplacée par une lucarne dans le toit. L'air y était oppressant et humide. La seconde porte donnant dans l'église était faite également de chêne massif et solidement verrouillée.

— Ce n'est pas très en ordre, me dit mon compagnon, mais que voulez-vous, monsieur, nous manquons de place. Voyez ces caisses ! Depuis un an, elles sont prêtes à partir pour Londres. Elles contiennent de vieilles sculptures en bois, représentant les douze apôtres, qui proviennent de la chaire. Elles sont complètement détériorées et mangées par les vers et devaient être restaurées.

— Et pourquoi ne les a-t-on pas envoyés ?

— Parce que, au dernier moment, l'argent a manqué et que, à Londres, personne ne s'occupe de notre paroisse.

L'impatience que j'avais de voir le registre me disposait peu à encourager le brave homme à bavarder davantage, aussi lui demandai-je d'avoir l'obligeance de me montrer le volume en question.

— Ah oui, le registre des mariages ! Oui, oui ! Quelle année, monsieur ?

— Je voudrais consulter d'abord l'année 1804.

Il saisit un trousseau de clés et se mit en devoir d'ouvrir une des armoires, dont il sortit un volumineux registre relié en cuir brun d'aspect crasseux. Le délabrement de l'endroit où étaient conservées toutes ces archives me frappa. La porte de la vieille armoire était crevassée et vermoulue ; la serrure, fort petite, était d'un modèle courant. J'aurais pu la forcer aisément au moyen de ma canne. J'en fis la remarque au sacristain.

— C'est curieux, monsieur ! me dit-il. C'est exactement ce que disait mon vieux maître il y a des années et des années, quand il était avocat en même temps que secrétaire du conseil de fabrique de cette église. C'était un homme singulier et plein de cœur. Trouvant comme vous l'endroit peu sûr, il tenait une copie exacte du registre, et la gardait dans son étude à Knowlesbury. Je l'ai souvent vu arriver sur son poney blanc, afin de contrôler lui-même les enregistrements qu'on lui envoyait. « Mais on pourrait toucher à ce registre sans que nous le sachions ! disait-il toujours. Pourquoi ne l'enferme-t-on pas dans un coffre-fort ? Heureusement que je suis là ! Le jour où le registre aura disparu, on me saura gré d'en avoir tenu une copie ! » Voyons ! Quelle année disiez-vous, monsieur ?... 1800 combien ?...

— 1804 !

Le vieux sacristain, mettant ses lunettes, tourna les pages du registre en mouillant copieusement son pouce toutes les trois pages.

— Voilà ! dit-il enfin, pointant l'année demandée.

Comme j'ignorais la date de naissance de sir Percival, je commençai par le mois de janvier.

Le livre était tenu à la manière ancienne, chaque enregistrement étant séparé du précédent par une ligne.

Je parcourus toute l'année 1804 sans rien trouver. Je commençai alors en 1803, par la fin. Décembre, novembre, octobre et septembre. Au début d'une page, je vis l'annonce de deux frères mariés le même jour, puis au bas de la page précédente, en lignes serrées, l'enregistrement du mariage de sir Felix Glyde avec

Cecilia Jane Elster de Park View Cottages, Knowlesbury, fille unique de feu Patrick Eleter Esq., originaire de Bath. Je notai soigneusement ces lignes dans mon carnet, non sans éprouver un réel découragement. Le fameux secret de sir Percival, que j'avais cru enfin éclaircir ici, me paraissait plus que jamais impénétrable ! L'annonce était parfaitement régulière.

Alors que signifiait l'allusion de miss Catherick à la mère de sir Percival ?

Comme je refermais le registre, le bedeau me demanda si j'avais trouvé ce que je cherchais.

— Oui, mais je voudrais avoir encore quelques renseignements. Dites-moi, le clergyman en fonction à ce moment-là vit-il encore ?

— Oh ! non, monsieur, il est mort trois ans avant mon arrivée ici. Maintenant, c'est le fils de mon vieux maître, Mr Wansborough, dont je vous parlais tout à l'heure, qui est secrétaire du conseil de fabrique.

— Il habite aussi Knowlesbury ?

— Oui, monsieur, comme son père.

— Et il est avocat également ?

— Évidemment, monsieur ! Il a repris l'étude de son père dans High Street.

— À quelle distance est-ce d'ici ?

— Oh ! C'est fort loin d'ici, monsieur ! Au moins 5 lieues ! s'écria-t-il.

Comme tous les gens de la campagne, il exagérait les distances quand il connaissait les difficultés du chemin.

La matinée n'étant pas encore très avancée, rien ne m'empêchait de faire cette promenade. Je glissai un petit pourboire dans la main du bedeau qui se confondit en remerciements, et je le quittai. Méfiant, je regardai derrière moi, sur la route, et j'aperçus à nouveau mes deux espions, accompagnés cette fois de l'homme en noir que j'avais, la veille, suivi jusqu'à la gare. Bientôt ils se séparèrent, l'homme en noir partant seul vers Welmingham, les deux autres restant ensemble, attendant évidemment de pouvoir me suivre. Je me mis en route sans me préoccuper d'eux. Leur présence dans cet endroit perdu, bien loin de m'irriter, me rendait de l'espoir : il devait y avoir dans le registre des mariages quelque chose d'anormal qui m'avait échappé !

10

Je marchais rapidement, suivi de loin par mes deux espions qui parfois accéléraient le pas, puis s'arrêtaient pour échanger quelques mots, puis se remettaient à me suivre à distance. Vraisemblablement, ils hésitaient entre différents moyens d'exécuter les ordres reçus et je doutais de pouvoir atteindre Knowlesbury sans incident.

En effet, je venais de m'engager dans une partie un peu plus solitaire de la route quand leurs pas se rapprochèrent à nouveau. Avant d'avoir eu le temps de me retourner, je fus violemment bousculé et ripostai avec vigueur. Mon agresseur appela aussitôt à l'aide et le second arriva en hâte à la rescousse. M'empoignant par le bras, il déclara vouloir porter plainte contre moi pour voies de fait. Je le priai de me lâcher le bras tout d'abord et acceptai de les accompagner jusqu'à la justice de paix de Knowlesbury. Leur but évident était de paralyser mes mouvements afin de permettre à sir Percival d'agir.

Ils déposèrent leur plainte à l'hôtel de ville, avec les exagérations et mensonges d'usage. Le juge, un homme au caractère grincheux, demanda si je n'avais aucun témoin, sinon, comme étranger à la commune, je ne pouvais obtenir ma liberté que sous caution. La prochaine audience n'ayant lieu que trois jours plus tard, il serait obligé de me garder en attendant.

J'étais au comble de l'indignation et du désespoir quand, tout à coup, je me souvins que le Dr Dawson n'habitait pas loin de Knowlesbury. Je lui écrivis, lui rappelant la visite que je lui avais faite et la lettre d'introduction que m'avait donnée Marian ; je le priai de me sortir de la situation difficile dans laquelle je me trouvais. On me permit d'envoyer un messager à Oak Lodge, il revint 2 heures après, ramenant le bon docteur muni de la caution nécessaire. Je fus immédiatement libéré.

Mr Dawson m'invita à retourner chez lui, mais je lui expliquai que mon temps ne m'appartenait pas et lui promis de venir le voir bientôt pour le remercier et le mettre au courant de certaines choses. Mais ma situation présente ne me permettait pas encore de lui en parler.

Je me dirigeai rapidement vers l'étude de Mr Wansborough, High Street. Je n'avais plus une minute à perdre, car sir Percival saurait, le soir même, que j'étais en liberté. Les paroles du vieux sacristain m'étaient restées en mémoire, et j'avais décidé non seulement de prendre des informations sur la mère de sir Percival et sa famille, mais encore de consulter si possible la copie du registre tenu autrefois par Mr Wansborough père. Mr Wansborough fils était un homme jovial et accueillant, ressemblant bien plus à un hobereau qu'à un avocat. Ma requête sembla fort l'amuser et il émit le regret que son père ne fût plus en vie, pour avoir la joie de constater que sa copie n'avait pas été inutile. Il envoya tout de suite l'un de ses clercs quérir le précieux volume.

« Mais comment avais-je appris l'existence de cette copie ? » Je répondis évasivement à cette question. Au point où en étaient mes recherches, je n'aurais pas su être prudent, et Mr Wansborough ne devait pas encore savoir que j'avais examiné le registre original. Je lui dis donc que je recherchais des documents de famille, que c'était urgent, et qu'un coup d'œil au duplicata me suffirait pour l'instant.

Celui-ci était identique à l'original de la sacristie, mais plus propre.

Mes mains tremblaient et j'avais la tête en feu lorsque je l'ouvris. À la première page, je lus ces mots :

« Copie exacte du registre des mariages de l'église paroissiale d'Old Welmingham, exécutée sous mes ordres et contrôlée, déclaration par déclaration, sur l'original. Signé : Robert Wansborough, secrétaire du conseil de fabrique. 1er janvier 1800 — 13 juin 1815.

Immédiatement, je cherchai septembre 1803 et, au début d'une page, je trouvai, comme dans l'autre registre, l'annonce des deux frères mariés le même jour. Je tournai précipitamment la page précédente et, au bas de celle-ci... je vis un blanc... Pas de trace du mariage de sir Felix avec Cecilia Jane Elster !... Mon cœur battit violemment... Je regardai à nouveau, tournant la page. Rien ! Entre le mariage des deux frères et un autre mariage se trouvant à la fin de l'autre page, il n'y avait qu'un petit espace blanc, rien d'autre.

L'histoire était claire ! En 1827, lors de son séjour à Old Welmingham, sir Percival était parvenu, par un stratagème encore inconnu, à faire enregistrer le faux mariage de ses parents dans le registre officiel.

Ma tête tournait et je dus me retenir au bureau pour ne pas tomber.

J'avais soupçonné sir Percival d'être le père d'Anne ou peut-être son mari... mais l'idée qu'il n'était pas sir Percival Glyde, qu'il n'avait droit ni au titre de baron ni à la propriété de Blackwater Park ne m'avait jamais même effleuré l'esprit.

La bassesse de cette escroquerie, l'audace de ce crime me surpassaient ! Quand on connaissait la vérité, comment s'étonner de l'impatience dont le misérable faisait preuve à tout instant, de ses mouvements de colère succédant à des actes d'abjecte duplicité, de la terreur qui l'avait poussé à faire interner Anne Catherick et, plus tard, à consentir à ce complot contre sa femme, tout simplement parce qu'il les soupçonnait l'une et l'autre de connaître son secret ! Autrefois, la découverte de son forfait lui eût valu la pendaison et, de nos jours, la peine de la transportation. Je n'avais qu'un mot à dire, et rang, fortune, honneur lui seraient enlevés, faisant de lui un paria, sans nom, sans argent, sans ami ! Son avenir dépendait de moi, et il le savait !

Cette dernière pensée me rendit plus résolu que jamais à atteindre mon but, mais plus que jamais aussi, la prudence s'imposait. Dans la position dangereuse où il se trouvait alors, sir Percival, pour agir contre moi et se sauver, lui, ne reculerait devant aucune nouvelle vilenie, devant aucun nouveau crime.

Je réfléchis un instant. Il fallait à tout prix mettre en sécurité le registre original de la sacristie, avant que sir Percival ne parvînt à le faire disparaître. Il fallait pouvoir le comparer à la copie de Mr Wansborough père.

Je n'avais plus qu'un désir : retourner au plus vite à Old Welmingham.

Le sang bouillonnait dans mes veines lorsque, après

avoir réglé mes honoraires, je sortis de chez Mr Wansborough. Il commençait déjà à faire noir et, comme je supposais que j'allais être de nouveau suivi, j'achetai un solide gourdin avant de partir.

Il tombait une désagréable pluie fine. Par prudence, je gardai le milieu de la route.

Arrivé aux trois quarts de mon chemin, trois hommes sortirent brusquement de derrière un fourré. L'un d'eux me donna un coup de canne qui m'atteignit à l'épaule, sans grand mal. Je ripostai par un vigoureux coup de gourdin sur le crâne de mon agresseur, qui s'effondra en bousculant ses deux compagnons qui arrivaient à la rescousse. Sans attendre mon reste, je me mis à courir à toutes jambes, poursuivi par eux. Ils étaient bons coureurs et, au bout de quelques minutes, je m'aperçus que je ne gagnais pas de terrain. La course était périlleuse dans cette obscurité, car le moindre obstacle m'eût fait tomber, me mettant à leur merci. Sur terrain plat, nous restâmes à même distance, mais lorsque vint une montée, ils perdirent du terrain. J'accélérai le pas tant que je pus pour profiter de mon avantage et, lorsque je les eus suffisamment distancés, j'avisai une barrière donnant sur un champ et, l'enjambant, je m'aplatis sur le sol.

Je les entendis passer au galop. M'orientant grâce au vent et à la pluie, je traversai tout le champ, puis d'autres encore, et atteignis enfin une des extrémités du village, où je vis une maison dont une fenêtre était éclairée. J'allai frapper à la porte. Un homme vint m'ouvrir, une bougie à la main. Je me trouvais en face du bedeau ! Dès qu'il fut remis de sa surprise, il me demanda d'un air bourru si j'avais pris les clés.

— Quelles clés ? Que voulez-vous dire ? demandai-je étonné. Je reviens de Knowlesbury à l'instant même.

— Les clés de la sacristie ! Que faire, mon Dieu ?

On me les a volées pendant mon absence ! Regardez, la fenêtre est ouverte. Quelqu'un est entré !

À ce moment-là, un courant d'air éteignit la bougie.

— Allez vite chercher une autre lumière, m'écriai-je, et allons ensemble à l'église... vite... vite !...

La perfidie que j'avais toutes les raisons de craindre était sans doute en train de s'accomplir, me faisant perdre tout l'avantage que j'avais si péniblement acquis. Mon impatience était telle que, sans attendre le retour du sacristain, je m'élançai sur la route.

Je n'avais pas fait dix pas que je rencontrai un homme venant dans l'autre sens :

— Je vous demande pardon, sir Percival..., commença-t-il d'un ton respectueux.

— Vous faites erreur, mon ami, interrompis-je. Je ne suis pas sir Percival.

— Oh ! excusez-moi, monsieur ! Mon maître m'avait dit de l'attendre ici.

Ce disant, il retourna lentement sur ses pas. Je vis alors le sacristain arriver avec la lanterne et, lui prenant le bras, je l'aidai à marcher plus vite.

— Qui est-ce ? me demanda-t-il comme nous dépassions l'homme qui, à la lueur de la lanterne, me parut être un domestique. Ne saurait-il rien au sujet de mes clés ?

— Nous verrons tout à l'heure, repris-je, entraînant le bedeau. Allons d'abord à la sacristie.

Comme nous approchions de l'église, un gamin s'avança vers le sacristain.

— Dites, monsieur, vous savez qu'il y a quelqu'un qui s'est promené dans l'église tout à l'heure ? J'ai entendu ouvrir la porte et gratter une allumette.

Le bedeau s'appuya sur moi en tremblant.

— Allons ! Allons ! Nous n'arriverons pas trop tard

pour attraper le voleur. Gardez la lanterne et suivez-moi aussi vite que possible.

En disant ces mots, je montai précipitamment le monticule qui mène à l'église. Comme je contournais celle-ci, je vis la tabatière de la sacristie brillamment éclairée, tandis qu'une curieuse odeur arrivait jusqu'à moi. En approchant, j'entendis des craquements à l'intérieur. La lueur grandissait à vue d'œil. La vitre se fendit et je m'élançai vers la porte... La sacristie était en feu !

J'entendis un cri de terreur et une voix d'homme qui, de l'intérieur, appelait à l'aide, tandis qu'une main fébrile essayait en vain de faire tourner la clé dans la serrure.

— Mon Dieu ! C'est mon maître ! s'écria le domestique, tombant à genoux sur le sol.

Je m'aperçus seulement alors qu'il m'avait suivi.

Comme le sacristain, traversant le cimetière à son tour, nous rejoignait, on entendit des efforts désespérés pour ouvrir la porte... Puis ce fut le silence.

— Que Dieu ait son âme ! dit le bedeau. Il va mourir carbonisé ; il a faussé la serrure !

Tel un fou, je m'élançai vers la porte, oubliant les crimes de sir Percival pour ne songer qu'à l'être humain qui allait mourir d'une mort affreuse.

— Essayez l'autre porte, pour l'amour du Ciel ! criai-je hors de moi.

À l'intérieur de la sacristie, on n'entendait plus que les craquements du bois qui flambait et le crépitement des flammes.

Le domestique était pétrifié d'horreur, et le sacristain, assis sur une tombe non loin de là, gémissait en tremblant. Il n'y avait rien à espérer d'eux.

J'empoignai cependant le domestique et, le mettant

contre le mur, je lui ordonnai de se courber afin que je pusse monter sur son dos et ainsi atteindre le toit.

En un clin d'œil, je fus au-dessus et brisai les vitres de la tabatière, afin de donner de l'air au malheureux asphyxié. Mais, au lieu de faire entrer l'air, j'activai les flammes qui se jetèrent avec fureur vers l'ouverture.

Quelques instants après, j'étais entouré de fumée. Je voyais le visage terrifié du domestique et le sacristain levant les bras au ciel, dans un geste de désespoir. Je vis les gens du village qui étaient accourus en hâte, horrifiés du spectacle, et je songeai en frissonnant à l'homme qui, à l'intérieur, mourait dans d'atroces tortures.

Je redescendis et me dirigeai vers le sacristain.

— Donnez-moi la clé de l'église, je vais essayer par l'autre côté, lui criai-je.

— Inutile, monsieur, la clé de l'église se trouve dans le même trousseau que celle de la sacristie. Oh ! monsieur, depuis tout ce temps, croyez-moi, il est réduit en cendres.

— On aura certainement vu l'incendie du village et la pompe de la ville ne tardera pas à arriver, dit quelqu'un dans la foule.

J'appelai cet homme qui paraissait moins obtus que les autres et lui expliquai que, avant l'arrivée de la pompe, il se passerait encore un quart d'heure et que si le malheureux n'était qu'évanoui, il y aurait peut-être encore une chance de le sauver en enfonçant la porte. L'homme acquiesça.

— Avez-vous une pioche, une hache, une scie ou une corde ? demandai-je aux paysans en passant entre eux avec ma lanterne. Je donne cinq shillings à tous ceux qui m'aident !

Ces paroles furent magiques pour ces pauvres gens affamés et misérables.

— Que quelqu'un m'accompagne au village pour aller chercher une poutre dans une maison en ruines.

Aussitôt, nous courûmes vers la première maison abandonnée. Avec de grandes difficultés, nous parvînmes à en enlever une d'un plafond. Munis de notre outil, nous nous dirigeâmes vers la porte extérieure de la sacristie. Une... deux... trois !... Une... deux... trois !... La porte vacilla sur ses gonds. Une... deux... trois !... Et patatras elle tomba vers l'intérieur avec fracas. Il se fit un profond silence. Personne ne respirait plus, tant l'horreur de la situation avait envahi chacun. Où était le cadavre ?

La chaleur du brasier nous fit reculer.

— Où est mon maître ? demanda le domestique épouvanté.

— Réduit en cendres depuis longtemps, répondit le sacristain d'une voix lugubre, avec tous les registres et tous les papiers et... bientôt l'église va être attaquée également.

À ce moment, on entendit un galop de chevaux. La pompe à incendie arrivait enfin !

— Sauvez l'église ! cria le vieux sacristain. Sauvez l'église !

Tandis que la machine était mise en action, je restai le regard fixé sur la bâtisse en flammes, épuisé, incapable de faire encore un mouvement.

Peu à peu, le feu fut maîtrisé. Les pompiers et les policemen pénétrèrent dans la sacristie, puis deux hommes en sortirent et allèrent chercher une vieille porte dans une maison en ruines. La foule était haletante et l'on entendait des phrases murmurées à mi-voix :

— L'ont-ils trouvé ?... Oui !... Où ?... Près de la porte... Quelle porte ?... Celle qui donne dans l'église ; il était la face contre terre !... Son visage est-il brûlé ?

Non ! Seulement écorché... Qui était-ce ? Un lord, je crois !... Non, un baronnet plutôt !... Que faisait-il dans la sacristie ?... Rien de bon pour sûr !... A-t-il mis le feu exprès ?... Sait-on qui c'est ?... Son domestique est là, mais il est frappé de stupeur, alors la police ne le croit pas.

— Où est le gentleman qui a voulu sauver la victime ? demanda une voix autoritaire.

— Ici, monsieur, ici ! s'exclamèrent des voix en me désignant.

— Voudriez-vous me suivre, monsieur, s'il vous plaît ? dit le personnage en me prenant par le bras.

Je le suivis dans la sacristie. J'aurais voulu lui expliquer que je n'avais jamais vu la victime, qu'il me serait donc impossible de l'identifier. Mais je fus incapable de prononcer un mot.

— Reconnaissez-vous cet homme ? me demanda-t-il en abaissant sa lanterne.

Les gens autour de moi me regardaient d'un air interrogateur.

— Pouvez-vous l'identifier, monsieur ? répéta la même voix.

Lentement, mes yeux descendirent vers le sol, où gisait une longue forme enveloppée dans un manteau de pluie, et, dépassant d'une des extrémités de ce manteau, sous la lumière jaunâtre de la lanterne, je vis pour la première et dernière fois le visage de sir Percival Glyde rigide dans la mort.

11

L'enquête qui eut lieu dès le lendemain fut longue, car il y avait trois questions importantes à résoudre : la cause de l'incendie, le vol des clés et la présence de cet étranger dans la sacristie au moment du sinistre.

Mon témoignage fut bref. Je déclarai ne pas connaître la victime et ignorer sa présence à Old Welmingham. Si j'avais essayé de le sauver, c'était par pure charité, rien de plus.

Maintenant que le registre était réduit en cendres et que je n'avais plus aucune preuve contre sir Percival, il fallait renoncer à dévoiler son crime.

J'avais la conviction qu'il avait simplement voulu arracher du registre la page accusatrice et que, par inadvertance, il avait mis le feu à un des nombreux objets inflammables contenus dans la sacristie. Sans doute avait-il essayé de l'éteindre seul mais, n'y parvenant pas, il s'était précipité vers la porte pour l'ouvrir. La clé tournant mal dans la serrure usée, il fut asphyxié avant d'arriver à ses fins.

L'enquête fut remise au lendemain ; personne n'ayant pu expliquer la cause mystérieuse de l'accident, on attendait l'arrivée de l'avocat du défunt.

Je retournai à l'hôtel, harassé de corps et d'esprit, et montai m'enfermer dans ma chambre, afin de me reposer en songeant à Laura et à Marian. Le lendemain matin, je me dirigeai vers Old Welmingham, pour revoir à la lumière du jour l'endroit du tragique événement.

Quel spectacle différent m'offrit le cimetière !

De vieilles planches avaient été clouées contre l'entrée de la sacristie et portaient déjà de grossières caricatures. Les enfants du village se disputaient pour savoir qui y trouverait la meilleure brèche pour regarder à l'intérieur.

À la place où, terrifié, j'avais entendu les cris d'appel désespérés sortant de la sacristie en flammes, des poules picoraient calmement, cherchant les vers de terre sortis du terrain détrempé.

En quittant ce lieu où sir Percival avait connu la plus horrible des morts, je compris, mieux encore que je ne l'avais fait depuis deux jours, qu'il avait détruit en même temps ma seule chance d'établir l'identité de Laura.

Et pourtant, s'il avait vécu, la situation eût-elle été en rien changée ? Aurais-je pu me servir de ma découverte, sachant que le crime initial de cet homme avait été d'usurper les droits d'autrui ? Aurais-je pu conclure un marché avec le faussaire : lui promettre de me taire à la condition qu'il fît l'aveu du complot ourdi contre sa femme ? Assurément non ! Car mon silence aurait frustré l'héritier véritable des biens et du nom ! À ce moment-là, j'étais résolu à affronter tout obstacle qui me séparait de l'être que j'aimais le plus au monde.

Je repris le chemin de Welmingham, l'esprit un peu calmé après ces réflexions.

En passant devant la demeure de Mrs Catherick, je fus tenté d'entrer, mais je me dis que les journaux du matin lui avaient appris la nouvelle et je rentrai à l'hôtel.

Comme je me trouvais dans la salle à manger, quelques heures plus tard, le garçon me remit une lettre qu'avait apportée pour moi une dame inconnue, au moment où la nuit tombait. J'ouvris la lettre ; elle ne portait ni date ni signature et l'écriture était contrefaite. À peine eus-je parcouru quelques lignes que je me rendis compte qu'elle venait de Mrs Catherick. Elle disait :

« Monsieur,

» Vous n'êtes pas revenu comme vous me l'aviez annoncé... peu importe ! Je connais la nouvelle. Avez-vous remarqué comme je vous ai regardé quand vous m'avez quittée l'autre jour ? Je me demandais si son heure avait enfin sonné et si vous étiez l'instrument désigné par le destin pour l'abattre.

» J'ai appris que vous fûtes assez faible pour essayer de le sauver. Si vous y aviez réussi, je vous aurais considéré comme mon ennemi, mais ayant échoué, vous êtes devenu mon ami. Vous m'avez vengée, malgré vous, de vingt-trois années de souffrance et je vous en remercie.

» Je dois quelque chose à l'homme qui a fait cela. Si j'étais encore jeune et jolie, je vous aurais dit : "Venez et embrassez-moi, si vous voulez", et vous auriez accepté. Mais je ne suis plus qu'une vieille femme et, pour vous remercier et payer ma dette envers vous, je puis du moins satisfaire votre curiosité, car, malgré votre perspicacité, vous n'êtes pas arrivé à connaître toutes mes affaires privées.

» Par gratitude, je vais vous les dire, mon jeune ami.

» Vous n'étiez encore qu'un garçonnet, je suppose, lorsqu'en 1827 j'habitais Old Welmingham. J'étais une jolie jeune femme et avais pour mari un vieil imbécile. J'eus l'honneur de faire la connaissance d'un beau gentleman dont il est inutile de citer le nom, puisque vous le connaissez comme moi ; et du reste, son nom ne lui appartenait pas : cela également, à présent, vous le savez aussi bien que moi. J'avais des goûts de femme du monde et, comme je lui plaisais, il les encouragea en me faisant des cadeaux. Aucune femme ne résiste à cela, n'est-ce pas ? Mais, comme tout homme, il désirait quelque chose en échange. C'était peu de chose à mon avis. Il me demandait de lui confier la clé de la sacristie et celle de l'armoire, un jour que mon mari serait absent. Je lui posai des questions ; naturellement, il me répondit par un mensonge. C'était peine perdue : je ne le crus pas. Mais j'aimais les cadeaux qu'il me faisait et j'en désirais davantage. J'accédai donc à sa requête. À son insu, je l'observai et le vis inscrire la fausse annonce du mariage de ses parents dans le registre. Je n'étais pas spécialement scrupuleuse pour ce genre de choses, quand elles ne me concernaient pas directement. Je me doutais bien que ce n'était pas très correct, mais je ne m'en préoccupai guère, surtout qu'en récompense je reçus une superbe montre en or avec une chaîne. Si j'avais connu l'importance de son crime et comment la loi le punissait, je n'aurais pas agi de la sorte. Mais j'étais ignorante alors... et j'aimais tant les bijoux ! La seule condition que je posai, c'était qu'il me ferait ses confidences. Il accepta, mais ne tint pas parole, et c'est à force de le questionner que j'appris ce qu'il voulait me cacher. Vous voyez que j'étais aussi curieuse que vous.

» À la mort de sa mère, il ignorait encore tout de la situation de ses parents. Ce ne fut qu'alors que son père lui avoua la vérité, en promettant de faire ce qu'il pourrait pour lui. Il mourut sans avoir rien fait, pas même de testament. Le fils, alors, agit seul. Arrivé en Angleterre, il prit possession de la propriété de son père. Personne n'était là pour s'y opposer ; ses parents avaient toujours vécu comme s'ils étaient mariés, et nul ne se doutait de rien. Le seul héritier légal, un cousin éloigné toujours en voyage, ne revendiqua jamais ses droits.

» Il put prendre facilement possession du nom et de la propriété, mais pour hypothéquer celle-ci, il devait produire un certificat de naissance et un certificat de mariage de ses parents. Il obtint aisément le premier à l'étranger, où il était né, et c'est pour avoir le second qu'il vint à Old Welmingham.

» Une seule considération mise à part, il eût pu tout aussi bien aller à Knowlesbury. Sa mère, à l'époque où elle avait rencontré sir Felix, vivait à Knowlesbury sous son nom de jeune fille ; en réalité, elle s'était mariée en Irlande, et son mari l'avait maltraitée, puis il était parti avec une autre femme. C'est la raison que donna sir Felix à son fils pour lui expliquer pourquoi il n'avait pu épouser sa compagne. Pourquoi le fils ne choisit-il pas le registre des mariages de l'église de Knowlesbury pour y faire le faux en question, puisqu'il eût été vraisemblable que son père et sa mère se fussent mariés dans cette paroisse ? Parce que le clergyman qui la desservait en 1803 (année où, d'après l'acte de naissance du fils, le mariage des parents aurait dû avoir lieu) vivait encore en 1827. Tandis qu'à Old Welmingham, pareil danger n'existait pas, le clergyman en fonction au début du siècle étant mort depuis quelques années. D'ailleurs, comme sir Felix avait vécu plusieurs années dans un cottage au bord de la rivière, non loin du village, il n'y aurait rien eu d'étonnant non plus à ce qu'il se fût marié ici. Il vivait très retiré et, le clergyman étant mort, qui donc aurait pu affirmer, étant donné que le couple recherchait en tout la solitude, que le mariage n'avait pas été célébré dans la plus stricte intimité à l'église d'Old Welmingham ?

» Mais je vous étonnerai peut-être en vous disant qu'il ne pensa d'abord pas du tout à falsifier le registre. Son intention première était d'arracher et de détruire le feuillet se rapportant à l'année et au mois voulus, puis d'aller à Londres demander à ses avocats de lui rédiger un certificat de mariage au nom de son père, en se référant à la date du feuillet manquant.

» Toutefois, lorsqu'il ouvrit le registre, il vit, au bas

d'une des pages de l'année 1803, un espace laissé en blanc, sans doute parce que la place avait manqué pour y insérer entièrement une annonce de mariage, laquelle avait été écrite au début de la page suivante. Aussitôt, il entrevit une possibilité qu'il n'avait jamais espérée ! Vous savez ce qu'il en fit. L'espace blanc, pour correspondre exactement à son acte de naissance, aurait dû se trouver dans la partie se rapportant au mois de juillet, et non pas au mois de septembre. Si on lui faisait un jour des difficultés à ce sujet, la réponse serait simple : il se ferait passer pour un enfant né à sept mois.

» Je fus assez folle pour avoir pitié de lui, ce qu'il escomptait d'ailleurs, lorsque, bien obligé de répondre à mes questions répétées, il me raconta sa triste histoire. Je me disais que si ses parents ne s'étaient pas mariés, il n'en était pas responsable, et que, du reste, les circonstances seules avaient empêché ses parents de régulariser leur union... C'est ainsi que je le laissai faire de sa mère une honnête femme ! Toute personne plus scrupuleuse que moi, et qui n'aurait pas tant aimé les bijoux, lui aurait trouvé des excuses ! J'ai encore la montre et la chaîne : elles sont admirables...

» Il est inutile que je vous redise le scandale qui éclata ensuite et comment j'en fus l'innocente victime. Qu'il me suffise de vous raconter la façon dont ce monsieur agit envers moi par la suite. Il refusa catégoriquement de me défendre contre l'odieuse calomnie, puisque précisément, prétendait-il, elle écartait tout risque que la vérité fût découverte. Comme je protestais, indignée, déclarant que je saurais me défendre moi-même en dévoilant tout, il me répondit avec calme que, si je le perdais, il me perdrait avec lui. Froidement, il me démontra que j'étais sa complice, que la loi punissait sans pitié non seulement le coupable mais aussi ceux qui l'avaient aidé à accomplir son crime. J'étais épouvantée par son ignoble cynisme et lui vouai depuis ce jour une haine à mort. Mais que pouvais-je faire ? Il me calma par des présents, me promit une pension assez élevée, prix de mon silence. Dans mon propre intérêt, disait-il, aussi bien que dans le sien, je ne quitterais jamais Welmingham sans lui en demander la permission. Dans mon village, aucune femme respectable ne m'inviterait à prendre le thé dans l'espoir de me faire parler et, d'autre part, tant que j'étais à Welmingham, il savait toujours où me trouver.

» Je ne pouvais que m'incliner, d'autant plus que j'attendais un bébé, que mon idiot de mari était parti, et que la pension que ce monsieur m'offrait devait me permettre de m'installer beaucoup mieux que la plupart de mes voisines qui levaient les yeux au ciel en me voyant. J'avais une plus belle maison qu'elles, et de plus beaux tapis. La Vertu, chez nous, portait des robes de coton, j'avais des robes de soie.

» J'acceptai ses conditions, oui, mais je résolus d'en tirer le meilleur parti possible, et vous avez pu constater vous-même que j'y ai réussi. Comment j'ai pu garder son secret et le mien... pendant toutes ces années et comment Anne apprit que j'avais un secret ? Par reconnaissance, je vais vous expliquer. Mais excusez-moi, Mr Hartright, si je vous avoue que je ne comprends pas pourquoi vous vous êtes intéressé à ma fille. Elle était anormale et ne fut pour moi qu'une cause de désagréments continuels, qu'il vous suffise de savoir que j'observai les termes de l'accord et que je jouis largement de mes revenus.

» Chaque fois que je désirais me déplacer, je demandais l'autorisation à mon “seigneur et maître”, qui me la refusait rarement. Connaissant mon caractère, il se rendait compte que si je me taisais, c'était plus pour moi que pour lui, de sorte qu'il me ménageait.

» Une de mes absences les plus longues eut lieu à l'époque où ma sœur tomba malade. J'allai la soigner, à Limmeridge. On disait qu'elle avait mis de l'argent de côté, et je trouvais qu'il me fallait veiller à mes intérêts, là aussi, au cas où ma pension me serait supprimée un jour, pour une raison ou une autre. Ce fut d'ailleurs peine perdue : à la mort de ma sœur, je n'eus rien, parce qu'il n'y avait rien à avoir.

» J'avais emmené Anne à Limmeridge, car, à ce moment, l'influence qu'exerçait Mrs Clements sur la petite me déplaisait. Je n'ai jamais aimé Mrs Clements... Ne sachant que faire de ma fille pendant que je soignais ma sœur, je la mis à l'école à Limmeridge. La dame du château – Mrs Fairlie, une femme fort laide qui avait réussi à se faire épouser par le plus bel homme d'Angleterre – me donna une douce joie lorsque je vis qu'elle prenait Anne en amitié ! Mais le résultat fut que la petite, choyée, gâtée à Limmeridge House, n'apprit rien à l'école. Entre autres caprices, elle prit là-bas l'habitude de s'habiller tout en blanc. Je ne l'entendais pas ainsi, moi qui déteste le blanc ! Aussi, une fois rentrées chez nous, je fis tout pour lui faire sortir cette sottise de la tête.

» Le croirait-on ? Anne refusa de m'obéir. Comme tous les simples d'esprit, lorsqu'elle a décidé quelque chose, elle est entêtée comme une mule. Nous nous disputâmes, et Mrs Clements, craignant les scènes, me proposa d'emmener Anne à Londres, où elle-même allait s'installer. J'aurais accepté si je n'avais su qu'elle encourageait ma fille à s'habiller en blanc, mais cela étant, je dis non, encore non et toujours non !

» Anne resta donc chez moi, et c'est à cause de cela, en somme, que tout est arrivé au sujet du secret.

» J'étais installée depuis quelques années déjà dans la nouvelle ville et je commençais à y être honorablement considérée ; le fait que ma fille vivait avec moi m'était favorable. La fantaisie obstinée d'Anne de s'habiller toujours en blanc avait suscité la sympathie des voisines, aussi avais-je fini par céder, et le temps arriva bientôt où j'obtins deux places réservées à l'église. Depuis ce jour-là, le pasteur me salue.

» Menant cette paisible existence, il me prit un jour l'envie de changer d'air pour quelque temps. J'en demandai la permission à ce "gentleman de haute lignée". Il me répondit avec une grossièreté où l'on sentait la grande famille dont il descendait, refusant d'accéder à ma requête. J'en fus tellement indignée que, devant ma fille, je le traitai de "vil imposteur, que je pouvais ruiner d'un seul mot en divulguant son secret..."

» Je fus arrêtée net dans mon accès de colère par le regard d'Anne qui était levé sur moi avec curiosité. Je la priai vivement de sortir, afin de me permettre de reprendre mon sang-froid. J'étais terrifiée d'avoir laissé échapper ces paroles, car Anne était plus étrange que jamais, et la pensée qu'elle pourrait répéter les mots entendus, en y joignant le nom de l'homme auquel je les destinais, me glaçait jusqu'aux os.

» Le lendemain, il vint me voir sans s'annoncer, et je compris tout de suite à son air aimable qu'il venait tenter de se faire pardonner la grossièreté de sa lettre. Apercevant ma fille dans le salon, il lui ordonna de sortir.

» – Allez-vous-en et laissez-nous causer, lui dit-il d'un ton bref.

» – Parlez-moi d'abord poliment, lui répondit celle-ci avec calme.

» – Éloignez cette idiote, dit-il en s'adressant à moi.

» Anne avait toujours eu une certaine fierté. Aussi s'élança-t-elle vers lui, folle de rage, avant que je ne puisse intervenir.

» – Demandez-moi pardon tout de suite ou gare à vous ! cria-t-elle. Je vous ruinerai en divulguant votre secret !

» Il devint livide, tandis que j'empoignais Anne et la poussais vers la porte.

» Je suis une femme trop respectable pour vous répéter les mots qu'il employa lorsqu'il eut repris son sang-froid. Étant membre de la congrégation de la paroisse, je ne puis m'abaisser à de tels propos. Dites-vous cependant qu'il vociféra, hurla, jura comme le pire des rustres d'Angleterre.

» Vous connaissez sa réaction. Il décida de placer Anne dans un institut pour folles.

» J'eus beau protester, il ne voulut pas m'entendre. Je lui dis que la petite n'avait fait que répéter, sans les comprendre, les mots qui m'avaient échappé dans un mouvement de colère ; qu'elle ne savait absolument rien ; qu'en le voyant s'emporter, elle avait simplement cherché à l'irriter davantage encore en lui faisant croire ce qui n'était pas, je lui rappelai enfin qu'elle avait souvent de ces bizarreries – tout fut inutile ! Il était certain, disait-il, que j'avais trahi le secret.

» Devant sa décision irrévocable, je fis mon devoir de mère.

» – Je veux que ce soit un institut privé, lui dis-je sur un ton ferme. N'oubliez pas que j'ai des sentiments maternels et que je dois veiller à ma bonne réputation dans le village. Si vous voulez faire interner Anne, il faut que ce soit dans un institut privé, un établissement que les gens honorables choisiraient pour des personnes de leur famille.

» C'est pour moi un réconfort de me dire que j'ai

fait mon devoir à ce moment-là. Quoique je n'eusse jamais eu un amour exagéré pour ma pauvre enfant, je voulais qu'elle fût dignement traitée.

» Ayant eu gain de cause et considérant les nombreuses facilités qu'offrait une institution privée, je dois reconnaître qu'il y avait certains avantages à faire interner la petite. D'abord, elle était très bien soignée et traitée véritablement comme une jeune fille de la bonne société – ce que je ne manquai pas de dire dans le village. Ensuite, elle n'était plus à Welmingham, où elle aurait pu faire naître des soupçons en répétant mes imprudentes paroles.

» Mais depuis ce fameux jour, elle avait conçu une haine féroce pour ce monsieur. Elle avait juré de se venger à la première occasion. Cependant, je vous certifie sur l'honneur qu'elle ne connut jamais le secret.

» Voilà ! Je crois avoir satisfait votre curiosité. Je vous ai dit de ma fille et de moi-même tout ce qui peut vous intéresser. J'ajouterai que je dus recopier un brouillon de lettre pour répondre à une certaine miss Halcombe qui demandait quelques détails au sujet de l'internement de ma fille, et qui avait dû entendre plus d'un mensonge de la bouche d'une personne habituée à mentir.

» Je ne veux pas fermer ma lettre sans vous adresser un reproche. L'allusion que vous avez faite l'autre jour au père d'Anne m'a fort offensée, elle n'est pas digne d'un gentleman. Si nous devons encore nous rencontrer, souvenez-vous, je vous prie, que je n'admets point qu'on touche à ma réputation ni à la moralité des habitants de Welmingham, d'autant plus que, je vous l'affirme, sur ce point, vous n'en saurez jamais davantage en ce monde.

» Peut-être souhaiterez-vous m'envoyer une lettre d'excuses ? Je la recevrai avec plaisir, monsieur. Et si, ensuite, vous désirez me faire une seconde visite, je consentirai à vous recevoir. Ma situation me permet seulement de vous inviter à prendre le thé, non pas qu'elle soit changée en rien par les événements récents : je vous l'ai dit, je n'ai jamais rien dû aux commerçants au bout de l'année et j'ai suffisamment épargné, ces derniers vingt ans, pour avoir, jusqu'à la fin de mes jours, une existence confortable. Je n'ai pas l'intention de quitter Welmingham, car quelques projets me retiennent ici. Le clergyman me salue, vous l'avez vu vous-même. Il vient de se marier avec une personne qui n'a pas cette politesse. Je vais me faire membre d'une des sociétés religieuses, et la femme du pasteur sera obligée de me saluer.

» Si vous venez me voir, monsieur, je vous demanderai de ne plus parler que de sujets généraux. Toute allusion à cette lettre serait inutile – je suis décidée à ne jamais reconnaître que je l'ai écrite. Les preuves ont été détruites par le feu, je le sais, mais on n'est jamais assez prudent, n'est-ce pas ?

» C'est pourquoi je ne signe pas ; j'ai déguisé mon écriture et je vous ferai parvenir moi-même ce pli : personne ne saura d'où il vient. Ces précautions ne peuvent en rien vous blesser, puisqu'elles ne concernent pas les choses dont je vous ai informé afin de vous témoigner ma sympathie toute particulière.

» Je prends le thé à 5 h 30, et mes toasts beurrés n'attendent pas.

L'HISTOIRE REPRISE PAR WALTER HARTRIGHT

1

Mon premier mouvement, après avoir lu la missive de Mrs Catherick, fut de la déchirer, mais après réflexion, je la gardai – non à cause de sir Percival, car à son sujet, la lettre ne faisait que confirmer mes suppositions ; entre autres choses, j'étais persuadé, et je le note maintenant en passant, qu'il ne s'était jamais douté de l'existence d'une copie du registre des mariages. Je la gardai, parce qu'elle pouvait me servir à découvrir finalement qui était le père d'Anne.

Le lendemain, dernier jour que je devais passer dans le Hampshire, je me rendis, comme je l'avais fait chaque matin, à la poste, où une lettre de Marian m'attendait régulièrement. Cette fois, elle était brève :

« Revenez aussi vite que possible, m'écrivait Marian. J'ai été obligée de déménager ; vous nous trouverez à Gower's Walk, n° 5, Fulham. Ne vous alarmez pas, nous allons très bien toutes deux ; mais revenez. »

Le papier froissé dans la main, je restai bouleversé, car je soupçonnais une nouvelle machination du comte Fosco... Qu'avait-il inventé en mon absence ?... Et dire que j'étais ici dans l'impossibilité de partir, puisque je devais me tenir à la disposition de la justice !

L'après-midi, l'enquête recommença avec sa lenteur habituelle ; je dus maîtriser mon impatience, mais pas une fois, à cette seconde séance, on ne demanda mon témoignage. Mr Merriman, l'avocat-conseil de feu sir Percival, était arrivé de Londres. Il déclara seulement que son étonnement était égal à son émotion, et qu'il ne savait rien qui pût éclaircir cette mystérieuse affaire. Il suggéra bien certaines questions que posa le coroner, mais ce fut sans résultat. Après trois heures de délibération, le jury conclut à une mort par accident. On ajouta à l'acte que l'on n'avait pas su prouver comment les clés avaient été volées, comment l'incendie s'était déclaré, ni dans quel but la victime s'était introduite dans la sacristie. La séance fut levée.

Je courus régler ma note à l'hôtel, et je demandai un fiacre pour me conduire à Knowlesbury. Un monsieur, qui se trouvait au bureau en même temps que moi, me déclara devoir faire le même chemin et me proposa de prendre place dans sa voiture : ce que j'acceptai tout de suite.

Ce monsieur était un ami de Mr Merriman. Il m'apprit que les embarras d'argent de sir Percival Glyde étaient de notoriété publique, qu'il était mort sans testament et que, d'ailleurs, il ne laissait aucune fortune personnelle ; celle qu'il avait eue de sa femme avait été engloutie par les créanciers. L'héritier de la propriété était le fils du cousin germain de sir Felix Glyde, officier de la marine marchande.

Quoique j'eusse l'esprit préoccupé par la pensée d'atteindre Londres au plus tôt, les informations de mon compagnon m'intéressèrent au plus haut point. Elles me confortaient dans mon intention de ne pas divulguer la fraude de sir Percival, cette divulgation ne pouvant plus servir à rien.

Arrivé à Knowlesbury, je me précipitai à l'hôtel de ville où, personne n'ayant déposé contre moi, je fus définitivement libéré.

Une demi-heure plus tard, l'express m'emportait vers Londres.

2

Il était près de 10 heures du soir quand j'atteignis Fulham. Laura et Marian m'attendaient avec impatience, et nos retrouvailles furent délicieuses. Le visage de Marian trahissait la fatigue et l'anxiété qu'elle avait supportées seule comme d'habitude. Comme un sourire heureux illuminait les traits de Laura, je compris qu'elle ignorait tout du drame de Welmingham et de la raison véritable pour laquelle Marian avait quitté notre ancien logis.

Le petit déménagement, que Marian lui avait présenté comme une surprise à me faire, semblait l'avoir sortie de sa torpeur. Elle me raconta avec volubilité combien les bords du fleuve, les arbres et les champs étaient plus attrayants que l'horrible rue populeuse de Londres.

Elle avait de nombreux projets d'avenir quant aux dessins qu'elle voulait terminer, de manière à les vendre. Le changement que je découvrais en elle, je le devais au courage et à l'abnégation de Marian. Laura nous ayant quitté un moment, je lui en exprimai ma profonde gratitude. Mais elle m'interrompit :

— Je m'excuse de vous avoir écrit si brièvement, Walter, mais il ne me restait qu'un instant avant le départ du courrier. Je crains de vous avoir alarmé, cher ami.

— De prime abord, oui, Marian, mais l'entière confiance que j'ai en vous m'a rassuré. Je suppose que le comte Fosco a de nouveau fait des siennes ?

— Exactement ! Je l'ai vu et je lui ai parlé !

— Comment cela ! Connaissait-il notre adresse ?

— Oui, il la connaissait ! J'étais dans le salon avec Laura. En passant devant la fenêtre, je vis de l'autre côté de la rue le comte qui parlait avec un homme que je reconnus comme étant le directeur de l'asile. Afin de ne pas être aperçue, je les surveillai cachée par le rideau. Heureusement, Laura était occupée à dessiner et ne me regardait pas : sinon, qu'aurait-elle lu sur mon visage ? Au bout d'un moment, je vis qu'ils se séparaient. Le comte prit alors son portefeuille, en tira une carte sur laquelle il écrivit quelques mots, et, traversant la rue, il se dirigea vers notre maison. Je prétextai un mouchoir oublié à l'étage, et, sortant précipitamment de la chambre, je descendis au rez-de-chaussée, décidée à ne pas laisser monter le comte, coûte que coûte. Il n'essaya même pas. La servante du magasin vint à ma rencontre dans l'escalier et me remit son carton sur lequel je lus ces mots : « Chère mademoiselle, je vous implore de m'accorder une minute. J'ai à vous entretenir de choses importantes pour nous deux. » Je voulais voir mon ennemi en face, et non l'éviter ! – Priez ce monsieur d'attendre ; je le rejoins dans un instant, dis-je à la servante. Puis je remontai chercher mon chapeau, car je ne désirais pas que notre conversation eût lieu dans la maison ; Laura aurait pu entendre et reconnaître sa voix. En moins d'une minute, j'étais dans le corridor, et tandis que j'ouvrais la porte donnant sur la rue, le comte sortait du magasin.

Il portait le grand deuil. En me voyant arriver, il s'approcha de moi avec sa galanterie coutumière et avec son sourire faux, qui me rappelèrent les mauvais jours de Blackwater Park.

D'une voix mielleuse, il me débita des insolences aimables qui me donnèrent une envie folle de le gifler. En me maîtrisant de mon mieux, je l'éloignai de la maison pour que sa voix ne parvînt pas aux oreilles de Laura, puis lui demandai froidement ce qu'il désirait.

Il me demanda d'abord si je ne voyais pas d'objection à ce qu'il m'exprimât ses sentiments, mais je refusai net. Il me répéta alors l'avertissement qu'il m'avait donné une fois et m'expliqua que sir Percival avait voulu agir à sa guise et avait trouvé la mort parce qu'il n'avait pas suivi les conseils de son ami. Il me dit qu'ayant découvert notre retraite il n'en avait tiré aucun avantage d'abord, mais que, par la suite, ayant appris la disparition de sir Percival, il avait craint que vous ne vous retourniez contre lui. C'est alors qu'il décida d'indiquer au directeur de l'asile l'endroit où se trouvait Laura, persuadé de vous créer ainsi des difficultés avec la justice et vous empêcher d'agir comme vous l'auriez voulu. Dans ce but, il vint jusqu'ici, accompagné de ce dernier. Arrivé devant notre maison, il songea au chagrin qu'il allait me causer en m'enlevant à nouveau Laura, et au risque que j'aurais couru si l'on m'avait interrogée sur la manière dont elle avait disparu de l'asile, et son amour pour moi fut le plus fort. Il se tut !... Tandis qu'il me parlait, Walter, ses yeux étaient humides et ses lèvres tremblaient. C'est affreux de devoir le reconnaître, mais cet homme abominable paraissait sincère... Il me demanda seulement de ne pas oublier le sacrifice qu'il avait fait pour moi.

— Je crois qu'il a dit vrai, Marian... Le plus grand criminel est capable de beaux sentiments. Toutefois, ne cherche-t-il pas simplement à vous effrayer alors qu'en réalité il ne peut pas faire grand-chose ? En quoi le directeur de l'asile pourrait-il l'aider, maintenant que sir Percival est mort et que Mrs Catherick est libre de parler ? Mais qu'a-t-il dit au juste de moi ?

— « Prévenez Mr Hartright, m'a-t-il dit de sa voix la plus dure, qu'il a devant lui un homme de tête qui ne craint pas la justice. Si mon ami regretté avait suivi mes avis au lieu de s'entêter, c'est le cadavre de Mr Hartright et non celui de sir Percival Glyde qui aurait fait l'objet d'une enquête. Je porte son deuil dans mes vêtements comme dans mon cœur, et si Mr Hartright a le malheur de vouloir troubler mon chagrin, qu'il prenne garde ! Qu'il se contente du résultat auquel il est arrivé : je le laisse vivre ainsi par amour pour vous ! Dites-lui en tout cas que, s'il m'attaque, je l'abattrai sans pitié... » Et, me saluant cérémonieusement, il disparut.

» Je retournai alors en hâte auprès de Laura, ayant déjà décidé, dans mon for intérieur, de précipiter notre départ.

» Comme plusieurs fois déjà vous aviez parlé de votre intention d'habiter un quartier plus calme et plus sain, j'expliquai à Laura que j'avais décidé de vous faire une surprise ; elle commença à emballer avec joie, trouvant l'idée merveilleuse et c'est elle qui a installé votre nouvel atelier.

— Comment avez-vous pensé à venir ici ?

— Je ne connais pas beaucoup Londres, en effet ! Mais, enfant, j'ai été élève dans un pensionnat de Fulham. Aussi ai-je envoyé un messager à ce pensionnat qui existe encore, et ce sont les filles de l'ancienne directrice qui, d'après la lettre qu'on leur remit de ma part, ont trouvé ce logement ; nous arrivâmes ici à la tombée de la nuit, sans avoir été remarquées. J'espère avoir bien agi, Walter, et avoir justifié la confiance que vous avez en moi.

Je la rassurai avec reconnaissance, mais une expression d'anxiété couvait encore dans son regard lorsqu'elle me demanda ce que je comptais faire, après l'avertissement du comte Fosco.

— Il n'y a pas très longtemps, Marian, j'ai déclaré à Mr Kyrle que je ferais rouvrir à Laura la maison de son oncle en présence de tous ceux qui ont assisté à ses prétendues funérailles, que l'épitaphe mensongère serait effacée de la pierre par le chef de famille et que les deux coupables devraient me répondre de leur crime, si la justice ne les punissait pas. L'un de ces hommes a payé... l'autre vit encore. Ma résolution demeure la même.

Ses yeux s'éclairèrent, son visage s'empourpra, mais elle ne dit rien et je continuai :

— Je ne conteste pas que mon projet soit audacieux et que les risques que nous avons courus jusqu'à présent soient minimes en comparaison de ceux qui nous menacent encore. Malgré cela, nous devons agir. Je ne suis pas assez téméraire pour me mesurer avec un homme tel que le comte Fosco sans être prêt. Je saurai attendre mon heure. En attendant, il vaut mieux qu'il s'imagine que je suis son conseil. Il existe d'ailleurs une autre raison pour moi de patienter : ma position envers vous et envers Laura doit être fortifiée avant que je ne risque ma dernière chance.

Marian me regarda avec surprise :

— Comment pourrait-elle être plus solide, Walter ?

— Je vous le dirai, répondis-je, au moment opportun, encore que ce moment ne puisse jamais arriver. De toute façon, il faut attendre. Mais il est un sujet plus actuel. Vous n'avez pas parlé à Laura de la mort de son mari, n'est-ce pas ?

— Oh ! Walter, nous ne lui en parlerons pas avant longtemps, je suppose...

— Erreur, Marian ! Mieux vaut lui dire la vérité dès maintenant que de risquer qu'elle l'apprenne par hasard un jour ou l'autre. Commencez doucement, ne lui donnez aucun détail, mais dites-lui que sir Percival est mort.

— Vous avez une autre raison encore, Walter, pour désirer qu'elle apprenne la mort de son mari !

— C'est vrai, Marian.

— Une raison intimement liée à ce dont vous ne me parlerez qu'au moment opportun ?

Je lui répondis encore par l'affirmative. Elle pâlit en me regardant tristement. Ses lèvres tremblaient.

— Je crois que je comprends, Walter, murmura-t-elle. Il faut que je lui dise la vérité, et pour elle et pour vous.

Elle soupira profondément, me serra la main, puis quitta la chambre.

Le lendemain, Laura savait qu'elle était libre et que plus rien ne la rattachait à son horrible passé. Marian et moi l'entourâmes de plus de tendresse et de soins que jamais, et le nom de sir Percival ne fut plus prononcé entre nous.

Je repris mon travail avec acharnement. Non seulement notre nouvel appartement, plus confortable que le premier, était plus coûteux aussi, mais l'avenir nous réservait peut-être des surprises qui épuiseraient notre petit capital : dans ce cas mon travail seul nous aiderait à vivre. Je devais donc chercher des occupations supplémentaires, compatibles avec mon métier.

Cependant, je continuais discrètement mes investigations. Une chose de la plus grande importance pour moi était de savoir si le comte Fosco avait l'intention de rester en Angleterre. J'appris qu'il habitait toujours St John's Wood et venait de signer un nouveau bail de 6 mois.

Je retournai chez Mrs Clements, comme je le lui avais promis, afin de la mettre au courant des détails de la mort et de l'enterrement d'Anne Catherick sur lesquels j'avais dû me taire, par prudence, lors de ma première visite. On devine bien ce que fut cet entretien ; mais je dirai pourtant qu'il raviva ma curiosité au sujet du père d'Anne.

Pas mal d'idées s'étaient présentées à mon esprit – idées apparemment insignifiantes, mais qui, reliées les unes aux autres, m'avaient amené à une conclusion que je désirais vérifier. J'obtins de Marian l'autorisation d'écrire en son nom au major Donthorne, à Varneck Hall, sous prétexte de lui demander quelques renseignements sur la famille de miss Halcombe. À vrai dire, au moment où j'écrivis ma lettre, j'ignorais si le major Donthorne vivait encore...

Deux jours après, j'eus la preuve qu'il vivait encore, car je reçus de lui une réponse fort aimable. Reprenant une à une les questions que je lui avais posées, il m'apprenait que feu sir Percival n'avait jamais mis les pieds à Varneck Hall, et qu'il ne le connaissait pas ; mais que feu Philip Fairlie avait été dans sa jeunesse un de ses amis intimes et un habitué de la maison. Le dernier séjour qu'il y avait fait avant son mariage datait du mois d'août 1826 ; il y resta même pour les chasses jusqu'au début d'octobre. Après quoi, il partit pour l'Écosse où il séjourna quelque temps.

D'après le récit de Mrs Clements, c'était à cette époque précisément que Mrs Catherick, encore jeune fille, se trouvait en service à Varneck Hall comme femme de chambre. Mr Philip Fairlie était connu pour être un fort joli garçon assez léger. Anne naquit en juin 1827 et ressemblait d'une façon frappante à Laura ! La conclusion n'était pas difficile à tirer.

Un point de la lettre de Mrs Catherick prenait maintenant son entière signification, tout en me confirmant ce dont je m'étais douté. Mrs Catherick avait dit que « Mrs Fairlie était une femme fort laide qui avait réussi à se faire épouser par le plus bel homme d'Angleterre ». Assertions aussi fausses l'une que l'autre, d'ailleurs, mais qui traduisaient clairement – et d'une manière peu raffinée, certes – la jalousie de la mère d'Anne.

Quant à Mrs Fairlie elle-même, avait-elle jamais soupçonné qui était le père de la petite fille qu'elle avait tant choyée à Limmeridge ? Que l'on se souvienne de la lettre qu'elle écrivit à cette époque à son mari – la lettre dans laquelle elle parle de la ressemblance frappante entre Laura et Anne, et de son affection pour cette dernière, et l'on se rendra compte qu'elle ignorait la vérité. On peut même se demander si Mr Philip Fairlie en savait plus que sa femme. Les circonstances dans lesquelles Mrs Catherick s'était mariée, la raison même pour laquelle elle avait accepté ce mariage, l'obligeaient à se taire, aussi bien peut-être par fierté que par prudence, même si elle avait pu correspondre avec celui dont elle attendait un enfant.

Tandis que je me laissais aller à ces réflexions, les redoutables paroles de l'Écriture me revinrent en mémoire : « Les fautes des parents retomberont sur les enfants. » Sans la ressemblance qui existait entre ces deux enfants nées du même père, le complot dont Anne avait été l'instrument innocent et Laura, l'innocente victime, n'eût jamais pu être ourdi !

Je me souvenais de ma première rencontre avec la « Dame en blanc » et de la façon étrange dont je l'avais revue pour la dernière fois, près de la tombe de Mrs Fairlie. Je revoyais ses pauvres mains crispées sur la croix de marbre blanc, tandis qu'elle murmurait : « Oh ! si je pouvais mourir et aller me reposer près de vous, Mrs Fairlie ! »

Un an à peine s'était écoulé depuis ce vœu tragique, et comme il avait été terriblement exaucé !

Ainsi avait disparu le fantôme habillé de blanc qui hanta ma vie.

Comme une ombre, elle m'était apparue dans la solitude de la nuit ; comme une ombre, elle s'était évanouie dans la solitude de la mort !

3

Quatre mois passèrent. Avril revint, ramenant avec lui le printemps. Mon travail était devenu plus régulier, ma situation pécuniaire plus stable. Débarrassée des soucis qui l'avaient éprouvée, Marian avait retrouvé son enjouement et son énergie d'autrefois. Quant à Laura, l'existence nouvelle qu'elle menait lui faisait plus de bien de jour en jour ; l'expression calme et limpide reparaissait peu à peu dans ses beaux yeux bleus. Sa mémoire cependant restait défectueuse pour tout ce qui se plaçait entre son départ de Blackwater Park et notre rencontre au cimetière de Limmeridge. À chaque allusion faite à cette tragique période de sa vie, son visage se décomposait, et elle se mettait à trembler en articulant des paroles incompréhensibles.

À part cela, elle ressemblait à la Laura des jours heureux. Avec le rappel du passé, nos chers souvenirs renaissaient insensiblement, nous rendant plus réservés l'un envers l'autre. Les mots tendres que je lui disais si naturellement quand elle était malade s'évanouissaient sur mes lèvres, et je n'osais plus l'embrasser lorsque je lui disais le bonsoir. Nos mains tremblaient lorsqu'elles se touchaient et nos yeux avaient peur de se rencontrer.

À une autre femme, j'aurais dit depuis longtemps les paroles décisives que j'hésitais à prononcer devant elle. Je me rendais compte cependant que cette contrainte ne pouvait plus se prolonger, que notre situation devait se régler rapidement dans un sens ou dans l'autre. Mais les habitudes que nous avions déjà prises à vivre ensemble, eût-on dit, me paralysaient ; il me semblait qu'un changement d'air et de milieu faciliterait les choses. Aussi déclarai-je un beau matin que nous avions bien mérité des petites vacances : je proposai d'aller passer quinze jours au bord de la mer.

Le lendemain, nous partions tous les trois pour un coin tranquille sur la côte méridionale. La saison n'étant guère avancée, nous fûmes les seuls vacanciers de l'endroit. Les falaises, la plage et les promenades n'appartenaient qu'à nous ! La température était douce, la vue sur les collines et les bois, où se jouait la lumière capricieuse d'avril, était superbe et la mer, sous nos fenêtres, s'élançait joyeusement, comme poussée, elle aussi, par le premier aiguillon du printemps.

Je voulus consulter notre chère Marian avant de parler à Laura. Mais elle me prévint, devinant ma pensée.

— J'ai réfléchi à ce que vous m'avez dit en revenant du Hampshire, me dit-elle un jour que nous nous trouvions seuls. Vous avez raison, Walter, la situation actuelle ne peut durer plus longtemps. Les jours d'autrefois semblent être revenus, mon ami. Vous et moi sommes de nouveau ensemble et l'objet de nos pensées est encore une fois Laura. Nous pourrions nous imaginer que cette chambre est le pavillon d'été de Limmeridge House et que cette plage est notre plage !

— En ce temps-là, Marian, vous m'avez conseillé, vous m'avez guidé... Ne voulez-vous pas le faire encore aujourd'hui ?

Sans me répondre, elle me serra affectueusement la main, tandis que nos regards contemplaient la splendeur du soleil miroitant sur les vagues.

— Quel que soit le résultat de notre conversation, repris-je enfin, un peu ému, qu'il soit heureux ou... malheureux pour moi, Marian, les intérêts de Laura resteront toujours le seul but de ma vie. Lorsque nous quitterons cet endroit enchanteur, je suis décidé à aller trouver le comte Fosco pour lui arracher la confession que je n'ai pu obtenir de son complice. J'ignore comment se terminera notre entrevue, car vous savez qu'il est capable de tout, sans remords et sans hésitation. Or, dans la situation présente, je n'ai devant la loi aucun droit de défendre et de protéger Laura. C'est un grand désavantage pour moi. Si je veux lutter avec succès contre le comte Fosco, c'est pour ma femme que je dois combattre ! C'est bien votre sentiment, Marian ?

— Absolument, Walter.

— Je ne veux pas parler de mon amour pour Laura ; il a résisté à toutes les épreuves, vous le savez. Mais je justifierai mon droit à combattre pour elle si je suis son mari, je le répète. Si l'aveu du comte est notre dernière chance d'établir l'identité de Laura, la raison que j'ai de vouloir l'épouser n'est pas si égoïste... Si, évidemment, elle pouvait se rappeler toute la tragédie de son internement, nous pourrions essayer d'aller à Limmeridge et la faire reconnaître par ceux qui l'ont reniée. Mais cela nous obligerait à faire un long et pénible procès, et je suis persuadé que Laura ne le supporterait pas, étant incapable de plaider sa propre cause puisque la mémoire lui fait défaut pour toute cette période. Qu'en pensez-vous, Marian ?

— Je suis tout à fait de votre avis, Walter, mais qu'espérez-vous de votre visite au comte Fosco ?

— C'est notre seule chance de découvrir la date exacte du voyage à Londres de Laura et de prouver, comme je vous l'ai déjà dit, qu'il y a contradiction entre la date de ce voyage et la date du certificat de décès. C'est le point faible du complot. Or, seul le comte peut nous le dévoiler. Si je réussis, le but de ma vie sera atteint, Marian, sinon... le tort fait à Laura ne pourra jamais être réparé en ce monde.

— Craignez-vous d'échouer, Walter ?

— Je ne suis pas sûr du succès et c'est pour cela que je vous parle avec tant de franchise. Je sais que Laura n'a plus de fortune et que la seule chance de lui rendre son nom se trouve entre les mains d'un homme qui est à présent inattaquable et qui peut le rester, si bon lui semble. Comme elle ne peut espérer de l'avenir que ce que son mari lui offrira, le pauvre maître de dessin ose enfin lui ouvrir son cœur ! Aux beaux jours de la prospérité, je fus le professeur qui lui guida la main... C'est cette main-là, Marian, que je vous demande aujourd'hui.

— Walter, pour votre bien à tous deux, je vous ai séparés un jour, répondit-elle en me mettant la main sur l'épaule. Aujourd'hui, je vous donne Laura.

Et, s'approchant de moi, elle m'embrassa sur le front.

— Je vais la chercher, continua-t-elle vivement. Vous le lui direz vous-même.

Elle sortit tandis que, près de la fenêtre, j'attendais avec anxiété le moment où ma vie entière allait se décider.

La porte s'ouvrit enfin doucement et Laura entra seule, comme le jour de mon départ de Limmeridge House. Mais, alors que ce jour-là, elle s'était approchée de moi avec hésitation et tristesse, elle s'avançait aujourd'hui rapidement, d'un air radieux. Ses bras entourèrent mon cou avec tendresse et ses lèvres rencontrèrent les miennes. « Mon amour, murmura-t-elle, nous pouvons enfin nous aimer ! Oh ! Comme je suis heureuse ! »

... Dix jours après, nous étions mariés.

4

Deux semaines s'étaient écoulées presque aussi rapidement que dans un rêve et déjà nous reprenions tous trois le chemin de Londres. D'un commun accord, Marian et moi, nous avions décidé de laisser Laura dans l'ignorance de la démarche que j'allais accomplir chez le comte Fosco. Le bail de celui-ci expirait en juin, je devais me hâter, car nous étions au début de mai, et nous ignorions s'il serait renouvelé. Trop heureux, mon immense amour enfin comblé, j'avais été tenté d'abandonner un projet devant lequel, en des jours plus tristes où rien n'illuminait ma vie, je n'avais jamais reculé, fût-ce un seul instant.

Ainsi, inconsciemment, Laura avait failli me détourner du dur chemin, et ce fut elle, inconsciemment encore, qui m'y ramena. De temps à autre, dans ce mystère qu'est le sommeil, elle revoyait, en cauchemar, certains de ces événements dont sa mémoire, en état de veille, avait perdu le souvenir. Une nuit, tandis que je la regardais dormir, je vis de grosses larmes couler le long de ses joues, je l'entendis murmurer des mots qui évoquaient son malheureux voyage de Blackwater Park à Londres. Cela suffit : le lendemain, plus désireux que jamais de la venger, je me renseignai sur le passé du comte Fosco, encore mystérieux pour moi malgré les indications que m'avaient données le journal de Marian et les divers témoignages recueillis. Par exemple, le fait qu'il n'était jamais retourné en Italie me semblait bizarre, ainsi que le fait qu'il recevait des lettres portant des cachets d'apparence officielle. Le comte, finis-je par me demander, était-il un espion ? Laura, dans sa colère, lui avait une fois donné ce nom...

Cette année-là, se tenait à Londres la fameuse Exposition du Crystal Palace de Hyde Park. De tous les coins du monde, des étrangers étaient venus admirer cette merveille mondiale, et parmi eux se trouvaient certainement de nombreux espions. Ce n'est pas que j'associe le comte Fosco au rôle vulgaire joué par ces derniers, mais j'avais l'impression qu'il occupait une place élevée payée par le gouvernement pour lequel il travaillait et qu'il devait avoir à sa disposition plusieurs agents secrets. Mrs Rubelle me paraissait être de ceux-ci.

Si mes soupçons se révélaient justifiés, le comte serait beaucoup plus vulnérable que je ne l'avais cru tout d'abord. À qui pouvais-je m'adresser pour obtenir des renseignements, sinon à mon fidèle ami Pesca ?

J'espère que mon lecteur n'a pas oublié le professeur Pesca, même s'il y a longtemps que je n'ai plus parlé de lui. Il est naturel que, dans un récit comme celui-ci, les personnages n'apparaissent que lorsqu'ils sont liés aux événements. Aussi n'est-ce pas seulement le professeur, mais également ma mère et ma sœur qui sont restées à l'arrière-plan, sans que l'on puisse y voir partialité de ma part. Après mon départ de Limmeridge House, il m'avait prouvé son amitié une fois de plus et il était venu m'embarquer sur le bateau qui m'emmenait en Amérique centrale. Lorsque je revins de cette hasardeuse expédition, je le retrouvai aussi dévoué qu'auparavant.

Avant d'aller chez Pesca, je voulais cependant mesurer à quelle sorte d'homme j'allais m'attaquer, car je n'avais jamais vu le comte Fosco. Trois jours après notre retour de Londres, je partis un matin dans la direction de St John's Wood. Le temps était superbe et je me disais que le comte ferait sans doute une petite promenade avant son lunch. Si j'allais rôder dans les environs de la maison, j'avais beaucoup de chances de l'apercevoir.

En passant devant celle-ci, je ne vis aucun visage aux fenêtres. Je contournai un petit mur clôturant le jardin. Venant d'une chambre du rez-de-chaussée, dont la fenêtre ouverte était voilée d'un filet, j'entendis la voix que Marian imitait si bien :

— Sautez sur mon doigt, mes jolis, jolis petits !... Une, deux... trois !... Descendez ! Une, deux ! trois !... Remontez... twit... twit... twit !...

Le comte exerçait ses canaris comme Marian m'avait appris qu'il le faisait à Blackwater Park. J'attendis que la leçon fût finie. J'entendis alors une belle voix de basse entonner la Prière du *Moïse* de Rossini. Des portes claquèrent, la grille de devant s'ouvrit et le comte sortit. Il traversa la route et se dirigea vers la limite ouest de Regent's Park. Je le suivis à distance, en l'examinant. Marian m'avait prévenu de sa corpulence, de sa haute stature et de ses habits de grand deuil, mais je ne m'attendais pas à trouver une telle vitalité chez un homme de 60 ans. Le chapeau un peu sur l'oreille, il marchait allègrement en faisant tournoyer une énorme canne. À peine regardait-il les promeneurs qu'il croisait, excepté les nurses et les enfants, auxquels il envoyait un paternel sourire.

Je le vis entrer dans une pâtisserie et pensai qu'il allait y faire une commande. Mais il sortit bientôt, un gâteau à la main. Non loin de là, un Italien jouait de l'orgue de Barbarie et un pauvre petit singe tout maigre attendait tristement, assis sur l'instrument. Le comte s'arrêta, mordit une fois dans le gâteau, puis tendit le reste au singe. « Tenez, mon petit homme, fit-il, vous paraissez affamé ! Au nom de l'humanité, je vous donne à déjeuner ! » Alors, le joueur d'orgue demanda au généreux passant l'aumône d'un penny ; le comte, méprisant, haussa les épaules et poursuivit son chemin.

Nous arrivâmes ainsi dans les rues se trouvant entre la New Road et Oxford Street. Le comte entra chez un opticien d'où il ressortit tenant à la main une jumelle. Après avoir fait quelques mètres, il s'arrêta à nouveau pour consulter une affiche donnant le programme de l'Opéra. Il héla ensuite un fiacre et jeta l'adresse au cocher : « Bureau de location du théâtre ».

Je traversai la rue et examinai l'affiche à mon tour. Le soir, on jouait *Lucrèce Borgia*. J'allai prendre deux places également et passai chez Pesca en déposer une, l'informant par un petit mot que je viendrais le chercher. Si le comte se trouvait parmi les spectateurs, j'aurais la possibilité de savoir dès lors si Pesca le connaissait ou non.

5

Lorsque je vins le prendre à son logis à l'heure dite, je trouvai le petit bonhomme au comble de l'excitation, une fleur à la boutonnière et en main la plus énorme jumelle que j'eusse vue de ma vie.

Lorsque nous entrâmes au théâtre, on jouait les dernières mesures de l'ouverture. La plupart des places du parterre étaient occupées. Derrière celles-ci, le balcon était large et constituait le meilleur poste d'observation que j'eusse pu désirer.

J'examinai d'abord les loges, mais le comte ne s'y trouvait pas. Soudain, je l'aperçus, installé au parterre, occupant une excellente place tout près des stalles. Je me plaçai avec Pesca sur la même rangée, et le rideau se leva.

Pendant tout le premier acte, nous demeurâmes à la même place. Le comte, absorbé par la musique, ne lança pas un seul regard de notre côté. Il ne perdait pas une note de la délicieuse musique de Donizetti qu'il semblait goûter en vrai connaisseur. Lorsque ses voisins applaudissaient à la fin d'un air (ce que font toujours les Anglais) sans la moindre considération pour l'orchestre qui jouait encore, il leur lançait des regards tout à la fois de reproche et de pitié et levait une main qui, poliment, demandait plus d'attention. Cependant, à certains passages plus subtils du chant, à certaines phrases musicales plus délicates que d'autres ne remarquaient peut-être pas, ses grosses mains gantées de peau noire battaient en de lents applaudissements et témoignaient ainsi de l'appréciation d'un parfait musicien. À d'autres moments, ses murmures approbateurs – « Bravo ! Bra-a-a-a ! » – traversaient le silence, tels les ronrons d'un gros chat. Ses voisins – des gens rubiconds venus de la campagne prendre l'air du Londres à la mode – imitaient ce gentleman. Et lui, dans son orgueil et sa vanité, semblait être au comble du contentement devant l'hommage qu'on lui rendait de cette façon. Son visage n'était que sourires et, à chaque pause, il regardait autour de lui, ravi de lui-même et de l'humanité tout entière. « Oui, oui, ces Anglais barbares apprennent quelque chose, grâce à ma présence ! La présence de Fosco est nécessaire partout ! »

Jamais visage n'avait mieux exprimé la vanité.

Le rideau tomba sur le premier acte.

Prenant sa jumelle, le comte se mit alors à examiner les personnes qui occupaient les loges. Puis, se levant, il se tourna de notre côté. Je le montrai à Pesca.

— Connaissez-vous cet homme ?

— Quel homme, mon ami ?

— Le grand et gros homme qui se trouve là, debout en face de nous, une jumelle à la main.

Pesca se leva sur la pointe des pieds pour mieux voir.

— Non ! dit-il, je n'ai jamais vu cet homme. Pourquoi, Walter ? Il est célèbre, peut-être ?

— Parce que j'ai de sérieuses raisons de désirer avoir quelques renseignements sur lui. C'est un de vos compatriotes, il se nomme Fosco... comte Fosco. Connaissez-vous ce nom ?

— Non, Walter, je ne l'ai jamais entendu.

— En êtes-vous vraiment certain, Pesca ? Examinez-le bien, voulez-vous ? Je vous expliquerai après pourquoi. Montez là, sur cette bordure, vous le verrez mieux.

Tandis que j'aidais mon minuscule ami à grimper sur son perchoir, je m'aperçus qu'un homme mince aux cheveux blonds et portant une cicatrice à la joue observait tous nos mouvements avec intérêt.

Pendant ce temps, Pesca, continuant à examiner attentivement le comte, murmurait : « Non, vraiment, Walter, je n'ai jamais rencontré ce gros homme de ma vie. »

Comme il disait ces mots, la lorgnette du comte Fosco s'abaissa vers lui. Une expression de terreur se peignit sur son visage devenu du coup livide. Il n'y avait aucun doute : il connaissait Pesca... et, qui plus est, il le craignait.

L'homme à la cicatrice, un étranger sans aucun doute, était encore près de nous. Il semblait lui aussi avoir donné une signification à cette scène rapide.

Pour moi, j'étais si frappé par le visage brusquement altéré du comte, c'était si inattendu, que je ne savais que dire ou que faire.

— Comme ce gros homme me regarde ! s'exclama soudain Pesca. Suis-je donc si célèbre ? Et comment me connaît-il alors que je ne le connais pas ?

Je gardai le regard fixé sur le comte, qui de son côté ne perdait pas de vue mon ami.

— Ne reconnaissez-vous aucune de vos élèves dans les loges ? demandai-je à ce dernier, voulant voir ce qui arriverait s'il détournait les yeux un moment.

Il prit sa grosse jumelle et se mit à scruter toutes les loges.

Dès que le comte s'aperçut que l'attention de Pesca s'était détournée de lui, il s'éclipsa sans bruit. Empoignant mon petit ami par le bras, je l'emmenai de force afin d'empêcher le comte de fuir, mais, à ma grande surprise, l'homme blond se précipita avant moi à travers la foule. Quand nous atteignîmes le corridor, le comte avait disparu et l'étranger également.

— Rentrons vite chez vous, Pesca, j'ai à vous parler !

— Jésus ! Maria ! s'écria le professeur affolé, pour l'amour du Ciel, Walter, qu'y a-t-il, mon ami ?

Je l'entraînai rapidement sans répondre, trop absorbé par mes réflexions. Je me disais que le comte, d'après ce que je venais de comprendre, ferait tout pour échapper à Pesca et que, s'il quittait Londres, il m'échapperait aussi. Il fallait agir sans tarder.

Une fois arrivé chez lui, je mis rapidement Pesca au courant de la situation.

— Mais comment, bon Dieu de bon Dieu, puis-je vous aider, Walter ? s'écria-t-il. Je ne connais pas cet homme !

— Lui vous connaît, mon ami, et il a peur de vous. Pour vous échapper, il a fui du théâtre, il doit donc avoir une raison grave. Rappelez-vous votre vie passée, je vous en prie, Pesca, et ce que vous faisiez avant d'arriver en Angleterre. Vous m'avez dit avoir quitté l'Italie pour des raisons politiques. Consultez vos souvenirs et voyez si ces raisons ne peuvent pas avoir causé la terreur que votre vue a produite sur le comte ?

À ma grande surprise, ces paroles, que je croyais inoffensives, produisirent sur mon ami le même effet terrifiant que la vue de celui-ci avait produit sur le comte.

Il devint blême et recula en tremblant.

— Walter ! Vous ne savez pas ce que vous me demandez ! murmura-t-il, haletant et le visage décomposé.

— Pardonnez-moi si je vous ai bien involontairement chagriné. Mais souvenez-vous de ce que ma femme a souffert à cause de lui. Jamais le tort immense qu'il lui a fait ne pourra être réparé si je ne trouve pas le moyen de le forcer à avouer son crime. C'est pour elle que je lutte, Pesca, excusez-moi.

Ce disant, je me levai pour partir, mais il m'arrêta :

— Attendez, Walter, me dit-il. Attendez que je me remette un peu. Vous m'avez tellement bouleversé, mon ami. Vous ignorez comment et pourquoi j'ai quitté le pays...

Je me rassis tandis qu'il se mettait à marcher de long en large, se parlant à lui-même en italien. Il s'arrêta soudain et mit ses petites mains sur mon cœur avec tendresse.

— Jurez-moi, Walter, que c'est le seul moyen d'atteindre cet homme !

— Je n'en connais pas d'autre, Pesca, je le jure !

Ouvrant alors la porte, il regarda dans le corridor, puis la referma et revint.

— Le jour où vous m'avez sauvé la vie, Walter, vous avez acquis le droit de disposer de la mienne. Oui, aussi vrai qu'il y a un Dieu, je remets ma vie entre vos mains. Je ne vois pas de rapport entre ce Fosco et mon passé, mais si vous découvrez quelque chose, je vous en supplie à genoux, ne me dites rien !...

J'acquiesçai de la tête. Il continua :

— Si j'ai quitté l'Italie, Walter, ce ne fut pas que j'étais exilé par le gouvernement, sinon je vous l'aurais dit depuis longtemps déjà. Je me suis tu parce que j'appartiens à l'une de ces sociétés politiques secrètes qui se trouvent un peu partout sur le continent européen. Lorsque j'arrivai en Angleterre, j'y vins sur les ordres de mon chef. J'étais jeune et mon zèle avait risqué de me compromettre en même temps que d'autres. C'est pour ces raisons qu'on m'ordonna d'émigrer en Angleterre et d'y attendre d'autres instructions. J'émigrai... j'attendis... et j'attends encore ! Demain ou Dieu sait quand, je puis être rappelé, peu m'importe ! En attendant, je gagne bien ma vie dans votre pays que j'aime. Je ne viole aucun serment en vous disant le nom de la société à laquelle j'appartiens, Walter, mais si ce que je vais vous dire est un jour connu par d'autres, je suis un homme mort.

Il me murmura alors le nom à l'oreille. Pour respecter son secret, j'appellerai sa société la « Confrérie » quand je devrai en parler.

— Le but de la Confrérie, comme celui de toutes les sociétés politiques de ce genre, est la destruction de la tyrannie et l'établissement des droits du peuple. Elle est fondée sur deux principes fondamentaux. Tant que la vie d'un homme est utile ou inoffensive aux autres, il a le droit de la garder et d'en jouir, mais si sa vie devient nuisible pour ses compagnons, dès ce moment il perd ce droit, et ce n'est pas un crime mais un devoir de la lui ôter. Je ne dois pas vous apprendre, à vous, Anglais, par quelles terreurs et quelles souffrances passent les gens qui sont esclaves de leur pays, vous qui avez dû verser tant de sang pour reconquérir votre liberté. Il est vrai qu'il y a longtemps, et que vous préférez l'oublier... Le fer est entré très profondément dans vos âmes pour que vous l'y sentiez encore ! Méfiez-vous du réfugié, moquez-vous de lui, qu'il soit d'un type ou de l'autre, mais ne le jugez pas ! Au temps de votre Charles Ier, vous nous auriez rendu justice ; vous en êtes incapables aujourd'hui tant vous vous êtes habitués au luxe de la liberté ! Vous croyez sans doute que cette société veut, comme les autres, instaurer le règne de l'anarchie ou la révolution. Vous vous trompez, Walter, les règles de la Confrérie sont différentes des autres ; ses membres ne se connaissent pas entre eux. Il existe un président en Italie et des présidents à l'étranger. Chacun d'eux a son secrétaire privé. Ceux-ci connaissent les membres, mais les membres ne se connaissent pas entre eux. C'est pourquoi il n'existe pas de serment, mais un signe distinctif que nous portons jusqu'à la mort. Quatre fois par an, lorsqu'il le désire, nous devons adresser un rapport au président. Nous sommes prévenus que, s'il nous arrive de servir les intérêts d'un pays étranger ou de trahir notre Confrérie, nous mourrons soit par une main inconnue envoyée de l'autre bout du monde, soit par notre propre ami, dont nous ne savions pas qu'il était membre comme nous. Moi, ce petit homme aimable et enjoué que vous connaissiez, moi qui ne voudrais pas lever mon mouchoir pour chasser une mouche, moi aussi dans ma jeunesse, sous des menaces dont je vous épargnerai les détails, je suis entré dans la Confrérie, comme d'autres se donnent la mort. Autrefois, j'ai joué le rôle de secrétaire en Italie et je me suis trouvé face à tous les membres de ce temps-là.

Il s'arrêta en me regardant.

— Oui, dit-il, vous avez déjà tiré vos conclusions, mais pour l'amour du Ciel, ne me dites rien et laissez-moi aller jusqu'au bout de ma confidence, afin que jamais plus nous n'en reparlions. Je vous ai dit que nous avions un signe distinctif que nous gardions jusqu'à la mort, n'est-ce pas ? Eh bien, Walter, le voilà !

Relevant sa manche gauche jusqu'au-dessus du coude, il me montra une marque circulaire faite au fer rouge, de la grandeur d'un shilling.

— L'homme qui possède ce signe-là est membre de la Confrérie, reprit-il, et, s'il l'a trahie, tôt ou tard, il sera découvert et mourra ! Aucune loi ne le protège, comprenez bien cela. Souvenez-vous de ce que vous avez vu et entendu, tirez-en toutes les conclusions que vous voudrez, agissez comme bon vous semblera, mais, pour l'amour de Dieu ! Quoi que vous découvriez, quoi que vous fassiez, ne me le dites pas ! Je ne connais pas l'homme que vous m'avez désigné ou, si je le connais, je ne l'ai pas reconnu sous son déguisement. Je n'ai jamais entendu son nom ni entendu parler de ses activités, j'ignore tout de lui, laissez-moi continuer à l'ignorer ! Voilà, Walter, j'ai tout dit, je n'en puis plus, laissez-moi, mon ami !

Il se laissa tomber dans un fauteuil et se cacha le visage de ses mains.

J'ouvris doucement la porte en murmurant :

— Vous ne vous repentirez jamais d'avoir eu confiance en moi, Pesca. Me permettez-vous de venir demain à 9 heures ?

— Oui, bonne nuit, Walter !

— Bonne nuit, Pesca !

6

Il fallait agir sans tarder, car le comte ne serait plus à Londres le lendemain. Il portait sur son bras la marque de la Confrérie, j'en étais aussi certain que si je l'avais vue de mes propres yeux ; et il était coupable de trahison, je l'avais lu sur ses traits au moment où il avait reconnu Pesca.

Que Pesca, lui, ne l'ait pas reconnu, voilà qui est aisé à comprendre. Le comte n'aurait jamais risqué de se faire espion sans veiller prudemment à sa sécurité personnelle. Lorsque Pesca et lui s'étaient connus autrefois, il portait peut-être la barbe, sa chevelure noire d'aujourd'hui n'était peut-être qu'une perruque, et ce nom de Fosco n'était pas son vrai nom. L'âge également avait pu l'aider : avait-il toujours été aussi corpulent qu'à présent ? Mais Pesca, lui, n'avait pas changé ; sa personnalité était si marquée qu'on ne pouvait pas ne pas le reconnaître.

Je savais que si j'affrontais le comte, un de nous deux serait à la merci de l'autre. Je devais faire tout ce qui était possible pour amoindrir les risques que je courais.

Une fois rentré chez moi, je montai directement à

mon atelier, sans passer par le petit salon où m'attendaient Laura et Marian. Il me fallait faire mes ultimes préparatifs, prendre toutes les précautions avant d'aller chez le comte. Je ne voulais à aucun prix que l'avantage que j'avais obtenu fût perdu, au cas où il me serait arrivé quelque chose. J'écrivis donc un mot à Pesca, disant :

« L'homme que je vous ai désigné au théâtre est un membre de la Confrérie et il a trahi sa cause. Il habite au n° 5, Forest Road, à St John's Wood. Au nom de l'amitié que vous me portez, usez du pouvoir que vous possédez, sans merci et sans délai. J'ai tout risqué... j'ai tout perdu et l'ai payé de ma vie. »

Je signai et datai, puis cachetai l'enveloppe sur laquelle j'écrivis ces mots :

« N'ouvrez pas cette lettre avant 9 heures. Si, à cette heure-là exactement, vous n'avez pas eu de mes nouvelles, brisez le cachet et lisez. »

W.H.

Je mis ce pli dans une autre enveloppe à l'adresse de Pesca et la cachetai également.

Je descendis alors chez mon propriétaire, le priant de me trouver un messager rapide. Il me proposa son jeune fils. Je donnai à celui-ci mes instructions. Il devait prendre un fiacre et aller remettre cette lettre en mains propres au professeur Pesca, attendre la réponse, puis revenir en voiture et garder celle-ci à ma disposition. Il était 10 h 30. Dans vingt minutes, il serait probablement revenu et je pourrais alors partir pour St John's Wood.

J'entrai alors dans le petit salon où je m'attendais à trouver Marian et Laura. Ma main tremblait lorsque j'ouvris la porte. Marian était seule et lisait.

— Comme vous rentrez tôt, Walter ! Vous n'êtes pas resté jusqu'au bout ?

— Non, répondis-je aussi calmement que possible. Nous sommes partis avant la fin, Marian. Où est Laura ?

— Elle souffrait d'un terrible mal de tête, et je lui ai conseillé d'aller se coucher.

Je quittai le salon pour aller un instant auprès de Laura. Je vis au regard rapide que me lança Marian qu'elle se doutait de quelque chose.

J'entrai dans notre chambre à coucher et m'approchai doucement du lit. J'eus un moment de faiblesse en contemplant ma femme endormie d'une façon si confiante, le visage tourné vers mon oreiller et la main ouverte tendue sur le couvre-lit, si sûre que j'allais y mettre la mienne. Elle remua un peu, prononça mon nom, mais sans se réveiller.

Je l'embrassai, en murmurant :

— Dieu vous garde, mon amour !

Et je la quittai brusquement sans me retourner.

Marian m'attendait sur le palier, une lettre à la main.

— Le fils du propriétaire vient de l'apporter pour vous, Walter, en disant que la voiture attendait.

— Parfait, Marian ! Il faut que je sorte encore, ce soir.

Je lus le bout de papier de Pesca :

« Reçu votre lettre : si je ne vous vois pas à l'heure dite, je briserai le cachet. »

— Vous allez risquer votre dernière chance ?

— Oui... la dernière et la meilleure !

— Laissez-moi vous accompagner, je vous en prie, Walter... Je resterai dans la voiture... Oh ! je vous en supplie !

Je l'arrêtai avec fermeté.

— Si vraiment vous voulez m'aider, Marian, dormez cette nuit dans la chambre de Laura ; je serai plus fort si j'ai l'esprit en repos. Embrassez-moi et soyez courageuse, je reviendrai !

— Prix double si vous êtes à St John's Wood, Forest Road, nº 5, dans un quart d'heure ! criai-je au cocher en sautant dans le fiacre.

Je fis arrêter la voiture un peu avant d'arriver à la maison du comte, je payai la course et poursuivis mon chemin à pied. Comme j'approchais du jardin, je vis, à la clarté d'un réverbère, le jeune homme blond du théâtre qui arrivait de l'autre côté. Nous nous dévisageâmes un moment, mais il ne m'adressa pas la parole et, au lieu de s'arrêter comme moi devant la maison, il s'éloigna lentement. Se trouvait-il là par hasard, ou bien avait-il suivi le comte à la sortie de l'Opéra ?

Lorsqu'il eut disparu, je sonnai à la grille. Il était alors 11 h 15, et le comte aurait très bien pu ne pas me recevoir en me faisant dire qu'il s'était mis au lit. Aussi, lorsqu'une servante vint m'ouvrir, je lui tendis immédiatement ma carte, sur laquelle j'avais déjà écrit : *Affaire importante.*

— Voulez-vous avoir l'obligeance de remettre tout de suite cette carte à votre maître ? demandai-je.

La fille parut surprise de mon assurance et s'en alla. Au bout d'un instant, elle revint.

— Mon maître vous envoie ses compliments et serait très obligé si vous vouliez dire de quelle affaire il s'agit.

— Faites-lui également mes compliments et dites-lui que l'affaire est confidentielle et urgente.

Elle repartit, revint à nouveau, cette fois pour me prier d'entrer.

7

Il n'y avait pas de lumière dans le corridor mais, à la lueur de la bougie que tenait la servante, j'entrevis une dame d'un certain âge qui sortait d'une chambre du fond.

En se dirigeant vers l'escalier, elle me lança un regard de vipère. Je devinai que c'était Mrs Fosco.

Je fus introduit dans la pièce qu'elle venait de quitter et me trouvai face à face avec le comte. Il était encore en tenue de soirée, mais il avait enlevé son habit et relevé les manches de sa chemise, mais seulement un peu plus haut que les poignets. D'un côté de son fauteuil, il y avait une valise, de l'autre une malle. Papiers, livres et objets de toilette encombraient la chambre. Sur la table, je vis la cage aux souris blanches – ces souris blanches que les descriptions de Marian m'avaient rendues familières. Le comte, au moment où j'entrai, était assis devant la malle, occupé à la remplir.

Il se leva aussitôt et je remarquai que son visage portait encore les traces de l'émotion qu'il avait ressentie au théâtre.

— Vous avez quelque chose d'important à me communiquer ? me dit-il d'un air réellement surpris, en m'indiquant un siège.

Je compris alors que ma présence à côté de Pesca était passée inaperçue, tant il avait été affolé par la vue de ce dernier et qu'il attribuait ma visite à d'autres mobiles.

— J'ai de la chance de vous trouver encore ici, répondis-je avec calme. Je vois que vous comptez partir en voyage.

— Cela vous regarde-t-il ?

— Plus ou moins !

— Et en quoi, je vous prie ? Savez-vous seulement où je vais ?

— Je l'ignore, mais je sais pourquoi vous quittez Londres.

Se levant d'un bond, il se précipita vers la porte qu'il ferma à clé, puis il mit celle-ci dans sa poche.

— Nous nous connaissons fort bien de réputation, Mr Hartright. Mais, en venant chez moi, ignoriez-vous par hasard que je ne suis pas un homme avec qui l'on peut badiner ?

— Je le savais, aussi ne suis-je pas venu dans ce but, monsieur. Ma présence ici, ce soir, équivaut à une question de vie ou de mort ; et même si cette porte n'était pas fermée à clé, rien de ce que vous pourriez me dire ne me ferait partir en ce moment.

En disant ces mots, je me dirigeai lentement vers la cheminée, tandis qu'il traînait une chaise devant la porte et s'y laissait tomber, le bras appuyé sur la table.

— Une question de vie ou de mort ! répéta-t-il. Ces mots sont peut-être plus graves que vous ne le pensez... Que voulez-vous dire ?

— Ce que j'ai dit.

— Ainsi, vous savez pourquoi je quitte Londres ? Puis-je en connaître la raison, je vous prie ? dit-il en ouvrant le tiroir de la table qui se trouvait à portée de sa main.

— Je puis faire mieux encore, je puis vous en montrer la raison ! répondis-je.

— Et comment ?

— Relevez davantage la manche gauche de votre chemise, vous la verrez sur votre bras !

Le visage du comte devint livide et je vis passer dans ses yeux la même expression de terreur que celle que j'avais observée au théâtre. Il ne dit rien mais sa main s'avança profondément dans le tiroir où je l'entendis remuer un objet lourd. Un silence mortel suivit. Je savais que ma vie ne tenait qu'à un fil. Je pensais réellement avec *son* esprit, je sentais avec *ses* doigts. Il me semblait voir de mes propres yeux ce qu'il tenait au fond du tiroir.

— Attendez un instant, lui dis-je avec calme, la porte est fermée à clé, mes mains sont vides et vous voyez que je ne bouge pas. J'ai encore quelque chose à vous dire...

— Vous en avez dit assez, répliqua-t-il avec un calme si effrayant que j'eusse préféré le voir en colère. Laissez-moi réfléchir un instant afin de savoir si je vais encore ajouter au désordre de cette chambre en vous faisant sauter la cervelle.

— Avant de résoudre ce problème, je vous conseille de lire les quelques lignes que j'ai sur moi.

Ma proposition excita sa curiosité et il me fit un signe d'assentiment. Je lui tendis alors la réponse de Pesca. Il la lut tout haut et, voyant que j'avais repris ma position près de la cheminée, il enleva sa main vide du tiroir sans demander aucune explication. Il avait compris immédiatement la précaution que j'avais prise.

— Je ne referme pas le tiroir, Mr Hartright, et je ne sais pas encore si je vous ferai sauter la cervelle tout à l'heure. Mais si je me trouve devant un homme intelligent, je sais le reconnaître. Venons au fait, monsieur. Vous voulez quelque chose de moi ?

— Oui ! Et je l'aurai !

— Avec des conditions ?

— Sans aucune condition.

À nouveau, sa main s'enfonça dans le tiroir.

— Bah ! Votre ton est bien impudent, monsieur, et votre cervelle se trouve de nouveau en danger. Le risque de vous tuer ici est moins grand pour moi que celui de vous laisser partir, si vous n'acceptez pas mes conditions. Souvenez-vous que vous n'avez pas devant vous mon ami regretté, mais Fosco lui-même ! S'il me fallait marcher sur vingt cadavres pour assurer ma sécurité, je marcherais sur les vingt cadavres avec ma sublime indifférence et mon calme imperturbable. Montrez-moi du respect si vous tenez à la vie. Je vous somme de répondre sur-le-champ à trois questions. *Primo* : Si vous êtes ici avec des informations fausses ou vraies, de qui les tenez-vous ?

— Je refuse de répondre.

— Peu importe ! Je le saurai quand même. Si ce renseignement est vrai – je dis bien si – vous comptez vous en servir pour spéculer sur la forfaiture d'un autre, à moins que ce ne soit sur la vôtre, je m'en souviendrai en temps voulu.

» *Secundo* : Ces lignes que vous m'avez fait lire sont sans signature. Qui les a écrites ?

— Un homme en qui j'ai pleine confiance et que vous avez toutes les raisons de craindre.

— Combien de temps me donnez-vous avant que le cachet ne soit brisé ?

— Suffisamment de temps pour pouvoir faire ce que je désire.

— Répondez-moi clairement. Quelle est l'heure fixée ?

— Neuf heures du matin.

— Oui, je vois ! Votre guet-apens est disposé de telle façon que je n'aie pas le temps de faire régulariser mes passeports et de quitter Londres. Maintenant, voulez-vous me dire ce que vous êtes venu chercher ici ?

— Vous allez l'apprendre. Savez-vous quels intérêts je représente en venant ici ?

— Je suppose que ce sont ceux d'une dame ? dit-il en souriant.

— Ceux de ma femme, monsieur, répondis-je avec force.

En fronçant les sourcils, il me regarda avec stupéfaction, puis, fermant brusquement le tiroir, il se croisa les bras et m'écouta avec un sourire sarcastique.

— Vous êtes suffisamment au courant des investigations que j'ai poursuivies durant ces derniers mois, pour vous rendre compte qu'il est inutile de nier les preuves que j'ai acquises, devant moi, continuai-je d'une voix ferme. Vous vous êtes rendu coupable d'une infâme conspiration dans le but d'extorquer 10 000 livres.

Il ne répondit pas, mais son visage s'assombrit et devint anxieux.

— Gardez votre bien mal acquis, repris-je, tandis que ses traits s'éclairaient et qu'il me regardait de plus en plus étonné. Je ne suis pas venu ici pour m'abaisser à vous redemander l'argent qui fut le prix d'un crime honteux.

— Doucement, Mr Hartright, doucement. Vos beaux discours de moralité auraient beaucoup de succès en Angleterre, gardez-les pour vos compatriotes, voulez-vous ? Les 10 000 livres constituaient un legs de feu Mr Fairlie à sa sœur. Mais restons sur le terrain des affaires ; pour un homme aux sentiments délicats comme moi, ces sujets sont pénibles. Je vous invite à terminer rapidement en me disant ce que vous désirez.

— Je demande d'abord une confession complète du complot, écrite et signée par vous en ma présence. Ensuite, je demande une preuve indiscutable de la date à laquelle ma femme a quitté Blackwater Park pour se rendre à Londres.

— Et après ?

— Rien d'autre pour l'instant...

— Bon ! Vous avez dit vos conditions, vous allez connaître les miennes, maintenant. La responsabilité d'admettre ma participation à ce que vous appelez un complot est peut-être moins grave que celle de vous tuer. Donc j'accepte. Vous aurez, écrite en détail, toute l'histoire du complot. Quant aux preuves de la date du voyage de votre femme, je puis produire une lettre signée et datée dans laquelle mon ami regretté m'informait de l'arrivée de lady Glyde à Londres. Je puis vous donner aussi l'adresse du voiturier qui me conduisit à la gare attendre celle-ci. Son livre de commandes doit indiquer la date exacte. Je suis d'accord pour vous donner toutes ces preuves, mais à trois conditions : primo, que Mrs Fosco et moi puissions quitter cette maison quand et comme il nous plaira ; secundo, que vous attendiez avec moi ici mon homme d'affaires qui doit arriver à 7 heures demain matin, que vous lui donniez un mot adressé à l'homme qui est en possession de votre lettre cachetée, l'autorisant à la remettre au porteur. Vous attendrez ici que cette lettre non ouverte me soit remise, après quoi je partirai, et vous, vous attendrez une demi-heure avant de vous en aller à votre tour ; tertio, que vous m'accordiez une réparation par les armes digne d'un gentleman pour vous être mêlé de mes affaires privées et m'avoir tenu le langage que vous m'avez tenu. J'indiquerai le jour et l'endroit, quand je serai à l'étranger sain et sauf, sur un morceau de papier mesurant exactement la longueur de mon épée. Telles sont mes conditions. Les acceptez-vous ?

L'extraordinaire mélange de décisions rapides, de précautions avisées et de bravades d'homme du monde m'étourdit un moment... Je me demandais si j'avais le droit, pour posséder les moyens de rendre à Laura son identité, de permettre à ce misérable d'échapper à la justice. Il m'était pénible de renoncer à ma vengeance, alors que je la tenais enfin. Je répondis cependant :

— J'accepte vos conditions, avec une réserve toutefois.

— Laquelle ?

— C'est que vous détruisiez la lettre cachetée devant moi sans l'ouvrir.

En lui demandant cela, mon but était tout simplement de l'empêcher d'emporter un écrit prouvant que j'avais communiqué avec Pesca. Son témoignage oral n'aurait jamais aucun poids.

— Je m'y engage, répondit-il gravement, cela ne vaut pas une dispute.

Se levant, il s'étira en poussant un profond soupir de soulagement.

— Ouf ! L'escarmouche a été chaude, s'écria-t-il. Prenez un siège, Mr Hartright. Quand nous nous quitterons après tout ceci, nous serons des ennemis mortels, mais, en attendant, conduisons-nous comme des gentlemen, voulez-vous ? Je vais appeler ma femme...

» Eleanor ! cria-t-il d'une voix de stentor en ouvrant la porte.

La dame au visage mauvais reparut aussitôt.

— Mr Hartright – Mrs Fosco ! présenta cérémonieusement le comte. Mon ange, reprit-il en s'adressant à sa femme, auriez-vous le temps, malgré vos préparatifs de départ, de me faire un bon café fort ? J'ai des affaires à traiter avec Mr Hartright et je dois faire appel à toute mon intelligence.

La comtesse s'inclina et disparut.

Le comte se dirigea vers un bureau placé près de la fenêtre, l'ouvrit, y prit plusieurs rames de papier et un paquet de plumes d'oie. Il coupa ensuite le papier en feuillets du format employé par les journalistes professionnels.

— Ce sera un document remarquable, dit-il en me regardant par-dessus son épaule. J'ai l'habitude de la composition littéraire. Une qualité qu'un homme possède rarement est la faculté de classer ses idées. Immense privilège ! Je la possède, Mr Hartright, et vous ?

Sa femme rentra à ce moment apportant le café ; il alla vers elle, prit le plateau et la reconduisit à la porte en lui baisant la main.

Il se versa une tasse du liquide brûlant.

— Puis-je vous en offrir, Mr Hartright ? me demanda-t-il.

Je refusai.

— Croyez-vous par hasard que je désire vous empoisonner ? dit-il en riant. L'intelligence anglaise est grande, mais elle a le défaut d'être toujours prudente au mauvais moment.

S'asseyant devant la table, il prit une feuille de papier, trempa sa plume dans l'encre, toussa légèrement et commença à écrire.

Rapidement, d'une écriture large et résolue, il remplit plusieurs feuillets, les jetant à terre au fur et à mesure qu'ils étaient terminés. Lorsque la plume d'oie n'écrivait plus à son goût, il la lançait par-dessus son épaule et en prenait une autre. Au bout de quelques instants, le tapis était jonché de papiers et de plumes. Il ne s'arrêtait de temps à autre que pour siroter son café.

1 heure, 2 heures, 3 heures sonnèrent : il écrivait toujours.

Lorsque 4 heures tintèrent à l'horloge, il sauta sur ses pieds en jetant la plume.

— Bravo ! s'exclama-t-il. C'est fait, Mr Hartright, à ma profonde satisfaction... et à votre profond étonnement quand vous lirez ce que j'ai écrit. Le sujet est épuisé, mais Fosco ne l'est pas, lui ! 4 heures viennent de sonner. Bon ! De 4 heures à 5 heures, je relis, je corrige et je vous fais la lecture de mon œuvre. De 5 heures à 6 heures, sommeil réparateur. De 6 heures à 7 heures, derniers préparatifs. De 7 heures à 8 heures, liquidation des affaires avec mon agent, destruction de la lettre cachetée, et, à 8 heures, en route !

S'asseyant, les jambes croisées sur le plancher au milieu de ses papiers, il les rassembla, en les examinant un à un. Puis il écrivit sur le premier feuillet tous ses titres honorifiques. Lorsqu'il eut terminé, il commença à me lire son manuscrit d'une voix théâtrale avec force gestes à l'appui. Le document me donnait pleine satisfaction et le lecteur pourra bientôt s'en rendre compte par lui-même.

Le comte me donna alors l'adresse du loueur de voitures et me remit la lettre de sir Percival, datée du 25 juillet, qui annonçait que lady Glyde serait à Londres le 26.

— 5 h 15 ! s'écria-t-il. Je vais me reposer une heure. Je suis comme le grand Napoléon, Mr Hartright. Je lui ressemble, vous l'avez peut-être remarqué, et, comme lui, je commande au sommeil à volonté. Excusez-moi. Je vais demander à Mrs Fosco de vous tenir compagnie.

Comme je supposais que cette amabilité cachait une précaution afin que je ne quitte pas la maison pendant son sommeil, je m'inclinai.

La comtesse entra, plus pâle, plus froide et plus aigre que jamais.

— Amusez Mr Hartright, mon ange ! lui dit-il en avançant une chaise à sa femme et en lui baisant la main.

Puis il se dirigea vers le canapé, s'y étendit et s'endormit aussi profondément que le plus vertueux des hommes. Mrs Fosco prit un livre, s'assit près de la table, me lança un regard haineux de femme qui n'oublie pas et ne pardonne jamais.

— J'ai écouté votre conversation, dit-elle. Si j'avais été à la place de mon mari, je vous aurais tiré une balle en plein cœur.

Ce disant, elle ouvrit le livre et ne m'adressa plus la parole.

Exactement une heure après, le comte se réveilla.

— Je me sens tout à fait reposé, déclara-t-il.

Eleanor, ma chère femme, tout est-il prêt en haut ? Bon ! Je n'en ai plus que pour dix minutes à emballer ici, puis dix minutes pour changer de vêtements. C'est parfait ! Est-ce bien tout, avant que n'arrive mon homme d'affaires ? Ah ! s'écria-t-il sur un ton de pitié en regardant la cage aux souris blanches. Il me faut encore faire un dernier et cruel sacrifice ! Mes innocentes chéries, que vont-elles devenir ? Désormais, nous n'allons pas cesser de voyager – moins nous aurons de bagages, mieux ça vaudra. Qui donc prendra soin de mes petites souris, une fois que papa sera parti ? Et de mes canaris, et de mon perroquet ?

L'air préoccupé, il marchait de long en large dans la chambre. Lorsqu'il s'était agi pour lui de relater le complot, il n'avait nullement paru troublé ; l'avenir de ses petits animaux favoris visiblement l'inquiétait bien davantage.

Tout à coup, il revint s'asseoir au bureau.

— Une idée ! s'écria-t-il. J'offre mes canaris et mon perroquet au jardin zoologique de Londres. Mon homme d'affaires les y conduira.

Il se mit à écrire en détail les renseignements relatifs au don qu'il faisait. Un paraphe élégant, tracé d'une main vigoureuse, entoura sa signature.

— Comte, vous avez oublié les souris ! dit Mrs Fosco.

Quittant le bureau, il vint prendre la main de sa femme et la plaça sur son propre cœur.

— Tout courage a ses limites, Eleanor, répondit-il du ton le plus grave qui fût. Et le document que voilà explique mes limites. Je ne saurais jamais me séparer de mes souris blanches. Prenez-les avec moi, mon ange : nous allons, en haut, les mettre dans leur cage de voyage.

— Tendresse admirable, s'écria Mrs Fosco en me jetant un dernier regard de haine.

Elle prit la cage très délicatement et quitta la pièce.

Le comte consulta sa montre. Malgré tout le calme qu'il voulait montrer, c'était impatiemment qu'il attendait l'arrivée de son homme d'affaires. Les lumières étaient éteintes depuis longtemps et le soleil éclairait déjà la chambre. À 7 h 05, on sonna enfin à la grille, puis l'homme d'affaires entra. C'était un étranger à barbe noire.

— Mr Rubelle – Mr Hartright, fit le comte en nous présentant l'un à l'autre.

Puis, prenant le nouveau venu à l'écart, il lui murmura quelques mots à l'oreille et nous laissa seuls. L'étranger vint alors à moi et me demanda mes instructions. J'écrivis deux mots à Pesca, l'autorisant à remettre la lettre cachetée au porteur, et mis l'adresse sur l'enveloppe. Nous attendîmes encore quelques instants, puis le comte revint. Il était maintenant en costume de voyage. Avant de laisser partir Rubelle, il examina l'adresse que portait le pli.

— Je m'en doutais, dit-il en me lançant un regard noir.

Puis il remit le pli au messager qui disparut aussitôt.

Il acheva ses préparatifs de départ, examina une carte, écrivit certaines choses dans son calepin, non sans regarder de temps à autre sa montre, l'air de plus en plus impatient.

Nous n'échangeâmes plus une parole. Je comprenais que, vu l'heure proche de son départ et le fait qu'il savait parfaitement que je m'étais mis en rapport avec Pesca, il pensait uniquement aux moyens et aux précautions nécessaires pour assurer sa fuite.

Un peu avant 8 heures, Mr Rubelle revint avec la lettre. Le comte lut encore avec attention le nom que j'y avais inscrit ; après quoi, l'approchant de la bougie, il la brûla.

— Je tiens ma promesse, Mr Hartright... mais cette affaire ne se terminera pas ici...

Mr Rubelle avait retenu le fiacre qui l'avait ramené de chez Pesca. On y plaçait les bagages. Mrs Fosco descendit soigneusement voilée ; la cage de souris blanches à la main, elle se dirigea vers la voiture sans même me regarder. Son mari la suivit en me disant à voix basse :

— Venez avec moi dans le corridor, j'aurai peut-être encore quelque chose à vous dire.

Je l'accompagnai jusqu'à la porte. L'homme d'affaires attendait dans le jardin.

— Souvenez-vous de ma troisième condition, reprit encore le comte tout bas avant de me quitter. Vous aurez bientôt de mes nouvelles, Mr Hartright. Je vous demanderai la réparation à laquelle j'ai droit plus tôt que vous ne le pensez !

Sur ce, il me prit la main qu'il secoua fortement, puis il ajouta :

— La dernière fois que j'ai vu miss Halcombe, elle m'a paru souffrante, cela m'inquiète. Prenez soin d'elle, pour l'amour du Ciel ! Prenez soin d'elle !

Et il s'engouffra dans le fiacre qui partit à toute allure.

Mr Rubelle et moi restâmes un moment devant la porte. Bientôt nous vîmes arriver une autre voiture qui prit la même direction. Quand elle passa devant le jardin, une personne se pencha à la portière et regarda vers nous : c'était encore l'inconnu de l'Opéra, l'homme à la cicatrice.

Nous rentrâmes dans la maison où, selon nos conventions, je devais rester encore une demi-heure. Comme je n'étais pas en humeur d'entretenir une conversation avec mon compagnon, je lus moi-même le manuscrit que le comte m'avait remis.

RÉCIT D'ISIDOR, OTTAVIO, BALDASSARE FOSCO

Comte du Saint-Empire romain
Chevalier grand-croix de l'ordre de la croix d'Airain
Archimaître perpétuel de
la Rose-Croix maçonnique de Mésopotamie,
Membre de sociétés musicales, médicales,
philosophiques, etc., dans toute l'Europe.

J'arrivai en Angleterre en 1850, chargé d'une délicate mission politique. Des personnes de confiance telles que Mr et Mrs Rubelle devaient me seconder dans ma tâche. Le secret diplomatique ne m'autorise pas à dévoiler le caractère de cette mission, et je m'en excuse.

Comme je disposais de quelques semaines de repos avant d'entrer dans mes fonctions, je m'arrangeai pour aller les passer avec ma femme chez mon ami regretté, sir Percival Glyde, qui habitait une superbe propriété en Angleterre. Celui-ci revenait de son voyage de noces et l'endroit était tout indiqué pour jouir du bonheur domestique si apprécié dans ce pays !

En plus de notre solide amitié, Percival et moi étions unis à ce moment-là par de sérieux embarras d'argent. Y a-t-il un homme, dans notre monde civilisé, qui n'éprouve à notre égard aucune sympathie ? S'il en existe un, il doit être bien insensible, ou immensément riche ! Ma femme et moi fûmes reçus à Blackwater Park par la plus admirable créature que j'aie rencontrée dans ma vie, Marian Halcombe. J'en devins follement amoureux, malgré mes 60 ans, et c'est en vain que je déposai à ses pieds ma fortune et mon amour.

Toutes les calamités ont commencé le jour où elle est tombée malade.

La situation financière de Percival devenant de plus en plus embarrassée (je ne parle pas du peu d'argent dont j'avais moi-même besoin), il n'avait plus d'autre moyen d'en sortir que d'avoir recours à la fortune de sa femme. Malheureusement, il n'en devait jouir qu'après la mort de celle-ci. Il avait, au surplus, des ennuis d'un caractère assez mystérieux dont je ne savais rien, sinon qu'une femme nommée Anne Catherick se cachait dans le voisinage et qu'elle perdrait Percival si elle dévoilait à lady Glyde un certain secret. Que seraient devenus dans ce cas nos intérêts ? J'en frémissais d'avance, moi qui suis pourtant si courageux de nature.

Néanmoins, j'employai dès lors toute ma subtilité d'esprit à retrouver cette Anne Catherick, et à la retrouver sans tarder. Je ne la connaissais que par ce que Percival m'avait dit d'elle : qu'elle ressemblait d'une façon étrange à lady Glyde et qu'elle s'était échappée d'une maison pour folles où il l'avait fait enfermer.

Quand j'appris ces faits, une idée géniale me vint à l'esprit. Si je parvenais à substituer ces deux femmes l'une à l'autre, Percival hériterait de la fortune, et son secret serait éternellement gardé.

Lorsque je fus mis en présence d'Anne Catherick, je fus moi-même frappé de sa ressemblance étonnante avec lady Glyde. J'aidai de mon mieux la pauvre fille malade en lui prescrivant un stimulant afin qu'elle pût supporter le voyage jusqu'à Londres.

Ici, il me faut ouvrir une parenthèse et redresser une très lamentable erreur dont je fus la victime.

J'ai consacré mes meilleures années à l'étude de la médecine et de la chimie. La chimie, particulièrement, m'a toujours fort attiré à cause du pouvoir illimité que sa connaissance confère. Qu'on me donne la chimie, à moi, Fosco, et quand Shakespeare, ayant conçu *Hamlet*, voudra se mettre à écrire son drame, au moyen de quelques milligrammes de poudre mêlés à sa nourriture, je réduirai peu à peu son intelligence en réduisant les fonctions de son corps, si bien que sa plume écrira les insanités les plus méprisables qui soient. De même pour l'illustre Newton. J'affirme que lorsqu'il verra tomber la pomme, il la mangera au lieu de découvrir le principe de la gravitation. Néron, après son dîner et avant même qu'il l'ait digéré, deviendra l'homme le plus doux du monde ; et le breuvage qu'Alexandre le Grand prendra un matin le fera fuir devant l'ennemi l'après-midi et le rendra lâche et poltron jusqu'à la fin de ses jours. Sur mon honneur, je déclare qu'il est heureux pour l'humanité que nos chimistes modernes soient, par une chance admirable, presque incompréhensible, des hommes au caractère doux et inoffensif. La plupart sont de dignes pères de famille, qui tiennent boutique. D'autres sont des philosophes, éperdus d'admiration pour leur propre voix quand ils s'entendent parler, visionnaires qui gaspillent leur vie à imaginer de fantastiques impossibilités, ou simples charlatans sans ambition véritablement noble. Ainsi, le pouvoir infini de la chimie ne sert qu'à des buts désespérément insignifiants et superficiels.

Pourquoi cette digression ? Parce que l'on a eu l'air de me soupçonner des plus noirs desseins envers Anne Catherick et même envers Marian. Quelles odieuses insinuations ! Mon intérêt était à ce moment-là précisément de prolonger la vie d'Anne Catherick. Quant à Marian, j'aurais fait n'importe quoi pour la sauver des mains de l'imbécile de docteur qui la soignait ! Je reconnais avoir donné à ma femme une poudre qui devait endormir durant quelques heures Fanny, la femme de chambre de lady Glyde, afin de pouvoir lire les lettres que Marian, mon ennemie adorée, lui avait remises. Je reconnais avoir employé le même procédé avec lady Glyde à son arrivée à Londres. Mais à part cela, jamais, en aucun cas, je n'ai employé mes connaissances médicales dans un autre but que de soulager l'humanité.

Le jour où Anne Catherick partit pour Londres avec Mrs Clements fut aussi celui où ma femme dévouée les suivit afin de connaître leur adresse. J'avais fait promettre à Mrs Clements de communiquer à lady Glyde l'adresse d'Anne, certes, mais comment savoir si elle ne changerait pas d'avis, influencée par l'un ou par l'autre ? Je n'aurais pu prendre trop de précautions.

Le soir même, la comtesse ramenait de Londres Mrs Rubelle en qui j'avais pleine confiance. Le lendemain, j'allai à Londres à mon tour et louai une maison à St John's Wood, après quoi, je me rendis chez Mr Frederick Fairlie, à Limmeridge House. Après quelque discussion, il finit par se rallier à mes vues et me remit une lettre d'invitation pour sa nièce. Car il était nécessaire que lady Glyde quittât seule Blackwater Park et que, sur le conseil même de son oncle, elle passât une nuit chez nous, à St John's Wood.

Lorsque je rentrai à Blackwater Park, la fièvre de Marian avait dégénéré en typhus, à cause de l'ignorance du médecin. Ce jour-là lady Glyde demanda à pouvoir venir soigner sa sœur. Nous n'avons l'un pour l'autre aucune sympathie – je ne lui pardonnerai jamais, entre autres choses, de m'avoir traité d'espion – mais ma magnanimité m'interdisait de la faire entrer volontairement là où il y avait danger d'infection. Toutefois, je n'avais pas de raison de la contrarier, si elle désirait venir au-devant de ce danger. Si on lui avait permis d'agir à sa guise, mon plan eût peut-être été déjoué par les événements.

Quoi qu'il en soit, le médecin lui interdit l'accès de la chambre de la malade.

On dut faire appel à un médecin de Londres, ainsi que je l'avais demandé à plusieurs reprises déjà. Le cas fut déclaré grave, mais au bout de cinq jours le spécialiste donna de l'espoir. Durant cette courte période, je ne m'absentai qu'une journée pour aller à Londres, afin de faire les derniers arrangements dans la maison de St John's Wood, de m'assurer secrètement que Mrs Clements n'avait pas déménagé et de prendre certaines décisions avec le mari de Mrs Rubelle. Je revins le soir même.

Une fois Marian hors de danger, je m'arrangeai pour avoir une sérieuse altercation avec le docteur, de façon à ce qu'il quittât la maison.

J'exprimai ensuite à Percival mon désir d'avoir le champ libre et, dans ce but, le priai de congédier tout le personnel. Ce qu'il fit en moins de vingt-quatre heures. Il ne restait qu'une servante bornée et Mrs Michelson, la gouvernante. Sur mon conseil, Percival envoya celle-ci durant trois jours à Torquay sous un prétexte futile. Lady Glyde confinée dans sa chambre avec l'unique servante pour aide, Marian toujours au lit et soignée par Mrs Rubelle, c'était le moment d'agir selon mon plan. Afin de faire partir lady Glyde de Blackwater Park, il fallait lui faire croire que Marian était déjà partie. Pendant le sommeil de celle-ci, nous la transportâmes dans une chambre de l'aile inhabitée de la maison. Cela se fit en pleine nuit et fut pittoresque et mystérieux à souhait ! Tout recours à la chimie fut inutile : la chère Marian était plongée dans le profond sommeil de la convalescence, et nous portâmes, à la lueur des chandelles, le lit sur lequel elle reposait. Notre procession nocturne, quel Rembrandt moderne aurait pu la décrire ? Hélas, trois fois hélas, pour l'art ! Il n'existe pas de Rembrandt moderne !

Le lendemain matin, ma femme et moi partîmes pour Londres, confiant Marian aux soins de Mrs Rubelle qui consentit à s'emprisonner avec elle pendant quelques jours. Je remis à Percival la lettre de Mr Fairlie pour lady Glyde (dans laquelle il lui demandait donc de loger chez sa tante avant de repartir pour

Limmeridge) et lui dis de la montrer à sa femme dès qu'il recevrait de mes nouvelles à ce sujet. De son côté, il me donna l'adresse de l'asile où Anne Catherick avait été internée, et une lettre pour le directeur, l'informant que la jeune fille devait à nouveau être soignée. Je rappelle ici que, lors de mon précédent voyage à Londres, j'avais veillé à ce que notre maison fût prête pour recevoir Anne Catherick dès que nous-mêmes y serions arrivés.

Le mercredi 24 juillet 1850, j'envoyai ma femme chez Mrs Clements afin de lui remettre un prétendu message de la part de lady Glyde et de l'emmener en voiture durant une heure environ. Elle devait l'abandonner en pleine ville et revenir ensuite chez nous pour y accueillir notre invitée, « lady Glyde », comme nous l'avions présentée aux servantes.

Pendant ce temps, j'avais pris un fiacre à mon tour et avais porté un billet à Anne Catherick où il était dit que lady Glyde désirait que Mrs Clements passât la journée avec elle et priait Anne de venir les rejoindre en compagnie du monsieur qui l'attendait à la porte.

Sous prétexte de conduire Anne chez lady Glyde, je la ramenai chez moi. Pendant le trajet, elle se montra confiante et calme ; malheureusement, je ne la préparai pas à la déception qui l'attendait. Lorsqu'elle entra dans le salon et vit Mrs Fosco qu'elle ne connaissait pas, elle fut prise de terreur. Je la calmai de mon mieux, mais si je pus apaiser un peu son anxiété, je fus incapable de guérir la grave maladie de cœur dont elle souffrait. Elle fut prise de convulsions qui, dans l'état de santé où elle se trouvait, pouvaient lui être fatales. J'en fus littéralement effrayé.

Un médecin fut mandé en hâte ; je lui présentai « lady Glyde » comme une personne faible d'esprit, sujette aux divagations. Puis je dis à ma femme de ne plus quitter la malade. L'état de la malheureuse était tel, pourtant, que je n'avais pas à craindre qu'elle parlât. Mais j'avais une peur affreuse que la fausse lady Glyde mourût avant l'arrivée à Londres de la vraie lady Glyde.

Le matin, j'avais écrit un mot à Mrs Rubelle, lui disant de venir me rejoindre chez son mari le vendredi 26 au soir, et un autre mot à l'adresse de Percival, pour l'informer qu'il pouvait remettre à sa femme la lettre d'invitation de Mr Fairlie, et lui affirmer en même temps que Marian était déjà partie ; j'ajoutais que j'attendrais lady Glyde le 26, au train de midi.

La fausse lady Glyde passa une mauvaise nuit, mais sembla aller mieux durant la journée du 25. Je repris courage.

Sans attendre les réponses de Percival et de Mrs Rubelle, qui ne me parviendraient sans doute que le matin du 26, j'allai retenir un fiacre pour l'heure où lady Glyde arriverait le lendemain à la gare. Je me mis en rapport avec Mr Rubelle, et pour me procurer un certificat de démence avec deux infirmiers peu scrupuleux qui, de surcroît, avaient des embarras pécuniaires. Ils croyaient en moi !

Lorsque je rentrai chez moi à 5 heures, Anne Catherick était morte. Morte le 25, et lady Glyde n'arrivait que le 26 !

J'étais affolé, car tout mon beau plan s'écroulait. Oui, Fosco était affolé !

Par bonté, le médecin, voulant m'éviter des ennuis en tant qu'étranger, était allé lui-même faire enregistrer le décès ! Impossible donc d'altérer la vérité.

Je fis appel à mon calme immuable et décidai de jouer le jeu jusqu'au bout.

Le matin du 26, je reçus la réponse de Percival ; il m'annonçait l'arrivée de sa femme pour le jour même. Mrs Rubelle m'écrivait aussi qu'elle serait à Londres dans la soirée. Laissant chez moi la fausse lady Glyde, morte, je partis en fiacre accueillir à la gare la vraie lady Glyde. Cachés sous le siège de la voiture, j'emportais les vêtements d'Anne Catherick – ces vêtements qui allaient aider à ressusciter la morte dans la personne de la vivante. Quelle situation ! Je la propose à la jeune génération des romanciers anglais et aussi, comme absolument neuve, aux dramaturges français.

La première question de lady Glyde fut pour me demander des nouvelles de sa sœur. Je la rassurai en lui disant qu'elle la trouverait chez moi. Je la conduisis chez Mr Rubelle qui nous attendait avec les deux infirmiers. Je lui présentai ceux-ci comme étant de mes amis et la laissai quelques instants avec eux, sous prétexte d'aller voir si sa sœur, miss Halcombe, pouvait la recevoir. Après quelques minutes, les infirmiers sortirent de la chambre et rédigèrent un certificat de démence. Je rentrai alors dans le salon et annonçai brusquement à lady Glyde que la santé de sa sœur n'était pas aussi satisfaisante que je l'espérais. Le résultat escompté ne se fit pas attendre : elle se sentit mal. Pour la seconde et la dernière fois, j'appelai la science à mon aide. Je donnai à la jeune femme une boisson somnifère, préparée d'avance, et lui fis respirer des sels. Grâce à cela, elle sombra dans un sommeil profond et passa une excellente nuit, pendant laquelle Mrs Rubelle, qui venait d'arriver, la déshabilla et lui passa les vêtements d'Anne Catherick. Pendant toute la journée du 27, je la gardai dans une demi-conscience et le soir, aidé de Mrs Rubelle, j'allai conduire une Anne Catherick retrouvée à l'asile d'où elle s'était sauvée. On la reçut avec surprise mais sans soupçonner la vérité, grâce à la lettre de Percival, aux certificats des infirmiers, à sa ressemblance parfaite avec la détenue échappée et à ses vêtements. Grâce aussi à l'état de stupeur dans lequel elle se trouvait à ce moment-là. Je retournai aider Mrs Fosco dans les préparatifs de l'enterrement de la fausse lady Glyde, et rien n'aurait fait découvrir le point vulnérable de mon beau plan, si ma fatale admiration pour Marian ne m'avait fait commettre l'erreur de donner à Mr Hartright la chance de s'échapper !... Ce fut la première et ce sera la dernière faiblesse de la vie de Fosco ! À 60 ans, je fais cet aveu... Jeunesse, je réclame ta sympathie !

Avant de terminer, je veux répondre à trois questions :

1° Quel rôle a joué dans tout cela Mrs Fosco ?

Celui d'une épouse modèle, qui ne discute pas les ordres de son mari qu'elle aime et respecte.

2° Si Anne Catherick n'était pas morte, qu'aurais-je fait ?

En temps opportun, j'aurais aidé une nature déjà usée à trouver l'éternel repos, en lui ouvrant les portes de la prison de la vie pour lui donner la délivrance heureuse.

3° En examinant toutes les circonstances, ma conduite est-elle blâmable ?

Je ne le crois pas. Je n'ai commis aucun crime et, vu ma grande connaissance de la chimie, il m'eût été plus facile, si je n'avais pas eu de scrupules, de prendre la vie de lady Glyde au lieu de me contenter de prendre son identité.

Ces lignes sont le dernier legs que je fais au pays que je quitte pour toujours... Il est digne de lui et de

Fosco.

1

Alors que j'achevais la lecture du manuscrit, la demi-heure que je m'étais engagé à passer dans la maison de Forest Road était écoulée. Mr Rubelle m'ayant salué après avoir consulté sa montre, je me levai et sortis. Je ne l'ai jamais revu, je n'ai jamais plus entendu parler de lui ni de sa femme. Ils étaient venus à nous par les sombres chemins de la vilenie et de l'imposture, par les mêmes chemins, ils ont disparu de notre vie.

Un quart d'heure plus tard, j'étais chez nous, et je mettais rapidement Laura et Marian au courant de ma nuit tragique. Je me rendis ensuite chez le loueur de fiacres qui, ayant consulté son livre, me donna toutes les preuves que je désirais au sujet de la date d'arrivée de lady Glyde.

En possession de tous ces documents – la copie de l'acte de décès, la lettre, datée, que sir Percival avait écrite au comte et la copie que je venais de prendre dans le livre du loueur de fiacres –, j'allai alors trouver Mr Kyrle à son étude et lui expliquai tout ce qui s'était passé depuis ma dernière visite. Je lui appris mon intention de me rendre le lendemain à Limmeridge House avec ma femme, pour y faire reconnaître publiquement son identité. Je lui laissai le soin de décider si, dans ces circonstances, il jugeait de son devoir d'être présent en tant que remplaçant de Mr Gilmore, avocat-conseil de la famille. Inutile de dire qu'il répondit par l'affirmative, sans hésitation.

En arrivant à Limmeridge, le lendemain, nous

allâmes d'abord à la ferme de Todd's Corner, car je ne voulais pas que Laura entrât chez son oncle avant que celui-ci n'eût reconnu qu'elle était sa nièce. Nous laissâmes donc Laura et Marian à la ferme, et Mr Kyrle et moi, nous nous mîmes en route pour Limmeridge House.

Notre entrevue avec Mr Fairlie fut trop écœurante pour être relatée. Qu'il me suffise de dire que, voyant son attitude, je le mis devant une alternative très nette : ou bien reconnaître publiquement sa nièce, ou bien subir toutes les conséquences d'un procès. Sur ce, il se tourna vers Mr Kyrle, pensant qu'il l'aiderait dans son indécision ; l'avocat lui répondit simplement qu'il devait déclarer à l'instant même à quelle solution il s'arrêtait. Choisissant comme toujours celle qui le débarrasserait au plus vite de ses ennuis, il annonça, avec un soudain regain d'énergie, qu'il était trop faible pour supporter plus longtemps ce genre de discussion et qu'il nous donnait carte blanche.

En accord avec Mr Kyrle, je décidai alors d'envoyer un mot à tous les habitants des environs qui avaient assisté à l'enterrement, les priant au nom de Mr Fairlie de se réunir à Limmeridge House le jour suivant, à 1 heure. Un ordre fut expédié également à un marbrier de Carlisle, lui demandant d'envoyer à la même heure un de ses ouvriers au cimetière de Limmeridge dans le but d'y enlever une épitaphe gravée sur le marbre. Mr Kyrle fit signer ces deux lettres par Mr Fairlie. Le lendemain, à l'heure dite, tout le village était rassemblé dans la salle à manger de Limmeridge House.

Lorsque nous entrâmes, Marian et moi tenant Laura par la main, un murmure de surprise parcourut les assistants. Mr Fairlie était présent, ayant à ses côtés Mr Kyrle, tandis que son valet de chambre se tenait debout derrière lui, avec à la main un flacon de sels et un mouchoir imbibé d'eau de Cologne.

Je commençai par demander, devant tous, à Mr Fairlie si nous étions chez lui avec son assentiment. Étendant les bras pour que Mr Kyrle et le valet le soutiennent, il se leva péniblement et prit la parole.

— Permettez-moi de vous présenter Mr Hartright, dit-il. Comme je suis fort malade, il aura la grande obligeance de vous parler à ma place. Le sujet est difficile à suivre. Je vous en prie, écoutez Mr Hartright attentivement, et sans faire de bruit.

Il se rassit et enfouit son visage dans son mouchoir parfumé.

J'expliquai alors que j'étais là : 1° pour déclarer que ma femme, à côté de moi, était Laura Fairlie, fille de feu Philip Fairlie ; 2° pour prouver par des faits indiscutables que l'enterrement auquel ils avaient assisté était celui d'une autre femme ; 3° pour leur expliquer clairement ce qui était arrivé.

Je lus le récit du complot écrit de la main du comte, insistant sur les motifs d'ordre pécuniaire pour lesquels lui et son complice l'avaient ourdi, et passant sous silence le secret de sir Percival ; je rendais ainsi les choses moins compliquées pour ceux qui m'écoutaient. Cela fait, je rappelai la date de l'épitaphe qui concordait avec celle du certificat de décès que je montrai, puis lus la lettre de sir Percival, annonçant que le voyage de sa femme s'effectuerait le 26 ; je produisis le témoignage du loueur de fiacre. Puis Marian fit le récit de sa visite à l'asile où elle avait retrouvé sa sœur. Je terminai en annonçant la mort de sir Percival et mon mariage avec Laura. Mr Kyrle se leva alors et déclara que, en tant qu'avocat-conseil de la famille, il certifiait que mon récit était vrai.

Tandis qu'il parlait, je fis lever Laura et, la prenant par la taille, je leur demandai :

— La reconnaissez-vous ?

Ma question eut un effet électrique. Ils se précipitèrent vers elle en l'acclamant avec joie. C'était à qui pourrait lui serrer la main et lui dire un mot. Hommes, femmes, enfants qui n'avaient pas pu entrer et s'étaient massés devant la maison mêlèrent leurs voix aux autres.

La pauvre Laura était tellement bouleversée par les témoignages d'affection de tous ces braves gens que je fus obligé de la leur arracher. Je l'emmenai et la confiai à Marian, toujours prête à se dévouer.

Après les avoir remerciées au nom de Laura et au mien propre, j'invitai les personnes présentes à me suivre au cimetière où l'ouvrier marbrier nous attendait avec ses outils. Dans un silence émouvant, les coups de ciseau résonnèrent sur le marbre et pas un mot ne fut prononcé jusqu'à ce qu'eurent disparu les trois mots : « Laura, lady Glyde ». On entendit alors un grand soupir de soulagement, comme si chacun avait senti que Laura était enfin libérée des chaînes dans lesquelles l'infâme complot l'avait emprisonnée, et la foule se dispersa sans bruit.

Il se faisait tard lorsque l'épitaphe tout entière fut effacée du marbre blanc. À sa place furent gravés ces mots : « Anne Catherick, 25 juillet 1850 ».

Je retournai à Limmeridge House, où un insolent message de Mr Fairlie m'attendait. Il me demandait « avec ses compliments, combien de temps nous nous proposions de demeurer chez lui ».

Je répondis que l'objet de ma visite étant atteint, je ne désirais demeurer dans aucune maison sinon dans la mienne et qu'il n'avait pas à craindre d'entendre encore parler de nous.

Nous allâmes dormir à la ferme et, le lendemain matin, escortés jusqu'à la gare par le village enthousiaste, nous retournâmes à Londres.

2

Quelques jours plus tard, alors que vibrait encore en nous le sentiment de la liberté recouvrée après tant de mois de luttes et d'angoisses, alors que nous nous étonnions encore de cette nouvelle et douce existence, je fus prié par un ami avec lequel je travaillais d'aller à Paris étudier un nouveau procédé de gravure sur bois. J'acceptai avec joie et partis dès le lendemain. Pesca décida de m'accompagner. Le pauvre petit homme n'avait pas retrouvé sa belle humeur depuis notre soirée à l'Opéra et il espérait qu'une semaine de vacances lui ferait du bien.

Quatre jours à Paris me suffirent pour réunir toutes les indications et les renseignements nécessaires. Je me décidai alors à consacrer la dernière journée à Pesca.

L'hôtel étant comble, nous étions logés à deux étages différents – moi au deuxième et lui au troisième. Je montai donc ce matin-là afin d'emmener mon ami pour une promenade. En arrivant dans le couloir qui menait à sa chambre, je vis que la porte était ouverte et j'entendis Pesca dire d'une voix ferme :

— Je me souviens du nom, mais je ne reconnais pas l'homme. À l'Opéra, vous avez bien vu que je ne l'ai pas reconnu sous son déguisement. J'activerai le rapport...

— Ce ne sera pas nécessaire, répondit une autre voix.

Et le jeune homme blond à la joue balafrée sortit de la chambre en chancelant. Il inclina la tête en passant devant moi et j'entrai précipitamment chez Pesca.

Je le trouvai recroquevillé dans un coin du canapé.

— Je vous dérange ? demandai-je. J'ignorais que vous eussiez un ami chez vous.

— Ce n'est pas un ami, répondit-il vivement. Je l'ai vu aujourd'hui pour la première et dernière fois !

— Vous a-t-il apporté de mauvaises nouvelles, Pesca ?

— Très mauvaises, Walter ! Retournons à Londres... Je regrette d'être venu ici ! Les erreurs de ma jeunesse me poursuivent encore à mon âge ! J'essaie de les oublier... mais elles ne m'oublient pas !

— Je crains que nous ne puissions partir avant cet après-midi. Sortez avec moi en attendant.

— Non, mon ami, je vous attendrai ici, mais je vous en supplie, partons aujourd'hui.

Je promis que nous partirions et décidai d'aller, seul, visiter Notre-Dame.

Comme je passais devant la morgue, je vis une grande agitation devant la porte et j'entendis dire dans la foule qu'il s'agissait d'un homme grand et fort qui portait sur le bras un signe étrange. Sans hésiter, je me mis dans la file des gens qui entraient et, pas à pas, j'avançai vers la grande vitre qui séparait les morts des vivants.

Là gisait, inconnu et abandonné, exposé à la curiosité malsaine de la foule, celui dont la vie avait été tissée de duplicité et de forfaits. Son visage était si calme dans la mort que des femmes s'écriaient en le voyant : « Oh ! Quel bel homme ! »

On l'avait retiré de la Seine, mais il avait été tué d'un coup de couteau au cœur. La marque au fer chaud sur le bras était devenue invisible, recouverte qu'elle était à présent par deux profondes entailles représentant un T.

Qu'il me suffise d'ajouter que le T signifiait « Traître » et que le jeune homme blond à la balafre était membre de la Confrérie.

Le corps du comte Fosco fut identifié le lendemain, grâce à une lettre anonyme adressée à Mrs Fosco. Elle le fit enterrer au cimetière du Père-Lachaise et fidèlement elle continue à fleurir sa tombe. La comtesse vit à présent retirée à Versailles et a publié une biographie de son défunt mari, mais cet ouvrage n'apporte aucune lumière sur le vrai nom de Fosco ni sur sa vie secrète. C'est l'éloge de ses vertus domestiques, l'assertion de sa valeur étonnante et l'énumération de tous les honneurs qui lui ont été conférés. Sa mort reste un mystère qui ne sera jamais dévoilé, et sa femme déclare qu'il mourut en martyr pour sa cause, qui était celle de l'aristocratie.

3

Je rentrai de Paris, l'été et l'automne s'écoulèrent paisiblement pour nous. Au mois de février de l'année suivante, notre premier enfant naquit. C'était un fils. Ma mère et ma sœur, Mrs Vesey et Mrs Clements assistèrent au dîner de baptême. Marian fut marraine, Pesca et Mr Gilmore (ce dernier par procuration) furent les deux parrains. Mr Gilmore ne revint en Angleterre que l'année suivante, et c'est seulement alors que, à ma demande, il écrivit le récit qu'on a lu au début de ce livre. Ce fut, contrairement à ce que l'on pourrait penser, son témoignage qui me fut remis en dernier lieu.

Lorsque notre petit Walter eut 6 mois, je fus envoyé en Irlande afin de prendre des croquis pour le journal illustré auquel j'étais attaché. Mon absence dura quinze jours. Je rentrai un matin après avoir passé la nuit en train et, à ma profonde stupéfaction, je trouvai un mot laissé par Laura et la maison vide. Laura et Marian étaient parties avec l'enfant pour Limmeridge House où j'étais attendu avec impatience. On me donnerait des explications une fois que je serais arrivé là-bas, mais, en attendant, je ne devais pas avoir la moindre inquiétude.

Je sautai dans le premier train du matin et arrivai dans l'après-midi. Marian et Laura m'attendaient dans la petite chambre qui m'avait servi de studio autrefois. Je trouvai Marian assise devant mon ancienne table de dessin avec l'enfant sur les genoux. Laura était debout près d'elle.

— Pourquoi êtes-vous venues ici, pour l'amour du Ciel ? demandai-je. Mr Fairlie est-il au courant ?

Marian m'interrompit brusquement en me disant que Mr Fairlie était mort d'une attaque et que Mr Kyrle les avait priées de se rendre immédiatement à Limmeridge House. Puis, se levant, elle me tendit l'enfant :

— Savez-vous qui est ce personnage ? me demanda-t-elle, les yeux brillant de joie.

— Mon égarement a des limites, répondis-je vexé, et je crois pouvoir certifier que ce bébé est mon fils.

— Ce bébé ! s'exclama-t-elle. Comment osez-vous parler avec une telle familiarité d'un propriétaire de la haute bourgeoisie d'Angleterre ? Vous ignorez sans doute qui vous avez devant vous ? Dans ce cas, laissez-moi vous le présenter. Voici Mr Walter Hartright fils, héritier de Limmeridge House !

Marian fut le bon ange de notre vie ; laissons-lui par ces mots terminer notre histoire.

bas, jamais, car il [illegible] ne dégage pas avoir la [illegible] votre impatience.

[illegible] le premier [illegible] envoi [illegible] Mangin [illegible] [illegible] sa petite chambre qui lui avait servi de studio autrefois. [illegible] Mangin assez [illegible] table [illegible] [illegible] [illegible].

[illegible] vous semblez les [illegible]. C'était [illegible] est-il [illegible] ?

[illegible] [illegible] disant [illegible] [illegible] [illegible] de [illegible] [illegible] [illegible] [illegible] [illegible] [illegible] [illegible] de [illegible]

[illegible] [illegible] [illegible] [illegible] [illegible] est [illegible] [illegible] [illegible] [illegible] [illegible] [illegible] [illegible] [illegible] [illegible] [illegible] [illegible] W [illegible] [illegible]

[illegible] [illegible] [illegible] [illegible]

Pour l'éditeur, le principe est d'utiliser des papiers composés de fibres naturelles, renouvelables, recyclables et fabriquées à partir de bois issus de forêts qui adoptent un système d'aménagement durable.

En outre, l'éditeur attend de ses fournisseurs de papiers qu'ils s'inscrivent dans une démarche de certification environnementale reconnue.

Imprimé en Espagne, par BLACKPRINT CPI (Barcelone)
Édition : 04
Dépôt légal : juin 2012